KB003048

성격분석

❶ 성격분석기법과 성격형성

성격분석

① 성격분석기법과 성격형성

빌헬름 라이히 지음 윤수종 옮김

문학들

사랑, 일, 지식은 우리 삶의 원천이다.
이것들이 또한 우리의 삶을 지배해야 한다.
– 빌헬름 라이히

　이 책(『성격분석』 1권)은 빌헬름 라이히(Wilhelm Reich)가 1933년 자비로 직접 출판한『성격분석 – 학생 및 실무 분석가를 위한 기법 및 기초』(Wilhelm Reich, *Charakteranalyse – Technik und Grundlagen für studierende und praktizierenden Analytiker*, Im Selbstverlage des Verfassers, 1933)를 옮긴 것이다. 그리고 1945년 영어본(2판)『성격분석』(Wilhelm Reich, *Character Analysis*, New York: Orgone Institute Press, 1945)이 나왔을 때 오르곤 이론의 입장에서 수정을 각주에 넣었는데 그 내용을 이 번역본에 추가하였다. 각주에서 '주, 1945. …'로 표시한 것이 바로 영어본(2판)에서 추가한 내용이다. 영어본 3판(1949)에서 추가수정을 주에 넣기도 하였는데 '주, 1948, …'로 표시한 것이다. 그리고 영어본 3판에서 '피학성격' 장 앞에 있는 영어본 편집자가 쓴 머리말도 이 번역본에 넣었다.

　설명이 필요한 간단한 용어나 관련 저서에 대해서는 [옮긴이 주]를 달았으며, 본문 내용에서 간단한 설명이나 교체 가능한 번역용어를 [ ]로 표기하여 넣었다. 중요한 용어들에 대해서는 용어해설을 뒤에 첨부하였다.

　그리고 라이히의 다양한 연구를 개괄하는「오르가즘과 정신건강」이란 해설글을 첨부하였다.

2024년 1월
옮긴이 윤수종

내가 이 책에서 대중에게 제시하는 성격분석 연구는 9년 전 내 책『충동성격』[1]의 서문에서 그에 대한 답을 제대로 하지 못한 채 개괄적으로 설명하려고 했던 비엔나 정신분석 진료소의 문제와 관련이 있다. 정신분석 연구에 익숙한 사람이라면 문제제기 이후 해결책의 일부가 나오기까지 거의 10년이 걸렸다는 사실에 놀라지 않을 것이다. 비엔나 정신분석 외래환자 진료소에서 치료를 위해 여러 명의 충동적인 싸이코패스 환자를 동시에 맡았을 때, 충동성격의 파편화된 자아구조에 대한 통찰이 어느 정도 이루어졌지만 극복해야 할 여러 가지 치료문제가 즉시 발생했다. 그러나 이미 그 당시에는 발생적—역동적 성격이론, 더 나아가 '인성'이 억압된 것을 밝히는 것에 반대하는 저항의 내용 측면과 형식 측면 사이의 엄격한 구별, 결국 성격유형의 발생적 분화[구분]에 대한 근거 있는 통찰이 충동억제 성격신경증의 이론과 치료에도 중요할 것이라고 가정할 수 있었다.

치료기법 설명과 전체적인 형성으로서 성격이라는 역동적—경제적 개념은 주로 위에서 언급한 연구소에서 열린 비엔나 '정신분석 치료를 위한 세미나'에서의 풍부한 경험과 토론에서 비롯되었으며, 나는 많은 젊고 열정적인 동료들의 적극적인 도움으로 6년 동안 이 세미나를 이끌었다. 제기된 문제의 완벽함이나 그 해결책의 완벽함을 기대하지 말라고 말하고

---

1)   Wilhelm Reich, 『충동성격』(Der triebhafte Charakter), Psychoanalytischen Verlags, 1925.

싶다. 9년 전과 마찬가지로 오늘날에도 우리는 여전히 포괄적이고 체계적인 정신분석 성격이론과는 거리가 멀다. 나는 이 책을 통해 거리가 상당히 줄어들 것이라고 믿는다.

기법에 관한 장은 1928~29년 겨울에 작성하였고 그 유효성을 4년 동안 검증할 수 있었다. 본질적인 것은 변경할 필요가 없었다. 이론적인 장은 2부 5장을 제외하고는 최근 몇 년간(1930~1933) 〈국제정신분석학회지〉에 실린 내 논문을 확장하고 부분적으로 수정한 것이다.

시간제약을 포함한 여러 가지 이유로 분석기법에 관한 상세한 책을 쓰라는 많은 동료의 바람을 충족시키지 못했다. 이런 맥락에서 성격분석기법 원리를 제시하고 정당화하는 것에만 전념했다. 결국 분석기법은 책에서 배울 수는 없다. 진료에서는 훨씬 더 복잡하며 세미나 및 통제분석 시간에 사례를 심도 있게 연구해야만 분석기법을 드러낼 수 있기 때문이다.

그러나 명백하고 특정한 부문에서 예상되는 한 가지 중요한 반대의견은 언뜻 눈에 띄고 처음에는 이러한 출판물에 노력과 비용을 들일 필요성에 의문을 제기하므로, 좀더 철저하게 다루어야 한다. 이 반대의견은 다음과 같다. 이 출판물 전체가 개인의 정신치료와 성격을 부적절하고 일방적으로 과대평가하지 않는가? 베를린과 같은 도시에는 정신구조, 노동능력, 쾌락능력이 망가진 수백만 명의 신경증 환자가 있으며, 매일 매시간 가족양육과 사회상황은 수천 가지 새로운 신경증을 만들어낸다. 개인분석 기법, 구조 관계, 성격 역동성, 그리고 이 시대에 거의 관심이 없는 유사한 것들에 관한 토론으로 인쇄지 여러 장을 채우는 것이 의미가 있을까? 그리고 이것은 특히 빠르고 안전한 효과를 지닌 신경증 대중치료에 대한 유용한 지침을 제공한다고 자랑할 수도 없기 때문이다. 오랫동안 나는 그러한 반대가 지닌 강한 인상을 떨쳐낼 수 없었다. 마침내 나는 그러한 관점이 근시안적이며 장기적으로는 오늘날 관례적인 개인 정신치료 문제에만 국한하는 것보다 훨씬 더 나쁘다는 것을 스스로 인정해야 했다. 신경증이 사회에서 대량 생산됨으로써 사회적 관점에서 개인 정신치료의 절망적 위치에 대한 정확한 통찰이 더욱 철저하고 더욱 집중적인 치료로 이어진다고 생각할 수도 있다. 나는 신경증이 가부장적—가족적이고 성억압적인 양육의 결과이며, 나아가 현재 사회체계에서 모든 전제조건이 갖추어지지 않은 상태에서 진료에서 실천할 수 있는 것으로 진지하게 고려할 수 있는 것은 신경증 예방뿐이며, 우리 세기의 정치투쟁의 결과에 따라 이루어질 수 있는 사회제도와 이데올로기의 근본적인 전복만이 포괄적인 신경증 예방을 위한 전제조건을 만들 것임을 보여주기 위해 노력해 왔다. 이제 이론적으로 준비하지 않으면 신경증 예방이 불가능하며 가장 중요한 전제조건은 인간구조의 역동적—경제적 관계에 관한 연구라는 것이 분명해졌다. 이것이 개인치료 기법과 어떤 관련이 있을까? 신경증 예방에 적합한 방식으로 인간구조를 연구하려면 분석기법을 완벽하게 갖추어야 한다. 지금까지의 기법지식이 이런 종류의 목적을 왜 제대로 달성할 수 없었는지는 설명과정에서 분명해질 것이다. 따라서 신경증 예방의 미래 과제를 준비하려는 경우 정신치료의 첫 번째 노력은 정신기제의 역동적—경제적 과정에서 시작하는 **기법이론과 치료이론**을 만드는 것이어야 한다. 우선, 우리는 구조를 바꿀 수 있는 이유 또는 구조를 바꾸지 못하는 이유를 아는 치료사가 필요하다. 다른 의학분야에서 전염병과 싸우려고 하면 사회위생사에게 지침을 제공할 수 있도록 가장 잘 개발된 방법으로 전형적인 개인 질병사례를 조사하고 이해하기 위해 모든 노력을 기울일 것이다. 따라서 우리가 개인기법에 집중하는 것은 개인치료를 아주 중요하게 생각해서가 아니라 좋은 기법이 없으면 구조연구라는 더 포괄적인 목표에 필요한 통찰을 얻을 수 없기 때문이다.

여기에 다음 임상조사의 일반적인 배경을 이루는 또 다른 고려사항을 추가해야 한다. 독자의 이해를 돕기 위해 여기에 간략히 설명해야겠다. 다른 의학분야와 달리, 우리는 박테리아나 종양을 다루는 것이 아니라 인간의 반응과 정신질환을 다루고 있다. 의학에서 출발한 우리의 과학[정신분석]은 의학을 훨씬 뛰어넘어 성장했다. 유명한 속담처럼 인간이 일정한 경제적 조건과 전제에 따라 자신의 역사를 만들며 유물론적[2] 역사 개념이 인간의 자연적, 정신적 조직이라는 사회학의 첫 번째 전제에서 출발해야 한다면, 우리의 연구가 일정 지점에서 사회학적으로 결정적 중요성을 지니게 된다는 것은 분명한 사실이다. 우리는 정신구조와 그것의 역동성 및 경제를 연구한다. '가장 중요한' 생산력, 즉 노동생산력은 정신구조에 달려 있다. 역사의 이른바 '주체적 요소'나 노동생산력은 과학적 심리학 없이는 파악할 수 없다. 이를 위한 전제조건은 인간사회의 문화와 역사를 욕구[충동]에 기초하여 설명하는 정신분석 관점으로부터 거리를 두는 것이며, 이러한 변화된 충동과 욕구가 역사적 요인으로 작용하기 시작하기 전에 사회적 조건이 먼저 인간의 욕구에 영향을 미치고 변화시킨다고 파악할 것을 요구한다. 오늘날 가장 잘 알려진 성격학자들은 반대로 사회적 과정에서 성격과 일정한 가치설정을 도출하는 대신 '가치'와 '성격'을 통해 세계를 이해하려고 한다.

성격형성의 사회학적 기능에 관한 질문이 지닌 더 넓은 맥락에서, 우리는 일정한 사회질서에 인간의 일정한 평균 구조가 조응한다는 사실, 각 사회질서가 자신의 존재에 필요한 성격을 스스로 만들어낸다는 사실에 관심을 기울여야 하지만, 아직 세부사항에 대해서는 거의 이해하지 못하였다. 계급사회에서 자신의 이데올로기를 모든 사회구성원의 지배 이데올로기로 만들어 교육과 가족제도의 도움으로 자신의 지위를 확보하는 것은 지배계급이다. 그러나 이것은 단지 모든 사회구성원에게 이데올로기를 강요하는 것에만 머물지 않는다. 이것은 태도와 견해를 주입하는 문제라기보다 이 사회의 성장하는 모든 세대에서 일어나는 심오한 과정으로서 사회질서에 상응하는 정신구조의 변화와 형성의 문제이며, 모든 주민층에서 발생한다. 따라서 자연과학적 심리학과 성격이론은 인간의 사회적 존재가 정신구조로 따라서 이데올로기로 변형되는 수단과 기제를 결정해야 하는 명확하게 정의된 과제를 지니고 있다. 따라서 이데올로기의 사회적 생산을 일정한 사회의 주민들 속에서 이러한 이데올로기의 재생산과 구별해야 한다. 이데올로기의 사회적 생산에 관한 연구가 사회학과 경제학의 과제라

---

2) 　　주, 1945. 오늘날 우리는 '기능적' 파악이라고 말할 것이다.

면, 이데올로기의 재생산에 대한 규명은 정신분석의 과제이다. 정신분석은 직접적인 물질적 존재(음식, 주거, 의복, 작업과정), 즉 생활방식과 욕구만족 뿐만 아니라 이른바 사회적 상부구조(도덕, 법률, 그리고 제도)가 충동장치에 어떻게 영향을 미치는지 연구하여 '물질적 토대'를 '이데올로기적 상부구조'로 변형하는 무수한 중간 연결고리를 가능한 한 완전히 확정해야 한다. 사회학은 심리학이 이 과제를 충분히 잘 수행하는지 그리고 어느 정도 수행하는지에 대해 무관심할 수 없다. 왜냐하면 인간은 무엇보다도 자신의 욕구의 대상이며, 실제로 이런저런 식으로 자신의 욕구만족을 배열하는 사회질서의 **대상**이기 때문이다. 그러나 인간은 욕구대상으로서의 위치에서 역사의 주체이기도 하고, 동시에 자신이 원하는 대로는 아니지만 인간행동의 내용과 결과를 결정하는 일정한 경제적, 문화적 전제 아래에서 '자신이 만드는' 역사와 사회적 과정의 **주체**이기도 하다.

사회가 생산수단을 소유한 사람들과 노동력상품을 소유한 사람들로 나뉜 이래 모든 사회질서는 적어도 노동력상품을 소유한 사람들의 의지와 마음과는 무관하게, 실제로는 통상 그들의 의지에 반하는 방향으로 생산수단을 소유한 사람들에 의해 수립되었다. 그러나 이 사회질서는 사회구성원 모두의 정신구조를 형성하기 시작하면서 사람들 안에서 스스로 **재생산된다**. 그리고 이것이 리비도욕구가 지배하는 충동장치의 활용과 변형을 통해 일어나는 한, 사회질서도 정신구조 안에 정서적으로 **정박한다**. 생산수단에 대한 사적 소유가 확립된 이래로, 사회질서의 재생산을 위한 첫 번째이자 가장 중요한 장소는 가부장제 가족이었다. 이 가족은 자녀들에게 권위주의 질서가 영향력을 행사할 수 있는 인성의 토대를 만들어준다. 가족이 성격구조의 첫 번째 생산장소라면, 전체 교육체계에서 성교육의 역할에 대한 통찰은 무엇보다도 성격구조가 권위주의 사회질서를 정박시키기 위해 사용하는 **리비도** 관심 및 에너지라는 것을 가르쳐준다. 따라서 일정한 시대나 일정한 사회체계에 사는 사람들의 성격구조는 이 체계를 반영할 뿐만 아니라, 더 중요하게는 기존 사회체계의 정박작업을 나타낸다. 가모장제에서 가부장제로 이행하는 동안 성도덕의 변화를 연구하는 과정에서[3] 사람들의 성격구조를 새로운 사회질서에 적응시키는 이러한 정박작업이 이른바 '전통'의 보수적 본성을 이룬다는 것을 입증할 수 있었다.

권력수단을 가진 상류 사회계급의 통치에 직면하여 핍박받는 주민층이 지닌 인내심, 때때로 자신의 이익을 희생하면서 권위주의적 억압을 긍정하는 데까지 나아가는 인내심에 대한 설명을 우리는 사회질서를 성격구조에 이렇게 정박시키는 것에서 찾을 수 있다. 이것은 물질적, 문화적 욕구만족의 영역보다 성억압 영역에서 훨씬 더 분명하다. 하지만 바로 정확히 리비도구조의 형성에서 자신의 욕구만족을 완전히 또는 부분적으로 억제하는 사회질서의 정박작업과 시공간적으로 함께, 성격구조 안에서 이러한 정박작업을 훼손하는 정신적 전제조건이 형성되기 시작한다. 시간이 지남에 따라 강제포기와 욕구긴장 증가 사이에 틈이 점점 더 벌어지는데, 이 틈은 사회적 과정의 발달과 함께 발생하여 '전통'을 붕괴시키는 효과가 있으며 이러한 정박작업을 훼손하는 정신태도 형성의 심리학적 핵심을 이룬다.

우리 사회에서 사람들의 성격구조가 지닌 보수적 요소를 '초자아'라고 부르는 층위와 동일시하는 것은 잘못이다. 한 사람의 도덕 층위는 부모가 인생의 주요 대표자 역할을 하는 사회의 명확한 금지에서 비롯된 것이 분명한 사실이지만, 초자아가 형성되기 훨씬 전에 가장 초기의 부정과 동일시 동안에 발생하는 자아와 충동의 첫 번째 변화조차도 궁극적으로 사회의 경제구조에 의해 결정되고 첫 번째 모순을 펼치기 시작하는 것처럼, 사회체계의 초기 재생산과 정박작업을 나타낸다. 만일 유아가 항문성격을 발달시키면 그에 상응하는 완고함도 동시에 발달시키게 될 것이다. 초자아의 핵심은 유아 근친성관계 성기요구를 중심으로 조직되며, 바로 여기에 최고의 에너지가 묶여있고 여기에서 성격형성이 결정된다는 점에서 초자아는 이러한 정박작업에서 특별한 의미를 지닌다.

---

3)   참조. Reich, 『강제적 성도덕의 출현』(*Der Einbruch der Sexualmoral*), Verlag für Sexualpolitik, 1932.

성격형성이 자신이 생겨나는 역사경제 상황에 달려있다는 것은 원시사회의 구성원들이 외부 경제나 문화의 영향을 받거나 스스로 새로운 사회질서를 발달시키기 시작하자마자 나타나는 변화에서 가장 분명하게 드러난다. 인류학자 말리노프스키의 보고에 따르면 같은 지역에서 사회구조가 변하면 성격차이가 상대적으로 빠르게 변한다는 것이 매우 분명하다.[4] 예를 들어, 그는 단순하고 솔직하며 개방적인 이웃인 트로브리안드 사람들과 달리 암플렛 제도(남해)의 원주민이 불신하고 수줍음이 많으며 적대적이라는 것을 알게 되었다. 암플렛 주민들은 이미 엄격한 가족도덕 및 성도덕을 지닌 가부장제 사회질서 아래에서 살아가는 반면, 트로브리안드 주민들은 여전히 대부분 모계의 자유를 누리고 있었다. 이러한 발견은 비엔나 정신분석 진료소에서 정식화하고 다른 곳에서 발전시킨 관점을 확인해 준다.[5] 한 사회의 사회경제 구조는 일정한 가족형식을 결정하는데, 이러한 가족형식은 일정한 성생활형식을 전제할 뿐만 아니라 어린이와 청소년의 충동생활에 영향을 미치고 그로부터 변화된 태도와 반응양식을 만들어내는 성생활형식을 생산하기도 한다. 이 지점에서 우리는 사회체계의 성격 재생산과 정박작업에 대한 이전 진술을 확장하여 **성격구조는 일정한 시대의 경화된 사회학적 과정**이라고 말할 수 있다. 한 사회의 이데올로기는 실제로 사람들의 성격구조를 변화시키는 한에서만 물질적 힘이 될 수 있다. 따라서 성격구조연구는 임상적 관심사일 뿐만이 아니다. 이데올로기가 사회경제 기반보다 훨씬 느리게 변하는 이유, 즉 왜 인간이 자신이 생산하는 것 그리고 실제로 자신을 변화시켜야 하고 변화시킬 수 있는 것보다 통상 훨씬 뒤처지는가 하는 질문에 접근할 때, 성격구조연구는 필수 정보를 제공할 수 있다. 계급에 따른 문화향유의 차이에도 불구하고 성격

---

[4] 말리노프스키(Malinowski), 『산호섬의 경작지와 주술』, 아카넷, 2012(1935). [옮긴이 주]

[5] 『강제적 성도덕의 출현』, 1932, 그리고 1929년 〈맑스주의의 깃발 아래〉(Unter dem Banner des Marxismus)에 출판된 "변증법적 유물론과 정신분석(Dialektischer Materialismus und Psychoanalyse)".

구조는 어린 시절 초기에 습득되어 많은 변화를 겪지 않고 그대로 유지된다는 것이 사실이다. 다른 한편 당시 성격구조의 기반이 되었던 사회경제 상황은 생산력발달에 따라 급변하다가 나중에는 다른 종류의 적응을 요구한다. 확실히 사회경제 상황은 이전에 획득한 낡은 특성을 없애지 않은 채 그 위에 중첩부과하고 침투하는 새로운 태도와 반응양식을 만들어내기도 한다. 역사적으로 구분되는 서로 다른 사회상황에 해당하는 이 두 가지 특성은 이제 서로 모순에 휘말리게 된다. 예를 들어 보자. 1900년의 가정에서 자란 여성은 1900년의 사회경제 상황에 상응하는 반응양식을 발달시킨다. 그러나 1925년에는 자본주의가 초래한 경제 붕괴과정의 결과, 그녀의 인성이 부분적으로 적응했음에도 불구하고 그녀의 성격 표면층이 결정적인 모순에 휘말릴 정도로 가족조건이 바뀌어 왔다. 예를 들어 그녀의 성격은 엄격한 일부일처제 성생활을 요구하는 데 그 사이에 일부일처제는 사회적으로나 이념적으로 붕괴하였다. 지성적으로 여성은 자신이나 남편에게 일부일처제를 더는 요구할 수 없지만, (정신)구조 면에서는 [일부일처제를 넘어서는] 새로운 조건과 지성의 요구에 대처할 수 없다.

소련에서 개인농민경제를 집단농업으로 전환하는 데서 어려움을 겪을 때 비슷한 문제가 발생했다. 소비에트경제는 경제적 어려움 뿐만 아니라 러시아 농민이 차르와 민간기업 아래서 획득한 성격구조와도 씨름해야 했다. 이러한 어려움에서 가족을 집합체로 대체하고 무엇보다도 성생활을 혁명적으로 변화시킨 것은 이 주제에 관한 문헌들을 통해 대략 파악할 수 있다. 낡은 구조는 뒤처질 뿐만 아니라 종종 새로운 것에 저항한다. 이전의 사회학적 상황에 해당하는 낡은 이데올로기나 태도가 만성적이고 자동적인 반응양식으로 충동구조나 성격구조에 정박하지 않았다면, 리비도에너지의 도움으로 경제혁명에 더 쉽고 빠르게 적응할 수 있을 것이다. 경제상황, 충동적 삶, 성격형성, 이데올로기 사이를 매개하는 기제에 대한 정확한 지식이 무엇보다도 교육분야에서 그리고 아마도 대중에 영향을 미치는 방식으로 일련의 실질적 조치를 할 수 있게 할 것이라는 점을 보여주기 위해 자세한 증거가 필요하지는 않다.

이 모든 것을 여전히 해결해야 한다. 그러나 정신분석이라는 과학이 우리 세기의 위대한 역사적 사건 밖에 머무르기를 원하지 않는다는 것을 증명할 수 없고 자신에게 속하는 분야들을 **스스로** 장악하지 **못한다**면, 사회적 규모에서 실천적이고 이론적으로 인정해 달라고 요구할 수 없다. 당분간 성격학연구는 임상수준에 머물러야 한다. 아마도 2부에서 제시한 조사연구를 통해 더 포괄적인 사회학적 문제로 넘어가는 것이 어디에서 이루어져야 하는지가 저절로 드러날 것이다. 이것은 다른 곳에서 이미 추적하려고 시도했으며, **이** 책에서는 언급하지 않은 예상치 못한 영역으로 이어진다.

빌헬름 라이히

베를린

1933년 1월

2부 성격형성론

정신분석에서 오르곤 생체신체학으로

1부

기법

1장
정신분석기법의 몇 가지 문제

분석가는 직업적 실천[진료]에서 이론적 지식이나 실제 경험만으로는 해결하기 어려운 문제를 매일 마주한다. 기법에 관한 모든 질문은 하나의 본질적인 질문, 즉 정신분석 정신질환이론에서 명확하게 정의된 분석치료기법을 도출할 수 있는지와 그 방법을 중심으로 모여 있다고 말할 수 있다. 이것은 이론을 진료에 적용하는 가능성과 한계에 관한 질문이다. 그러나 분석진료 자체는 진료과제를 설정하고 나서야 비로소 정신과정이론을 만들어낸다는 사실에 비추어, 올바르게 진행하기 위해서는 순전히 경험적 실천으로부터 시작하고 이론을 통과해서 이론적으로 충분한 근거가 있는 진료로 이어지는 길을 찾아야 한다. 비엔나 정신분석 기법세미나와 통제분석 활동에서의 충분한 경험에도 불구하고, 우리는 위에서 설명한 문제의 해결책을 향해 예비작업 이상으로 거의 진전하지 못하였다. 프로이트의 다양한 에세이와 이 주제에 대해 그가 쓴 흩어져 있는 논평에서 이른바 분석기법의 ABC를 다루는 기초작업이 이루어졌다는 것은 사실이다. 그리고 페렌치[6]와 다른 저자들의 기법에 관한 매우 유익한 작업은 많은 개

---

6)   Sandor Ferenzci, *Further Contributions to the Theory and Technique of Psycho-Analysis*, Hogarth Press, London, 1926. [옮긴이 주]

별 기법문제에 대한 우리의 이해를 넓혀주었다. 그러나 전체적으로 볼 때 일부는 긍정적이고 일부는 부정적인 프로이트의 몇 가지 조언을 무시한다면, 분석가 수만큼이나 많은 기법이 있으며 이는 풍부한 진료질문과 관련하여 상식이 되었다.

분석가들이 당연하게 여기는 일반적으로 유효한 기법원칙은 신경증 과정의 일반적이고 기본적인 이론적 파악[견해]에서 나온다. 모든 종류의 신경증은 억제된 충동요구(이 중 유아 성요구는 절대 빠지지 않는다)와 이를 막는 자아의 힘 사이의 갈등으로 거슬러 올라갈 수 있다. 이 갈등을 해결하는 데 실패한 결과가 신경증 증상이나 신경증 성격특성이다. 따라서 기법측면에서 그 갈등을 해결하기 위해서는 '억압제거'가 필요하다. 달리 말하면, 무의식적 갈등을 의식화하는 것이다. 그러나 사람들이 전의식이라고 부르는 정신층위는 억압된 무의식적 충동의 돌파에 대항하는 정신적 '대항집중'을 만들어내, 스스로 생각과 욕망을 의식하는 것을 검열관처럼 엄격하게 검열한다. 그래서 분석치료에서는 일상적 사유에서 요구되는 생각의 통상적인 순서를 생략하고 일련의 생각이 결정적인 선별 없이 자유롭게 흐르도록 허용하는 것이 필요하다. 분석작업과정에서 무의식, 억압된 것, 어린 시절[아동기] 경험의 흔적은 떠오르는 재료 속에서 더욱 분명하게 드러나며, 분석가의 도움으로 이러한 흔적을 의식언어로 번역해야 한다. 검열을 폐지하고 생각을 '자유롭게 연상'해야 한다는 이른바 정신분석의 기본규칙은 분석기법의 가장 엄밀하고 필수 불가결한 척도이다. 이 규칙은 행동과 의식을 촉구하는 무의식적 충동과 욕망의 힘에서 강력한 지지를 받는다. 그러나 무의식적이기도 한 또 다른 힘, 즉 자아의 '대항집중'은 이 규칙에 반대한다. 이 힘은 환자가 기본규칙[검열을 폐지하고 생각을 자유롭게 연상하기]을 따르기 어렵게 만들고 때로는 따를 수 없게 만든다. 이 같은 힘은 또한 도덕층위를 통해 신경증을 유지하며, 분석처리에서는 억압제거에 대한 '저항'으로 나타난다. 이 이론적 통찰은 무의식을 직접 의식해서는 안 되며 저항을 무너뜨리는 방식으로 진행해야 한다는 또 다른 실천규칙을 가져온다. 이 규칙은 환자가 먼저 자신이 저항하고 있으며 다음으로 어떤 수단으로 저항하며 마지막으로 무엇에 저항하는지를 알아야 한다는 것을 의미한다. 무의식을 의식화하는 작업을 '해석작업'이라고 하는데, 이것은 무의식의 은폐된 표현을 드러내거나 억압으로 인해 산산이 부서진 관계를 회복하는 것으로 이루어진다. 환자의 무의식적이고 억압된 욕망과 두려움은 끊임없이 거부당하거나 실제 사람 및 상황과의 연결을 찾는다. 이 행동의 가장 중요한 원동력은 환자가 지닌 만족하지 못한 리비도이다. 따라서 그가 자신의 무의식적인 요구와 불안을 분석가와 분석상황에 연결할 것으로 예상할 수 있다. 이것은 '전이', 즉 증오, 사랑 또는 불안에서 비롯된 분석가와의 관계형성을 가져온다. 그러나 분석상황에서 분석가에 대해 표현하는 이러한 태도는 한때 환자에게 특별한 의미를 지녔던 사람들에 대해 환자가 의식적으로 인식하지 못하는 더 오래된 대부분 어린 시절 태도의 반복일 뿐이다. 이러한 전이는 원칙적으로 어린 시절과의 관계를 드러냄으로써 '해소'해야 한다. 모든 신경증은 예외 없이 네 살 이전의 어린 시절 갈등에 기반을 두고 있으며, 당시에는 제거될 수 없었고 전이에서 부활하기 때문에 저항해소와 관련하여 전이를 분석하는 것이 분석작업에서 가장 중요한 부분을 이룬다. 게다가 전이에서 환자는 예를 들어 충족되지 않은 이전의 사랑요구와 증오충동을 충족시킴으로써 분석으로 밝히는 작업을 대체하려고 하거나 이러한 태도를 인식하는데 저항하기 때문에, 전이는 일반적으로 저항이 되어 치료진행을 방해한다. 부정전이, 즉 분석가에게 전이된 증오태도는 처음부터 저항으로 쉽게 인식할 수 있는 반면, 사랑태도의 긍정전이는 실망이나 두려움의 결과로 부정전이로 바뀔 때만 저항이 된다.

분석에서 치료와 기법에 대해 논의하지 않거나 불충분하고 비체계적으로 논의하더라도, 모든 사람이 같은 방식으로 실행하는 진료가 위에서 개괄한 공통기반에서 발전했다는 견해를 가질 수 있다. 이 견해는 많은 개별질문에서 옳았다. 그러나 '분석적 수동성' 개념을 이해하는 데서는 매우 다양한 해석이 존재한다. 가장 극단적이고 확실히 가장 잘못된 견해는 침묵하기만 하면 다른 모든 것이 저절로 따라온다는 것이다. 분석치료에서 분석가의 임무에 대해 혼돈스러운 견해가 널리 퍼져 있으며 여전히 우세하다. 분석가가 저항을 해소하고 전이를 '처리'해야 한다는 것은 여전히 일반적으로 알려졌지만, 저항이 발생하는 방법과 시기, 다양한 방식으로 다양한 사례와 상황에서 이 과제를 수행할 때 분석가의 행동이 어떻게 달라야 하는지에 대해 체계적으로 논의한 적이 없다. 따라서 일상 분석상황에 대한 가장 원초적인 질문에서도 견해는 크게 다를 수밖에 없다. 예를 들어, 어떤 저항상황이 제시되었을 때, 한 분석가는 이렇게 해야 한다고 생각하고 다른 분석가는 저렇게 해야 한다고 생각하고 세 번째 분석가는 또 다르게 해야 한다고 생각한다. 그런 다음 모든 조언을 지닌 채 다시 사례에 접근하면 무수히 많은 다른 가능성이 발생하고 혼돈이 이전보다 훨씬 더 커지는 경우가 많다. 하지만 일정한 상황과 조건에서 **하나의** 일정한 분석상황은 **단 하나의** 최적 해결가능성만을 허용하며, 이 특정 사례에서는 한 가지 기법처리 형식만이 실제로 올바른 기법일 수 있다고 가정해야 한다. 이는 개별상황에만 적용되는 것이 아니라 전체 분석기법과 관련이 있다. 따라서 과제는 이 하나의 올바른 기법이 어떤 기준을 지니고 있는지 그리고 무엇보다도 어떻게 그 기준을 달성하는지를 결정하는 것이다.

무엇이 중요한지 밝혀지기까지는 오랜 시간이 걸렸다. 중요한 것은 **세부사항을 정밀하게 분석하여 각 분석상황 자체에서 상황기법을 끌어내는 것이었다.** 분석기법을 개발하는 이러한 방법은 비엔나 기법세미나에서 엄격하게 준수되었으며, 분석상황에 대한 이론적 이해가 가능한 곳에서는 항상 많은 사례에서 성공적이라고 입증되었다. 최종적으로 취향문제 같은 조언은 피했다. 예를 들어 저항상황과 같은 어려움을 논의하여 필요한 조치를 명확하게 결정된 방식으로 끌어냈다. 이렇게 해야만 옳고 다른 방법으로는 옳지 않다는 느낌을 받았다. 이런 식으로 모든 사례에서는 아니지만 많은 사례에서 그리고 무엇보다도 원칙적으로 분석재료를 분석기법에 적용할 수 있는 학습방법을 발견하였다. 우리의 기법은 확고하게 정해진 진료에 기반을 둔 원칙이 아니라 일정한 기본 이론원칙에 기반한 방법이지만, 개별사례와 개별상황에서만 결정될 수 있다. 예를 들어, 모든 무의식표현을 해석함으로써 의식화한다는 것은 기본원칙이다. 그러나 이것은 무의식재료가 어느 정도 명확하게 드러나자마자 즉각 해석해야 한다는 것을 의미하는가? 모든 전이표현을 유아근원으로 소급해야 한다는 것은 또 다른 기본원칙이지만, 이 원칙은 우리에게 이 소급을 어떤 시점에서 어떻게 해야 하는지에 대해 말해주는가? 분석가는 부정전이와 긍정전이에 동시에 직면하며 원칙적으로 둘 다 '해결'해야 한다. 그러나 먼저 어떤 것을 어떤 층위에서 해결해야 하며, 어떤 조건이 이것을 결정해야 하는지 묻는 것은 정당하지 않은가? 이와 관련하여 양면적[같은 대상에 대하여 두 가지 상반되는 감정을 동시에 갖는] 전이의 징후가 있다고 말하는 것으로 충분할까? 순간순간 전체 상황에서 각 개별사례에 필요한 해석의 순서, 강조점 그리고 깊이를 도출하려는 시도에 반대하여 모든 것이 나타나는 대로 해석해야 한다고 주장하기 쉽다. 이 주장에 대해 우리는 이렇게 반박한다. 무수한 경험과 이러한 경험에 대한 후속 이론적 평가가 전체 재료가 나타나는 순서대로 해석하는 것이 아주 많은 사례에서 해석의 목표인 치료효과를 달성하지 못한다는 것을 가르쳐준다면, 우리는 해석의 치료효과를 결정하는 조건을 찾아야 한다. 이 조건은 모든 사례에서 다르며 기법 관점에서 해석에 적용할 수 있는 몇 가지 기본 일반원칙을 도출할 수 있다고 하더라도, 최우선 원칙 즉 분석과정의 전개에서 전체적인 맥락을 잃지 않고 각 개별사례와 개별상황에 맞는 특수한 기법을 손에 넣으려고 노력해야 한다는 것과 비교하면 그다지 많은 것을 말해주지 않는다. 이것 또는 저것을 '분석해야 한다'거나 단순히 '올바르게 분석'해야 한다는 등의 조언과 의견은 취향문제이지 기법원칙이 아니다. '분석한다'는 것이 정확히 무엇을 의미하는지는 보통 어두운 비밀로 남아 있다. 우리는 치료가 지속된다고 믿어 위안을 얻을 수도 없다. 시간만으로는 해결할 수 없다. 치료가 지속될 것이라고 믿는 것은 분석이 발전하고 있을 때, 즉 분석가가 저항을 이해하고 그에 따라 분석을 시작할 수 있을 때만 의미가 있다. 물론 시간은 아무런 역할도 하지 못하며 어떤 역할도 하지 않아야 한다. 그러니 기다리기만 하면 성공할 수 있다고 기대하는 것은 어리석은 일이다.

우리는 **첫 번째** 전이저항에 대한 올바른 이해와 처리가 치료의 자연스러운 전개에 얼마나 필요한지 보여주어야 할 것이다. 분석작업에서 전이신경증의 어떤 세부사항과 지층에 처음 접근하는지, 환자가 제공한 풍부한 재료 중에서 이것 또는 저것 어느 부분을 먼저 선택하는지, 분명해진 무의식재료나 그와 관련된 저항 등을 먼저 해석하는지는 중요하지 않다. 만약 분석가가 재료가 제공된 순서대로 해석한다면, 분석가는 '재료'를 항상 분석에 사용할 수 있다는 즉 모든 재료는 치료효과가 있다는 선입견을 지니고 진행하는 것이다. 그러나 이와 관련하여 가장 중요한 것은 바로 재료의 역동적 가치이다. 기법이론과 치료이론을 확보하려는 나의 노력은 사례의 기법처리에 재료를 **법칙에 따라 적용하기** 위한 일반적 관점과 각 사례에 대한 구체적 관점을 확립하는 것이다. 다시 말해 각 해석에서 단순히 해석하는 것만이 아니라 자신이 해석하는 이유와 목적을 정확히 알 수 있게 하는 이론을 확보하려는 것이다. 환자가 말을 바꾸고 재료를 위장물로 사용하거나 증오태도를 숨기고 속으로 비웃거나 정서적으로 차단되거나 하든 말든 모든 사례에서 재료가 나타나는 순서대로 해석하면, 분석가는 확실히 절망적인 상황에 빠지게 될 것이다. 그런 식으로 진행하면 분석가는 필요한 해석의 시기와 깊이에 관한 사례의 **개별** 요구사항과 관계없이 모든 사례에 부과되는 도식에 갇히게 된다. 어떤 상황에서든 기법을 도출하는 규칙을 엄격하게 준수해야만 분석가는 각 사례에서 자신이 치유에 성공하거나 실패하는 이유를 정확히 진술하라는 요구에 대처할 수 있다. 분석가가 적어도 평균적인 사례에서 이러한 요구를 충족시킬 수 없다면, 그 치료법이 과학적 인과적 치료법이라는 이름을 들을 만한 자격이 없다는 것을 보여주는데 어떤 증거도 필요하지 않다. 그러나 특수한 사례의 실패이유를 설명할 때 분석가는 환자가 "낫고 싶어 하지 않았다"거나 "접근할 수 없었다"와 같은 진술을 피해야 한다. 왜냐하면 **왜** 환자가 낫고 싶어 하지 않았는지, **왜** 접근할 수 없었는지가 정확히 우리가 알고 싶어 하는 것이기 때문이다.

어떤 기법'체계'를 세우려고 시도해서는 안 될 것이다. 모든 사례에 타당한 도식을 설계하는 것이 아니라, 신경증 이론에 기반하여 치료과제를 이해하기 위한 근거를 만드는 것이 문제다. 일반적인 근거를 개별사례에 적용할 수 있는 충분히 광범위한 준거틀을 찾아가는 것이 문제다.

나는 프로이트가 무의식해석 원칙과 분석작업이 저항을 제거하고 전이를 처리하는 데 있다고 제시한 그의 일반정식에 더는 추가할 것이 없다. 다음 설명은 분석작업의 새로운 영역이 열리는 과정에서 정신분석의 기본 원칙을 일관되게 적용한 것으로 간주해야 한다. 우리 환자들이 처음부터 기본규칙만이라도 제대로 지킨다면 성격분석에 관한 책을 쓸 필요가 없을 것이다. 안타깝게도 처음부터 분석이 가능한 환자는 거의 없으며, 저항을 성공적으로 완화한 뒤에야 기본규칙을 따른다. 따라서 우리는 환자가 위험 없이 분석을 주도할 수 있는 시점까지 치료하는 데만 관심을 기울여야 하며, '분석을 위한 분석교육[환자에게 분석하도록 가르치는 것]'이 첫 번째 문제다. 그리고 분석의 종료, 전이를 해소하고 환자에게 현실에 대처하도록 가르치는 것이 두 번째 문제다. 말하자면 분석의 몸통인 중간부분은 치료를 시작해서 종료로 이어지는 한에서만 우리에게 관심이 있다. 그러나 먼저 분석치료의 리비도경제 기반에 대한 간략한 이론적 고찰이 필요하다.

2장
분석치료이론의 경제적 관점

프로이트가 카타르시스 치료법[어떠한 기억이 유발하는 불쾌한 감정을 배출함으로써 해소하는 치료법]의 입장에서 벗어나 분석의 보조수단으로서 최면을 포기하고 환자가 수면 중에 분석가에게 말하는 것은 깨어 있는 동안에도 소통할 수 있다고 생각했을 때, 그는 한동안 억압된 요소의 흔적을 직접 해석하여 환자가 증상의 무의식적 의미를 의식하도록 하는 데 노력하였다. 이 방법은 분석가가 지적한 것을 받아들이는 환자의 의지에 달려있다는 것을 그가 발견하기까지 오래 걸리지 않았다. 그는 환자가 분석가의 메시지에 대해 일반적으로 무의식적인 '저항'을 하고 있다고 추측했고, 따라서 직접 해석을 포기하고 억압된 요소에 대한 저항을 제거하여 무의식을 의식할 수 있도록 하는 기법을 새로이 적용했다.

이론적 개념과 기법의 이러한 근본적인 변화는 분석치료법의 역사에서 전환점이었고, 이것은 오늘날에도 여전히 유효한 새로운 기법의 시작을 알린다. 프로이트에게서 멀어진 제자들은 이것을 결코 이해하지 못했고, 심지어 랑크[7]조차도 직접 증상을 해석하는 과거의 방법으로 돌아갔다. 현

---

7) Otto Rank는 *Technique of Psychoanalysis*라는 제목으로 세 권의 책(1926, 1929, 1931)을 냈다. [옮긴이 주]

재의 시도는 증상분석에서 전체 인성 분석에 이르기까지 분석치료법의 발전과 전적으로 보조를 맞추어 성격분석에도 저항을 다루는 새로운 기법을 적용하는 것이지 그 이상을 의미하지 않는다.

카타르시스 치료법 시기에는 증상을 없애기 위해 '억압에 갇힌 정서를 해방'하는 것이 중요하다고 생각했지만, 이후 저항분석 시기에는 증상의 의미를 직접 해석하던 시기의 잔재인지 증상의 기저에 있는 억압된 관념[생각]을 의식하게 되면 증상이 **반드시** 사라진다고 하였다. 나중에 이 테제를 유지할 수 없다는 것이 밝혀지고, 이전에 억압된 내용을 의식함에도 불구하고 증상이 종종 지속되는 사례가 많다는 것을 반복해서 관찰하자, 프로이트는 비엔나 정신분석학회의[8]에서 토론을 통해 증상의 무의식 내용을 의식하게 되면 증상이 사라**질 수** 있는데 반드시 **사라지지는 않는다**는 취지로 첫 번째 정식을 수정하였다. 이제 우리는 새롭고 어려운 문제에 직면했다. 의식하는 것만으로 치유에 충분하지 않다면 증상을 없애기 위해 무엇을 추가해야 하는가? 의식하게 되면 치유로 이어질지를 결정하는 추가조건은 무엇인가? 따라서 억압된 것을 의식하는 것은 치유의 그[대표적인] 필수적인 전제조건으로 남아 있었지만, 이것에 대해 구체적으로 설명되지는 않았다. 일단 이 질문이 제기되자 곧바로 또 다른 질문, 즉 항상 분석에 '종합'이 뒤따라야 한다고 경고해왔던 정신분석에 반대하는 사람들이 옳지 않은가라는 질문이 이어졌다. 그러나 자세히 살펴보면 이 경고가 공허한 말에 불과했음이 아주 분명하게 드러났다. 부다페스트 회의(1919년)에서 프로이트 자신은 하나의 관계에서 해방된 모든 충동은 즉시 또 다른 관계를 형성하기 때문에 분석과 종합이 동시에 이루어진다는 점을 지적함으로써 이 반대에 대해 완전하게 반박했다. 거기에 아마도 문제 해결의 열쇠가 숨겨져 있었을까? 어떤 충동과 어떤 새로운 관계를 다루고 있었

---

8)   프로이트가 주도하여 결성한 정신분석학회인데, 1902년 수요심리학회로 시작하여 1908년 비엔나정신분석학회라는 이름을 갖고 재구성되어 1936년까지 유지되었다. [옮긴이 주]

는가? 환자가 분석을 그만둘 때 어떤 종류의 충동구조를 지니고 있는지가 중요할까? 분석가로서 우리는 정신치료에서 신을 찾는 것을 포기하고 평균적인 인간의 요구에 더 부합하는 해결책을 찾는 데 만족해야 한다. 물론 모든 정신치료는 이른바 고차원적인 것의 원시적-생물학적 기반과 사회적 기반을 무시하다 보니 어려움을 겪고 있다. 다시 말하지만, 최근 몇 년 동안 분석연구에서 종종 무시되어온 프로이트의 무궁무진한 리비도이론이 다시 한번 탈출구로 나타났다. 하지만 여전히 한 번에 너무 많은 질문이 있었다. 짧게 정리하기 위해 메타심리학 관점에 따라 배열해 보겠다.

지형적 관점[9]으로 그 문제를 해결할 수는 없다. 이러한 시도는 부적절한 것으로 판명되었을 뿐이다. 즉 무의식적인 생각을 의식으로 변환하는 것만으로는 치유하는데 충분하지 않다. **역동적** 관점[10]에서의 해결책은 유망했지만, 페렌치와 랑크가 『**정신분석의 발달목표**』에서 성공적인 노력을 기울였음에도 불구하고 부적절하기도 했다.[11] 무의식적인 생각과 관련된 정서를 진정시키는 것이 거의 항상 환자의 상태를 완화하지만 보통 일시적으로만 그러하다. 일정 형태의 히스테리 사례를 제외하고 분석에서 원하는 결과를 얻는데 필요한 집중수준을 달성하기가 어렵다. 따라서 **경제적** 관점[12]만 남았다. 환자는 부적절하고 혼란스러운 리비도경제로 고통받고 있으며, 그 또는 그녀의 성의 정상적인 생물학적 기능은 부분적으로는 병리적으로 왜곡되고 부분적으로는 완전히 중단되어 평균적인 건강한 사람과 반대로 나타난다. 그리고 리비도경제가 보장되는지는 확실히 충동구조와 관련이 있다. 따라서 리비도경제가 정상적으로 기능하도록 하는 충동구조와 이를 방해하는 충동구조를 원칙적으로 구분할 수 있어야 한다. 나중에 '성기'성격과 '신경증'성격이라는 두 가지 원형을 구분하는 것은 이

---

9) 이드, 자아, 초자아 구도에서의 분석 관점. [옮긴이 주]
10) 저항분석을 통해 무의식을 의식화하려는 관점. [옮긴이 주]
11) Sandor Ferenczi und Otto Rank, *Entwicklungszielen der Psychoanalyse*, Leipzig Intern Psychoanal Vlg, 1924. [옮긴이 주]
12) 리비도경제[조절]에 근거한 설명방식. [옮긴이 주]

문제를 해결하려는 시도이다.

그러나 지형적 관점과 역동적 관점을 처음부터 일상진료에서 다루기는 쉬웠지만(관념이 지닌 의식이나 무의식, 억압을 정서적으로 돌파하는 강도 등), 경제적 관점을 실제로 어떻게 적용할 수 있는지는 즉각 명확하지는 않았다. 결국 그것은 막히거나 방출되는 리비도의 양과 함께 정신생활의 양 요소라는 문제다. 그러나 정신분석에서 우리가 질 요소만을 직접 다룬다는 사실을 고려할 때, 이 양 요소에 따라 결정된 어려움을 어떻게 극복할 수 있을까? 우선, 왜 우리가 신경증이론에서 계속해서 양 요소와 부딪치고 있는지, 그리고 왜 정신현상을 설명할 때 정신의 질 요소만으로 만족하지 못하는지 알아야 했다. 분석치료 문제에 대한 경험과 성찰은 항상 양 문제를 지적했지만, 전혀 예상치 못한 경험정보가 나타났다.

우리는 일부 사례는 장기간의 방대한 분석에도 불구하고 여전히 다루기 어려운데, 다른 사례는 무의식이 불완전하게 밝혀졌음에도 불구하고 지속적이고 실질적으로 회복될 수 있다는 것을 분석진료를 통해 배운다. 이러한 두 집단[13]을 비교한 결과, 낫지 않거나 쉽게 재발하는 사례들은 분석 후 조절된 성생활을 하지 못했거나 이후에도 금욕생활을 계속하였고, 회복한 사례들은 부분적인 분석을 통해 조절된 성생활을 할 수 있게 되었으며 곧 계속해서 만족스러운 성생활을 하게 된 것으로 밝혀졌다. 평균적인 사례의 예후를 조사한 결과, 달리 동등한 조건에서 어린 시절과 사춘기에 훨씬 더 완전하게 성기우위를 달성했을수록 치유가능성은 훨씬 더 크다는 것이 밝혀졌다. 달리 말하면, 어린 시절 초기에 리비도가 성기 부위에서 덜 활성화될수록 치유가 더 어려웠고, 접근이 다소 어려운 것으로 판명된 사례들은 어린 시절에 성기우위가 전혀 확립되지 않고 성기성 활동이 항문, 구강, 요도 에로티시즘에 제한되었던 사례들이었다.[14] 성기성이 그

---

13)   참조. Reich: "성기성에 대하여(Über Genitalität)" 및 "성기리비도의 치료법적 의미(Die therapeutische Bedeutung der Genitallibido)," 〈국제정신분석학회지〉(Internationalen Zeitschrift für Psychoanalyse), Vol. X(1924) 및 XI(1925).

14)   그동안 우리는 이러한 사례도 상당히 개선할 수 있는 가능성을 발견했다.

렇게 예후적 중요성을 지니고 있다는 것이 입증되었다는 사실에 비추어, 이러한 사례들에서 성기성의 징후와 그 효능에 관한 사례를 조사하는 것이 필요해 보였다. 질능력 장애가 없는 여성환자는 없었고 사정능력 장애나 발기력 장애가 없는 남성환자는 거의 없는 것으로 나타났다. 그러나 통상적인 의미에서 능력장애가 없는 환자, 즉 발기력이 있는 소수의 신경증환자는 치유경제를 이해하는 데서 성기성이 지닌 가치를 흔들기에 충분했다.

결국 발기력이 있는지는 중요하지 않다는 결론에 도달했다. 결국 이 사실은 리비도**경제**에 관해 아무것도 말해주지 않는다. 중요한 것은 분명히 **적절한 성만족을 얻을 수 있는 능력**이 손상되지 않았는지이다. 여성환자의 질 마비는 부정적인[소극적인] 의미에서 만족스러운 답을 허용했다. 여기에서 증상이 에너지를 어떤 원천에서 끌어내는지, 무엇이 신경증의 특정한 에너지 원천인 리비도울혈을 유지하는지가 분명하다. **오르가즘불능**이라는 **경제적 개념**, 즉 리비도요구에 만족스럽게 성긴장을 해결할 수 없다는 불능 개념을 발기력이 있는 남성환자에 대한 보다 철저한 조사에서 처음 도출하였다. 신경증의 원인으로서 성기성, 더 정확하게는 오르가즘불능의 광범위한 중요성에 대해서는 나의 책 『**오르가즘의 기능**』에서 설명했다. 오르가즘불능이 현실신경증 이론에 대해 지닌 함의를 보여주고 나서야 성기기능이 성격연구를 위해서도 이론적으로 중요해졌다. 따라서 양 문제를 어디에서 찾아야 하는지가 분명해졌다. 그것은 막힌 리비도에서 비롯된 현실신경증인 '**신경증의 신체 핵심**'이라는 유기체적 토대일 수 있었다. 그리고 신경증의 경제문제와 그 치유는 대부분 신체영역에 놓여 있었으며, 리비도 개념의 신체내용을 통해서만 접근할 수 있었다.[15]

이제 증상을 사라지게 하는 데 무의식을 의식하게 하는 것 외에 무엇을

---

15)   참조. Reich: "신경증 치료에서 성기성의 역할(Die Rolle der Genitalität in der Neurosentherapie)", 〈정신치료잡지〉(*Zeitschrift für Psychotherapie*), Vol. I (1925).

추가해야 하는지에 관한 질문에 접근할 수 있는 더 나은 위치에 있다. 무의식을 의식하게 하는 것은 증상의 의미(관념내용)뿐이다. 역동적 관점에서 보면 의식되는 과정 자체는 의식되는 것과 연결된 방출을 통해 그리고 전의식을 통한 대항집중의 일부를 제거함으로써 어느 정도 완화를 가져온다. 그러나 이러한 과정만으로는 증상이나 신경증 성격특성의 에너지원천에는 거의 변화가 없으며, 증상의 의미를 의식해도 리비도울혈은 남아 있다. 고도로 긴장된 리비도압력은 집중 분석작업을 통해 부분적으로 완화할 수 있지만, 대다수 환자는 성울혈의 최종해결을 위해 (전−성기단계는 오르가즘을 매개할 수 없기 때문에) 성기 성만족이 필요하다. 분석을 통해 이 과정이 가능해지면 경제적 측면에서도 변화가 일어난다. 그 당시 나는 분석이 성억압을 제거함으로써 신경증의 자발적인 기관치료법이 가능한 방식으로 이것을 다음과 같이 정식화하려고 노력했다. 최종치료제는 성기 오르가즘에서 달성하는 성만족과 관련이 있으며, 현실신경증 즉 신체 핵심을 제거하면 정신신경증이라는 상부구조의 토대도 제거하는 성 신진대사의 유기적 과정이다. 신경증이 발생했을 때, 외부억제(실제불안)가 내면화되어 리비도울혈을 생성하고, 리비도울혈은 이번에는 병인적 힘을 오이디푸스단계의 경험에 부여하며, 이 힘은 현재의 성억압의 결과로 지속되어 순환효과로 정신신경증에 에너지를 계속 공급한다. 치료는 먼저 무의식적 억제와 고착을 의식하게 하여 정신신경증을 완화하고 그럼으로써 리비도울혈을 제거하는 길을 열어준다는 점에서 역순으로 이루어진다. 일단 리비도울혈을 제거하면 다시 순환효과로 억압과 정신신경증도 불필요해지고 실제로 더 불가능해진다.

대략 말하자면, 이것은 내가 앞서 언급한 책에서 신경증의 신체 핵심이 지닌 역할과 관련하여 발전시킨 개념이다. 이 개념에서 이론에서뿐만 아니라 진료에서도 성기우위 확립이라는 분석기법에 대한 더 큰 틀과 명확하게 정의된 치료목표가 나온다. 다시 말해서, 환자는 − 치유되고 영구적으로 그렇게 되려면 − 분석을 통해 조절되고 만족스러운 성기생활에 도달해야 한다. 어떤 사례에서는 아무리 뒤처져 있더라도, 리비도울혈의 역동성에 대한 우리의 통찰을 바탕으로 노력하는 것이 우리의 진정한 목표이다. 승화능력은 여전히 잘 이해할 수 없는 재능이기 때문에, 효과적인 성만족에 대한 치료요구보다 승화노력을 더 엄격한 목표로 삼는 것은 위험이 없지 않다. 반면 성만족능력은 사회적 요소에 의해 크게 제한될지라도 분석을 통해 평균적으로 달성할 수 있다. 치료목표의 강조점을 승화에서 직접 성만족으로 바꾸는 것이 치료가능성을 상당히 넓힌다는 것은 쉽게 이해할 수 있다. 그러나 정확히 이렇게 바꾸는 데서 우리가 과소평가해서는 안 되는 사회적 성격의 어려움에 직면하게 된다.

그러나 기법을 다루는 다음 설명은 이 목표를 교육, '종합' 또는 암시를 통해서가 아니라 오로지 성격에 뿌리를 둔 성억제에 대한 철저한 분석을 통해서만 달성할 수 있다는 점을 보여줄 것이다. 그러나 먼저 그 과제에 대한 눈베르크의 설명에 대해 몇 가지 논평을 해보자.

눈베르크는 자신의 책 『일반신경증학』[16]에서 정신분석 치료이론을 제시하려고 한다. 우리는 그의 견해 중 가장 중요한 것을 추출한다. 그는 "첫 번째 치료과제는 … 충동이 방출되도록 돕고 의식에 접근할 수 있도록 하는 것"이라고 말한다. 눈베르크는 "충동이 자아조직에서 차단된 고립된 존재를 끌지 않고 자아는 종합하는 힘을 되찾는다는 의미에서, 인성의 두 극인 자아와 이드 사이에 평화를 확립하는 것"이 중요한 치료과제라고 본다. 이것은 불완전하더라도 본질적으로 올바른 설명이다. 그러나 눈베르크는 기억행위에서 정신에너지가 방출된다는, 말하자면 의식화 행동에서 정신에너지가 '소멸'된다는 진료경험에 의해 잘못된 것으로 판명된 낡은 견해를 대표한다. 따라서 역동적 관점에서 치유를 설명할 때, 그는 이 과정에서 방출되는 소량의 정서가 막힌 리비도 전체를 방출하고 에너지경제의 균형을 맞추기에 충분한지 묻지 않고, 억압된 것을 의식화하는 것에 머문다. 이 반박에 맞서기 위해 눈베르크가 의식화행동 과정에서 막힌 에너

---

16)   Herman Nunberg, *Allgemeine Neurosenlehre*, Bern, Berlin, Huber, 1932. [옮긴이 주]

지의 전량이 방출된다고 주장한다면, 다음과 같은 사실들이 분명히 드러나는 풍부한 임상경험과 부딪칠 수 있다. 억압된 관념에 붙은 정서의 작은 부분만이 의식하는 행동에서 방출되지만, 정서가 관념 자체에 붙어있거나 성격에 흡수되어 성격의 일부가 되어서 정서방출이 절대 일어나지 않으면 훨씬 더 크고 중요한 부분은 곧 다른 무의식활동으로 이동한다. 따라서 어떤 경우에도 무의식재료를 의식하는 것은 치료효과 없이 남게 된다. 요컨대 의식하는 것에서만 치유의 역동성을 도출할 수는 결코 없다.

이것은 눈베르크의 정식에 대한 또 다른 불가피한 비판으로 이어진다. 그는 반복강박이 전이와 무관하게 작동하며 억압된 유아관념의 매력에 근거하고 있다고 쓴다. 반복강박이 본원적이고 환원할 수 없는 정신적 사실이라면 이것은 정확할 것이다. 그러나 임상경험에 따르면 무의식적이고 유아적인 관념이 발휘하는 큰 매력은 만족되지 않은 성욕구의 에너지에서 비롯되며 성숙한 성만족의 가능성이 차단되는 한 강박적 반복 성격을 유지한다. 따라서 신경증적 반복강박은 리비도경제 상황에 따라 달라진다. 이러한 관점에서 뿐만 아니라 신경증성격과 성기성격에 대한 정식화에서 나중에 만날 관점에서 볼 때, 눈베르크가 올바르게 가정한 자아와 이드 사이의 평화는 첫째 전-성기노력을 성기노력으로 대체함으로써, 둘째 울혈문제를 최종적으로 해결하는 성기요구의 효과적인 만족을 통해 일정한 성경제 기반에서만 확보할 수 있다.

앞서 언급한 눈베르크의 이론적 가정은 우리가 적절한 분석태도라고 볼 수 없는 기법태도를 따른다. 눈베르크는 저항을 직접 다루지 않고 분석가가 환자의 자아에 몰래 들어가서 저항을 파괴하기 위해 긍정전이를 동원해야 한다고 요구한다. 눈베르크에 따르면, 이것은 최면에 걸린 사람과 최면술사 사이의 관계와 유사한 관계를 만들어낸다. 분석가는 이제 자아리비도에 둘러싸여 있어서 초자아 자체의 엄격함을 어느 정도 무력화시킨다. 이런 식으로 분석가는 신경증적 인성의 분열된 부분을 화해시키도록 예정되어 있다.

이에 대해 다음을 지적할 필요가 있다.

1) 나중에 철저하고 상세하게 설명하겠지만, 처음에는 실행 가능하고 진정한 긍정전이가 없으므로 많은 사례에서 치료상 위험한 것은 바로 자아에 대한 이러한 '암시[침입]'이다. 분석의 초기 단계에서 우리는 항상 어린 시절 의존욕구와 같은 자기애 태도를 다루는데, 이 태도는 긍정적인 대상관계보다 실망반응이 더 강하기 때문에 빠르게 증으로 바뀔 수 있다. 저항을 회피하고 '내부 파괴'하려는 목적에서 하는 그러한 암시는 저항을 감출 수 있는 한 위험을 의미하며, 더 중요한 것은 약한 대상관계가 사라지거나 다른 전이가 그 대상관계를 빼앗자마자 가장 심각한 실망반응은 아니더라도 이전 상태가 즉시 시작된다는 것이다. 바로 정확히 이러한 절차를 통해서 우리는 너무 늦게 나타나고 그 전개과정을 조사할 수 없는 가장 심각한 부정전이의 모습을 본다. 환자가 분석을 종료하거나 심지어 자살하는 사례도 아주 종종 이러한 절차의 결과이다. 환자의 자살은 인위적으로 긍정적인 최면 태도를 너무 잘 확립한 사례에서 특히 일어날 가능성이 크며, 긍정 태도가 뒷받침된 공격적이고 자기애적인 반응을 개방적이고 명확하게 드러내는 것은 자살과 갑작스러운 분석종료를 막는다는 것을 지적할 필요가 있다. 이것은 역설적으로 들릴지 모르지만 정신장치의 작동 방식과 일치한다.

2) 긍정전이를 (유아고착에서 결정화하는 대신) 암시하는[끌어들이는] 것은 해석을 피상적으로 수용할 위험을 초래하며, 이는 상황을 바로잡기에는 너무 늦어질 때까지 실제 상황에 대해 환자뿐만 아니라 분석가도 속일 수 있다. 안타깝게도 최면관계는 너무 자주 생기지만, 최면관계를 저항이라고 밝히고 제거해야 한다.

3) 치료 초기에 불안이 가라앉는다면, 이것은 환자가 불안을 해결했다는 증거가 아니라 자신의 리비도 일부를 전이(심지어 부정전이)로 바꿨다는 증거일 뿐이다. 분석작업을 할 수 있으려면 분석가는 어떤 형태로든 안심시켜 너무 급성인 불안을 완화해야 할 것이지만, 이와 별도로 가능한 최대한의 공격과 불안을 동원해야만 건강해질 수 있다는 것을 환자에게 분명히 알려야 한다.

나 자신의 경험을 통해 분석치료의 전형적인 과정에 관한 눈베르크의 설명에 대해 잘 알고 있다. 나는 그러한 과정을 예방하기 위해 최선을 다하며, 실제로 내가 치료 초기에 저항을 다루는 기법에 아주 많은 관심을 기울이는 것은 정확히 이러한 이유에서라고 덧붙일 수 있다. 다음 인용문은 치료 초기에 부정전이를 제대로 작업해내지 못하고 환자의 긍정전이 지속기간을 잘못 평가한 분석의 가장 흔한 결과이다.

　"한동안 환자와 분석가 사이에는 완벽한 합의가 이루어지고, 실제로 환자는 해석에서도 분석가에게 전적으로 의존하며 가능하다면 기억하는 데서도 분석가에게 의존할 것이다. 그러나 이 합의가 깨지는 순간이 곧 온다. 이미 언급했듯이 분석을 더 깊이 진행할수록 저항은 더 강해지고, 이는 병원성[발병시키는] 초기상황에 가까워진다. 더욱이 이러한 어려움에 더해 분석가에 대한 환자의 개인적인 요구를 만족시킬 수 없으므로 전이의 어느 시점에서 불가피하게 부정의 순간이 발생하여 어려움이 가중된다. 대부분 환자는 분석작업을 게을리하고 유사한 상황에서 예전에 행동했던 대로 행동하는 방식으로 반응한다. 이런 식으로 환자들은 어떤 활동을 표현한다고 생각할 수 있는데, 반대로 분석활동을 피하고 기본적으로 분석활동에 대해 수동적으로 행동한다. 따라서 고착을 가져오도록 돕는 반복강박은 전이상황에서도 억압받는 사람의 정신표현을 지배한다. 이제 환자는 한 조각의 능동적인 작업 즉 자신이 원하지만 표현할 수 없는 것에 대한 예측을 분석가에게 맡긴다. 원칙적으로 이것은 사랑받고 싶은 문제이다. 분석가 자신의 표현수단(이것은 침묵일 수도 있다)과 분석가가 전능하다는 상상이 결정적인 시험대에 오른다. 분석가가 이러한 저항을 성공적으로 드러내기도 하지만 추측할 수 없기도 하다. 이제 내부갈등이 아니라 환자와 분석가 사이의 갈등이 극단으로 치닫게 된다. **분석은 산산조각 날 위험이 있다. 환자는 분석가와 그의 사랑을 잃거나 아니면 다시 적극적인 작업을 수행할 것인지 하는 선택에 직면하게 된다.**[강조는 라이히] 전이가 계속될 수 있다면, 즉 환자가 이미 고착에서 풀린 최소한의 대상리비도를 다시 지니게 된다면, 환자는 이 대상리비도를 잃을까 봐 불안해한다. 이런 경우 종종 특유한 일이 발생한다. 분석가가 분석의 유리한 결과에 대한 희망을 포기하고 사례에 관한 관심을 잃은 바로 그때, 분석의 신속한 종결을 알리는 풍부한 재료가 갑자기 나타난다."(눈베르크, 『**일반신경증학**』, 305쪽)

정확하고 일관되며 체계적인 저항분석이 모든 사례에서 성공하는 것은 아니지만, 성공하는 경우 이러한 절망은 분석에서 발생하지 않는다. 저항분석이 성공하지 못하면 절망상황이 꽤 자주 발생하며 결과를 확신할 수 없으므로, 우리는 저항기법에 가장 큰 관심을 기울일 수밖에 없다.

.

3장
해석기법과 저항분석기법에 대하여[17)]
– 전이신경증의 법칙적 발달에 대하여

1. 해석기법의 몇 가지 전형적인 오류와 그 결과

분석작업에서 우리는 가능한 한 첫째, 환자의 **회복[치유]**과 둘째, 환자의 **면역화**라는 치료과정의 두 부분을 구별해야 한다. 첫 번째 작업도 치료 **시작[도입]** 시기의 준비작업과 실제 **치유과정** 두 부분으로 나뉜다. 이것은 인위적인 구분일 뿐인데, 최초의 저항해석조차도 실제 치유와 많은 관련이 있기 때문이다. 그러나 우리는 이러한 구분으로 산만해지지 않는다. 여행준비(프로이트는 분석을 여행에 비유하였다)조차도 여행 자체와 많은 관련이 있으며, 여행이 성공할지는 여행준비에 달려있다. 어쨌든 분석에서 모든 것은 치료를 시작하는 방식에 달려있다. 잘못 시작하거나 불분명하게 시작한 사례는 어렵사리 구제될 수 있으며 대개는 전혀 구제될 수 없다. 대부분 사례가 '잘 진행되는지'에 관계없이 시작 시기에 가장 큰 어려움을 겪는다. 초기에 순조롭게 진행되는 것처럼 보이는 사례가 나중에 가장 큰 어려움을 겪게 되는데, 이는 초기의 순조로운 과정이 제때 어려움

---

17)   1926년 6월 비엔나의 정신분석치료 세미나에서 처음 발표되었으며, 〈국제정신분석학회지〉(*Internationalen Zeitschrift für Psychoanalyse*), 1927~1928년에 출판됨.

을 인식하고 제거하기 어렵게 만들기 때문이다. 치료 초기에 범한 실수는 교정하지 않은 채 치료를 오래 계속할수록 교정하기 더욱 어렵다.

치료 시작 시기의 이러한 구체적이고 전형적인 어려움은 무엇인가?

당분간은 더 나은 방향을 잡기 위해 분석이 치료 시작 시기부터 진행해 나아가야 할 목표를 개괄해보자. 치유과정을 시작하려면 증상과 신경증성격의 에너지원에 도달해야 한다. 그 사이에 환자의 저항이 있으며, 그중에서도 특히 완고한 저항은 전이갈등에서 비롯된 것이다. 환자가 저항을 의식하고 해석하고 포기해야 한다. 즉 저항을 무효화시켜야 한다. 이런 식으로 환자는 어린 시절 초기의 정서로 채워진 기억에 점점 더 깊이 파고든다. 우리에게 더 중요한 것은 무엇인지, 정서적 재경험인지 아니면 아무 의미도 없는 기억인지라는 널리 논의된 질문은 중요하지 않다. 임상경험은, 자신이 경험한 것을 반복하기를 좋아하는 환자는 자신이 행동한 것을 이해해야 할 뿐만 아니라 자신의 갈등을 철저하게 해결하기 위해서는 정서적으로[정서를 동반하며] 기억해야 한다는 프로이트의 요구를 확인해 준다.[18] 그러나 나는 우리의 프로그램을 미리 판단하고 싶지 않고 이 절에서는 저항기법의 원칙만을 다루고 있으므로, 저항과 전이의 분석이 전체 분석노력을 이룬다는 인상을 주지 않기 위해 이것을 언급했을 뿐이다.

우리의 많은 사례는 정서적 기억 대신 어떻게 진행되는가?

분석가가 결국은 많은 이질적인 전이의 결과로 발굴된 풍부한 재료에 대해 자신의 길을 알지 못하기 때문에 실패한 사례들이 있다. 우리는 이것을 '혼돈상황'이라고 부르며 해석기법의 일정한 오류로 인해 발생한다는 것을 알게 된다. 또한 부정전이가 명백한 긍정태도 뒤에 숨어 있으므로 간과하는 많은 사례를 생각해 보자. 그리고 마지막으로 심오한 기억작업에도 불구하고 정서불구에 충분한 주의를 기울이지 않거나 처음부터 분석대상으로 삼지 않기 때문에 성공을 거두지 못하는 사례를 살펴보자.

---

18)   주, 1945. 그동안 정신분석의 기법문제는 완전히 해결되었다. 오르곤치료에서 병인적 기억은 신체감정이 근육갑옷을 뚫을 때 **자연스럽고 쉽게(노력 없이)** 나타난다.

잘 진행되는 것처럼 보이지만 실제로는 혼돈스럽게 끝나는 이러한 사례와 반대로, '잘 진행되지 않는' 사례, 즉 어떤 연상도 제시하지 않고 수동적 저항으로 우리의 노력에 반대하는 사례도 잘 알려져 있다.

이제 나 자신이 저지른 중대한 실패 중 일부를 설명하면, 그러한 실패는 전형적인 실수로 인한 것임을 곧 알게 될 것이다. 그리고 이러한 대부분의 실패가 지닌 유사성은 우리가 시작 시기에 저지르는 전형적인 실수, 즉 초보자가 저지른다고 알려진 중대한 죄 탓이라고는 말할 수 없는 실수를 나타낸다. 페렌치가 언젠가 말했듯이 모든 새로운 경험에는 비용이 들기 때문에 우리는 이로 인해 절망하고 싶지 않다. 중요한 것은 실수를 깨닫고 경험으로 바꾸는 것이다. 이는 다른 의학 분야에서도 다르지 않다. 우리는 실패를 덮고 은폐하는 일은 다른 분야의 동료들에게 맡기고 싶을 뿐이다.

열등감과 자의식에 시달리는 한 환자는 자신의 불능("나는 아무것도 할 수 없다")에 대한 분석에서 냉담한 태도를 보였다. 나는 이 저항의 본성을 파악하고 해명하고 그 이면에 감춰진 폄하경향을 의식하도록 하는 대신에, 그가 협조할 생각이 없고 낫고 싶은 의지가 없다고 그에게 몇 번이고 말했다. 나는 이 일에서 완전히 틀린 것은 아니지만, 그의 '원하지 않음(무의지)'에 대해 더 자세히 조사하지 못했고 그의 '할 수 없음'에 대한 이유를 이해하려고 노력하지 않았기 때문에, 분석이 실패했다. 그 대신 나는 나 자신이 무능한 이유를 이해하려고 노력하지 않고 무의미한 비난에 빠지고 말았다. 많은 분석가가 모든 환자는 병에 걸리는 경향이 있다고 생각하며, 불분명한 상황에서 "당신은 낫고 싶어 하지 않는다"는 표현을 추가설명 없이 단순히 비난으로 사용한다는 것을 알고 있다. 이 표현을 분석가의 어휘에서 없애고 자제력으로 대체해야 한다. 불명확한 상황에서 분석이 정체되는 것은 분석가의 잘못이라는 것을 깨달아야 한다.

또 다른 사례는 3년 동안의 분석에서 자신과 관련된 모든 재료와 함께 원색장면을 회상했지만, 정서불구가 풀린 적은 **한 번도** 없었고 분석가에게 아버지 — 정서는 없었지만 — 에 대해 생각했던 비난을 **한 번도** 하지 않았다. 그는 치유되지 않았다. 나는 그의 절제된 증오심을 어떻게 발달시켜야 하는지 알지 못했다. 이 사례는 일부 사람들이 마침내 원색장면을 밝히는 것이 치료상 아무 효과가 없다는 것을 인정했다고 하면서 기뻐하도록 만들 것이다. 그런 사람들은 착각하고 있다. 초기 경험에 대한 분석 없이는 진정한 치유는 없다. 해당 정서를 기억하는 것이 중요하다.

또 다른 사례에서는 치료시작 후 두 번째 주에 꿈에서 근친성관계 환상이 매우 명확하게 나타나고 환자 자신이 그 진정한 의미를 알아채는 일이 발생했다. 일 년 내내 나는 그것에 대해 더는 듣지 못했다. 결과적으로 실질적인 성공은 없었다. 그러나 때때로 너무 빨리 떠오르는 재료는 자아가 그것을 처리할 수 있을 만큼 충분히 강해질 때까지 억압해야 한다는 경험을 통해 나는 풍요로워졌다.

홍조(적혈구)공포증[19] 사례는 환자가 온갖 방향에서 제시한 재료를 추적하면서 먼저 저항을 명확히 제거하지 못한 채 무분별하게 해석하여 실패했다. 물론 재료는 나중에 나타났는데 너무 과도하고 혼돈스럽게 나타났다. 나는 탄약을 다 써버렸고 내 설명은 효과가 없었다. 정신을 차릴 수 없었다. 분석 진료를 3, 4년 해왔던 그 당시 나는 프로이트가 요구한 대로 무의식이 그 자체로 명확하고 분명하게 나타나지 않았고 환자 자신도 해결책에 가까워지지 않았는데 해석을 할 정도로 더는 초심자가 아니었음을 장담한다. 하지만 이 혼돈스러운 상황은 세미나와 통제분석에서 마주치는 것과 같은 종류의 상황이었으니 장담하는 것만으로는 분명 충분하지 않았다.

몽롱한 상태로 특징지어지는 고전적 히스테리 사례는 내가 적시에 긍정전이 분석에 대한 환자의 반응 즉 그녀의 반응성 증오를 이해하고 올바르게 처리했다면 아름답게 회복되었을 것이다. 나중에 유사한 사례를 경험한 뒤에 이렇게 말할 수 있다. 그 대신 그녀의 기억에 이끌려 빠져나올 수 없는 혼돈에 빠져들었고, 환자는 계속해서 몽롱한 상태를 유지했다.

실망반응이 나왔을 때 전이를 잘못 처리한 결과 겪은 여러 가지 나쁜 경

---

19)   홍조공포증. 얼굴이 붉어지는 것에 대한 공황적이고 비이성적인 두려움. [옮긴이 주]

험을 통해 실망이나 원래의 부정전이나 전이사랑의 좌절로 인해 발생하는 부정전이, 분석에 미치는 위험에 주의하게 되었다. 그리고 좋은 긍정전이로 1년 반 동안 아름답게 회상했었던 한 환자가 분석이 중단된 지 몇 달 뒤에 나를 절대 믿지 않았다고 말하는 것을 듣고 나서야, 잠재해 있는 부정전이의 위험을 제대로 인식하는 법을 배웠다. 이 경험을 통해 나는 그런 일이 다시는 일어나지 않도록 하고 ─ 마지막으로 중요한 것 ─ 치료의무를 더 잘 수행하기 위해, 숨겨진 곳에서 부정전이를 끌어내는 방법을 배웠고 성공적으로 해결책을 찾았다.

비엔나 기법세미나에서도 대부분 모임에서 우리는 부정전이, 특히 잠재적 전이에 대해 집중적으로 다루었다. 부정전이를 간과하는 것은 단지 한 개인 분석가의 맹점이 아니라 일반적인 현상인 것 같다. 의심의 여지 없이 이것은 우리의 자기애 탓이라고 할 수 있다. 우리는 칭찬을 듣고 싶어 하며, 환자의 모든 부정흐름에 대해서 노골적으로 표현되지 않는 한 완전히 눈을 감는다. 분석문헌에서는 긍정 의미의 전이에 대해서만 언급하고, 내가 알기로는 란다우어의 '수동 기법'[20]에 대한 작업을 제외하고는 부정전이 문제를 대개 무시해 왔다.

부정전이를 간과하는 것은 분석과정을 혼돈스럽게 만드는 많은 실수 중 하나일 뿐이다. 우리는 모두 '혼돈상황'이라고 부르는 것을 경험하므로 이것에 대한 나의 설명은 가장 거친 개괄 이상이 필요하지 않다.

기억해 내고 행동하는 것은 매우 많지만 아주 혼돈스럽게 서로 이어지며, 분석가는 많은 것을 배우고, 환자는 전 연령대의 삶에 걸쳐 모든 무의식 층에서 풍부한 재료를 생산한다. 모든 것이 큰 덩어리로 존재한다. 아직 치료목표에 따라 해결된 것은 전혀 없다. 재료는 풍부한데 환자는 재료의 의미에 대한 확신을 갖지 못한다. 분석가는 많은 것을 해석했지만 그 해석이 어떤 식으로든 분석을 심화시키지 못한다. 환자가 제공한 모든 것

---

20) Karl Landauer, "Passive Technik: Zur Analyse narziβtischer Erkrankungen," *IZP(Internationale Zeitschrift für Psychoanalyse)* 10 (1924). [옮긴이 주]

이 분명히 은밀하고 알아챌 수 없는 저항을 이룬다. 이러한 혼돈스러운 분석은 오랫동안 분석가가 단순히 환자가 '재료를 찾아내고 있어'서 매우 잘 진행되고 있다고 믿기 때문에 위험하다. 일반적으로 너무 늦게 분석가는 환자가 원을 그리며 돌아다녔고 동일한 재료를 다른 관점에서 반복해서 제시했다는 것을 깨닫는다. 이런 식으로 환자는 몇 년 동안 자신의 본성을 조금도 바꾸지 않고 분석시간을 채울 수 있다.

한때 내가 동료로부터 넘겨받은 특징적인 사례가 있다. 여러 가지 도착을 지닌 환자로 8개월 동안 분석을 받았는데, 분석하는 동안 그는 끊임없이 이야기하고 자신의 무의식 심층에서 재료를 가져왔고 이를 계속 해석하였다. 해석하면 할수록 그의 연상흐름은 더욱 풍부해졌다. 결국 외부적인 이유로 분석을 중단해야 했고 환자가 나를 찾아왔다. 그 당시 나는 이미 은폐된 저항의 위험성을 부분적으로 알고 있었다. 나는 환자가 무의식재료를 계속 생산하고 있다는 것을 알아차렸다. 예를 들어 그는 단순 오이디푸스 콤플렉스와 이중 오이디푸스 콤플렉스의 가장 복잡한 기제를 묘사하는 방법을 정확히 알고 있었다. 나는 환자에게 그가 말하고 들은 것을 정말로 믿는지 물었다. "전혀요!" 그는 "오히려 이 모든 것을 보고 속으로 미소를 지을 수밖에 없었어요"라고 대답했다. 왜 첫 번째 분석가에게 이것을 말하지 않았냐고 물었더니 그럴 필요가 없다고 생각했다고 말했다. 그의 미소를 열심히 분석했으나 그는 이미 너무 많은 것을 거쳤기 때문에 더는 할 수 있는 일이 없었다. 내 동료의 해석은 모두 엉망이 되었으며 나 자신의 해석은 그의 미소에 튕겨 나올 뿐이었다. 나는 4개월 만에 그를 포기하고 더 풍부한 경험을 얻었지만, 그의 자기애 변호에 대한 더 길고 더 일관된 해석을 했다면 어떤 결과를 얻었을 가능성이 있다. 그러나 그 당시에는 그 행동에 대해 몇 달 동안 노력했음에도 불구하고 긍정적인 경험을 하지 못했다.

이러한 혼돈상황의 원인을 찾기 위해 노력한 결과 다음과 같은 해석기법의 결함이 원인이라는 것을 곧 알게 되었다.
① 증상의 의미와 심층 무의식의 다른 표현, 특히 상징의 의미를 너무

일찍 해석하는 것이다. 감춰져 있는 저항에 힘입어 환자는 분석을 통제하게 되며, 분석가는 환자가 완전히 손대지 못하게 원을 그리며 돌아다닌다는 것을 너무 늦게 알아차린다.

② 신경증의 구조와 재료의 층화에 대한 적절한 고려 없이 재료가 나오는 순서대로 해석하는 것이다. 오류는 단순히 재료가 명확해졌기 때문에 해석했다는 것(**비체계적 의미해석**)에 있다.

③ 모든 방향에서 해석을 추구할 뿐만 아니라 근본저항을 해결하기 전에 해석을 수행하기 때문에 분석이 혼돈스럽게 된다. 여기서 오류는 의미해석이 저항해석에 앞선다는 것이다. 저항이 곧 분석가와의 관계에 얽히게 되고 **비체계적인 저항해석**은 또한 전이상황을 복잡하게 만든다는 점에서 상황은 더욱 복잡해진다.

④ 전이저항에 대한 해석은 비체계적일 뿐만 아니라 **일관성도 없다.** 즉 환자가 자신의 저항을 다시 숨기거나 더 구체적으로 무익한 성취나 급성 반응형성으로 숨기는 경향에 충분히 주의를 기울이지 않는다. 분석가들은 잠재적 전이저항을 보통 간과하거나, 어떤 형태로든 잠재적 전이저항이 숨겨져 있을 때 그 저항을 전면에 드러내고 일관되게 추적하는 것을 두려워한다.

이러한 오류는 아마도 환자가 분석을 주도해야 한다는 프로이트의 규칙을 잘못 이해한 데서 비롯된 것일 수 있다. 이 규칙은 환자의 작업이 회복에 대한 환자의 의식적인 의지와 치유에 대한 우리의 의도에 부합하는 경우에만 환자가 분석을 주도하는 것을 방해하면 안 된다는 것을 의미할 수 있다. 그러나 자신의 갈등과 싸우는 것에 대한 환자의 두려움과 환자의 병에 걸리고 싶은 의지가 이 과정을 방해하는 즉시 우리는 당연히 개입해야한다.

2. 체계적 해석과 저항분석

이제 우리의 성취를 충분히 비판해 왔지만, 독자의 인내심을 과도하게 요구하지 않았을까 두렵다. 독자가 지금 우리에게 올바른 기법이 무엇인가 라고 묻는 질문에 대답하는 것은 비판하는 것만큼 쉽지 않기 때문에 더욱 그렇다. 그러나 독자가 주제의 어려움을 충분히 알았을 것이므로 더는 가장 일반적이고 문제가 되는 오류가 무엇인지 결론지을 필요가 없다고 확신한다.

시작하기 전에 이 매우 특이한 주제에 관한 토론에서 함정에 빠질 수 있다는 우려를 표명해야겠다. 우리는 살아 숨쉬는 정신사건을 다루고 있으며, 이것을 말로 표현하고 듣는 사람에게 문장으로 전달하려고 하자마자 얼어붙어 버린다는 것은 어쩔 수 없다. 다음 내용은 엄밀한 도식이라는 인상을 주기 쉽지만, 실제로는 우리가 조사 중이며 여전히 자세히 연구해야 하는 분야의 대략적인 개괄에 불과하다. 눈에 띄는 몇 가지 사항만 표시하고 그에 못지않게 중요한 다른 사항들을 **당분간** 무시해야 하며 미세한 세부작업도 빼놓고 있다. 따라서 개괄의 어느 하나라도 잘못되거나 덜 중요하거나 일반적으로 적용되지 않는 것으로 판명되면 언제든지 수정할 준비가 되어 있어야 한다. 중요한 것은 모두가 다른 언어를 사용하고 있어도 우리는 서로를 이해할 수 있고 서로 지나치지 않을 수 있다는 것이다. 다음 설명에서 도식적으로 표시한 것은 방향설정 수단에 지나지 않는다. 눈에 띄는 지형지물과 같이 몇 가지 고정기준점을 지키지 않거나 나침반을 사용하지 않으면 숲에서 길을 찾을 수 없다. 치료 중 정신과정에 대한 우리의 조사는 오직 오리엔테이션 목적으로만 **임시로** 유사한 기준점을 만들 것이다. 하나의 특수한 현상을 분리하여 별도의 단위로 간주하는 즉시 자동으로 나타나는 계획조차도 과학적 임시방편일 뿐이다. 우리는 계획, 규칙 또는 원칙을 사례에 적용하지 않고 편견 없이 바라보고, 그 사례의 재료, 그 사례의 행동을 기반으로 환자가 숨기거나 반대되는 것으로 제시하는 것을 기반으로 우리의 방향을 정한다. 그런 다음에만 우리는 **이** 사례의 기법을 위해 **이** 사례에 대해 내가 아는 것을 가장 잘 활용하는 방법은 무엇인가 라는 질문으로 돌아간다. 프로이트가 부다페스트회의(1919년)에서 바람직하다고 생각한 것처럼, 충분한 경험을 한 후에 저항유형을 구별할 수 있게 되면 더 쉬워질 것이다. 그러나 그때에도 각 개별사례에서 환자가 이런저런 종류의 전형적인 저항을 보이는지 또는 다른 사례와 공통점을 보이지 않는지 확인하기 위해 기다려야 한다. 잠재적 부정전이는 그러한 전형적 저항 중 **하나**일 뿐이다. 그러므로 우리는 내일 [곧바로] 환자에게서 이 저항[잠재적 부정전이]을 보거나 즉시 다른 방향으로 나가는 수단을 적용하거나 해서는 안 된다. 이러한 수단은 환자의 재료에서만 얻을 수 있다.

재료가 아무리 풍부하고 명확하며 그 자체로 해석할 수 있어도 근본저항의 첫 번째 선을 드러내고 제거할 때까지 심층해석을 보류해야 한다는 데 이미 동의했다. 환자가 해당 저항을 일으키지 않고 더 많은 기억재료를 제공할수록 더욱 의심해야 한다. 그렇지 않더라도 무의식 내용을 해석할 것인지 아니면 명백한 저항을 다룰 것인지 선택해야 할 때, 후자를 선택할 것이다. 우리의 원칙은 **저항해석이 필요한 경우 의미해석을 하지 않는다**는 것이다. 그 이유는 아주 간단하다. 분석가가 관련 저항을 해소하기 **전에** 해석하면, 환자는 전이로 인해 해석을 받아들이되 처음에는 부정태도를 취하고 나서 해석을 완전히 무효화하거나 나중에 저항이 뒤따를 것이다. 어느 경우든 해석은 치료효력을 잃고 흐지부지되며 수정이 매우 어렵거나 더는 수정할 수 없다. 해석이 심층 무의식으로 들어가야 할 길이 막힌다.

치료 첫 주 동안 환자의 '분석[분석할 수 있는] 인성'의 발달을 방해하지 않는 것이 중요하며, 저항조차도 완전히 발달하여 분석가가 본질적으로 이해할 때까지 해석해서는 안 된다. 물론 어느 순간에 저항을 해석해야 하는지는 주로 분석가의 경험에 달려있다. 숙련된 분석가에게는 작은 징후로 충분하지만, 초보자에게는 같은 사례를 이해하기 위해 개략적인 조치가 필요하다. 흔하지는 않아도 **잠재적 저항**을 인식하는지, 어떤 지표로 인식하는지는 오로지 경험에 달려있다. 이러한 저항의 의미를 파악한 뒤 분석가는 일관된 해석으로 저항을 의식하게 할 것이다. 분석가는 먼저 환자에게 환자가 저항하고 있다는 것을 분명히 한 다음, 환자가 어떤 수단을 사용하는지, 그리고 마지막으로 저항이 무엇을 목표로 하는지를 밝힘으로써 의식하게 한다.

충분한 초기 기억작업을 미리 하지 않으면 전이저항을 해결하는 데 큰 어려움을 겪게 되며, 이 어려움은 분석가가 진료경험을 쌓아감에 따라 줄어든다. 이 어려움은 저항을 해소하기 위해 분석가가 저항에 속하고 그것에 포함된 무의식재료를 알아야 하지만 저항으로 차단되기 때문에 이 재료에 도달할 방법이 없다는 사실에 있다. 꿈처럼 모든 저항에는 역사적 의미(기원)와 **현재** 의미가 있다. 먼저 **현재** 상황(분석가는 그 상황의 전개를 관찰한다)과 저항의 형식과 기제에서 저항의 현재 의미와 목적을 파악하고, 그런 다음 일치하는 유아재료가 표면으로 나오도록 하는 방식으로 그에 상응하는 해석을 통해 작업함으로써 난국을 돌파할 수 있다. 저항을 완전히 해소할 수 있는 것은 해석작업의 도움이 있어야만 가능하다. 물론 저항을 찾아내고 그 현재 의미를 파악하는 규칙은 없다. 대체로 이것은 직관행위이며 여기서 우리가 가르칠 수 없는 분석예술이 시작된다. 환자가 덜 시끄럽고 더 은밀히 저항하고 더 많이 속일수록, 분석가의 직관행동은 이를 통제하기 위해 더 확실해야 한다. 달리 말해서, 분석가 자신도 분석되어야 하며 여기에 더해 특정한 재능을 지녀야 한다.

'잠재적 저항'이란 무엇인가? 이것은 직접 그리고 즉각 표현되지 않고 의심, 불신, 지각[늦게 도착], 침묵, 완고함, 무관심 등의 형식으로 표현되며, 분석수행에서 간접 표현되는 환자의 태도다. 예를 들어 과도한 순종이나 분명한 저항이 전혀 없는 것은 은폐되고 그래서 훨씬 더 위험한 수동 저항을 나타낸다. 나는 그러한 잠재 저항을 인식하는 즉시 해결하는 습관이 있으며, 잠재 저항을 이해하는 데 필요한 만큼 경험을 했을 때 망설이지 않고 의사소통 흐름을 막는다. 경험에 따르면 해소하지 않은 저항이 있는 한 분석에서 의사소통의 치료효과조차 사라진다.

분석재료에 대한 일방적이고 따라서 잘못된 평가, 그리고 특정한 표면에서 분석을 시작해야 한다는 프로이트 테제에 대한 종종 잘못된 해석은 쉽게 치명적인 오해와 기법상의 어려움으로 이어진다. 우선 '분석재료'란 무엇을 의미하는가? 이것은 일반적으로 환자의 메시지, 꿈, 생각, 실수를 의미하는 것으로 여겨진다. 이론적으로 환자의 행동이 분석상 의미가 있다는 것을 종종 알고 있지만, 세미나에서의 명백한 경험은 환자의 행동, 표현방식, 시선, 말하기, 얼굴표정, 옷차림, 악수 등을 분석의미 측면에서 과소평가할 뿐만 아니라 일반적으로 완전히 간과하고 있다는 것을 보여준다. 인스부르크학회(1927)에서 페렌치와 나는 서로 독자적으로 이러한 형식 요소들이 치료에 중요하다고 강조했고, 수년에 걸쳐 이러한 요소들은 성격분석의 가장 중요한 받침대이자 출발점이 되었다. 재료내용을 과대평가하는 것은 일반적으로 환자의 행동방식, 소통방식, 꿈을 이야기하는 방식 등을 완전히 무시하지는 않더라도 과소평가하는 것과 함께 간다. 그러나 환자의 행동방식을 살펴보면 재료내용이 가장 중요한 것은 아니라는 것을 알 수 있다. 환자의 행동방식을 간과하거나 내용과 동등한 위치에 두지 않으면, 갑자기 '정신표면'이라는 치료상 파국적인 개념에 예기치 않게 도달하게 된다. 예를 들어 환자가 매우 예의 바르면서 동시에 누나와의 관계에 대해 많은 양의 재료를 제공한다면, 우리는 누나에 대한 사랑과 공손한 태도라는 나란히 존재하는 두 가지 '정신표면' 내용을 가지게 된다. 둘 다 무의식에 근거한다. 정신표면에 대한 이러한 관찰을 통해 '항상' 표면에서 시작한다고 말하는 것은 더는 단순한 문제가 아니다. 분석경험에 따르면 이러한 공손함과 친절함 뒤에는 항상 무의식적으로 비판하거나 불신하거나 폄하하는 태도가 있거나, 더 정확하게는 환자의 상투적인 공손함 자체가 부정적 비판, 불신 또는 폄하의 신호임을 가리킨다. 해당 꿈이나 생각이 떠오를 때 누나에 대한 근친성관계 사랑도 이러한 관점에서 주저 없이 해석할 수 있을까?

분석에서 한 부분의 정신표면을 먼저 다루고 다른 부분의 정신표면은 다루지 않는 특별한 이유가 있다. 환자 자신이 자신의 공손함과 그 이유에 대해 말하기 시작할 때까지 기다리는 것은 잘못일 것이다. 분석에서 이러한 성격특성은 즉시 저항이 되기 때문에 환자가 스스로 저항에 대해 말하지 않을 것이고, 분석가가 저항을 그 자체로 드러내야 한다는 점에서 다른 모든 저항에 대해서도 마찬가지이다. 이 지점에서 우리는 중요한 반론을 예상할 수 있다. 예의가 즉시 저항이 된다는 나의 가정은 사실과 꼭 들어맞지 않으며, 만약 그렇다면 환자는 어떤 재료도 생산하지 않을 것이기 때문이라는 반론이다. 그렇다. 그러나 그것이 정확히 요점이다. 재료내용 뿐만 아니라 재료형식 측면도 특별히 중요하다. 공손함의 예를 다시 살펴보자. 신경증 환자는 자신의 억압 때문에 공손함과 사회관습에 특히 높은 가치를 부여하고 그것들을 온갖 이유로 보호수단으로 사용한다. 예의 바른 환자를 치료하는 것이 무례하고 아주 솔직한 환자를 치료하는 것보다 훨씬 더 마음에 들 수 있다. 예를 들어, 무례하고 아주 솔직한 환자는 분석가에게 너무 어리거나 너무 늙었다고, 아름답게 가구가 비치된 아파트가 없거나 못생긴 아내가 있다고, 그다지 똑똑하지 않거나 너무 유태인처럼 보인다고, 신경증 환자처럼 행동한다고, 스스로 분석을 받아야 한다고 말하고 이와 유사한 아첨 떠는 말을 할 수도 있다. 이것은 반드시 전이현상은 아니다. 분석가는 '백지상태'여야 한다는 요구는 이상적이고 결코 완전히 실현될 수는 없으며, 분석가의 '이런 존재'는 처음에는 전이와 아무 관련 없는 사실이다. 그리고 환자들은 우리의 약점에 대해 매우 민감하다. 실제로 일부 환자는 이러한 약점을 감지하면서 기본규칙의 부과로 인해 자신이 견뎌야 하는 스트레스에 대해 직접 복수한다. 소수 환자, 대부분 가학성격을 지닌 환자들은 솔직함을 드러내면서 가학쾌락을 얻는다. 치료 측면에서 그들의 행동은 때때로 저항이 되더라도 가치가 있다. 그러나 대다수 환자는 여전히 너무 소심하고 염려하며 죄책감에 짓눌려 이 솔직함을 자발적으로 드러내지 못한다. 많은 동료와 달리, 나는 예외 없이 모든 사례가 **통상 은폐되어 있어** 다소 의심하고 비판하는 태도로 분석을 시작한다는 주장에 동의해야겠다. 이에 대해 확신하기 위해 분석가는 물론 환자의 고백강박이나 그 문제에 대한 처벌욕구에 의존해서는 안 된다. 오히려 분석가는 분석상황에서 생기는 불신하고 부정적으로 비판하는 것에 대한 자연스러운 이유(새로운 상황, 알려지지 않은 인물, 정신분석에 대한 공개적 배척 등)를 환자로부터 정력적으로 끌어내야 한다. 이처럼 분석가가 환자의 신뢰를 얻는 것은 바로 자신의 솔직함을 통해서만 가능하다. 아직은 신경증이라고 할 수 없는 불신과 부정적 비판태도를 분석가는 어느 지점에서 다루어야 하는지에 대해서, 현재상황에 따라 결정되기는 하지만 한 가지 기법상 문제가 남아 있다. 여기서 중요한 것은 환자와 분석가 사이에 관습적 예의라는 벽이 존재하는 한 무의식에 대한 심층해석을 피해야 한다는 것이다.

여기서 전이신경증의 발병과 치료를 포함하지 않으면 해석기법에 대한 논의를 계속할 수 없다.

제대로 진행하고 있는 분석에서는 머지않아 실질적인 첫 번째 전이저항이 발생한다. 먼저 분석을 계속하는 데 대한 첫 번째 중대한 저항이 사례의 구조에 상응하는 규칙성에 따라 분석가와의 관계에 자동으로 연결되는 이유, 즉 '전이강박'(페렌치)의 동기가 무엇인지 이해하자. 우리가 따라야 한다고 주장하는 기본규칙을 통해 우리는 눈살을 찌푸리게 하는 것, 자아의 마음에 들지 않는 것을 찾아낸다. 조만간 억압된 것에 대한 환자의 방어는 더욱 강해진다. 처음에 저항은 억압된 것에만 향하지만, 환자는 자신 안에 눈살을 찌푸리게 하는 무언가를 지니고 있다는 사실도 그것을 물리치고 있다는 사실도 알지 못한다. 프로이트가 보여주었듯이 저항 자체는 무의식적이다. 그러나 저항은 에너지 소비증가에 상응하는 정서흥분이어서 숨길 수 없다. 비합리적인 다른 모든 것과 마찬가지로 이 정서자극도 현실관계에 정박하기 위해 합리적인 근거를 마련하려고 노력한다. 이제 합의할 수 없는 기본규칙을 주장함으로써 전체 갈등을 일으킨 사람에게 투사하는 것보다 더 분명한 것이 있을까? 방어대상을 무의식에서 분석가로 옮기면 무의식의 관련 내용도 저항으로 스며들고 그 내용도 분석가에게 투사된다. 예를 들어 분석가는 아버지처럼 악당이 되거나 어머니처럼 사랑스러운 존재가 된다. 이러한 방어는 처음에는 부정태도로만 이어질 수 있음이 분명하다. 신경계 평형을 교란하는 분석가는 투사된 사랑자극의 문제이든 투사된 증오자극의 문제이든 관계없이 반드시 적이 된다. 왜냐하면 [사랑자극과 증오자극] 두 경우 모두에 방어와 거부가 항상 존재하기 때문이다.

증오자극이 먼저 투사되면 전이저항은 명백히 부정적이다. 반면 먼저 투사되는 충동이 사랑스러운 성격이라면, 분명하지만 의식적이지 않은 긍정전이가 잠시 실제 전이저항에 앞서 일어난다. 그러나 운명은 항상 같다. 한편으로는 필연적인 실망('실망반응') 때문에 다른 한편으로는 감각노력의 압박 아래 의식하려고 노력하자마자 격퇴되기 때문에, 긍정전이는 반응성 부정전이로 변한다. 그리고 모든 방어는 부정태도를 낳는다.

잠재적 부정전이와 관련된 기법문제는 매우 중요하므로, 이 전이가 분명하게 나타나는 다양한 형식과 그것을 어떻게 다루어야 하는지에 대한 별도의 연구가 필요하다. 이제 잠재적 부정전이를 만날 가능성이 가장 큰 몇 가지 전형적 임상사례를 나열하고자 한다.

① 지나치게 순종하고 지나치게 친절하며 매우 신뢰하는 **'좋은'** 환자. 항상 긍정적으로 전이하고 결코 실망반응을 보이지 않는 환자들. (보통 수동여성 성격을 지닌 환자나 색정증 경향이 있는 여성 히스테리환자)

② 항상 **엄격하고 관례적이고 올바른 환자.** 이들은 일반적으로 모든 증오를 '어떤 대가를 치르더라도 예의 바르게 행동하는 것'으로 전환하는 강박성격을 지닌 환자들이다.

③ **정서가 마비된 환자.** 엄격하고 올바른 사람들과 마찬가지로 이 환자들은 과도하지만 차단된 공격성을 특징으로 한다. 이들 역시 대부분 강박성격을 지니지만 종종 여성 히스테리환자는 표면적 정서불구를 보이기도 한다.

④ **자신의 감정과 감정표현이 가짜라고 호소하는 환자**, 간단히 말해서 이인화로 고통받는 환자. 이 중에는 의식적으로 그리고 동시에 강박적으로 '행동하는' 환자도 있다. 이들은 분석가를 속이고 있다는 것을 마음 한구석에서 알고 있는 환자들이다. 일반적으로 심기증(지나친 걱정) 유형의 자기애

신경증 집단에 속하는 그러한 환자에게서 우리는 한결같이 모든 사물과 모든 사람에 대한 '내밀한 웃음[낄낄거림]'을 발견한다. 이 웃음은 환자 자신에게 고통이 되며 분석에 가장 큰 어려운 과제가 된다.

첫 번째 전이저항 형식과 층화[구분]는 개인의 유아사랑 운명에 의해 결정되기 때문에, 이러한 층화를 우리의 전이해석에서 엄밀하게 고려하는 경우에만 불필요한 복잡함 없이 유아갈등을 체계적으로 분석할 수 있다. 물론 전이내용이 우리의 해석에 좌우되는 것은 아니지만, 전이내용이 급성화되는 순서는 해석기법으로 결정된다. 전이신경증이 발달한다는 것 뿐만 아니라 그 원형인 원신경증과 발달과정에서 동일 법칙을 따른다는 것, 원신경증과 같은 충동력 층화를 이룬다는 것이 중요하다. 프로이트는 전이신경증을 통해서만 원신경증에 접근할 수 있다고 가르쳤다. 따라서 원신경증이 전이신경증의 고리[실패] 주위에 더 완전하고 더 체계적으로 감겨있을수록 우리의 작업이 분명히 훨씬 더 쉬울 것이다. 자연스럽게 이 감김은 역순으로 발생한다. 따라서 전이에 대한 잘못된 분석, 예를 들어 심층태도에 대한 해석이 태도가 얼마나 뚜렷하고 해석이 얼마나 정확한가와 상관없이 원신경증의 청사진을 흐리게 하고 전이신경증을 엉클어지게 한다. 우리는 경험을 통해 전이신경증이 원신경증의 틀에 따라 순서대로 발달하도록 놔두고 아무것도 할 필요가 없다는 것을 배운다. 섣부르고 비체계적이고 너무 깊숙이 파고드는 해석을 피하기만 하면 된다.

이를 설명하기 위해 다음의 도식적인 예를 들어 보자. 환자는 처음에는 어머니를 사랑하고, 그 다음에는 아버지를 미워하고, 마침내 불안 때문에 어머니를 포기하고 아버지에 대한 증오를 그에 대한 수동여성 사랑으로 바꾼다. 전이저항을 올바르게 분석한다면, 전이에서 가장 먼저 나타나는 것은 그의 리비도운명의 마지막 결과인 수동여성 태도일 것이다. 체계적 저항분석은 두 번째로 이러한 수동여성 태도 뒤에 감춰진 아버지증오를 드러낼 것이며, 이러한 증오가 해결된 뒤에야 우선 어머니사랑을 분석가에게로 전이함으로써 어머니에 대한 새로운 집중이 뒤따를 것이다. 여기서부터는 어머니사랑이 현실생활에서 여성에게 전이될 수 있다.

이제 단순한 예시를 통해 덜 바람직할 수 있는 전개에 대해 논의해 볼수 있다. 예를 들어, 환자는 분명한 긍정전이를 나타내고 이와 관련하여자신의 수동여성 태도를 반영하는 꿈 뿐만 아니라 자신의 어머니에의 속박[애착]을 구현하는 꿈도 꿀 수 있다. 더 나아가 두 가지 꿈이 모두 명확하고 해석될 수 있다. 분석가가 긍정전이의 진정한 층화를 인식한다면, 즉반응성 아버지사랑이 가장 최상층을 나타내고 아버지증오가 두 번째 층이며 전이된 어머니사랑이 심층이라는 것이 그에게 분명하다면, 그는 확실히 마지막[어머니사랑]을 아무리 절실할지라도 건드리지 않고 남겨둘 것이다. 그러나 만약 분석가가 전이의 일부로 자신에게 투사된 어머니사랑에 먼저 작업하기로 선택한다면, 반응형식으로 분석가에게 전이된 잠재적아버지증오는 근친성관계 사랑에 대한 환자의 해석과 환자의 경험 사이에강력하고 뚫을 수 없는 저항블록을 형성할 것이다. 지형적으로 더 강한 의혹, 불신, 거부의 층을 통과해야 하는 해석은 표면으로는 받아들여질 것이지만 당연히 치료상 효과가 없으며, 이 해석으로 마음속으로 놀라 조심스러워진 환자는 아버지증오를 더욱 철저히 숨기고 죄책감이 커진 탓에 더욱 '좋은' 사람이 되려고 하는 단 하나의 결과를 가져올 것이다. 혼돈스러운 상황은 어떤 형식으로든 끝날 것이다.

따라서 많은 정신지층에서 흘러나오는 재료의 넘실거림 속에서 현존 또는 선행 전이저항의 중심 위치를 차지하며 다른 태도에 의해 가려지지 않는 조각을 골라내는 것이 중요하다. 이론적으로 들릴지 몰라도 이것은 모든 평균적인 사례에 적용해야 할 원칙이다.

현재 덜 중요한 나머지 재료에 무슨 일이 일어나는가? 대개 처리하지않는 것으로 충분하며 이런 식으로 자동으로 사라진다. 그러나 환자가 현재 더 중요한 재료를 숨기기 위해 명확한 경험영역이나 태도를 제시하는경우가 종종 있다. 앞서 말한 모든 것을 고려하면 상황을 설명하고 '재료를방향지움'으로써, 즉 **숨기고 있는 것을 끊임없이 지적하고 내세우는 것을**무시함으로써 그러한 저항을 제거해야 한다는 것은 분명하다. 이것의 전형적인 예는 잠재적 부정전이에서 환자의 행동이다. 그는 자신의 은밀한 비판을 숨기고 위선적 칭찬을 통해 분석가와 분석의 신용을 떨어뜨리려고 한다. 이 저항을 분석하면 분석가는 비판하는 것에 대한 불안이라는 환자의 동기에 쉽게 도달할 수 있다.

예를 들어 무의식적 도착환상이나 근친성관계 욕망이 너무 일찍 그리고 반복해서 의식되는 경우와 같이, 분석가가 빠르게 흘러나오는 재료를 환자의 자아가 처리할 수 있을 만큼 충분히 강해지기 전에 확인하도록 강요받는 경우는 드물다. 여기서 관찰하지 않는 것만으로 충분하지 않다면 주의를 분산시켜야 한다.

이런 식으로 전이저항의 중심 내용은 항상 환자의 기억과 밀접한 접촉을 유지하고, 전이에서 생겨난 정서는 자동으로 기억을 공유한다. 이런 식으로 정서 없이 기억하는 분석상 위험한 기억을 피할 수 있다. 다른 한편 감춰진 저항이 몇 달 동안 계속해서 해결되지 않고 모든 정서를 묶는 반면, 기억이 예를 들어 어느 날은 거세불안, 다른 날은 구강 환상 그리고 또 다른 날은 근친성관계 환상과 같이 격렬하게 연속적으로 떠돌아다니는 혼돈상황이 특징적이다.

해석할 재료를 올바르게 선택하면 **분석을 계속**할 수 있고, 항상 현재상황을 알 수 있을 뿐만 아니라 전이발달을 지배하는 법칙성을 붉은 실[서로 연결시키는 실]처럼 따라갈 수도 있다. 물론 신경증의 개별 조각에 불과한 저항이 **차례로** 나타나면서도 동시에 역사적인 법칙성을 통해 연결되어 있기 때문에, 우리의 작업은 더 쉬워지고 치유의 근거는 철저하게 마련된다.

3. 저항분석의 일관성

지금까지 무의식재료의 의미를 해석하는 기법과 저항을 해석하는 기법에 관해서만 설명했고, 해석은 신경증의 개별 법칙성에 따라 질서 있고 체계적으로 이루어져야 한다고 했다. 해석오류를 나열하면서 무질서한[정돈되지 않은] 해석과 일관성 없는 해석을 구별했는데, 이는 체계적인 해석에도 불구하고 무너지는 사례들을 파악하고 **이미 해석된 저항에 대한 추가 작업에서 일관성부족이** 해석오류의 원인임을 인식했기 때문이다.

첫 번째 전이저항이라는 장벽을 행복하게 통과했다면 기억작업은 보통 빠르게 어린 시절로 침투하는 경향이 있다. 그러나 환자가 금지된 재료의 새로운 층에 부딪히기까지는 그리 오래 걸리지 않으며, 환자는 그 재료를 두 번째 전이저항 선으로 막으려고 한다. 저항분석 게임이 새롭게 시작되는데 이번에는 처음과는 조금 다른 성격을 띤다. 이전에는 처녀 난이도가 문제였다면 새로운 저항은 자신의 형성에 영향을 미친 분석과거를 지니고 있다. 새로운 재료에 따르면 새로운 저항은 확실히 일차 저항과는 다른 구조와 의미를 지니고 있다. 또한 환자가 첫 번째 저항분석에서 배웠고 이번에는 어려움을 제거하는 데 도움이 될 것이라고 기대할 수 있다. 그러나 실제로는 다르다는 것을 알고 있다. 대부분 사례에서 환자는 새로운 저항과 함께 이전 저항을 다시 활성화하는 것으로 밝혀졌다. 실제로 환자는 새로운 저항을 보여주지 않고 이전 저항으로 되돌아간다. 이러한 층화는 전체 상황을 복잡하게 만든다. 재활성화된 이전 저항과 새로운 저항 중 어느 쪽이 더 두드러지는지는 상황에 따라 매우 다르며 분석전술의 문제는 아니다. 중요한 것은 바로 환자가 반격의 상당 부분을 분명히 폐기된 이전 저항 위치에 놓는다는 것이다. 분석가가 먼저 또는 배타적으로 새로운 저항을 선택하면, 중간층 즉 재활성화된 이전 저항을 무시하여 귀중한 해석을 낭비할 위험이 있다. 아무리 눈에 띄든 띄지 않든 **이전 어려움으로 돌아가서** 해체작업을 시작하면 실망과 실패를 피할 수 있다. 이런 식으로 분석가는 새로운 저항을 향해 천천히 전진하고 새로운 땅을 정복할 위험을 피하지만, 적은 이미 정복된 땅에 다시 자리를 잡는다.

분석가는 개별 세부저항에만 초점을 맞추어 즉 서로 간접적으로만 연결된 여러 지점을 공격하는 대신, **기본저항에서** 말하자면 **확고한 기반에서 항상 모든 측면에서 신경증을 완화하는 것이** 중요하다. 분석가는 첫 번째 전이저항에서 저항과 분석재료를 일관되게 끄집어냄으로써 과거와 현재의 전체 상황을 파악할 수 있으며, 분석을 반드시 지속하기 위해 싸울 필요가 없고 신경증에 대한 철저한 작업이 보장된다. 우리가 이미 알려진 전형적인 질병유형을 다루고 저항분석을 올바르게 수행한다면, 관찰한 경향들이 급성 전이저항으로 나타나는 순서를 예측할 수도 있다.

무의식재료에 대한 의미해석으로 환자를 '폭격'하거나 그 문제와 관련하여 모든 환자를 하나의 도식에 따라 예를 들어 신경증의 **하나의** 추정된 근원에서 환자를 치료함으로써 정신치료의 주요 문제에 대처할 수 있다고 설득하려고 해도 소용없다. 그렇게 시도하는 분석가는 정신치료의 진짜 문제를 파악하지 못하고 '고르디우스 매듭을 자르는[풀기 어려운 문제를 푸는] 것'이 실제로 무엇을 의미하는지를, 즉 분석치유 조건의 파괴를 의미한다는 것을 모른다는 것을 보여줄 뿐이다. 이런 식으로 수행한 분석은 거의 복구할 수 없다. 해석은 약효가 있는 약에 비유할 수 있는데, 약효를 잃지 않으려면 아껴 써야 한다. 이것 역시 경험을 통해 배웠다. 우리는 매듭을 푸는 상세한 방법이 **진정한** 성공에 이르는 지름길이라고 강조한다.

다른 한편에는 분석적 수동성 개념을 잘못 이해하고 너무 잘 기다리는 분석가들이 있다. 이들은 혼돈상황을 설명하는 데 많은 귀중한 재료를 우리에게 제공할 수 있다. 분석가는 저항기간에는 분석과정 자체를 직접 지휘하는 어려운 과제를 지니고 있다. 환자는 저항하지 않는 단계에서만 고삐[주도권]를 쥐고 있다. 프로이트는 다른 뜻은 없었을 것이다. 그리고 원칙상 침묵이나 '스스로 헤엄치도록 놔두는 것'의 위험은 분석치료의 발전뿐만 아니라 환자에게도 이론적 도식에 따라 '총격'을 가하거나 해석하는 것만큼 위험하다.

우리는 이러한 종류의 수동성[소극적 태도]이 명백한 실수의 성격을 띠는 저항형식임을 알게 된다. 어떤 환자는 저항이나 해당 재료에 관한 토론을 피한다. 그는 자신이 거기에서 저항을 일으킬 때까지 먼 주제에 대해 암시를 한 다음 세 번째 주제를 다루는 식으로 진행한다. 분석가가 '수동적으로' 살펴보든 환자를 계속 해석하면서 따라가든 상관없이 이 '지그재그 기법'은 무한히 계속될 수 있다. 끊임없이 도망치고 대체물로 분석가를 만족시키려는 환자의 노력은 분명히 분석에 무익하므로, 환자가 분석에서 저항을 포착할 용기를 낼 때까지 **그를 처음 저항위치로 몇 번이고 되돌아 가게 하는 것이 분석가의 의무이다.**[21] 물론 [그렇게 한다고 해서] 다른 재료가 손실되지는 않는다.

또는 환자는 유아단계로 도망쳐서 한 가지 입장만을 고수하기 위해 비밀을 누설하기도 한다. 당연히 그러한 누설은 치료상 가치가 없으며 오히려 그 반대가 사실이다. 분석가는 중단하고 싶지 않다면 그의 말을 침착하게 들어줄 수 있지만, 그렇게 되면 환자는 자신이 도망친 입장을 일관되게 유지할 것이다. 환자가 현재 상황으로 도망칠 때도 마찬가지이다. 전이신경증을 원신경증에 일치하는 방향에서 직선으로 발달시키고 분석하는 것이 이상적이고 가장 적합하다. 환자는 체계적으로 자신의 저항을 발달시키고 간헐적으로 저항 없이 정서적 기억작업을 수행한다.

'능동'태도와 '수동'태도 중 어느 것이 더 나은지에 대한 논쟁의 여지가 있는 질문은 이런 식으로 제기되면 진정한 의미가 없다. **저항분석에 충분히 일찍 개입할 수 없고, '저항과 별개로 무의식을 해석할 때 충분히 자제할 수 없다'**고 일반적으로 말할 수 있다. 보통은 그 반대다. 분석가는 한편으로는 의미해석에서 너무 과감하고 다른 한편으로는 저항이 나타나자마자 불안해하는 경향이 있다.

---

21) 주, 1945. 강박적인 말하기는 많은 환자들이 제공하는 하나의 저항형식이다. 우선, 이 강박은 목과 목의 깊은 근육조직수축의 순전히 **생물학적 표현**이다. 내용에 구애받지 않고 말하는 것은 필수다(예: '수다쟁이'). 오르곤치료에서 우리는 이러한 환자들에게 **침묵**을 요청하면, 결국 이 강박 증상을 키우는 불안이 표면으로 나타난다. 말을 해야 하는 강박의 해소는 목의 근육갑옷이 느슨해짐에 따라 이루어진다.

4장
성격분석기법[22)]

1. 입문

우리의 치료방법은 다음과 같은 기본적인 이론적 관점에 의해 결정된다. **지형적** 관점은 무의식을 의식화해야 한다는 기법원칙을 결정한다. **역동적** 관점은 무의식을 의식화하는 것이 직접 이루어져서는 안 되고 오히려 저항분석을 통해 이루어져야 한다는 규칙을 결정한다. **경제적** 관점과 **구조적** 인식[관점]은 저항분석을 할 경우 개별사례 자체에서 추론되는 명확한 계획에 따르도록 강요한다.

무의식을 의식화하는 것 즉 **지형적** 과정을 분석기법의 유일한 과제로 보는 한, 환자의 무의식 표현을 **나오는 순서대로** 의식언어로 번역해야 한다는 정식이 정당화되었다. 그런 다음 의식이 실제로 해당 정서를 발산했는지 그리고 해석이 환자에게 지성적인 이해를 넘어 영향을 끼쳤는지와 관계없이, 분석의 **역동성**은 어느 정도 우연에 맡겨졌다. 역동적인 계기, 즉 환자가 기억할 뿐만 아니라 경험해야 한다는 요구까지 포함하면 '무의

---

22)　1927년 9월 인스부르크(Innsbruck)에서 열린 제10차 국제 정신분석학회의에서 처음
　　　발표되었다.

식을 의식화'해야 한다는 단순한 공식이 복잡해진다. 분석효과의 역동성은 환자가 생산하는 내용에 좌우되는 것이 아니라 환자가 반대하는 저항과 이를 극복하는 경험의 강도에 좌우되기 때문에 과제는 적지 않은 변화를 겪는다. 지형적 관점에서는 무의식의 가장 명확하고 뚜렷한 요소를 차례로 환자의 의식으로 가져와서 **내용재료의 선을 유지하는 것**으로 충분하지만, 역동적 요소를 고려할 때 분석의 방향으로서 이 선을 버리고 다른 선, 분석에서 내용재료와 정서를 모두 포함하는 선, 즉 **연속적인 저항의 선**을 선호해야 한다. 그러나 이는 대부분 환자에게 어려움을 가져오며 이전 설명에서 간과했던 부분이다.

2. 성격무장과 성격저항

1) 기본규칙을 따를 수 없음

환자들은 처음부터 분석능력이 있는 경우가 거의 없으며, 아주 적은 수의 환자만이 기본규칙을 따르고 분석가에게 자신을 완전히 개방하는 경향이 있다. 우선 환자는 낯선 사람이라는 이유만으로 분석가를 즉각 신뢰하지 않는다. 그러나 여기에 추가로 수년간의 질병, 신경증 환경의 끊임없는 영향, 정신과 전문의와의 나쁜 경험, 즉 자아의 전체적인 이차적 왜곡으로 인해 분석에 불리한 상황이 생겨난다. 이러한 어려움을 제거하는 것이 분석의 전제조건이 되며, 이 어려움 자체가 신경증에 속하고 신경증에 기초하여 발달한 환자의 성격이라는 고유성에 의해 뒷받침되지 않으면 아마도 쉽게 제거될 수 있을 것이다. 이 어려움을 '자기애 장벽'이라고 한다. 원칙적으로 이러한 어려움, 특히 기본규칙에 대한 저항으로 인한 어려움을 처리하는 두 가지 방법이 있다. 첫 번째 그리고 일반적으로 추구하는 방법은 지시, 안심, 도전, 권고를 통해 환자가 분석할 수 있도록 직접 교육하는 것이다. 이 경우 분석가는 적절한 긍정전이를 만들어 분석의 성실성이라는 의미에서 환자에게 영향을 미치려고 한다. 이것은 대략 눈베르크가 제안한 기법과 거의 일치한다. 그러나 경험에 따르면 이러한 교육적 또는 능동적 접근은 매우 불확실하며 통제할 수 없는 우연에 의존하고, 분석의 명확성에 대한 안전한 근거가 부족하여 끊임없이 전이의 진동에 너무 많이 노출되며, 환자를 분석할 수 있도록 만들려는 시도로 불확실한 지형에서 움직인다는 것을 알 수 있다.

두 번째 방법은 더 번거로우며 아직 모든 환자에게 적용할 수 있는 것은 아니지만 훨씬 더 안전한 방법으로 **교육조치를 분석해석으로 대체하는 것**이다. 물론 이것이 항상 가능한 것은 아니지만 분석이 추구하는 이상적인 목표로 남아 있다. 분석가는 설득, 조언, 전이기법 등을 통해 환자가 분석에 들어가도록 유도하는 대신, 좀 더 수동적인 태도를 지니고 환자행동의 **실제** 의미, **왜** 환자가 의심하고 너무 늦게 오며, 화려하거나 혼돈스럽게 말하고, 제3의[또 다른] 생각만을 전달하고, 분석을 비판하거나 비정상적으로 많은 심층재료를 생산하는지 하는 질문에 주된 관심을 쏟는다. 다시 말해서 분석가는 거창한 **기법용어**로 말하는 자기애 환자에게 자신의 행동이 분석에 해를 끼치니 분석용어를 제거하고 그 껍질에서 나오라고 하거나, 아니면 어떤 종류의 설득도 하지 않고 환자가 왜 그렇게 행동하는지 이해할 때까지 기다리는 두 가지 중 하나를 할 수 있다. 예를 들어, 환자의 과시행동은 분석가에 대한 열등감을 감추기 위한 시도임이 드러날 수 있다. 이 경우 분석가는 환자행동의 의미에 대한 일관된 해석을 통해 그에게 영향을 미칠 수 있다. [껍질에서 나오라고 하는] 첫 번째 조치는 [기다리는] 두 번째 조치와 달리 분석원칙과 완전히 일치한다.

환자의 특성에 따라 필요한 모든 교육적 또는 기타 능동적 조치 대신 가능한 한 순전히 분석해석을 사용하려는 이러한 노력에서 **성격**을 분석하는 방법이 갑자기 예상치 않게 나타났다.

어떤 임상 고려사항에서 우리는 환자를 치료할 때 마주치는 저항 중에서 특수한 집단을 '**성격저항**'으로 구분할 필요가 있다. **이 저항은 그 내용에서가 아니라 분석대상의 특정한 특성에서 자신의 특수함을 끌어낸다.**

강박성격은 히스테리성격과 구체적으로 다른 저항형식을 발달시키며, 이 저항형식은 이번에는 성기자기애 성격, 충동성격, 신경쇠약 성격의 저항과 다르다. 경험내용이 같더라도 성격에 따라 달라지는 **자아반응형식은 증상 및 환상의 내용만큼이나 어린 시절 경험으로 거슬러 올라갈 수 있다.**

2) 성격저항은 어디에서 오는가?

얼마 전 글로버[23]는 성격신경증과 증상신경증을 구별하려고 노력했다. 알렉산더 또한 이러한 구별에 기반하여 작업했다.[24] 나는 이전 작업에서 이것을 따랐지만, 사례를 더 자세히 비교한 결과 이 구분은 일정한 증상이 있는 신경증('증상신경증')과 증상이 없는 신경증('성격신경증')이 있는 경우에만 의미가 있음이 밝혀졌다. 증상신경증에서는 당연히 증상이 더 두드러지고 성격신경증에서는 신경증 성격특성이 두드러진다. 그러나 신경증 반응기반이 없는 다시 말해 신경증성격에 뿌리를 두고 있지 않은 증상이 있을까? 성격신경증과 증상신경증의 유일한 차이점은 증상신경증에서는 신경증성격도 증상을 일으킨다는, 말하자면 증상에 집중된다는 것이다. 신경증성격이 한때는 일정한 증상으로 악화하고 다른 때에는 리비도 울혈을 방출하는 다른 방법을 찾는다는 것에 대해서는 보다 자세한 조사 연구가 필요하다(2부 참조). 그러나 우리가 증상신경증이 항상 신경증성격에 뿌리를 두고 있다는 사실을 인식한다면, 모든 분석에서 우리는 성격신경증 저항을 다루고 있다는 것이 분명하다. 개별분석은 개별사례의 성격분석에 부여하는 중요도에 따라 다를 뿐이다. 그러나 분석경험을 검토

---

23)   Edward Glover, *Technique of Psycho-Analysis*, London, 1928. [옮긴이 주]
24)   성격신경증은 정신이 형성되고 발달해 가는 주요 기간에 만연했던 고통자극, 돌봄관계 결핍, 리비도와 공격성 해소 좌절, 부정적 환상, 불안, 양육자로부터 떨어지는 공포 등을 '증상으로 분출'을 통해서가 아니라 '방어적 성격구조형성'을 통해 처리한 결과물이다. 증상신경증은 자아의 의지에 의한 통제나 극복이 안 되는 비합리적-비현실적-고통스러운 증상을 끊임없이 만들어내고 유지한다(히스테리, 강박증, 공포증, 불안증). [옮긴이 주]

해 보면 어떤 사례에서도 이 (성격분석에 부여한) 중요성을 과소평가하지 않도록 주의해야 한다.

성격분석 관점에서 볼 때, 어린 시절부터 존재해온 만성 신경증과 나중에 나타나는 급성 신경증을 구별하는 것은 전혀 의미가 없다. 증상이 어린 시절에 나타나든 나중에 나타나든 그다지 중요하지 않고, 증상신경증의 반응기반인 신경증성격이 적어도 기본특징에서는 오이디푸스단계가 끝나면서 이미 형성되어 있기 때문이다. 나는 환자가 건강과 발병 사이에 긋는 경계가 분석에서 항상 모호하다는 임상경험을 기억할 뿐이다.

증상형성은 증상을 묘사하는 데 한계가 있으므로 다른 특성을 찾아봐야 한다. 쉽게 생각나는 두 가지는 **질병통찰**과 **질병합리화**다.

물론 절대적으로 믿을 수 있는 것은 아니지만 **질병통찰 부족**이 확실히 성격신경증의 필수 징후이다. 신경증증상은 뭔가 이질적인 것으로 느껴지며 이는 아픈 느낌을 낳는다. 반면 강박성격의 과장된 질서감각이나 히스테리성격의 불안한 수줍음과 같은 신경증 성격특성은 인성에 유기적으로 통합된다. 어떤 사람은 수줍음이 많다고 불평할 수 있어도 그로 인해 아프다고 느끼지 않는다. 성격상의 수줍음이 병적 홍조가 되거나 강박신경증 질서감각이 강박의식이 될 때, 다시 말해 신경증성격이 증상으로 악화할 때만 자신이 아프다고 느낀다.

당연히 통찰이 없거나 통찰이 부족한 증상이 있다. 환자들은 이러한 습관을 나쁜 습관이나 받아들여야 하는 어떤 것으로 간주한다(예: 만성 변비, 경미한 조루증). 반면 사람을 놀라게 하는 격렬한 분노폭발이나 노골적인 지저분함, 음주경향, 돈낭비 등과 같은 몇 가지 성격특성은 때때로 병으로 인식되기도 한다. 하지만 질병통찰은 신경증증상의 필수기준이라고 하고 질병통찰 부족은 신경증 성격특성이라고 한다.

진료 측면에서 두 번째 중요한 차이점은 신경증증상이 신경증 성격특성과 같은 그러한 완전하고 신뢰할 수 있는 **합리화[합리적 근거]**를 결코 지니고 있지 않다는 사실에 있다. 히스테리성 구토도 실어증도 강박계산도 강박사유도 합리화되지 않는다. 증상은 무의미해 보이지만, 신경증성격은 병으로 보이거나 무의미해 보이지 않을 만큼 충분히 합리화되고 있다.

더욱이 [신경증] 증상에 적용하면 터무니없다고 즉시 거부되는 신경증 성격특성은 옹호되기도 한다. 우리는 종종 "그냥 그런 거야"라는 말을 듣는다. 여기서 의미하는 바는 관련된 사람이 그렇게 태어났다는 것이다. 이것은 바꿀 수 없으며 단지 그의 성격이라고 한다. 그러나 이 정보는 잘못된 정보다. 발달분석에 따르면 성격은 일정한 이유에서 다른 어떤 것이 아니라 바로 그렇게 될 수밖에 없었기 때문에, 원칙적으로 증상과 마찬가지로 성격도 분석될 수 있고 바뀔 수 있다.

때때로 증상이 인성 전체에 너무 깊이 뿌리박혀 있어서 성격특성과 비슷해지기도 한다. 예를 들면 질서 정연한 노력이라는 틀 안에 완전히 흡수되는 강박계산이나 일상의 엄밀한 세분화에 만족하는 강박체계가 있다. 특히 일해야 한다는 강박이 이에 해당한다. 이러한 행동은 병이라기보다 특이하고 과장된 행동으로 여겨진다. 따라서 우리는 질병개념이 매우 유연하며, 고립된 이물질로서의 증상에서부터 신경증 성격특성 및 '나쁜 습관'을 통과해 현실 행동에 이르기까지 온갖 이행형태가 있음을 알 수 있다. 그러나 이러한 이행형태로 우리는 아무것도 할 수 없으므로, 모든 분류가 인위적임에도 불구하고 합리화와 관련하여 증상과 신경증성격을 구분할 것을 권장한다.

이러한 유보와 함께 증상 및 성격특성의 구조와 관련하여 또 다른 차이점을 발견한다. 분석하는 과정에서 증상은 그 의미와 기원에서 성격특성과 비교하여 매우 단순한 구조를 지니고 있다는 것이 분명해진다. 물론 증상에 대한 정의도 과도하게 내려진 측면이 있지만, 증상의 원인을 더 깊이 파고들고 실제 증상영역에서 벗어날수록 더 순수한 성격근거가 드러난다. 따라서 이론적으로는 모든 증상에서 성격 반응기반을 밝혀낼 수 있다. 증상은 일정한 수의 무의식적 태도에 의해 직접 결정된다. 예를 들어, 히스테리성 구토는 억제된 펠라치오[남성의 성기를 혀, 입술 등의 구강기관으로 애무하는 성행위] 욕망과 어린이 구강욕망에 기반하고 있다. 이들 각각은 성격으로 표현되는데, 어린이 구강욕망은 어떤 어린이다움으로 억제된 펠라치오 욕망은 모성애로 표현된다. 그러나 히스테리 증상을 결정짓는 히스테리성격은 다양한 (대부분 적대적인) 노력에 기반을 두고 있으며 일반적으로 특정한 **태도**나 **특성**으로 표현된다. 증상을 분석하는 것만큼이나 태도를 분석하는 것은 결코 쉬운 일이 아니지만, 원칙적으로 증상처럼 태도를 충동과 경험에서 도출하고 이해할 수 있다. 증상이 하나의 확실한 경험이나 하나의 한정된 욕망에만 해당하는 반면, 성격 즉 개인의 특정한 특성은 전체 과거를 표현한다. 따라서 하나의 증상은 아주 갑자기 나타날 수 있는 반면 개별 성격특성의 발달에는 수년이 걸린다. 또한 성격 반응기반 내지는 신경증 반응기반이 이미 존재하지 않는 한 증상이 갑자기 나타날 수 없다는 것도 잊지 말아야 한다.

분석에서 신경증성격특성은 전체적으로 우리의 치료노력에 대한 꽉 짜인 **방어기제**임이 입증되었으며, 이 성격 '갑옷'의 발생을 분석으로 추적하면 이것은 일정한 경제적 기능도 지니고 있음이 분명하다. 이러한 갑옷은 한편으로 외부세계의 자극에 대한 보호역할을 하고, 다른 한편으로는 신경증 반응형성, 보상 등에 가학 리비도에너지를 소비함으로써 이드에서 끊임없이 밀려나는 리비도를 제압하는 수단임이 판명된다. 프로이트의 설명에 따르면 불안은 강박증상에 묶여있는 것과 같은 방식으로 이 갑옷을 형성하고 보존하는 바탕이 되는 과정에 끊임없이 묶여있다. 우리는 성격형성의 경제로 다시 돌아올 것이다.

신경증성격은 방어갑옷이라는 자신의 경제적 기능에서 비록 **신경증적**이지만 일정한 **균형**을 이루고 있으므로, 분석은 이 균형에 대한 위험을 의미한다. 바로 이러한 자아의 자기애 보호기제에서 개별사례의 분석에 특수한 특징을 부여하는 저항이 나온다. 그러나 행동양식이 분석할 수 있고 해결할 수 있는 총체적 발달의 결과를 나타낸다면, 그 행동양식에서 성격분석기법을 도출할 수도 있다.

3) 성격저항 분석기법에 대하여

환자의 꿈, 착상, 실수, 기타 의사소통 외에도 환자가 꿈을 이야기하고 실수를 저지르고 착상하고 소통**하는 방식**, 즉 환자의 태도에 특별한 주의를 기울일 가치가 있다.[25] 기본규칙을 준수하는 것은 드문 일이며, 환자를 적당한 정도의 성실한 수준으로 끌어올리려면 몇 달의 성격분석작업이 필요하다. 환자가 말하고 분석가를 바라보고 인사하고 소파에 누워있는 방식, 목소리의 억양, 지키는 관습적 예의의 정도 등은 환자가 기본규칙을 공격하는 데 사용하는 은밀한 저항을 평가하는 데 중요한 단서이며, 이에 대한 환자의 이해는 해석을 통해 은밀한 저항을 제거할 수 있는 가장 중요한 수단이다. 해석해야 할 것은 환자가 말하는 **내용**뿐만 아니라 환자가 말하는 **방식**이다. 분석이 효과가 없다고, 환자가 '재료'를 전혀 생산하지 않는다고 분석가들이 불평하는 것을 종종 듣는다. 재료라고 할 때 통상 의미하는 것은 단지 착상 및 소통의 내용일 뿐이다. 그러나 환자의 침묵이나 예를 들어 무미건조한 반복도 활용할 가치가 있는 재료이다. 환자가 **아무 재료도** 생산하지 **않는** 상황은 거의 없으며, 분석대상자의 행동을 재료로 활용하지 못한다면 우리 자신을 탓해야 한다.

물론 행동과 소통형식이 분석 의미를 지닌다는 것은 새로운 사실이 아니다. 그러나 행동과 소통형식이 매우 명확하고 비교적 완벽한 방식으로 성격분석에 접근할 수 있게 해준다는 사실을 여기서 다루고자 한다. 일부 신경증성격에 대한 분석에서 겪은 나쁜 경험은 그러한 사례에서 맨 먼저 메시지의 내용보다 항상 형식이 더 중요하다는 것을 우리에게 가르쳐주었다. 우리는 단지 감정불구인 사람, 지나치게 예의 바르고 올바른 '좋은' 환자, 게다가 항상 기만적인 긍정전이를 보이는 환자, 또는 심지어 항상 같은 방식으로

---

25) 주, 1945. 관념적인 **내용**보다 표현형식이 **훨씬 더 중요하다**. 오늘날 우리는 **결정적으로** 중요한 어린 시절 경험에 도달하기 위해 표현형식만을 사용한다. 정신표현의 기초가 되는 생물학적 반응으로 우리를 이끄는 것은 관념적인 내용이 아니라 표현형식이다.

사랑을 격렬하게 요구하는 사람, 분석을 장난스럽게 받아들이는 사람, 내면에서 모든 사람에게 미소 짓는 영원히 '무장한' 사람, 이들이 만들어내는 은밀한 저항에 대해서만 약간 언급한다. 목록은 무한히 늘릴 수 있으며, 그렇게 해서 수많은 개별 기법문제를 처리하기 위해 수행해야 할 힘든 작업에 대비할 수 있다.

성격분석에서 필수적인 것을 증상분석과 반대로 더 명확하게 드러내기 위해 그리고 당분간 일반적인 오리엔테이션의 목적으로 두 쌍의 사례를 생각해 보자. 첫 번째 쌍은 조루증을 지닌 두 명의 남성으로 한 명은 수동여성 성격이고 다른 한 명은 남근공격 성격이다. 섭식장애로 치료 중인 두 여성이 두 번째 쌍을 이룬다. 한 명은 강박성격이고 다른 한 명은 히스테리성격이다.

더 나아가 두 남성환자의 조루증이 같은 무의식적 의미, 즉 여성의 질에 있다고 추정되는 (부계)남근불안을 지니고 있다고 가정해 보자. 두 환자 모두 증상을 유발하는 거세불안에 근거하여 분석에서 부정적인 아버지전이를 보일 것이다. 분석가(아버지)를 자신의 쾌락을 제한하는 적으로 보기 때문에, 둘 다 분석가를 없애려는 무의식적 욕망을 갖게 될 것이다. 이들 사례에서 남근가학 성격이 욕설, 폄하, 위협을 통해 거세위험을 피하는데, 수동여성 성격은 점점 더 쉽게 믿고 점점 더 수동헌신적이고 점점 더 친절하게 될 것이다. 두 성격 모두에서 성격은 저항이 되었다. 남근가학 성격은 위험을 공격으로 피하는데, 수동여성 성격은 기만적인 자세와 헌신을 통해, 개인적인 태도의 희생을 통해 위험을 피한다. 물론 수동여성 유형의 성격저항이 비밀수단으로 작동하기 때문에 더 위험하다. 그는 재료를 풍부하게 생산하고 유아경험을 회상하며 빛깔나게 적응하는 것처럼 보이지만, 밑바닥에는 은밀한 고집과 증오를 숨기고 있다. 이 태도를 유지하는 한 자신의 진정한 본성을 보여줄 용기가 없을 것이다. 분석가가 이러한 본성을 무시하고 환자가 만들어내는 **대로**만 따라가면, 어떤 분석노력도 해명도 그의 상태를 바꾸지 못한다는 것을 경험으로 알 수 있다. 환자가 아버지증오를 기억할 수도 있지만, 아버지증오에 대한 심층해석을 시작하기

전에 전이에서 그의 기만행동이 지닌 의미를 일관되게 해석하지 않으면 그는 아버지증오를 **경험하지 못할 것이다.**

두 번째 쌍의 사례에서 급성 긍정전이가 발달했다고 가정해 보자. 두 여성 모두에서 이 긍정전이의 주요 내용은 구강성교 환상이라는 증상과 같을 것이다. 그러나 내용이 비슷한 이 긍정전이는 형식에서 상당히 다른 전이저항을 가져올 것이다. 예를 들어, 히스테리로 고통받는 여성은 **불안스러울 정도로** 침묵하고 조심스럽게 행동하고, 강박신경증이 있는 여성은 **완고하게** 침묵하거나 분석가를 향해 냉담하고 오만한 행동을 보일 것이다. 긍정전이에 대한 방어에서 강박신경증 여성은 공격을 사용하고, 히스테리 여성은 불안이라는 다른 수단을 사용한다. 우리는 이드가 두 경우 모두 같은 욕망을 전이하는 반면 자아는 다르게 자신을 방어한다고 말할 수 있다. 그리고 이 방어형식은 두 환자 모두에서 항상 동일하게 유지된다. 히스테리 환자는 항상 불안해하고 강박신경증 환자는 무의식 내용이 무엇이든 항상 공격으로 방어할 것이다. **성격저항은 항상 한 명의 동일 환자에게서 동일하게 유지되며 신경증의 뿌리와 함께 비로소 사라질 뿐이다.**

성격갑옷은 정신구조에 만성으로 박혀 있는 **자기애방어** 표현이다. 각각의 새로운 무의식재료에 대해 동원하는 알려진 저항 외에도 환자의 성격에서 나오는 **형식적** 종류의 불변요소가 있다. 성격에서 유래했기 때문에 우리는 이 불변적인 형식적 저항요소를 '성격저항'이라고 부른다.

위의 진술을 바탕으로 성격저항의 가장 중요한 특징을 요약해보자.

성격저항은 내용 측면에서가 아니라 일반적인 말투, 걸음걸이, 표정, 특수한 행동(미소, 비웃음, 질서정연하거나 혼란스러운 말투, 공손한 **태도**, 공격태도 등)에서 전형적이고 일정하게 형식으로 표현된다.

성격저항은 환자가 말하고 행동하는 것[내용]이 아니라 그가 말하고 행동하는 **방식**에서 드러나며, 꿈에서 내용으로 드러나는 것이 아니라 검열하고 왜곡하고 압축하는 **방식**으로 특징지어진다.

성격저항은 서로 다른 내용과 상관없이 동일 환자에게서 동일하게 유지된다. 서로 다른 성격은 동일 재료를 다른 방식으로 생산한다. 히스테리를 앓고 있는 여성의 긍정적인 아버지전이는 강박신경증을 앓고 있는 여성의 것과는 다르게 표현되고 방어된다. 불안은 히스테리 여성의 방어이고 공격은 신경증 여성의 방어이다.

형식으로 표현된 성격저항을 내용에서도 해소할 수 있으며, 신경증증상과 마찬가지로 유아경험과 충동관심으로 거슬러 올라갈 수 있다.[26]

적절한 순간에 환자의 성격은 저항이 된다. 일상생활에서 성격은 치료에서 저항이 하는 역할과 유사한 역할, 정신적 보호장치의 역할을 한다. 따라서 우리는 외부세계와 이드에 맞서는 자아의 '성격무장'에 대해 말한다.

성격형성을 어린 시절 초기까지 거슬러 올라가면, 현재의 분석상황에서 성격저항이 하는 같은 이유와 같은 목적에서 [성격형성이] 이루어졌다는 것을 알 수 있다. 분석에서 저항으로서 성격의 출현은 자신의 유아기원을 반영한다. 그리고 분석에서 우연히 나타난 것처럼 보이지만 실제로는 성격저항에 의해 야기되는 상황은 성격을 형성하게 한 어린 시절 상황을 정확히 다시 표현한다. 따라서 성격저항에서 방어기능은 유아가 외부세계와 맺는 관계의 전이와 결합된다.

일상생활에서의 성격과 분석에서의 성격저항은 모두 **경제적으로 불쾌**를 피하고, (신경증적이지만) 정신균형을 유지하고 보존하며, 마지막으로 억제된 충동에너지의 양과/또는 억압을 피한 양을 소비하는 데 도움이 된다. 자유롭게 떠다니는 불안을 묶거나 다른 관점에서 보면 막힌 정신에너지를 방출하는 것이 성격저항의 기본기능 중 하나이다. 역사적 요소, 즉 유아요소는 신경증증상에서와 마찬가지로 성격에서도 현재 보존되고 계속 살아있고 작동한다. 이것은 성격저항을 일관되게 완화함으로써 중심 유아갈등에 확실하게 직접 접근할 수 있는 이유를 설명한다.

그렇다면 이러한 사실로부터 성격분석의 분석기법에 어떤 시사점을 얻

---

26)   이러한 임상경험에 비추어, 지금까지 압도적으로 내용에 초점을 맞춘 정신분석 영역에 형식 요소가 통합되었다.

을 수 있는가? 성격분석과 통상적인 저항분석 사이에 본질적인 차이가 있는가?

차이가 있으며 다음과 관련이 있다.

(1) 재료해석 순서

(2) 저항해석기법 자체

(1) 재료해석 순서와 관련하여

'재료선택'에 대해 말할 때 우리는 중요한 반대에 마주칠 준비를 해야 한다. 모든 선택은 정신분석의 기본원칙에 모순된다고, 즉 분석가는 환자를 따라야 하고 환자가 스스로 이끌어나가도록 해야 하는데 선택을 할 때마다 자기 자신의 성향에 빠질 위험이 있다고 말할 것이다. 우선 이 선택은 분석재료를 소홀히 하는 것이 아니라 해석에서 신경증 구조가 지닌 **법칙에 따라 순서를 지키는 것**일 뿐이라는 점에 유의해야 한다. 모든 재료를 해석해야 하는데, 한 가지 세부사항이 다른 것보다 순간적으로 더 중요할 뿐이다. 또한 분석가는 항상 선택한다는 것을 깨달아야 한다. 왜냐하면 분석가가 꿈을 순서대로 분석하지 않고 개별 세부사항을 골라내면 이미 선택한 것이기 때문이다. 물론 소통형식이 아닌 내용에만 주의를 기울이면 편향된 선택을 한 것이다. 분석상황에 처한 환자가 매우 다양한 종류의 재료를 생산한다는 사실은 해석할 재료를 선택하도록 강요하며, 분석상황에 따라 **올바르게** 선택하는 문제일 뿐이다.

일반적으로 성격이 분석을 방해하는 모든 사례에서와 마찬가지로 특수한 성격발달로 인해 반복해서 기본규칙을 무시하는 환자의 경우에, 풍부한 재료에서 해당 성격저항을 지속해서 골라내고 그 의미를 해석하여 분석작업 하는 것이 필요할 것이다. 물론 이것이 나머지 재료를 무시하거나 고려하지 않는다는 것을 의미하지 않는다. 반대로 까다로운 성격특성의 의미와 기원에 대한 명확한 설명을 제공하는 모든 것이 가치 있고 환영할 만하다. 적어도 성격저항을 기본특징에서 이해하고 깨뜨릴 때까지, 분석가는 전이저항과 직접 관련이 없는 재료에 대한 해부와 무엇보다도 해석을 미루는 것일 뿐이다. 3장에서는 성격저항을 해소하지 않은 채 심층해석을 하는 것이 어떤 위험을 수반하는지 밝히려고 했다.

(2) 저항해석기법과 관련하여

이제 성격분석기법의 몇 가지 특별한 질문으로 넘어가 보겠다. 무엇보다 막 생겨나는 오해를 예방해야 한다. 우리는 성격분석이 성격저항을 선별하고 일관된 분석을 하는 것에서 시작한다고 말했다. 이것은 환자에게 공격적이지 말라, 기만하지 말라, 혼돈스럽게 말하지 말라, 기본규칙을 따르라라고 요청한다는 것을 의미하지 않는다. 이러한 요청은 분석적이지 않을 뿐만 아니라 무엇보다도 결실이 없을 것이다. 여기에서 설명하는 내용은 환자교육이나 이와 유사한 것과 아무 관련이 없다는 것을 아무리 강조해도 지나치지 않다. 성격분석에서 우리는 왜 환자가 기만적이고 일관성 없이 말하고 정서적으로 차단하는지 등을 자문한다. 우리는 환자의 도움을 받아 성격특성의 의미와 기원을 분석하여 밝히기 위해 그가 자신의 성격특성에 관심을 갖게 하려고 노력한다. 따라서 우리는 단순히 기본저항을 불러일으키는 성격특성을 인성 수준에서 벗어나 가능하면 환자에게 성격과 증상 사이의 표면관계를 보여줄 뿐이지만, 물론 환자가 자신의 지식을 사용하여 성격을 바꾸고 싶어하는지는 그에게 맡긴다. 원칙적으로 이것에서 우리는 증상분석과 다르지 않게 진행하지만, 성격분석에서는 환자가 고통스러운 강박증상과 거리를 두고 자신을 조율할 때까지 성격특성을 환자에게 **반복해서** 제시해야 한다는 점이 추가된다. 환자는 신경증성격을 거리 두고 객관화함으로써 자신에게 낯선 것으로 경험하기 시작하고 마침내 질병통찰도 하기 때문이다.

신경증성격에 대한 이러한 거리두기와 객관화에서 놀랍게도 인성이 처음에는 일시적으로 변하는 것을 본다. 사실 성격분석이 진행되면서 전이에서 성격저항을 일으킨 충동이나 본질적 특성은 숨겨지지 않고 자동으로 드러난다. 이것을 수동여성 성격의 예에 적용하면, 환자가 수동적 헌신 성향을 더 철저하게 객관화할수록 더 공격적이게 될 것이다. 결국 이 여성스럽고 기만적인 존재는 주로 억압된 공격충동에 대한 정력적인 반응이었다. 그러나 공격성과 함께 한때 공격성을 수동여성 태도로 변형시켰던 유아 거세불안도 다시 나타난다. 따라서 성격저항의 분석으로 우리는 직접 신경증의 중심인 오이디푸스 콤플렉스에 도달한다.

그러나 환상을 가져서는 안 된다. 이러한 성격저항을 분리하고 객관화하여 분석하는 작업은 일반적으로 몇 개월이 걸리고 상당한 노력과 무엇보다도 끈질긴 인내심이 필요하다. 일단 돌파구가 열리면 그때부터는 분석작업이 보통 **정서**분석 경험과 함께 일사천리로 진행된다. 반면 그러한 성격저항은 처리하지 않은 채 방치하고 분석가가 환자를 따라가며 모든 재료내용을 끊임없이 해석한다면, 시간이 지남에 따라 거의 제거할 수 없는 바닥짐을 형성할 것이다. 시간이 지남에 따라 환자는 계속해서 모든 것을 의심하고 단지 **형식적으로** 받아들이거나 모든 것에 대해 속으로 미소 짓는 것을 멈추지 않기 때문에, 분석가는 내용에 대한 자신의 모든 해석이 소용없다는 것을 뼈저리게 느낀다. 분석의 후반부에서 오이디푸스 콤플렉스에 대한 가장 본질적인 해석을 할 때, 처음부터 바로 이러한 저항을 제거하지 않고 시작했다면 분석가는 그 앞에서 무력할 수밖에 없다.

나는 이미 저항의 **유아** 결정요인을 알기 전에 저항을 처리할 수 없다는 반대에 대해 논박하려고 노력했다. 먼저 분석가가 성격저항의 **현재** 의미를 식별하는 것이 필요하며, 이를 위해 유아재료가 항상 필요하지는 않다. 유아재료는 저항을 **해소**하는 데 필요하다. 처음에 분석가가 환자에게 저항을 제시하고 그것의 현재 의미를 해석하는 데 만족한다면, 얼마 지나지 않아 유아재료가 나타나고 그 도움으로 저항을 제거할 수도 있다.

지금까지 무시했던 사실을 강조하면 의도치 않게 다른 사실들의 중요성을 무시한다는 인상을 줄 수 있다. 이 작업에서 우리가 반응**양식**에 대한 분석을 매우 강조한다고 해서 내용을 무시한다는 의미는 아니다. 우리는 지금까지 고려하지 않았던 것을 추가할 뿐이다. 우리의 경험은 성격저항분석이 다른 어떤 것보다 먼저 이루어져야 한다는 것을 가르쳐준다. 그러나 이것은 예를 들어 분석가가 특정 날짜까지 성격저항만 분석한 다음 내용해석을 시작해야 한다는 것을 의미하지 않는다. 저항분석과 유아초기 경험의 분석이라는 두 단계가 대부분 겹치는데, 다만 치료 초기에는 성격 분석 즉 '분석을 통한 분석교육'이 우세한 반면 후반부에서는 내용과 유아적인 것에 중점을 둔다. 이것은 확실히 엄밀한 규칙은 아니고 개별환자의 행동방식에서 비롯된 것이다. 유아재료 해석은 어떤 환자에게서는 일찍 시작되고 다른 환자에게서는 늦게 시작될 수 있다. 그러나 엄밀하게 준수해야 하는 규칙이 있는데, 상당히 명확한 재료인 경우에도 환자가 재료를 처리할 만큼 충분히 성숙하지 않은 한 심층분석에 따른 해석을 피해야 한다는 것이다. 이것은 물론 새로운 것은 아니지만, 분석작업 방법의 다양성을 고려할 때 '분석해석을 하기에 무르익음[성숙함]'이 무엇을 의미하는지에 따라 크게 달라진다. 우리는 또한 성격저항에 직접 속하는 내용과 다른 경험영역에 속하는 내용을 구별해야 할 것이다. 정상적으로 분석을 시작할 때 피분석자는 성격저항에 직접 관련된 내용은 인식할 준비가 되어 있지만 다른 경험영역에 속하는 내용은 인식할 준비가 되어 있지 않다. 전반적으로 성격분석 시도는 분석준비와 유아재료 해석에서 가능한 한 최대한의 확실성을 얻기 위해 노력하는 것을 의미할 뿐이다. 이 지점에서 우리는 다양한 형식의 성격 전이저항을 조사하고 체계적으로 기술하는 중요한 과제를 안고 있다. 성격 전이저항을 다루는 기법은 성격 전이저항의 구조에서 저절로 따라온다.

4) 성격저항 구조에서 상황기법 도출하기 (자아방어의 해석기법)

이제 우리는 개별 저항을 다루는 성격분석기법의 문제와 어떻게 분석의 상황기법을 성격저항 구조에서 도출할 수 있는지에 대한 문제로 넘어간다. 다음의 사례에서 성격저항은 매우 복잡한 방식으로 구조화되어 말하자면 여러 가지 결정요소가 서로 뒤섞여 있었다. 한 가지 특수한 저항요소로 정확하게 내 해석을 시작하도록 유도한 이유를 제시해 보겠다. 여기에서도 자아방어와 '갑옷'기제에 관한 일관되고 논리적인 해석이 중심 유아 갈등의 핵심으로 바로 이어진다는 것이 보일 것이다.

명백한 열등감을 지닌 사례

서른 살 된 한 남성이 "삶이 그다지 행복하지 않아서" 분석을 요청했다. 그는 자신이 아프다고 느끼지 않았고 실제로 치유가 필요하다고 믿지 않았다. 하지만 그는 자신이 할 수 있는 일은 무엇이든 해봐야 한다고 생각했다. 그는 정신분석에 대해 들어 본 적이 있었는데, 어쩌면 정신분석이 자신에 대한 통찰력을 얻는 데 도움이 될지도 모른다고 생각했다. 그는 증상이 있는지 알지 못했다. 그의 (성)능력은 매우 약한 것으로 밝혀졌다. 그는 아주 드물게 성관계를 하였고 여성에게 과감하게 접근했으며, 성교 중에 불만족스러웠고 더욱이 조루로 고통스러웠다. 그는 자신의 불능[발기부전]이 질병이라는 통찰이 매우 부족했으며, 발기력이 필요 없는 남성이 너무 많으므로 자신의 약한 발기력에 체념했다고 설명했다.

그의 태도와 행동은 그가 심하게 억제되고 억압받는 사람이라는 것을 한눈에 드러냈다. 그는 말할 때 눈을 쳐다보지 않고, 부드러우면서도 억눌린 목소리로 매우 망설이면서 당황한 듯 목청을 가다듬고 말하였다. 그러나 동시에 그가 수줍음을 억누르고 과감한 모습을 보이기 위해 부단히 노력하는 것이 분명히 눈에 띄었다. 하지만 그의 본성은 전적으로 심각한 열등감이 특징이었다.

기본규칙에 익숙해진 환자는 부드럽게 그리고 머뭇거리며 말하기 시작했다. 첫 번째 의사소통에는 두 가지 '끔찍한' 경험에 대한 기억이 있었다. 한번은 차를 운전하던 중 사고로 죽은 여성을 치운 적이 있었다. 또한 질식상황에 있는 사람에게 기관절개술을 시행해야 하는 상황에 빠졌던 적이 있었다 (환자는 전쟁 중에 구급대원이었다). 그는 이 두 가지 경험을 생각하면 공포에 사로잡힐 뿐이었다. 첫 번째 진료만남에서 그는 변함없이 다소 단조롭고 부드럽고 차분한 태도로 자신의 집[가족]에 관해 이야기했다. 여러 형제자매 중 둘째 막내였던 그는 집안에서 이류 위치에 있었다. 스무 살쯤 위인 맏

형은 부모의 사랑을 듬뿍 받았고 여행을 많이 다녔으며 '전 세계'를 돌아다녔다. 집에서 형은 자신의 경험을 자랑했고 여행에서 돌아오면 '온 가족이 그를 중심으로 모였다.' 형에 대한 시기와 증오가 대화내용에서 분명하게 드러났지만, 내가 이에 대해 조심스럽게 물어보았을 때 환자는 시기와 증오의 감정이 없었다고 단호히 부인했다. 그는 형에 대해 그런 감정을 느껴본 적이 없다고 말했다.

그런 다음 그는 자신에게 매우 잘해 주었고 일곱 살 때 돌아가신 어머니에 대해 이야기했다. 어머니에 대해 이야기하던 중 그는 조용히 울기 시작했고 부끄러워하며 한참 동안 아무 말도 하지 않았다. 어머니는 그에게 작은 관심과 사랑을 준 유일한 사람이었고, 어머니의 죽음이 그에게 큰 충격이었으며 어머니를 기억하자 눈물을 참을 수 없다는 것이 분명해 보였다. 어머니가 돌아가신 후 그는 형의 집에서 5년을 지냈다. 그가 말한 내용이 아니라 그의 어조에서 횡포를 부리고 냉정하고 불친절한 형의 본성에 대한 엄청난 적의가 느껴졌다.

그런 다음 그는 이제 자신을 매우 사랑하고 존경하는 친구가 있다고 짧고 그다지 의미심장하지 않은 투로 말했다. 이 대화가 끝난 후 오랜 침묵이 흘렀다. 며칠 후 그는 꿈을 꾸었는데, **낯선 도시에서 친구와 함께 있는 자신을 보았다. 다만 그 친구의 얼굴이 달랐을 뿐이다.** 환자는 분석[진료]을 위해 자신이 살고 있던 마을을 떠났으므로 꿈에 나오는 남자가 분석가를 나타낸다고 가정하는 것이 합리적이다. 환자가 자신을 친구와 동일시했다는 사실은 막 생겨나는 긍정전이의 표시로 해석할 수 있다. 그러나 상황 전체를 고려할 때 이것을 긍정전이로 받아들이거나 그렇게 해석하는 것을 경계해야 한다. 환자 자신은 친구에게서 분석가를 인식했지만 더는 덧붙일 말이 없었다. 그가 침묵하거나 단조롭게 분석을 수행하는 자신의 능력에 대해 의심을 표명했기 때문에, 나는 그가 나에게 반대하는 것이 있지만 그것을 표현할 용기가 없다고 그에게 말했다. 그는 이를 단호히 부인했고, 그래서 나는 그에게 그가 형에 대한 적대감을 표현한 적도 없으며 의식적으로 생각조차 하지 않았다고 하지만 나와 자신의 형 사이에 어떤 종류의 관계가 분명히 있다고 말했다. 이것은 사실이었지만 나는 그의 저항을 너무 깊이 해석하는 실수를 저질렀다. 이 해석도 실패했고 억제는 오히려 더 강해져서, 나는 그의 태도를 관찰하면서 그 저항이 현재 상황과 어떤 관련이 있는지 알아보기 위해 며칠을 기다렸다. 형에 대한 증오의 전이 외에도 여성적 태도(친구와의 꿈)에 대한 강력한 방어가 있다는 것이 분명했다. 물론 나는 이런 방향으로 해석을 시도할 수 없었다. 그래서 나는 그가 이런저런 이유로 나와 분석을 거부하고 있다고 계속해서 말했고, 모든 태도가 분석에 대한 차단을 나타낸다고 말했다. 그는 자신의 삶은 항상 그런 식으로 경직되고 접근하기 어렵고 방어적이라는 데 동의했다. 나는 모든 진료만남에서 기회가 있을 때마다 지속적이고 일관되게 그가 거부감을 느낀다는 것을 알렸지만, 그가 불만을 표현하는 단조로운 어조에 놀랐다. 모든 진료만남은 항상 "어떻게 될까요, 아무것도 느끼지 못해요, 분석은 저에게 아무런 영향을 미치지 않아요, 이걸 할 수 있을까요, 할 수 없어요, 아무것도 떠오르지 않아요, 분석은 저에게 아무런 영향을 미치지 않아요" 등의 문장으로 시작되었다. 하지만 나는 그가 무슨 말을 하려는지 이해하지 못했지만, 여기에 그의 저항을 이해하는 열쇠가 있다는 것이 분명했다. [27)]

여기서 우리는 분석을 위해 성격분석 교육과 능동암시 교육의 차이점을 연구할 좋은 기회를 지니고 있다. 나는 그에게 더 많은 정보를 가져오라고 친절하게 훈계하고 위로할 수 있었고 아마도 이런 식으로 인위적인 긍정전이를 만들 수 있었지만, 그의 전체 행동에 대한 우리의 경험은 그것으로는 멀리 가지 못한다는 것을 보여주었다. 그의 전체 행동으로 보아 그가 분석을 특히 나를 거부했다는 데 의심의 여지가 없었기 때문에, 나는 침착

---

27)   주, 1945. 이 설명은 심리학적으로 정확하지만 전체 이야기는 아니다. 우리는 이제 그러한 불만이 생장갑옷, 즉 근육갑옷의 직접적인 표현이라는 것을 이해한다. 환자는 혈장흐름과 감각작용이 차단되어 정서마비를 호소한다. 요컨대, 이 결함은 본질적으로 순전히 **생체신체** 성격을 띠고 있다. 오르곤치료에서 운동성 차단은 심리학 방법이 아닌 생체신체 방법을 통해 풀린다.

하게 이 해석을 고수하고 추가반응을 기다릴 수 있었다. 한번은 꿈으로 돌아왔을 때, 그가 나를 거부하지 않았다는 가장 확실한 증거는 나를 그의 친구와 동일시했다는 것이라고 말했다. 이때 나는 그에게 아마도 그가 친구만큼 나를 사랑하고 존경하기를 기대했을 것이고, 그 후 실망했고 지금은 나의 과묵함에 대해 매우 원망하고 있다고 제시했다. 그는 자신도 남몰래 비슷한 생각을 했지만 나에게 감히 말하지 못했다는 사실을 인정해야 했다. 그 결과 그는 자신이 항상 사랑과 특별한 인정만을 요구했으며 특히 남성적으로 보이는 남자에게 매우 **방어적으로** 행동했다고 말했다.

그는 자신이 그들과 동등하다고 느끼지 않았고 친구와의 관계에서 여성 역할을 해왔다. 다시 그는 나에게 자신의 여성전이를 해석할 재료를 제공했어도 그의 태도는 전체적으로 그것을 공개하지 말라고 경고했다. 상황은 어려웠다. 내가 이미 이해하고 있는 그의 저항요소, 형에 대해 느낀 증오의 전이와 상사에 대한 자기애여성 태도를 매몰차게 거부하였기 때문이다. 따라서 그 당시 분석이 갑자기 중단될 위험을 감수하고 싶지 않다면 매우 조심해야 했다. 게다가 매시간 그는 거의 쉬지 않고 항상 같은 방식으로 분석이 자신에게 아무런 영향을 미치지 않는다고 불평했다. 약 4주간의 분석 뒤에도 여전히 이해되지 않는 행동이었지만, 온전히 본질적이고 순간적인 급성 성격저항이라는 인상을 받았다.

그러다 내가 몸이 아파서 2주 동안 분석을 중단해야 했다. 환자는 나에게 강장제로 코냑 한 병을 보냈다. 분석을 재개하자 그는 행복해 보였지만 내가 설명한 같은 식으로 계속 불평하면서 죽음에 관한 생각에 시달렸다. 그는 항상 가족 중 누군가에게 무슨 일이 생겼다는 생각을 지울 수 없었고, 내가 아플 때 내가 죽을지도 모른다는 생각을 멈출 수 없었다. 이러한 생각에 유난히 괴로워하던 어느 날 그는 나에게 코냑을 보내기로 마음먹었다. 그의 억눌린 죽음욕망을 해석해 줄 수 있는 매우 매력적인 기회였고 그러한 해석을 위한 많은 재료가 있었지만, 나는 그것이 무익할 것이며 단지 "저에게는 아무것도 통하지 않아요", "분석은 저에게 영향을 미치지 않아요"라는 그의 불평의 벽에 무익하게 튕겨 나올 뿐일 것이라는 생각과 어떤 느낌에 뒤로 물러났다. 물론 이 와중에 "저에게는 아무것도 통하지 않아요"라는 불만의 은폐된 이중의미가 분명해졌다. 이것은 항문성교에 대한 깊이 억압된 수동여성 전이욕망의 표현이었다. 그러나 그의 자아가 분석에 대해 계속 저항하면서 그의 동성애욕망이 아무리 분명하게 드러날지라도, 이것을 해석하는 것이 합리적이고 정당했을까? 첫째, 분석이 쓸모없다는 그의 불평의 의미가 분명해야 했다. 나는 그의 불평이 근거가 없다는 것을 그에게 보여줄 수도 있었다. 그는 꿈을 꾸었고, 죽음에 관한 생각은 더욱 뚜렷해졌으며, 그 밖의 많은 일이 그에게 일어나고 있었다. 그러나 나는 이것이 상황에 도움이 되지 않는다는 것을 경험으로 알았고, 다른 한편으로는 이드에 관해 제공된 재료와 분석 사이에 있는 갑옷을 분명히 느꼈고, 또한 기존의 저항이 이드해석을 허용하지 않을 것이라고 전적으로 가정해야 했기 때문에, 단지 그의 행동을 계속해서 지적하고 날카로운 방어표현이라고 해석하고 우리 둘 다 이 행동이 우리에게 분명해질 때까지 기다려야 한다고 그에게 말했다. 그는 이미 내가 아플 때 자신이 가졌던 죽음에 관한 생각이 반드시 나에 대한 애정 어린 관심의 표현이 아니라는 것을 이해했다.

그 후 몇 주 동안 그의 행동과 불만에 대한 인상이 커졌고, 그의 여성 전이에 대한 방어와 관련하여 그의 열등감이 중요한 역할을 했다는 것이 더 분명해졌지만, 정확한 해석을 위해서는 아직 상황이 무르익지 않았고 그의 행동의 의미에 대한 확고한 정식화가 부족했다. 결국 나중에 나온 해결책의 기본사항을 요약해보자.

① 그는 나뿐만 아니라 자신에게 남성적으로 보이는 다른 모든 남자로부터 인정과 사랑을 받기를 원했다. 그가 나에게 사랑을 원하고 실망했다는 사실은 비록 그가 받아들이지 않았지만 이미 반복적으로 해석되었다.

② 그는 자신의 형에게서 전이된 나에 대한 분명한 증오와 질투로 가득 차 있었는데, 폭발위험 때문에 당시에는 그것을 해석할 수 없었다.

③ 그는 자신의 여성 전이를 방어하였다. 금지된 여성성을 건드리지 않고서는 그 방어를 해석할 수 없었다.

④ 그는 자신의 여성성 때문에 나에게 열등감을 느꼈고, 그의 끊임없는 불평은 열등감의 표현일 뿐이었다.

나는 이제 나에 대한 그의 열등감을 해석했다. 처음에는 이것이 성공하지 못했지만, 며칠 동안 그의 본성을 일관되게 보여준 후에 그는 나뿐만 아니라 자신이 열등하다고 느끼는 다른 사람들에 대한 과도한 질투에 관한 몇 가지 소통을 했다. 그리고 이제 갑자기 "분석은 저에게 아무런 영향을 미치지 않아요"라거나 "쓸모없는 짓이에요"라는 그의 끊임없는 불평이 분석가는 열등하고 무능하며 그와 함께 아무것도 성취할 수 없다는 것 외에 다른 의미가 없다는 생각이 떠올랐다. 따라서 **불평은 부분적으로는 분석가에 대한 비난으로 부분적으로는 승리로 이해해야 했다.** 이제 나는 그의 끊임없는 불평에 대해 어떻게 생각하는지 그에게 말했다. 나조차도 그 성과에 놀랐다. 그는 즉시 누군가가 자신에게 영향을 미치고 싶을 때 항상 이런 식으로 행동했음을 보여주는 많은 예를 생각해 냈다. 다른 사람의 우월함을 참지 못하였고 항상 그를 왕좌에서 끌어내리고 싶어 했다. 내 해석은 그에게 완벽하게 이해되었다. 그는 항상 상사가 자신에게 요구하는 것과 정반대로 행동해 왔기 때문이다. 선생님들에게 도발하고 경멸한 행동에 관한 풍부한 기억을 떠올렸다.

그렇다면 여기에 그의 절제된 공격성이 있었고, 지금까지 우리가 보았던 그 공격성의 가장 외적인 표현은 죽음욕망이었다. 그러나 우리의 기쁨은 오래가지 않았고 저항은 같은 방식으로, 같은 불평 같은 우울 같은 침묵으로 다시 나타났다. 하지만 이제 나의 주요한 발견이 그에게 매우 깊은 인상을 주었고 그 결과 그의 여성태도가 **더 강해**졌다는 것을 알았고, 물론 이것의 즉각적인 결과는 여성성에 대한 새로운 방어로 이어졌다는 것을 알았다. 이 저항분석에서 나는 다시 나에 대한 그의 열등감에서 출발해서 그가 열등감을 느꼈을 뿐만 아니라 오히려 이 때문에 자신이 나에 대한 여성역할을 하여 자신의 남자다운 자존심을 너무 많이 훼손했다고 말함으로써 해석을 심화했다.

이 이전에 남성다운 남자에 대한 자신의 여성스러운 행동에 관한 재료를 많이 가져왔고 완전히 이해했음에도 불구하고, 이제 그는 더는 그것에 대해 알고 싶어 하지 않았다. 이제 새로운 문제가 생겼다. 왜 그는 전에 자신이 설명한 것을 이제는 인정하려 하지 않을까? 나는 그의 예민한 행동의 의미, 즉 그가 나에 대해 너무 열등감을 느끼기 때문에 내가 그에게 설명하는 것을 받아들이려 하지 않았지만, 이러한 거부는 그의 이전 입장을 번복하는 것을 의미한다고 계속 설명했다. 그는 이것이 사실임을 인정하고 친구와의 관계에 대해 자세히 설명했다. 그가 실제로 여성역할을 해왔고 종종 허벅지 사이로 성교를 한 것으로 밝혀졌다. 나는 이제 그의 방어행동이 분석에 헌신[몰두]하는 것에 대한 내면투쟁의 표현일 뿐이며, 그의 무의식에는 분명히 분석가에게 여성 방식으로 자신을 제공한다는 생각과 관련이 있다는 것을 그에게 보여줄 수 있었다. 그러나 이것은 다시 그의 자존심을 상하게 했고 분석의 영향에 대해 그가 집요하게 차단한 이유였다. 그는 분석가와 함께 소파에 누워 분석가에게 키스를 받는 것을 확인하는 꿈으로 이에 반응했다. 그러나 이 확인 꿈은 분석이 자신에게 영향을 미치지 않았다는, 즉 자신에게 어떤 영향도 미칠 수 없었고 어떤 결과를 초래하고 있는지 자신은 완전히 냉담하였다는 등의 불만을 불러일으켰다. 나는 최근 그에게 그의 불만의 의미를 분석에 대한 비난과 분석에 헌신하는 것에 대한 방어라고 설명했다. 동시에 나는 그에게 그의 차단의 경제적 의미를 설명하기 시작했다. 지금까지 어린 시절과 청소년기에 대해 말한 것을 통해 그가 외부세계에서 경험한 모든 실망에 대해, 아버지, 형, 그리고 자기보다 나이 많은 선생님들로부터 받은 거칠고 차가운 대우에 대해 자신을 닫았다는 것이 분명하다고 하면서, 차단이 비록 그의 삶의 기쁨을 많이 희생해야 하는 구원일지라도 그의 유일한 구원이었다고 말했다.

그는 즉시 이 설명을 이해하였고 선생님들에 대한 자신의 행동에 관한 기억을 이어갔다. 그는 항상 선생님들을 너무 차갑고 낯설게 여겼고(이것은 자신의 감정태도가 분명하게 투영된 것이었다), 선생님들이 자신을 때리거나 꾸짖을 때 흥분하더라도 속으로는 무관심했다. 동시에 그는 종종 내가 더 엄격하기를 욕망했다고 말했다. 처음에는 이 욕망의 의미가 상황에 맞지 않는 것처럼 보였지만, 훨씬 뒤에 그가 자신의 반항으로 나와 자신의 롤모델인 선생님들을 잘못에 빠뜨리려고 한다는 것이 분명해졌다. 며칠 동안 분석은 저항 없이 진행되었고, 이제 그는 자신이 어린 시절에 매우 거칠고 공격적이었던 적이 있었다는 것을 알게 되었다. 동시에 그는 이상하게도 나에 대한 강한 여성태도의 내용이 담긴 꿈을 꿨다. 그의 공격성에 대한 기억이 수동여성 성격의 이러한 꿈에서 동시에 표현된 죄책감을 동원했다고 추측할 수 있었다. 꿈 분석을 피한 이유는 꿈이 현존 전이 상황과 직접 관련이 없을 뿐만 아니라 그가 죄책감을 표현하는 꿈과 자신의 공격 사이의 연관을 이해할 만큼 충분히 성숙하지 않은 것처럼 보였기 때문이다. 일부 분석가는 이것을 자의적인 재료선택이라고 여길 수도 있겠지만, 이에 반대하여 나는 현재의 전이상황과 유아재료 사이에 직접 연결이 이루어질 때 최적의 치료가 이루어질 것이라는, 임상경험을 통해 얻은 견해를 변호해야겠다. 그래서 나는 단지 어린 시절의 거친 행동에 대한 그의 기억을 통해, 그가 오늘날의 자신의 모습과 정반대로 한때는 완전히 달랐으며 분석을 통해 그의 성격이 변하게 된 시간과 상황을 밝혀야 한다고 제안했을 뿐이다. 아마도 그의 현재의 여성스러움은 공격적인 남성다움에서 벗어나는 것이었다. 환자는 이러한 발견에 전혀 반응하지 않았지만 물론 익숙한 방식으로 다시 저항에 빠졌고 그러한 발견을 감당할 수 없었고 아무것도 느끼지 못했으며, 결국 분석은 그에게 영향을 미치지 못했다.

나는 그의 열등감과 그가 분석이나 분석가에게 자신의 무력함을 증명하기 위해 반복해서 했던 시도를 다시 해석했지만, 이제는 그가 형에 관한 전이를 알아내려고 노력했다. 그 자신은 형이 항상 큰 역할을 했다고 말했다. 그는 어린 시절의 중심 갈등상황과 관련이 있었기 때문에 이에 대해 분명히 주저하면서 대답했고, 어머니가 형에게 많은 관심을 기울였다고 다시 한번 말했지만, 이에 대한 자신의 주관적인 태도에 대해서는 언급하지 않았다. 이 방향으로 조심스러운 시도가 드러내 주었듯이, 그는 형을 시기하는 것에 대한 통찰을 완전히 차단했다. 이러한 시기[부러움]는 격렬한 증오와 밀접하게 연관되어 있었고 시기심조차 의식해서는 안 된다는 불안에 억눌려 있었다. 내가 형에 대한 그의 시기를 끌어내려고 하자 특히 강한 저항이 일어났으며, 이것은 여러 날 동안 지속되었고 자신의 무력함에 대한 상투적인 불만으로 표현되었다. 저항이 무너지지 않았기 때문에 우리는 여기에 분석가라는 사람에 대한 특히 실제적인 방어가 있다고 가정해야 했다. 나는 그에게 분석, 특히 분석가에 대해 불안해 하지 말고 완전히 공개적으로 말하고 첫 진료만남에서 분석가가 자신에게 어떤 인상을 주었는지 말해보라고 촉구했다.[28] 그는 한참 망설이다가, 분석가가 성 문제에서 여성에게 절대적으로 무자비할 남자로 보였고, 자신에게는 너무 남성적이고 거칠고 잔인한 것처럼 보였다고 머뭇거리는 목소리로 말했다. 능력 있어 보이는 남자들에 대한 그의 태도는 어땠을까?

분석한 지 4개월이 끝나갈 무렵이었다. 이제 처음으로 형에 대한 억압된 관계가 깨졌고, 이것은 현재 그의 가장 불안한 전이인 형에 대한 시기와 가장 밀접한 관련이 있었다. 강한 감정을 드러낸 뒤, 그는 갑자기 형이 모든 소녀를 쫓아다니고 유혹하고 더 나아가 그것을 과시했기 때문에 항상 자신의 형을 가장 엄하게 비난했던 것을 기억했다. 내 모습은 즉시 그에게 그의 형을 생각나게 했을 것이다. 그의 마지막 의사소통으로 더 큰 자신감을 얻은 나는 다시 전이상황을 그에게 설명하고 그가 나를 그의 유력한 형과 동일시했으며, 한때 형의 이른바 우월성을 비난하고 분개했던 것처럼 나를 비난하고 나의 이른바 우월성에 대해 분개하는 바로 그 이유로 나에게 마음을 열 수 없다는 것을 보여주었다. 더욱이 그는 이제 열등감의 근거가 무력감이라는 것을 분명히 알 수 있었다.

그 결과, 분석을 정확하고 일관되게 수행했을 때 같은 방식으로 반복해서 경험하는 것, 즉 **성격저항의 핵심요소가 강요하거나 기대하지 않아도 자발적으로 나타나는 것**을 경험했다. 자신의 작은 성기를 형의 큰 성기와

---

28) 그 이후로 나는 환자에게 나라는 사람에 대한 설명을 곧 중단하곤 했다. 이 조치는 항상 차단된 전이상황을 해결하는 데 항상 유익한 것으로 입증되었다.

반복적으로 비교하며 형을 부러워했던 기억이 문득 떠올랐다.

예상대로 강력한 저항이 다시 일어났고, "저는 아무것도 할 수 없어요"라는 불평이 또다시 터져 나왔다. 이제 나는 해석을 조금 더 밀고나가 그가 여기서 자신의 무력감을 행동으로 옮기고 있음을 보여줄 수 있었다. 이에 대한 그의 반응은 전혀 예상치 못한 것이었다. 자신의 불신에 대한 내 해석을 듣고 그는 처음으로 아무도 믿지 않았고 분석조차도 믿지 않는다고 말했다. 물론 그것은 큰 진전이었다. 그러나 이 소통의 의미와 이전 상황과의 연관은 처음에는 완전히 명확하지는 않았다. 그는 자신의 인생에서 이미 경험한 많은 실망에 대해 두 시간 동안 이야기했고, 자신의 불신 원인을 합리적으로 찾을 수 있다고 믿었다. 이전 저항이 다시 나타났다. 이번에는 새로운 촉발 순간이 명확하지 않았기 때문에 나는 기다렸다. 며칠 동안 상태는 마찬가지였고 이전의 불만과 익숙한 행동이 그대로 유지되었다. 나는 새로운 저항요소가 나타났을 때 이미 처리했고 나에게 잘 알려진 저항요소를 다시 지적했을 뿐인데, 그는 **분석이 자신의 이상을 빼앗을 수 있으므로 두려웠다**고 말했다. 이제 상황은 다시 명확해졌다. 그는 형에 대한 거세불안을 나에게 옮겼고 나를 두려워했다. 물론 거세불안에 대해서는 언급하지 않았지만, 나는 최근에 그의 발기부전으로 인한 열등감에서 시작하여 그가 높은 이상 때문에 모든 사람보다 우월하다고 느끼지 않는지, 자신이 다른 모든 사람보다 낫다고 생각하지 않는지 물었다. 그는 이 사실을 공개적으로 인정했고, 더 나아가 자신이 여자를 쫓아다니며 짐승처럼 사는 다른 모든 사람보다 정말 더 가치 있다고 생각한다고 말했다. 그리고 덜 확실하지만 이런 느낌이 불행히도 자신의 무력감 때문에 너무 자주 방해받고 있으며, 아직 자신의 성 약점을 완전히 받아들이지 못했다고 덧붙였다. 이제 나는 그가 무력감을 없애려는 신경증 종류의 시도를 하고 이상 영역에서 다시 능력을 찾으려고 노력하고 있다는 사실을 깨달을 수 있었다. 나는 그에게 보상을 알려주면서 최근 분석에 대한 그의 은밀한 우월감에서 발산되는 저항을 다시 한번 지적했다. 그는 자신이 더 낫고 똑똑하다고 은밀히 생각했을 뿐만 아니라 바로 이러한 이유에서 분석에 저항했다. 왜냐하면 분석이 이루어지려면 누군가의 도움이 필요할 것이고 분석은 우리가 방금 밝힌 은밀한 즐거움을 누리던 그의 신경증을 물리칠 것이기 때문이다. 신경증 관점에서 볼 때 이것은 패배였을 것이지만 그의 무의식에서는 여성이 되는 것을 의미하기도 했다. 그래서 나는 그의 자아와 자아방어기제에서 시작하여 거세 콤플렉스와 여성고착에 대한 해석토대를 마련했다.

이처럼 성격분석은 환자의 태도에서 출발하여 신경증의 중심, 거세불안, 어머니의 편애로 인한 형에 대한 시기, 그리고 – 오이디푸스 콤플렉스의 윤곽이 이미 분명하게 드러난 – 어머니에 대한 실망까지 직접 침투하는 데 성공하였다. 그러나 여기서 이러한 무의식 요소가 반드시 나타나는 것은 아니지만 종종 자발적으로 나타난다. 그러나 자아방어와 전이가 어떤 법칙에 따른 순서로 그리고 어떤 밀접접촉을 통해 나타났는지가, 특히 이것이 강요충동 없이 행동에 대한 순수한 분석해석과 그에 상응하는 정서를 통해 일어났다는 사실이 여기서 중요하며, 이것이 바로 일관된 성격분석의 특징이다. 이는 **자아**가 흡수한 갈등을 철저히 처리하는 것을 의미한다.

환자의 자아방어를 일관되게 고려하지 않으면 나왔을 결과와 이것을 비교해 보자. 처음에는 형과의 수동 동성애 관계와 죽음욕망 둘 다를 해석할 가능성이 존재했다. 꿈과 그 이후의 착상이 해석을 위한 추가재료를 만들어냈을 것이라는 데 의심의 여지가 없다. 그러나 그의 자아방어를 사전에 체계적이고 철저하게 처리하지 않았다면 어떤 해석도 정서반응을 불러일으키지 못했을 것이다. 대신에 우리는 한편으로는 환자의 수동적 욕망에 대한 지성적인 지식을 얻었을 것이고, 다른 한편으로는 이러한 욕망에 대한 자기애적이고 고도로 정서적인 방어책을 동시에 얻었을 것이다. 수동성과 살인충동에 속하는 정서는 방어기능에 남아 있었을 것이다. 그 결과 혼돈상황이 발생했을 것이고, 해석은 풍부하고 분석은 실패하는 전형적인 암울한 그림이 되었을 것이다. 자아저항, 특히 그 형식(침체, 음성변화 등)에 대한 몇 달 동안의 집요하고 끈질긴 작업 결과, 자아는 억압된 것을 동화하는 데 필요한 수준으로 올라갔고 정서는 느슨해져 억압된 생각의 방향으로 이동하게 되었다.

따라서 이 사례에 기법의 **두 가지** 가능성이 있다고 말할 수는 없다. 사례를 **역동적으로** 바꾸고 싶다면 한 가지 가능성만이 있었다. 나는 이 사례가 이론을 기법에 적용하는 데서 견해의 현저한 차이를 충분히 밝혔기를 바란다. 목표에 어긋나지 않는 분석의 가장 중요한 [첫 번째] 기준은 역동적이고 경제적인 계기를 고려하지 않은 많은 비체계적인 해석 대신 정확하고 일관되게 **몇 가지** 해석을 수행하는 것이다. 분석가가 재료의 유혹에 넘어가지 않고 재료의 역동적 위치와 경제적 역할을 올바르게 평가한다면, 결과는 재료를 나중에 받더라도 훨씬 더 철저하고 정서 가득한 것일 수 있다. 두 번째 기준은 현재상황과 유아상황 사이의 지속적인 연결을 유지하는 것이다. 분석재료의 초기 병치[앞뒤가 맞지 않는 것이 공존]와 혼란은 연속으로 바뀐다. 이어지는 저항과 내용의 순서는 이제 해당 신경증의 특정한 역동적이고 구조적인 관계로 결정된다. 비체계적 해석작업의 경우 분석가는 항상 새로 탐색하고 추론하는 것 이상으로 더 많은 것을 추측해야 하는데, 성격분석 노선에 따라 저항작업을 진행하면 분석과정은 자연스럽게 전개된다. 비체계적 해석작업의 경우 분석은 처음에는 순조롭게 진행되다가 점점 더 많은 어려움에 부딪히는데, 성격분석 노선에 따른 해석작업의 경우 가장 심각한 어려움이 치료 첫 몇 주와 몇 달 안에 나타나며 심층 재료를 사용하더라도 점점 더 원활한 작업으로 나아갈 수 있다. 따라서 모든 분석의 운명은 치료 시작에, 즉 저항을 정확하게 해결하느냐 부정확하게 해결하느냐에 달려있다. 따라서 세 번째 기준은 눈에 띄고 파악할 수 있는 임의의 위치에서 자의에 따라서가 아니라 가장 강력한 자아저항이 숨어 있는 위치에서 무의식으로 진입하는 지점을 체계적으로 넓히고 그때그때 정서적으로 중요한 유아고착을 밝히는 것이다. 꿈이나 연상에서 나타나는 무의식 위치는 신경증에 아주 중요한 의미를 지니지만, 일정한 치료기간에는 현재의 기법상 중요성과 관련하여 완전히 부차적인 역할을 할 수 있다. 우리 환자에게서는 형과의 여성적 관계가 중심 병원체였고, 첫 달에는 환상화된 자아이상을 통해 불능에 대한 보상이 줄어들지도 모른다는 불안이 기법 측면에서 문제였다. 일반적으로 저지르는 실수는 분석가가 그때그때 현재 중요한 위치를 먼저 공격하는 대신 통상 처음에 어떤 식으로든 곧바로 나타나는 신경증 발생의 중심 요소를 공격하는 것이다. 체계적이고 순서대로 작업하면 이러한 위치는 **틀림없이** 결국 중심 병원성 요소로 이어질 것이다. 따라서 분석가가 신경증 핵심에 **어떻게, 언제, 어느** 쪽에서 침투하는가가 많은 사례에서 성공에 결정적으로 영향을 미친다.

여기에서 성격분석이라고 기술하는 것을 프로이트의 저항형성 및 저항해소 이론에 배치하는 것은 어렵지 않다. 우리는 모든 저항이 막히는 이드충동과 막는 자아충동으로 이루어져 있다는 것을 안다. 두 충동 모두 무의식적이다. 원칙적으로 이드노력과 자아노력 중 어느 것을 먼저 해석할지는 선택문제인 것 같다. 예를 들어, 분석을 시작할 때 침묵형태의 동성애 저항에 곧바로 마주치면, 환자에게 그가 분석가라는 사람을 향해 현재 부드러운 의도를 지니고 있다고 말함으로써 이드노력에 접근할 수 있다. 그의 긍정전이는 해석되었고, 그가 도망가지 않으면 이 끔찍한 생각과 화해하기까지 오랜 시간이 걸릴 것이다. 따라서 분석가는 우선 환자에게 **'이런저런 이유로'** 분석을 거부하기 때문에 침묵한다고 말함으로써, 즉 이드노력을 건드리지 않고 아마도 어떤 측면에서 분석이 그에게 위험해졌기 때문에 침묵한다고 말함으로써, 의식적 자아에 더 가까운 저항측면 즉 **자아방어**를 먼저 다루는 것이 필요하다. 우리는 해석을 통해 이드노력(이 사례에서는 사랑노력)과 관련된 저항측면을, 자아노력에서는 저항의 자아측면 즉 거부를 공격한다.

이 과정에서 우리는 부정전이(모든 방어가 결국 부정전이가 된다)와 자아갑옷인 성격을 동시에 파악한다. **모든** 저항의 표면층, 즉 의식에 가장 가까운 층은 이드노력이 증오에 기반을 두든 사랑에 기반을 두든 반드시 분석가에 대한 부정태도이다. 자아는 분석가에게 이드노력에 대한 방어를 투사한다. 따라서 분석가는 성가신 기본규칙을 부과하여 이드노력을 유발하고 신경균형을 방해하기 때문에 적이 되고 위험하다. 방어를 위해 자아는 아주 낡은 형태의 거부태도를 사용하며, 사랑노력을 물리치고 자아방어에 도움이 되도록 이드의 증오충동을 불러온다.

따라서 우리가 자아측면에서 일부 저항에 대처하는 규칙을 지키면, 그 과정에서 부정전이의 일부 즉 일정량의 증오효과를 해소하여 종종 절묘하게 숨겨진 파괴경향을 간과할 위험을 피할 수 있으며 동시에 긍정전이는 강화된다. 환자는 또한 자아해석이 이드해석보다 자신의 의식적 감각에 더 잘 부합하기 때문에 더 쉽게 이해하므로, 우리는 나중에 뒤따르는 이드해석에 대해 더 잘 대비할 수 있다.

우리가 어떤 종류의 이드노력을 다루고 있든, 자아방어는 항상 같은 형식 즉 환자의 성격에 해당하는 형식을 갖는다. 그리고 같은 이드노력이 다양한 환자들에게서 다양한 방식으로 방어된다. 따라서 우리는 이드노력만을 해석할 때는 성격을 건드리지 않고 그대로 두지만, 근본적으로 방어 즉 자아측면에서 저항을 다룰 때는 분석에 신경증성격을 포함한다. 이드의 경우 우리는 피분석자[환자]에게 **무엇을** 막고 있는지 즉시 알린다. 방어의 경우 우리는 먼저 피분석자가 '무언가'를 방어하고 있다는 **것을**, 다음으로 그가 그것에 대해 **어떻게** 방어하고 있는지, 방어하기 위해 어떤 수단을 채택하는지(성격분석)를 그에게 분명히 밝히고, 마지막으로 저항분석이 충분히 진행되었다면 환자는 방어가 무엇을 겨냥하고 있는지를 스스로 경험하거나 알아낸다. 이드노력을 해석하는 이 매우 우회적인 방식은 모든 해당 자아태도를 분석으로 해부하여 환자가 너무 빨리 무언가를 경험하거나 정서 없이 무관심한 채로 남게 될 큰 위험을 제거한다.

행동[태도]에 아주 많은 관심을 기울이는 분석은 이론 연구 작업이 최소한의 손상도 입히지 않도록 하면서 보다 질서있고 정확한 방식으로 진행된다. 어린 시절의 중요한 사건에 대해 평소보다 뒤늦게 알게 되지만, 이것은 성격저항을 분석으로 치료한 **뒤에** 유아재료가 솟아나는 정서적 신선함으로 충분히 보상된다.

그러나 일관된 성격분석의 꺼림칙한 측면을 언급하지 않을 수 없다. 성격을 고려하지 않았을 때보다 환자들은 정신적으로 훨씬 더 큰 부담을 느끼며 훨씬 더 많은 고통을 겪는다. 이것은 선택의 이점이 있다. 버티지 못하는 사람들은 어차피 치유되지 않을 것이고, 사례가 2년 뒤에 실패하는 것보다 4~6개월 뒤에 실패하는 것이 더 낫다. 그러나 경험에 따르면 성격저항을 무너뜨리지 않으면 만족스러운 성공을 기대할 수 없으며, 이것은 특히 숨겨진 저항의 경우에 그러하다. 성격저항을 극복한다고 해서 환자가 성격을 바꿨다는 의미는 아니다. 물론 성격저항의 극복은 환자의 유아원천을 분석한 뒤에야 가능하다. 환자는 단지 그 원천을 객관화하고 그것에 대한 분석관심을 지녔을 뿐이며, 일단 이런 일이 일어나면 분석이 유리하게 진행될 가능성이 아주 크다.

5) 자기애 보호장치의 붕괴

우리가 이미 언급했듯이, 증상분석과 신경증 성격특성 분석 사이의 본질적인 차이는 처음부터 증상분석은 증상을 고립시키고 객관화시키는 반면, 신경증 성격특성 분석은 환자가 증상에 대해서만큼 성격에 대해서 동일한 태도를 지니도록 분석에서 그에 대해 계속해서 강조해야 한다는 사실에 있다. 이것은 그리 쉬운 일이 아니다. 자신의 성격을 객관화하는 경향을 약간만 보이는 환자들이 있다. 결국 이것은 자기애 방어기제를 무너뜨리고 그 안에 묶여있는 리비도불안을 해결하는 문제이다.

스물다섯 살 된 한 남자가 몇 가지 사소한 증상과 노동장애로 분석을 받으러 왔다. 그는 자유롭고 자신감 넘치는 태도를 보였지만, 때때로 행동하면서 상당히 긴장하고 대화상대와 진정한 관계를 맺지 못한다는 막연한 인상을 받았다. 그의 말투에는 차갑고 조용하며 눈에 띄지 않을 정도로 아이러니한 무언가가 있었고, 때때로 그는 부끄러움인지 우월감인지 아이러니인지 알 수 없는 미소를 지었다.

분석은 격렬한 감정과 풍부한 행동으로 시작되었다. 그는 어머니의 죽음에 관해 이야기할 때 울었고, 통상적인 자녀양육에 대해 설명할 때 욕을 했다. 그는 자신의 과거에 대해, 부모는 매우 불행한 결혼생활을 하고 있었고 어머니는 자신에게 매우 엄격했으며, 성숙기에 이르러서도 그는 형제들과 그다지 깊은 관계를 맺지 못했다는 일반적인 용어로만 공유했다. 그러나 그의 모든 대화에서 울거나 꾸짖거나 그 외에 다른 어떤 감정도 전혀 꾸밈없이 자연스럽게 나오지 않는다는 원래의 인상이 강해졌다. 그는 자신이 그렇게 나쁘지 않았다고 말했고 실제로 말하면서 항상 웃고 있었다. 몇 시간 후 그는 분석가를 도발하기 시작했다. 분석가가 진료만남이 끝났다고 하면 그는 과시하듯이 한동안 누워있거나 나중에 대화를 시작하곤 했다. 한번은 그가 내 멱살을 잡으면 어떻게 하겠냐고 물었다. 두 번의 진료만남 후 그는 갑자기 내 머리 쪽으로 손을 움직여 나를 놀라게 하려고 했다. 나는 반사적으로 물러나면서 분석은 아무것도 하지 말고 모든 것을 말하기만 하면 된다고 말했다. 다시 한번 그는 작별 인사를 하면서 내 팔을 쓰다듬었다. 이 행동이 지닌 더 깊은 하지만 명확하지 않은 의미는 가학으로 표현되는 초기 동성애 전이였다. 내가 이러한 행동을 피상적으로 도발로 해석했을 때 그는 혼자서 미소지으며 점점 더 자신을 차단했다. 의사소통과 마찬가지로 행동도 멈췄고 진부한 미소만 남았다. 그는 침묵을 지키기 시작했다. 내가 그의 행동이 지닌 저항성격에 주목하자 그는 다시 미소지었고, 한동안 침묵을 지키다가 빈정대는 의도로 "저항"이라는 단어를 몇 번 반복했다. 그래서 미소와 빈정거림이 분석작업의 초점이 되었다.

상황은 상당히 어려웠다. 그의 어린 시절에 대한 얼마 안 되는 정보 외에는 그에 대해 아는 것이 아무것도 없었다. 그래서 나는 분석에서 그가 행동 측면에서 제공한 것에 집중해야 했다. 처음에는 관찰자 위치로 물러나서 어떻게 될지 지켜보았는데 그의 행동에는 아무런 변화가 없었다. 이렇게 약 2주가 지났다. 그러다가 어느 순간 그의 미소가 강해지는 것이 내가 그의 공격을 방어하는 것과 일치한다는 생각이 들었다. 그래서 우선 그의 미소의 현재 이유를 이해하게 하려고 노력했다. 나는 그에게 그의 미소가 여러 가지 의미를 지니고 있지만 실제로는 내가 반사적으로 물러나는 모습으로 보여준 비겁함의 표시에 대한 그의 반응이라고 그에게 말했다.

그는 아마도 그럴 것이라고 말했지만 어쨌든 더 크게 웃었다. 그는 사소한 문제에 대해서는 거의 말을 하지 않았고 분석을 빈정대듯이 대했으며 내가 그에게 말한 것을 믿을 수 없다고 말했다. 점차 그의 미소가 분석에 대한 방어역할을 한다는 것이 더욱더 분명해졌다. 여러 진료만남에서 반복해서 그에게 이것을 말했지만, 몇 주가 지나서야 그가 꿈을 꾸었고 그 내용은 기계로 벽돌기둥을 개별 벽돌로 절단하는 것이었다. 이 꿈이 분석상황과 어떤 관련이 있는지는 그가 처음에 어떤 착상도 일으키지 않았기 때문에 더욱 짐작하기 어려웠다. 마침내 그는 그 꿈이 분명히 거세 콤플렉스에 관한 것이라고 말하며 웃었다. 나는 그에게 그의 빈정거림은 무의식이 꿈을 통해 그에게 준 신호를 거부하려는 시도일 뿐이라고 말했다. 그런 다음 그는 분석의 앞으로의 전개에 가장 중요한 은폐기억[불쾌한 어릴 때의 기억을 막기 위해 무의식중에 떠올리는 다른 기억]을 떠올렸다. 그는 다섯 살 무렵에 부모님 집 마당에서 '말놀이'를 한 적이 있었는데, 네발로 기어 다니며 자신의 자지를 바지 바깥으로 꺼내 늘어뜨렸다. 어머니에게 들켜서 어머니가 뭐하는 거냐고 물었을 때 그저 웃기만 했다는 기억을 떠올렸다. 당분간 더는 알아낼 수 있는 것이 없었다. 하지만 조금은 명확해졌다. 그의 미소는 어머니 전이의 일부였다는 사실이다. 여기서 어머니에게 행동한 것처럼 행동하고 있으며 그의 미소에는 분명한 의미가 있음이 틀림없다고 말했을 때, 그는 그저 미소지을 뿐이었다. 며칠 동안 그는 같은 미소와 침묵을 지켰으며, 나는 그의 행동을 분석에 대한 방어로 일관되게 해석하고 그의 미소를 나의 해석에 대한 은밀한 불안을 극복하는 것으로 해석했다. 그러나 그는 상투적인 미소로 자신의 행동에 대한 이러한 해석을 반박했다. 이것 역시 내 영향력에 대한 차단으로 일관되게 해석하였으며, 나는 그가 분명히 살면서 항상 미소짓고 있다고 지적했다. 그는 이것이 세상에서 자신을 주장할 수 있는 유일한 방법임을 인정해야 했다. 하지만 그는 의도치 않게 내가 옳았다는 것을 증명했다. 어느 날 그는 평소처럼 웃는 얼굴로 분석실에 와서 이렇게 말했다. "오늘 행복하실 거예요, 박사님. 재미있는 생각이 떠올랐어요. 제 모국어로 벽돌은 말의 불알을 의미해요.

멋지지 않나요? 그게 바로 거세 콤플렉스죠." 그럴 수도 있고 아닐 수도 있다고 나는 그에게 말했지만, 그가 이렇게 방어 태도를 유지하는 한 그의 꿈에 대한 분석작업은 생각할 수도 없는 일이었다. 그는 미소로 모든 착상과 해석을 무효화할 것이다. 우리는 여기서 그의 미소가 암시에 지나지 않았고 그 안에 표현된 스스로를-즐겁게-만드는 것[재미]의 느낌이라는 것을 덧붙여야 한다. 나는 그에게 분석에 대해 공개적으로 그리고 큰 소리로 비웃는 것을 두려워하지 말라고 말했다. 그 이후로 그는 자신의 빈정거림에 대해 훨씬 더 솔직해졌다. 그러나 빈정거림에 대해 그가 제시한 생각은 상황을 이해하는 데 매우 가치가 있었다. 종종 그렇듯이 그는 분석을 거세 위협으로 간주하여 처음에는 공격으로 나중에는 미소로 피했을 가능성이 매우 커 보였다. 나는 그가 분석의 시작 부분에서 표현한 공격성으로 돌아가서, 나를 도발하여 얼마나 신뢰할 수 있는지 시험하고 자신이 어디까지 갈 수 있는지 알려고 했다는 것을 지적함으로써 나의 이전 해석을 보완했다. 그의 신뢰 부족은 어린 시절 불안에 뿌리를 두고 있었을 가능성이 크다. 이 해석은 그에게 분명히 깊은 인상을 남겼다. 그는 잠시 당황했지만 이내 회복되어 미소 지으며 내 해석과 분석을 다시 부인하기 시작했다. 결국 꿈 반응에서 나타난 몇 가지 징후를 통해 내 해석이 옳고 그의 자아방어를 완화할 수 있다는 것을 알았기 때문에, 나는 흔들리지 않고 내 해석에 일관성을 유지했다. 불행히도 그는 이것에 대해 그다지 기뻐하지 않았고 내가 설명작업에 집착하는 것처럼 집요하게 미소에 집착했다. 다시 많은 진료만남이 지나갔다. 나는 점점 더 밀고 들어가 그의 미소를 이른바 유아 불안과 더 밀접하게 연결하여서 내 해석을 강화했다. 나는 분석이 어린 시절 갈등을 유발할 수 있으므로 그가 분석을 두려워한다고 지적했다. 그는 이러한 갈등에 그다지 적절한 방식은 아니라도 대처한 적이 있었지만, 미소의 도움으로 극복했다고 생각한 모든 것을 이제 다시 경험해야 한다는 것이 두려웠다. 그러나 그는 착각하고 있었다. 어머니의 죽음에 관해 이야기할 때의 흥분은 확실히 진심이었으니까. 또한 나는 그의 어머니와의 관계가 모호했으며 어머니를 두려워하고 조롱했을 뿐만 아니라 사랑했을 수도 있다고 제안했다. 평소보다 더 진지하게 그는 어머니가 자신에게 불친절하게 대했던 것에 관해 자세히 이야기했다. 한번은 그가 장난을 쳤을 때 어머니가 칼로 그의 손을 베기까지 했다. 그러나 이것에 그는 "맞아, 분석론에 따르면 이것이 거세 콤플렉스인가요?"라고 덧붙였다. 그러나 속으로는 뭔가 심각한 일을 준비하고 있는 것 같았다. 내가 분석상황을 바탕으로 그의 미소의 현재 의미와 잠재 의미를 계속 해석하는 동안 다른 꿈이 나타났다. 꿈의 명백한 내용은 본성상 상징적 거세관념에 매우 전형적이었다. 마침내 그는 말이 등장하는 꿈을 꾸었고, 소방차가 출동해 트럭에서 높은 탑이 솟아오르고, 그 탑에서 거대한 물기둥이 불타는 집의 불길 속으로 뿜어지는 또 다른 꿈을 꾸었다. 동시에 이따금 야뇨증도 있었다. 그는 여전히 미소지으면서도 '말 꿈'과 그의 '말'놀이 사이의 연관을 인식했다. 실제로 그는 말의 긴 성기가 항상 자신에게 특별히 흥미로웠다고 기억하고, 당시 어린 시절 놀이에서 아마도 그런 말을 흉내냈을 것이라고 즉흥적으로 말했다. 오줌을 누는 것도 그에게 큰 즐거움을 주었다. 그는 자신이 어렸을 때 야뇨증이 있었는지 몰랐다.

그의 미소가 지닌 유아 의미에 대해 다시 한번 논의했을 때, 그는 자신이 기억한 말놀이 상황에서의 미소가 비웃음이 아니라 엄마가 그렇게 놀고 있다고 자신을 꾸짖을까 걱정되어 친근감을 보여주려는 시도였을 수 있다고 말했다. 이런 식으로 그는 분석에서 자신의 현재 행동을 통해 내가 몇 달 동안 해석해 왔던 것에 점점 더 가까워졌다. 따라서 미소의 기능과 의미는 발달과정에서 변해 왔다. **처음에는 화해를 위한 시도였지만 나중에는 내면불안에 대한 보상으로 바뀌었고 마지막에는 우월감 표현으로 바뀌었다.** 환자 자신도 몇 번의 진료만남을 통해 어린 시절의 비참함에서 벗어난 길을 재구성했을 때 이 설명을 찾았다. 그 의미는 "아무것도 나를 해칠 수 없다. 나는 모든 것에 면역되어 있다"는 것이었다. 마지막 의미에서 미소는 분석에서 이전 갈등이 다시 생겨나는 것에 대한 저항이자 보호가 되었다. 유아불안이 이러한 방어의 밑바닥에 가장 근본 동기로 자리잡고 있었다. 분석 5개월이 지날 무렵에 환자가 꾼 꿈은 그의 심층 불안,

즉 어머니에게 버림받을지도 모른다는 불안을 드러냈다. 꿈은 이렇다. "나는 알 수 없는 동반자와 함께 마차를 타고 완전히 황폐하고 적막해 보이는 작은 마을을 여행하고 있다. 집들은 방치되어 있고 창문은 깨져 있다. 사람은 보이지 않는다. 마치 죽음이 자리 잡은 것 같다. 우리는 하나의 문에 이르렀고, 그곳에서 나는 돌아가고 싶다. 나는 동반자에게 모든 것을 다시 살펴봐야 한다고 말한다. 상복을 입은 한 남자와 한 여자가 길바닥에 무릎을 꿇고 있다. 나는 무슨 일인지 물어보려고 그들에게 다가간다. 내가 그들의 어깨를 만지자 그들은 깜짝 놀라고 나는 불안에 잠에서 깨어난다." 가장 중요한 착상은 그 작은 마을이 그가 네 살까지 살았던 마을과 닮았다는 것이었다. 어머니의 죽음과 유아의 버림받은 느낌이 상징적으로 제시되었다. 동반자는 분석가였다. 처음으로 환자는 미소짓지 않고 꿈을 완전히 진지하게 받아들였다. 성격저항을 깨고 유아재료와 연결을 확립하였다. 그 이후 이전 성격저항으로 되돌아감으로써 생긴 통상적인 중단을 제외하고는 특별한 어려움 없이 분석이 진행되었다. 그러나 그 뒤 심한 우울증이 이어졌는데 점차 완전히 사라졌다.

물론 여기서 간략히 요약한 것에서 드러난 것보다 훨씬 더 큰 어려움이 있었다. 전체 저항단계는 거의 6개월 동안 지속되었고 분석에 대한 비웃음이 며칠, 몇 주 동안 이어졌다. 성격저항에 대한 일관된 해석이 효과를 지닌다는 믿음과 인내심이 없었다면 포기했을지도 모른다.

이제 이 사례의 기제에 대한 후속분석의 통찰이 다른 기법 접근을 정당화할 수 있는지 확인해 보자. 환자의 행동방식을 분석에서 덜 부각하고 대신 얼마 안 되는 꿈들을 더 정확히 분석할 수도 있었다. 환자가 해석할 수 있는 생각을 만들어냈을 수도 있다. 분석 전까지 이 환자는 꿈을 항상 잊어버리거나 전혀 꾸지 않았고, 그의 행동을 일관되게 해석하자 그가 명확한 내용의 꿈을, 분석상황과 관련된 특정한 내용의 꿈을 꾸었다는 사실은 제쳐두자. 나는 환자가 해당 꿈을 의도적으로 만들어냈을 것이라는 반론에 대비하고 있다. 이러한 토론에 참여하는 것은 증명할 수 없는 것에 대해 논쟁을 벌이는 것이다. 이 환자와 같은 상황은 수동적으로 기다리는 것만으로는 해결하기 어렵고, 기다리기만 한다면 분석가가 분석도구를 손에 쥐고 있지 않은 상태에서 우발적으로만 해결된다는 것을 보여주는 풍부한 경험이 있다. 그렇다면 거세 콤플렉스와 관련된 그의 연상을 해석하고 억압된 내용, 즉 잘리거나 잘릴까 하는 불안을 그에게 의식하도록 만들려고 노력했다고 가정해 보자. **아마도** 이 접근이 결국 성공으로 이어졌을 것이다. 그러나 우리가 이것이 확실히 그랬을 것이라고 말할 수 없다는 사실, 이것이 우연이었다는 것을 인정한다는 바로 그 사실은, 우리에게 기존 저항을 피하려는 이러한 종류의 기법이 분석적이지 않으며 정신분석작업의 본질에 모순되는 것이니 거부하라고 강제한다. 이러한 기법은 저항을 인식하지 못하기 때문에 저항에 대해 신경 쓰지 않고 그래서 무의식의 의미를 직접 해석하는 분석단계로 돌아가는 것을 의미한다. 저항을 피하는 기법이 동시에 자아방어를 무시해 왔다는 것은 사례병력 자체에서 분명하다.

이제 누군가는 사례의 기법상 처리는 매우 정확했지만 내 논쟁을 이해하지 못했다고, 내가 말하는 것은 자명하고 전혀 새로운 것이 아니며 모든 분석가가 작업하는 방식이라고 이의를 제기할 수 있다. 나는 일반원칙은 새로운 것이 아니며 성격분석이 저항분석 원칙의 특별한 적용일 뿐이라는 점을 부인하지 않는다. 그러나 세미나에서 다년간 경험을 통해 저항기법 원칙이 일반적으로 알려져 있고 인식되고 있었지만, 대부분 진료에서는 무의식을 직접 해석하는 낡은 기법에 따라 진행한다는 것을 분명히 알 수 있었다. 이론 지식과 현실 진료 사이의 이러한 불일치는 이론을 치료에 일관되게 적용하는 방법을 배우려는 비엔나세미나의 체계적인 시도에 대한 모든 오해의 원인이었다. 이 모든 것이 진부하며 새로운 것이 아니라고 말한다면 이론 지식에 근거한 것이고, 이 모든 것이 '프로이트식 분석'이 아니라서 틀렸다고 반대한다면 이론에서 너무 많이 벗어난 자신의 진료를 생각하는 것이다.

한번은 동료가 나에게 다음과 같은 사례에서 어떻게 했겠냐고 물어본 적이 있다. 그는 4주 동안 계속 침묵하지만 그렇지 않을 때는 매우 친절하고 분석 진료만남 전후에 매우 다정한 태도를 보이는 한 청년을 치료해 왔다. 분석가는 이미 가능한 모든 것을 시도하고 분석을 중단하겠다고 위협했으며 마침내 꿈 해석조차 실패하자 명확한 종료 날짜를 정했다. 재료로 볼 때는 드문드문 가학살인 꿈만 꾸었고, 분석가는 이제 환자에게 그가 상상 속의 살인자로 자신을 생각하고 있음을 아주 분명하게 보여주었다고 말했다. 그러나 이것은 아무 소용이 없었다. 재료가 꿈에 아주 명백하게 나타나더라도 날카로운 저항을 하는 환자에게 심층해석을 하는 것은 잘못이라는 나의 말에 그 분석가는 만족하지 않았다. 그는 다른 가능성은 없다고 말했다. 우선 환자의 침묵을 저항으로 해석해야 한다고 내가 지적하자 그는 그럴만한 "재료가 없기" 때문에 불가능하다고 말했다. 꿈 내용과는 별개로 환자의 행동 자체에 충분한 '재료'가 없었는가? 꿈 내용과 별개로 행동 자체, 분석시간 동안의 침묵과 분석 이외 시간의 친근함이라는 모순이 '재료'로 충분하지 않은가? 이 상황에서 적어도 한 가지 분명하게 드러나는 것은, 자신의 침묵을 통해 환자는 – 매우 일반적인 용어로 표현하자면 – 부정태도나 방어를 표현한 것 아닌가? 그의 꿈으로 판단하건대, 눈에 띄게 친절한 행동을 통해 대항하고 숨기려고 했던 가학충동을 표현한 것 아닌가? 예를 들어 환자가 분석가의 상담실에서 어떤 소지품을 두고 가는 것과 같은 실수를 통해 무의식 과정을 유추하려고 감행하고, 환자의 행동에서 분석상황의 의미와 관련한 결론을 도출하지 않는 이유는 무엇인가? 환자의 행동이 실수보다 덜 결정적인가? 이것은 동료에게는 이해되지 않았다. 그는 '재료가 없기' 때문에 저항을 해결할 수 없다는 자신의 견해를 고수했다. 환자의 자아가 훨씬 더 겁에 질려서 분석에 자신을 더욱 차단했으므로, 살인욕망에 대한 해석은 분명히 실수였다. 세미나에서 제시한 사례들에서 나타난 어려움은 비슷한 종류였다. 해석할 수 있는 재료로서 환자의 행동을 항상 과소평가하거나 무시하는 것, 자아방어를 분석하는 대신 이드에서 저항을 제거하려는 시도, 그리고 마지막으로 환자가 단순히 낫고 싶어 하지 않는다거나 '너무 자기애적'이라는 거의 항상 변명으로 떠오르는 생각 등이었다.

다른 유형의 자기애 방어를 무너뜨리는 기법은 원칙에서 마지막으로 설명한 유형과 다르지 않다. 예를 들어, 환자가 어떤 재료를 제시하든 항상 정서가 없고 무관심하다면 우리는 위험한 정서차단을 다루는 것이다. 모든 재료와 해석을 잃어버릴 위험을 무릅쓰고 싶지 않다면, 그 정서차단에 대한 분석을 다른 어떤 것보다 우선해야 한다. 만약 정서차단을 분석하지 않는다면 환자는 분석이론에 대한 좋은 지식을 습득할 수 있지만 치유되지는 않을 것이다. 그러한 차단에 직면했을 때 분석가가 '강한 자기애' 때문에 분석을 포기하고 싶어 하지 않으면 환자의 정서마비에 대해 계속 지적할 것이지만, 물론 환자는 언제든지 분석을 포기할 수 있다는 계약을 분석가와 맺을 수 있다. 시간이 지남에 따라, 경험에 따르면 보통 몇 달이 걸리는데(어떤 경우에는 1년 반 동안 지속된다), 결국 환자는 분석가가 자신의 정서마비와 그 원인에 대해 계속 강조하는 것이 성가시다는 것을 발견한다. 그동안 분석가는 정서차단이 나타내는 불안방어를 완화하는 충분한 단서를 점차 얻게 될 것이다. 그러나 결국 환자는 분석으로 인해 정신무장이라는 보호시설을 잃고, 자신의 충동 특히 자신의 공격성에 휘둘릴 수 있다는 위험에 반항한다. 그러나 그가 이 '괴롭힘'에 분개하면서 그의 공격성도 깨어나고, 얼마 지나지 않아 증오공격 형태로 부정전이의 의미에서 첫 번째 정서폭발이 일어난다. 이런 일이 일어나면 시합에서 승리한다. 공격 충동이 드러났을 때 정서차단을 뚫고 환자를 분석할 수 있다. 이 지점부터 분석은 통상적인 과정을 따라 진행된다. 어려움은 공격성을 끌어내는 것이다.

자기애 환자가 성격의 특이성 때문에 저항을 구두로 표현할 때도 마찬가지이다. 그는 전문용어에서 항상 엄밀하게 선택된 말로 아니면 혼돈스러운 말로 화려하게 말한다. 이러한 말하기 방식은 뚫을 수 없는 벽을 형성하여, 표현방식 자체를 분석대상으로 삼기 전까지는 진정한 경험이 일어나지 않는다. 여기서도 환자의 행동에 대한 일관된 해석은 자기애 반항을 불러일으킨다. 환자는 자신과 분석가로부터 자신의 열등감을 감추기 위해 자신이 선택한 전문용어로 화려하게 말한다거나 특별히 똑똑해 보이고 싶지만 자기 생각을 단순하게 정식화할 수 없으므로 혼돈스러운 방식으로 말한다고 듣고 싶어 하지 않기 때문이다. 이러한 방식으로 신경증성격의 견고한 지형은 본질적인 지점에서 느슨해졌으며, 성격과 신경증의 유아근거에 접근할 수 있는 길이 열렸다. 물론 저항의 본성에 대해 한두 번 지적하는 것으로는 충분하지 않지만, 저항이 지속될수록 더욱 일관되게 해석해야 한다. 분석가가 자신에 대한 환자의 부정태도를 동시에 분석한다면 환자가 치료를 중단할 위험은 없다.

분석으로 성격갑옷을 느슨하게 하고 자기애 보호장치를 깨는 것은 첫째, **반응성 정박 및 은폐로부터 정서 방출**과 둘째, **유아갈등, 오이디푸스 콤플렉스, 거세불안이라는 중심 영역으로 진입 확립**이라는 즉각적인 두 가지 결과를 가져온다. 이것의 한 가지 장점은 유아경험 내용에 그대로 도달할 뿐만 아니라 특정한 처리를 통해 유아경험 내용을 **자아에 적합하게 수정하여** 분석으로 직접 가져올 수 있다는 것이다. 자아방어가 느슨해진 정도에 따라 같은 억압된 재료가 지닌 역동적 가치가 달라진다는 것을 분석하면서 거듭 보게 된다. 그러나 많은 사례에서 어린 시절 경험의 정서는 방어기제로서 성격에 흡수되었고, 단순히 내용을 해석함으로써 우리는 기억에 다가가되 정서에 다가가지는 못한다. 그런 사례들에서 성격 속에 흡수된 정서를 **먼저** 해결하지 않고 유아재료를 해석하는 것은 명백한 과실이다. 예를 들어, 강박성격에 관한 길고 암울하고 다소 무익한 분석을 계속해야 한다는 것은 이것을 무시했기 때문이다.[29] 반면 성격의 방어형성

---

[29] 환자의 행동양식을 고려하거나 무시하는 것이 얼마나 결정적인지 다음 사례를 예로 들어 보자. 상응하는 성공 없이 12년 동안 분석을 했고 자신의 유아동기, 예를 들어 중심적인 아버지 갈등에 대해 잘 알고 있었던 강박성격(환자)은 분석에서 이상한 단조로, 어쩐지 노래를 부르며 손을 계속 비틀며 말했다. 나는 이 행동이 분석된 적이 있는지 물었다. 이것은 분석된 적이 없었다. 처음에는 사례에 대한 이해가 없었다. 어느 날 그가 기도하는 것처럼 말하는 것이 마음에 들었다. 나는 그에게 내가 관찰한 사실을 알렸고, 그 후 그는 어렸을 때 아버지에 의해 기도 모임에 참석하도록 강요받아 그 일을 마지못해 했다고 말했다. 그는 기도를 하긴 했지만 항의를 받았다. 그래서 그는 12년 동안 분석가에게 "제발 제발 제발"이라고 말했다. 그의 행동에서 명백히 중요하지 않은 이 세부사항을 드러내고 가장 깊이 묻힌 정서를 끌어냄으로써 분석이 열렸다.

과 관련한 정서를 먼저 해방하면 유아충동 표현의 새로운 집중이 자동으로 발생한다. 성격분석의 저항해석에서 정서 없는 기억은 불가능에 가깝다. 정서 없는 기억은 성격분석에서 항상 처음에 발생하는 신경증 균형의 교란으로 인해 허용되지 않는다.

또 다른 사례들에서 성격은 유아 불안경험에 대한 단단한 보호벽으로 자신을 세우고 이로 인해 삶의 기쁨을 크게 잃지만 이[보호] 기능으로 자신을 유지한다. 이러한 성격을 가진 환자가 이러저러한 증상으로 인해 분석치료를 받으러 오면 이 보호벽은 분석에서 성격저항으로 계속 작용한다. 그리고 유아불안을 감추고 소비하는 성격갑옷을 파괴할 때까지는 아무것도 달성할 수 없다는 것이 곧 명백해진다. 예를 들어, **도덕적 광기**와 조증 자기애가학 성격을 가진 사례가 이에 해당한다. 여기서 분석가는 기존 증상이 심층 성격분석을 정당화하는가라는 어려운 질문에 종종 직면한다. 특히 성격보상이 상대적으로 좋은 사례들에서 성격분석이 보상을 파괴하면, 일시적으로 자아붕괴에 가까운 상태가 발생한다는 것을 알아야 한다. 일부 극단적인 사례에서는 새로운 현실지향적 자아구조가 발달하기 전에 그러한 자아붕괴가 불가피하다. 비록 자아붕괴가 조만간 저절로 올 것이라는 점을 인정해야 하더라도 − 결국 증상형성이 그 첫 번째 징후였다 − 긴급 징후가 없다면 우리는 그러한 중대한 책임이 수반되는 개입을 꺼린다.

이와 관련하여 성격분석은 사용되는 모든 사례에서 격렬한 감정과 정말 종종 위험한 상황을 불러일으키며, 따라서 분석가는 항상 분석상황을 기법으로 통제해야 한다는 사실을 부인할 수 없다. 일부 분석가는 이러한 이유로 아마 성격분석 방법을 거부할 것이다. 그렇다면 적지 않은 수의 환자에 대한 분석치료에서 성공을 기대할 수 없다. 일부 신경증은 가벼운 수단으로는 치료할 수 없다. 성격분석에 사용되는 방법, 성격저항을 일관되게 강조하고 성격저항의 형식·수단·동기에 대한 지속적인 해석은 환자에게 불쾌감을 줄 만큼 강력하다. 이것은 환자를 분석하도록 준비시키는 것[교육]과 아무 관련이 없으며 엄격한 분석 원칙을 나타낸다. 그러나 바로 진료 초기에 치료가 지닐 모든 예측 가능한 불편함과 어려움에 대해 환자에게 알리는 것이 좋다.

6) 분석에서 현재적인 것을 유아적인 것으로 소급할 수 있는 최적 조건에 대하여

환자의 행동에 대한 일관된 해석은 자연스럽게 신경증의 유아원인에 접근할 수 있게 해줘서, 현재 행동양식을 유아원형으로 소급하는 시기를 결정하는 기준이 있는지에 대한 새로운 질문이 제기된다. 분석의 주요 작업 중 하나는 바로 이 소급으로 이루어지지만, 이러한 일반적인 파악으로는 이 정식을 일상진료에 적용할 수 없다. 이 소급을 해당 유아재료의 첫 징후가 나타나자마자 즉시 해야 하는가, 아니면 일정한 시점까지 기다려야 할 이유가 있는가? 우선 저항해소와 기억상실제거와 같은 소급목적은 많은 사례에서 쉽게 달성되지 않는다는 점을 일정한 경험을 바탕으로 명시해야 한다. 단순한 지성적 이해에 머물러 있거나 소급시도가 의심으로 인해 좌절된다. 이는 무의식 관념을 의식화하는 경우와 마찬가지로 지형적 전환과정은 의식화되는 **역동적−정서적** 과정과 결합할 때만 실제로 일어난다는 사실로 설명된다. 이러한 결합을 달성하려면 두 가지가 필요하다. 첫째 주요 저항이 최소한 느슨해져야 하고, 둘째 의식되거나 (소급의 경우처럼) 명확한 연결을 경험하는 관념이 최소 수준의 집중강도에 도달해야 한다. 이제 억압된 관념의 정서집중은 보통 분리되어 성격에 묶여있거나 급성 전이갈등과 전이저항에 묶여있다. 현재 저항이 완전히 발달하기 전에 유아기반의 흔적이 발견되자마자 현재 저항을 유아요소로 소급한다면, 그 정서집중의 강도를 충분히 활용하지 못한 것이며 그에 상응하는 정서도 파악하지 않은 채 해석에서 저항내용을 기법으로 처리한 것이다. 따라서 해석할 때 지형적 관점과 역동적 관점을 모두 고려한다면, 저항의 싹을 자르지 말고 반대로 저항이 전이상황의 열기 속에서 완전히 발달할 수 있도록 해야 한다. 만성화되고 둔한[무감각한] 성격 껍질의 경우 어떤 다른 방법으로도 그 어려움을 처리할 수 없다. 환자를 행동에서 기억으로, 현재적인 것에서 유아적인 것으로 나아가도록 해야 한다는 **프로이트**의 규칙에, 예를 들어 자극치료법을 통해 만성염증을 급성염증으로 **먼저** 변형시켜 치료하는 것처럼 만성으로 굳어진 것을 현재 전이상황에서 새로운 살아있는 존재에 이르게 해야 한다는 것을 추가해야 한다. 이것은 성격저항의 경우에 항상 필요하다. 진전된 분석단계에서는 분석가가 환자의 협조를 확신할 수 있을 때, **페렌치**가 말한 '자극치료법'[30]의 필요성이 줄어든다. 더 나은 이론적 지식에도 불구하고 일반적으로 저항을 종종 매우 반갑지 않은 것으로 간주하는 것처럼, 일부 분석가들이 완전히 미성숙한 전이상황을 즉각 철회하는 것은 강력한 전이저항의 폭풍에 대한 불안이라는 인상을 받는다. 따라서 저항이 발달하도록 내버려 두었다가 공격하는 대신 저항을 피하려는 경향이 있다. 신경증 자체가 저항에 포함되어 있다는 것을, 환자가 저항할 때마다 우리는 신경증 일부도 해결한다는 사실을 잊어버린다.

저항이 발달하도록 놔두는 것이 다른 이유에서도 필요하다. 개별저항의 복잡한 구조를 고려할 때 모든 결정요소와 의미 있는 내용은 시간이 지나야 파악할 수 있으며, 앞서 언급한 역동적 요소와는 별개로 저항상황을 더 완벽하게 파악할수록 저항해석이 더 성공적일 수 있다. 저항의 이중적 성격, 현재 조건과 역사 조건은 저항에 포함된 자아방어 형식을 먼저 완전히 의식해야 할 것을 요구하며, 저항의 현재 의미를 분명히 한 뒤에야 제공된 재료에 비추어 저항의 유아기원을 해석할 수 있다. 이것은 **후속**저항을 이해하는 데 필요한 유아재료를 이미 제공한 사례들에 적용된다. 또 다른 사례에서는 아마도 대다수가 저항이 발달하도록 놔두지 않으면 유아재료를 충분히 얻지 못하기 때문에 그렇게 하는 것이 필요하다.

---

30) 자극요법은 질병에 대한 회복력을 높이기 위하여 인체에 적절한 물리적 또는 화학적 자극을 주는 치료법이다. 자극요법에는 온열요법과 침뜸(침과 뜸)요법이 있다. [옮긴이주]

따라서 저항기법은 두 가지 측면을 갖는다. 첫째, **현재 의미를 해석하여 현재 상황으로부터 저항을 파악하는 것, 둘째 그 뒤에 흘러나오는 유아재료와 현재 재료를 연결하여 저항을 해결하는 것이다.** 이러한 방식으로 두 상황을 해석에서 모두 고려하는 한 현재 상황에서 유아상황으로 도피하는 것을 쉽게 피할 수 있다.

따라서 저항은 치료 측면에서 분석의 방해물에서 가장 강력한 분석도구가 된다.

7) 재료가 풍부하게 흘러나오는 사례의 성격분석

환자의 성격이 바로 처음부터 기억작업을 방해하는 사례에서는 위에서 묘사한 바와 같은 성격분석이 치료를 시작하는 유일하게 정당한 분석방법임에 의심의 여지가 없다. 하지만 처음부터 성격이 충분한 기억작업을 허용하는 사례는 어떤가? 우리 앞에는 두 가지 질문이 있다. 여기에서 주장하는 의미의 성격분석이 이러한 사례에도 필요한가? 그렇다면 이러한 사례에서는 분석을 어떻게 시작해야 할까? 성격무장을 하지 않은 사례가 있다면 첫 번째 질문에 성격분석이 필요하지 않다고 답할 수 있다. 그러나 그런 사례가 없고, 자기애 보호기제가 조만간 모든 사례에서 강도와 깊이만 다를 뿐이지 성격저항이 되기 때문에, **원칙상** 어떤 차이도 없다. 단지 사실상의 차이는 성격이 기억작업을 방해하는 사례에서는 자기애 보호 및 방어기제가 매우 표면에 놓여 있으며 즉시 저항으로 나타나는데, 다른 사례에서는 보호 및 방어기제가 성격 깊숙이 놓여 있어 처음에는 전혀 눈에 띄지 않는다는 것이다. 그러나 위험한 것은 바로 이러한 사례들이다. 전자의 사례에서는 무엇이 문제인지 미리 안다. 후자의 사례에서는 환자가 모든 것을 기꺼이 받아들이고 실제로 개선 조짐을 보이기도 하고 해석에 즉각 반응하기 때문에, 분석이 매우 잘 진행되고 있다고 종종 오랫동안 믿게 된다. 바로 이러한 환자들에게서 종종 가장 큰 실망을 경험하게 된다. 분석이 완료되었어도 최종성공은 이루어지지 않는다. 모든 해석을 다 써버렸고, 원색장면과 유아갈등을 완전히 의식한 것처럼 보이지만 결국 치유가 이루어지지 않은 채 이전 것의 지루하고 단조로운 반복으로 분석은 정체된다. 전이성공이 실제 상황을 속이고 환자가 퇴원 직후 완전히 재발하여 돌아오면 더 끔찍하다.

이러한 사례에 대한 안 좋은 경험을 많이 하면서 이러한 분석의 완전성이 내용 면에서 거의 기대할 것이 없었기 때문에, 내용적인 것 외에 무언가를 간과했음이 틀림없다는 사실에 대한 자명한 생각으로 이어졌다. 모든 치료노력을 실패하게 만드는, 알려지지 않고 인식되지 않은 은밀한 저항을 생각해야 했다. 이 은밀한 저항은 환자의 분석의지와 분석에 대한 명백하게 약한 저항에서 정확하게 발견된다는 것이 곧 밝혀졌다. 그리고 다른 성공사례와 비교했을 때, 이러한 분석은 꾸준히 같은 흐름으로 진행되었고 격렬한 정서충격에 의해 중단되지 않았으며, 무엇보다도 마지막에야 분명해진 것은 거의 부정충동의 '긍정'전이 속에서 전체적으로 진행되었으며 분석가에 대한 증오자극은 거의 또는 전혀 없다는 것이 눈에 띄었다. 하지만 증오자극은 분석되지 않은 채 남아 있었던 것이 아니라, 단지 전이에 나타나지 않았거나 정서 없이 기억되었을 뿐이었다. 자기애정서마비 성격과 수동여성 성격은 이러한 사례의 원형으로 간주할 수 있다. 전자는 미지근하고 고른 전이가 특징이며 후자는 활기찬 '긍정'전이가 특징이다.

따라서 유아재료를 생산하기 때문에 '분석이 진행된다'고 하는 이러한 이른바 분명한 진행 사례들에서, 내용재료에 대한 일방적인 과대평가로 인해 성격이 분석 내내 은밀한 형식으로 저항으로 작동하였다는 것을 인정해야 했다. 이러한 사례들은 치료할 수 없거나 적어도 관리하기 어렵다고 여겨졌는데, 나도 이전에는 나 자신의 경험을 통해 이를 확인할 수 있다고 믿었다. 그러나 이 사례들의 숨겨진 저항을 알게 된 뒤로 이러한 사례들을 가장 보람 있는 사례로 꼽을 수 있다.

이러한 사례들에서는 소통흐름을 방해하지 않고 소통홍수와 행동 자체가 분명하게 저항이 되었을 때만 성격저항 분석을 시작한다는 점에서 성격분석 측면에서의 다른 사례들과 다르다. 다음과 같은 수동여성 성격의 전형적 사례는 이것을 설명하기 위한 것이며, 더욱이 여기에서도 깊이 억압된 유아갈등으로 진입이 어떻게 저절로 이루어지는지를 보여주기 위한 것이다. 더욱이 진전된 단계까지 분석을 수행함으로써 신경증이 전이저항의 실타래에 규칙적으로 감겨있다는 것을 밝힐 것이다.

3. 수동여성 성격 사례

1) 병력

스물네 살의 한 은행직원은 1년 전 위생전시회를 방문했을 때 발발한 불안상태 때문에 분석을 받으러 왔다. 그 사건 이전에 그는 이미 자신이 **유전문제로 정신병에 걸려 정신병원에서 죽어야 할지도 모른다**는 심각한 심기증 공포를 지니고 있었다. 그는 이러한 두려움을 설명할 몇 가지 합리적인 이유를 지니고 있었다. 그의 아버지는 결혼하기 10년 전에 매독과 임질에 걸린 적이 있었다. 그의 친할아버지도 매독에 걸렸다고 한다. 그의 아버지 형제 중 한 명은 매우 신경과민이었고 불면증에 시달렸다. 그의 어머니 쪽에서는 유전부담이 훨씬 더 심해 어머니의 아버지[외할아버지]와 외삼촌 중 한 명이 자살로 생을 마감했다. 그의 외할머니의 여동생 중 한 명은 '정신적으로 비정상'이었다(우울증으로 추정된다). 환자의 어머니는 신경질적이고 불안한 여성이었다.

이 이중 '유전부담'(아버지 쪽의 매독, 어머니 쪽의 자살과 정신병)은 이 사례를 훨씬 더 흥미롭게 만들었다. 정신분석은 신경증의 유전병인을 부정하지 않고 단지 많은 병인 중 하나로서 그 중요성을 인정한다. 그리고 이러한 이유로 정통 정신의학과 대립한다. 우리는 유전에 대한 환자의 생각이 합리적인 근거가 없다는 것을 알게 될 것이다. 심각한 부담에도 불구하고 그는 치유되었다. 이후 재발하지 않은 상태로 5년이 지났다.

이 보고는 성격저항의 재평가, 객관화, 분석해부를 다룬 치료의 첫 7개월만을 다루고 있다. 마지막 7개월은 저항과 성격분석의 관점에서 별로 흥미롭지 않았기 때문에 매우 간략하게만 설명한다. 우리는 주로 치료법의 도입과 저항분석이 취한 경로, 그리고 초기 유아재료와의 연관을 발견한 방식을 설명하는 데 관심이 있다. 분석을 제시하는 데 방해가 되는 어려움을 감안하고, 더 쉬운 이해를 위해 부수적인 것을 빼고, 반복하지 않은 채 분석을 제시하고, 저항과 그 처리의 실[줄기]에만 초점을 맞추는 것을 이해할 수 있을 것이다. 말하자면 분석틀만 보여주고 가장 중요한 단계들을 드러내고 서로 연결하려고 한다. 실제로 분석은 여기에 재현된 것처럼 간단하지 않았지만, 몇 달 동안의 풍부한 현상들에서 우리가 여기서 제시하려는 일정 사건의 윤곽이 드러났다.

환자의 **불안발작**은 **두근거림**과 모든 **의지력**의 마비를 동반했다. 심지어 환자는 이러한 발작 사이의 막간에도 **불안감**에서 결코 벗어날 수 없었다. 종종 불안발작은 저절로 발생했지만, 예를 들어 그가 신문에서 정신질환이나 자살에 관한 기사를 읽었을 때 즉시 촉발되기도 했다. 작년 한 해 그는 노동능력이 떨어졌고, **성과저하**로 인해 감원의 희생양이 될까봐 두려웠다.

그는 성 측면에서 심각한 장애를 지니고 있었고 **위생전시회**를 방문하기 직전에 성매매여성과 성관계를 시도했지만 실패했다. 이것은 그를 별로 자극하지 않았고, 그는 자신의 의식적인 성욕구도 낮았다고 주장했다. 금욕은 그에게 어렵지 않았다고 한다. 몇 년 전에는 성행위에 성공했지만 조루와 쾌락 없는 사정을 했었다.

이러한 불안상태의 전조증상이 있었는지에 관한 질문에, 환자는 어렸을 때 이미 매우 불안해했으며 사춘기 동안 특히 세계의 재앙을 불안해했다고 답했다. 1910년 혜성충돌로 인한 지구 종말에 관한 이야기가 나왔을 때 그는 매우 두려웠고, 부모님이 그렇게 침착하게 그것에 대해 이야기하는 것에 놀라움을 금할 수 없었다. 이러한 재앙불안은 점차 사라졌지만, 그 후 유전부담이라는 생각으로 완전히 대체되었다. 물론 과거에는 덜 자주 발생하기는 했지만 이미 그는 어린 시절부터 생생한 불안발작을 겪었다.

유전오염, 불안발작, 성쇠약을 제외하고는 다른 신경증증상은 없었다. 치료 초기에 환자는 불안상태를 많이 겪었기 때문에 자신의 불안상태에 대한 질병통찰력이 있었다. 유전이라는 생각은 너무 잘 합리화되었고 리비도약화(더 정확하게는 불능)로 인한 고통은 너무 적어서 그것에 대해 질병느낌을 가질 수 없었다. 증상은 특히 이 사례에서는 잘 발달한 **현실신경증 핵심(불안신경증)**을 지니는 **심기증** 형식의 **불안히스테리**였다.

심기증 불안히스테리를 지닌 히스테리성격이라는 진단은 그의 고착에 대한 분석결과에 근거한 것이다. 현상적으로 그는 **수동여성 성격유형**으로 나타났다. 그의 태도는 항상 지나치게 친절하고 겸손했으며, 사소한 일에도 끊임없이 사과하고, 오갈 때 여러 번 깊이 고개를 숙였다. 또한 그는 **어색하고 수줍어하고 격식을 차렸다.** 예를 들어 진료만남 시간을 변경하는 데 동의하는지 물으면 단순히 "예"라고 대답하지 않고, 자신을 마음대로 해도 된다며 무엇이든 할 준비가 되어 있다는 등 확신을 주었다. 부탁할 때면 분석가의 팔을 쓰다듬었다. 분석에 대한 불신가능성을 처음 언급했던 날, 그는 정신이 나간 채로 돌아와 의사가 자신을 불신한다는 생각을 견딜 수 없다며 자신이 그런 추측을 불러일으킬 수 있는 말을 했다면 사과하게 해달라고 거듭 요청했다.

2) 성격저항의 발달 및 분석

분석은 그의 성격에서 비롯된 저항으로 두드러졌으며 다음과 같이 전개되었다.

기본규칙을 알려주자 그는 가족관계와 유전부담에 대해 거의 멈추지 않고 유창하게 이야기하기 시작했다. 점차 부모님과의 관계가 드러났다. 그는 두 분을 똑같이 사랑하고 아버지를 더욱 존경한다고 주장했다. 그는 아버지를 활기차고 명쾌한 사유를 하는 사람으로 묘사했다. **아버지는 항상 그에게 자위와 혼외 성관계에 대해 경고했다.** 성관계 중 자신의 나쁜 경험, 성병과 임질, 안 좋게 끝난 여성과의 관계에 관해 이야기했는데, 이 모든 것은 그가 비슷한 경험을 하지 않도록 교육하려는 의도에서였다. 아버지는 그를 때린 적이 없었지만 먼저 "나는 너에게 강요하는 것이 아니라 조언하는 것일 뿐이야…"라고 말함으로써 자신의 의도를 강요했다. 환자는 아버지와의 관계가 아주 좋았고 아버지는 자신에게 헌신적이며 세상에서 그보다 더 좋은 친구가 없다고 설명했다.

그는 이 주제에 대해 그리 오래 이야기하지 않았다. 진료만남은 거의 전적으로 어머니와의 관계에 대한 설명으로 대부분 채워졌다. 어머니는 항상 매우 배려하고 부드러웠으며, 그 역시 어머니에게 한편으로는 부드러웠고 다른 한편으로는 어머니가 언제나 모든 일에서 자신을 섬기도록 내버려 두었다. 어머니는 그를 위해 빨래를 빨아 개주고 침대에서 아침식사를 차려주었으며, 그가 잠들 때까지 그의 침대 옆에 앉아 있었고 분석 당시에도 여전히 그의 머리를 빗겨 줬다. 한마디로 그는 응석받이 아이의 삶을 살았다.

그는 어머니와의 관계에 대한 논의에서 빠르게 진전했으며 **6주 후에는 성교욕망을 거의 파악할 수 있었다.** 분석 전에도 부분적으로 알고 있었던 어머니와의 부드러운 관계에 대해 상당히 의식하게 되었다. 그는 어머니를 침대에 자주 눕히는 것을 좋아했고, 어머니는 '**눈을 번득이고 볼을 붉히며**' 이를 참아 주었다. 어머니가 잠옷차림으로 그에게 와서 작별인사를 할 때면 그는 어머니를 껴안고 격렬하게 누르곤 했다. 그렇게 그는 항상 어머니의 성흥분을 불러일으키고 싶어 했고, 의심할 여지 없이 자신의 의도를 덜 드러내기 위해 아무렇지 않은 듯이 행동했는데 실은 자신도 분명히 성흥분을 느꼈다고 여러 번 말했다.

그러나 이러한 사건의 진정한 의미를 이해하도록 매우 조심스럽게 시도했을 때, 나는 즉시 가장 강한 저항에 부딪혔다. 그는 다른 여성들에 대해 똑같은 감정을 느꼈다고 확신할 수 있었다. 나는 근친성관계 환상을 그에게 해석하려고 한 것이 아니라, 역사적으로[병력상] 중요한 근친성관계 사랑의 방향으로 그의 강력한 진전이 **현재** 더 중요한 다른 것을 크게 피하게 하는 것이라는 나의 가정이 옳았는지 스스로 확인하기 위해서였다. 그가 어머니와의 관계에 대해 만들어낸 재료는 매우 명확했고, 실상을 파악하기 위해 한 걸음만 더 나아가면 되는 것처럼 보였다. 따라서 그의 소통내용이 꿈내용 그리고 지나치게 친절한 태도와 극명한 대조를 이룬다는 사실을 눈치채지 못했다면, 우리는 원칙에 따라서만 해석할 수 있었을 것이다.

그래서 그의 행동과 꿈재료에 점점 더 관심을 집중해야 했다. 그는 자신의 꿈에 대해 어떤 연상도 하지 않았다. 진료만남 동안에 그는 분석과 분석가에 대해 극찬했고, 진료만남 밖에서 자신의 미래에 대해 큰 우려를 품고 자신의 유전부담에 대해 고민했다.

꿈은 두 가지 종류가 있었는데, 부분적으로는 근친성관계 환상이 포함되어 있었고, 낮에 표현하지 않은 것을 꿈내용에서 드러내어 꿈에서 종이칼을 들고 어머니를 쫓아다니거나 **어머니가 서 있으면 다리 사이 구멍을** 기어 통과했다. 반면 **암담한 살인 이야기, 유전에 관한 생각,** 누군가가 저지른 **범죄, 누군가가 조롱하는 발언** 또는 불신 표현인 경우가 많았다.

처음 4~6주 동안 나는 다음과 같은 분석재료를 앞에 두고 있었다. 어머니와의 관계에 관한 의사소통, 현재의 불안상태와 유전에 관한 생각, 지나치게 친절하고 헌신적인 행동, 근친성관계환상·살인꿈·불신꿈으로 분명히 지속되는 꿈들, 긍정적인 어머니 전이의 일정한 징후.

그의 완전히 명확한 근친성관계 재료를 해석하느냐 아니면 그의 불신징후를 강조하느냐는 선택에 직면하여 나는 후자를 선택했다. 실제로 이것은 몇 주 동안 나타나지 않았고 환자가 너무 많은 재료를 제공했고 너무 적게 억제되었다는 사실로 구성된 **은밀한 저항**의 문제였기 때문이다. 나중에 이것이 또한 최초의 큰 **전이저항**임이 분명해졌으며, 이 저항의 특별한 성격은 환자의 성격에 의해 결정되었다. 그는 치료상 쓸모없는 경험재료의 폐기, 지나치게 친절한 태도, 많은 분명한 꿈들, 분석가에 대한 명백한 신뢰로 **속였다.** 그는 여기서와 같은 이유, 즉 평생 아버지에게 헌신했던 것처럼 **분석가에 대한 불안** 때문에 분석가에게 '헌신적'이었다. 만약 이것이 나의 첫 번째 사례였다면, 나는 그러한 행동이 크고 위험한 저항임을 알 수 없었을 것이며 그 의미와 구조를 추측할 수 없었기 때문에 해결할 수도 없었을 것이다. 그러나 그러한 사례에 대한 이전 경험에 따르면 그러한 환자는 몇 달, 심지어 몇 년 동안 명백한 저항을 하지 않으며 명확한 재료에 따라 주어진 해석에 치료상 전혀 반응하지 않는다. 따라서 이 경우 전이저항이 일어날 때까지 기다려야 한다고 말할 수 없다. 전이저항이 이 성격에 고유한 **은밀한** 형식임에도 불구하고 처음부터 이미 완전히 형성되어 있기 때문이다.

제공된 이성애 근친성관계 재료가 실제로 무의식 심층을 뚫고 나온 재료인지도 고려해 보자. 답은 부정이어야 한다. 현재 제공되는 재료의 현재 기능을 고려하면, 자아가 **다른** 내용을 방어하기 위해 조금도 변하지 않고 깊이 억압된 자극을 그때그때 사용하는 것을 볼 수 있다. 심층심리학의 관점에서 쉽게 이해할 수 없는 매우 이상한 사실이다. 이러한 재료를 직접 해석하는 것은 결정적 실수다. 이러한 해석은 열매를 맺지 못할 뿐만 아니라 오히려 이 억압된 내용이 성숙하는 것을 더 어렵게 만드는 효과를 가져온다. 우리는 이론에서 정신내용이 **자신**과 특정하게 관련된 리비도정서가 낮은 조건이나 관련되지 않은 **낯선** 이해관계가 낮은 조건이라는 두 가지 매우 다른 조건에서 나타날 수 있다고 말할 수 있다. 첫 번째 경우 억눌린 흥분의 내부압력이 작용하고 두 번째 경우에는 방어가 있다. 이를 설명하기 위해 자유롭게 흐르는 사랑과 억압된 증오를 없애야 하는 사랑의 격정 즉 반응성 사랑의 표현을 비교해 보겠다.

저항을 해결해야 했는데, 이것은 이 사례에서는 저항이 분명했을 때보다 훨씬 더 어려운 과제였다. 저항의 의미를 환자의 의사소통에서 도출할 수 없었고 그의 태도와 그의 꿈 중 일부의 부수적인 세부사항에서 도출할 수 있었다. 이를 통해 그는 아버지에 대한 반항을 두려워하여 반응성 사랑으로 자신의 반항과 불신을 감추고 순종함으로써 불안에서 벗어났다는 것을 알 수 있다.

첫 번째 저항해석은 이미 다섯 번째 분석일에 다음 꿈을 계기로 발생했다. **"내 글씨는 평가를 위해 필적학자에게 보내진다. 답변: 이 남자는 미**

친 집에 있다. 내 어머니의 커다란 절망. 나는 내 인생을 끝내고 싶다. **깨어난다.**"

그는 필적학자와 관련하여 프로이트 교수를 생각했다. 그 교수는 환자에게 환자가 겪었던 것과 같은 질병은 분석을 통해 '절대적으로 확실하게' 치료할 수 있다고 말했다고 환자가 덧붙였다. 그는 꿈에서 미친 집[정신병원]을 생각하고 불안해했기 때문에 분석이 자신을 도울 수 없다는 의견을 분명히 지녔음에도, 이것을 인식하려 하지 않고 해석에 저항하며 완전히 확신한다고 주장했다.

분석 2개월이 끝날 때까지 그는 많은 꿈을 꾸었지만 해석할 수 있는 꿈은 거의 없었고 어머니에 관한 이야기를 계속했다. 그가 말을 계속하도록 놔두고 그를 방해하거나 자극하지 않고 어떤 불신 징후도 놓치지 않도록 조심했다. 그러나 첫 번째 저항해석 이후에 그는 자신의 은밀한 불신을 더욱 잘 감추었고 마침내 다음과 같은 꿈을 꾸었다.

"**범죄, 아마도 살인이 저질러졌다. 나는 본의 아니게 이 범죄에 연루되었다. 발각과 처벌에 대한 두려움. 용기와 결단력 있는 본성을 지녀 나에게 깊은 인상을 주는 사무실 동료 중 한 명이 있다. 나는 그의 우월함을 느낀다.**"

나는 그의 발각에 대한 두려움만을 지적하고 그의 전체 태도가 무언가를 숨기고 있다는 것을 직설적으로 말함으로써 그 범죄를 분석상황과 연관시켰을 뿐이다.

바로 다음 날 밤, 그는 내가 한 말을 확인하는 더 긴 꿈을 꾸었다.

"**나는 우리 아파트에서 범죄가 계획되고 있다는 것을 알게 되었다. 밤이 되어 나는 어두운 계단에 있다. 아버지가 집 안에 계신 것을 알고 있다. 서둘러 아버지를 돕고 싶은데 적의 손에 넘어갈까 봐 두렵다. 경찰에 신고할 생각이다. 범죄자 공격에 대한 모든 세부사항이 담긴 종이 두루마리를 지니고 있다. 변장이 필요하다. 그렇지 않으면 많은 스파이를 심어놓은 갱단의 우두머리가 내 계획을 좌절시킬 것이기 때문이다. 큰 망토를 입고 인조수염을 달고 노인처럼 구부정하게 집을 나선다. 적의 우두머리**

가 나를 막는다. 그는 부하 중 한 명에게 나를 수색하라고 명령한다. 종이 두루마리가 이 남자의 눈을 사로잡는다. 그가 내용을 읽으면 나는 매우 위험하리라고 생각한다. 나는 최대한 해롭지 않은 것인 척하며 아무 의미도 없는 기록이라고 말한다. 하지만 그는 잠깐 살펴봐야겠다고 대답한다. 극심한 긴장감이 감도는 순간, 나는 절박한 심정으로 무기를 찾는다. 주머니에서 권총을 꺼내서 방아쇠를 당긴다. 그 남자는 사라졌고 나는 갑자기 매우 강하다고 느꼈다. 적의 우두머리가 여자로 변했다. 나는 이 여자에 대한 욕망에 사로잡혀 그녀를 붙잡아 들어 올려 집으로 데려온다. 쾌감이 밀려오고 나는 잠에서 깨어난다."

근친성관계 모티프 전체가 꿈의 끝부분에 나타나며 처음에는 분석에서 그의 위장에 대한 명백한 암시도 있다. 나는 너무 자신을 기꺼이 희생하려는 환자가 먼저 분석에서 자신의 기만 태도를 포기해야 심층해석이 이루어진다는 생각에서 이 요소만을 다시 한번 강조하였지만, 이번에는 저항에 대한 해석에서 한 걸음 더 나아가 그가 분석을 불신했을 뿐만 아니라 자신의 행동을 통해 정반대인 척했다고 그에게 말했다. 그러자 환자는 격렬하게 동요했고 마침내 여섯 번의 진료만남 동안 세 가지 다른 히스테리 행동을 일으켰다.

① 그는 일어나서 팔다리를 휘저으며 "날 내버려 둬요, 가까이 오지 말아요, 당신을 죽이고 짓밟을 거예요"라고 소리쳤다. 이 행동은 종종 눈에 띄지 않게 다른 종류로 넘어갔다.

② 그는 목을 움켜쥐고 헐떡이며 "아, 나를 놔줘요, 나를 놔줘요, 제발, 아무 짓도 하지 않을게요"라고 울부짖었다.

③ 그는 폭력적인 공격을 받은 사람처럼 행동하지 않고 강간당한 소녀처럼 행동했다. "당신, 나를 놔줘요, 나를 놔줘요"라고 목 졸린 듯 소리 내지 않고 말했고, 이전 행동에서는 몸을 웅크리고 있었는데 이제는 다리를 넓게 벌리고 있었다.

이 6일 동안 그의 이야기의 흐름은 흔들렸고, 그는 분명히 명백한 모순에 빠졌으며 자신의 유전부담에 대해 계속해서 말했다. 그 사이에 그는 때때로 우리가 설명한 것처럼 행동하는 독특한 상태에 빠져들었다. 눈에 띄는 점은 행동이 멈추자마자 아무 일도 없었던 것처럼 침착하게 다시 말을 이어간다는 것이었다. 그는 "하지만 의사 선생님, 이것은 여기 제 안에서 일어나고 있는 이상한 일이에요"라고 말했다.

나는 이제 그가 평생 한 번쯤 경험했거나 적어도 상상해 보았을 법한 것을 나를 위해 연기하고 있다고 그에게 설명했고, 그 내용에 대해서는 자세히 설명하지 않았다. 그는 이 첫 번째 설명에 눈에 띄게 만족하였으며 그 이후로 설명하기 전보다 훨씬 더 자주 연기했다. 저항에 대한 나의 해석이 무의식의 중요한 부분을 자극했고, 이것이 이제 이러한 행동형식으로 나타난 것이라고 인정해야 했다. 그러나 그는 여전히 이러한 행동을 분석에서 명확히 설명하지 않고 오히려 저항의 의미로 활용했다. 그는 이제 자신이 더 자주 연기하면 나를 특히 기쁘게 할 것이라고 믿었다. 나는 나중에 그가 저녁에 불안발작을 일으킬 때 위의 ②와 ③에 설명한 대로 행동했다는 것을 알게 되었다. 그 행동의 의미가 나에게 분명했고 살인 꿈과 관련해서 그에게 그 의미를 말할 수 있었지만, 나는 그가 자신의 행동으로 이미 나에게 많이 이해하게 해 준 그의 성격저항에 대한 분석을 일관되게 밀고 나갔다.

나는 **성격 전이저항 내용**의 층화에 관한 다음 그림을 그릴 수 있었다.

첫 번째 행동은 그가 아버지에 대해 품고 있던 살인충동을 나에게 전이한 것을 나타냈다(심층).

두 번째 행동은 살인충동으로 인한 아버지에 대한 불안을 포함했다(중간층).

세 번째 행동은 그의 여성적 태도의 은폐된 조잡하고 성적인 내용, 즉 (강간당한) 여성과의 동일시를 나타냈고, 동시에 살인충동은 수동여성 방어를 나타냈다(최상층).

그리하여 **그는 스스로 항복하여 아버지가 처벌(거세)을 집행하는 것을 막았다.**

그러나 최상 표면층에 해당하는 행동에 대한 해석조차 아직 받아들이지 않았다. 환자는 모든 해석을 외견상으로는 ('의무를 다하기 위해') 받아들였을지 모르지만 치료효과는 없었을 것이다. 왜냐하면 그가 제공한 무의식 내용과 심층이해 가능성 사이에는 **나에 대한 여전한 전이된 불안을 피하는 전이된 여성적 방어**가 자리 잡고 있었기 때문이다. 이 불안은 아버지로부터 전이된 **증오자극** 및 불신에 해당했다. 따라서 증오, 불안, 불신은 그의 복종하고 솔직한 태도 뒤에 숨겨져 있었고, 모든 증상 해석은 그 벽에 부딪혀 산산조각 났을 것이다.

그래서 나는 계속해서 그의 무의식적인 속임수의 의도를 해석하고, 그가 지금 나를 이기기 위해 그런 행동을 하고 있는데 이 행동이 그 자체로 매우 의미 있는 행동이며, 그가 자신의 현재 태도의 의미를 깨달을 때까지만 이해에 다가갈 수 있다고 덧붙였다. 저항해석에 대한 그의 거부감은 줄어들었어도 그는 여전히 동의하지 않았다.

다음날 밤, 그는 처음으로 분석에 대해 **공개적으로** 불신하는 꿈을 꾸었다.

"이전의 분석 실패에 불만을 품고 프로이트 교수에게로 간다. **그는 내 병을 치료할 수 있는 귀이개 모양의 긴 막대를 줬다. 나는 만족을 느꼈다.**"

이 꿈 조각을 분석하는 동안 그는 처음으로 교수의 말에 약간의 불신을 느꼈고 그토록 젊은 의사[라이히]를 눈앞에서 보았을 때 불쾌할 정도로 놀랐다고 고백했다. 나는 두 가지를 발견했다. 첫째, 그가 예의상 불신에 대해 다시 한번 이야기하고 있다는 점과 둘째, 그가 무언가를 억누르고 있다는 점이었다. 나는 이 두 가지 점에 대해 그의 주의를 불러일으켰다. 얼마후 나는 그가 진료비 문제로 나를 속였다는 것을 알게 되었다.

그의 성격저항, 순종과 복종을 통한 속임수가 계속 작용하는 동안, 어린 시절 어머니와의 관계, 젊은 남자들과의 관계, 어린 시절의 불안, 어려서 가졌던 병에 대한 쾌락 등 그의 다양한 연령대에 걸쳐 점점 더 풍부한 재료가 자동으로 함께 흘러나왔다. 이 모든 것 중에서 그의 성격저항과의 관계만 해석하였다.

그는 자신의 불신과 조심스러운 조롱태도와 관련하여 점점 더 많은 꿈을 꾸기 시작했다. 무엇보다도 그는 몇 주 후에 다음과 같은 꿈을 꾸었다. **"아버지가 꿈이 없다고 말씀하신 것에 대해 나는 분명히 그렇지 않다고 대답했다. 아버지는 대부분 눈살을 찌푸리게 하는 꿈을 잊어버리는 것이 분명하다. 그는 조롱하듯 웃었고, 나는 꿈이 프로이트 교수 못지않은 사람의 이론이라고 들뜬 마음으로 말했지만 마음이 편치 않았다."**

나는 그가 감히 스스로 비웃을 수 없었기 때문에 아버지가 비웃게 내버려 두었다고 설명했고, 꿈에서 그가 겪었던 불안감을 언급하며 이것을 양심의 가책을 표시한다고 해석했다.

그는 이 해석을 받아들였고 이어 10일 동안 진료비 문제를 논의하였다. 분석이 시작되기 전 예비대화에서 그는 "자신을 보호하기 위해", 즉 내 정직성에 대한 불신 때문에 묻지도 않고 실제로 자신이 처분할 수 있는 것보다 적은 금액을 말함으로써 의도적으로 나에게 거짓말을 한 것으로 밝혀졌다. 나는 항상 그랬던 것처럼 그에게 평균 진료비와 최소 진료비를 알려주고 최소 진료비로 그를 환자로 받아들였지만, 그는 자신이 말한 것보다 더 많은 저축을 하였고 더 나은 급여를 받았을 뿐만 아니라 비용의 절반을 아버지가 부담했으므로 더 많은 비용을 부담할 수 있었다.

3) 분석을 통해 현재적인 것을 유아적인 것에 연결하기

그의 성격저항, 은밀한 불안, 은밀한 불신과 관련하여 항상 거론된 '돈 문제'에 대해 논의하면서 그는 한번 "은행에 있는 돈이 (더 많아지기보다는) **더 커지기를 원했다!**"라고 잘못 말하였다. 이것으로 그는 돈과 자지의 **관계와 돈을 잃는 것에 대한 불안과 자지불안의 관계**를 무심코 드러냈다. 나는 거세불안 그 자체로서 너무 빨리 해석하고 싶지 않았기 때문에, 이 가운데 어떤 것도 그에게 해석하지 않았고 그의 혀의 실수도 분석하지 않았다. 나는 그의 절약이 틀림없이 재앙불안과 관련이 있으며 그가 분명히 돈이 많을수록 더 안전하다고 느꼈다는 사실에 대해 몇 마디 말했을 뿐이다. 그는 이 말을 진지하게 받아들이고 자신의 어린 시절에서 확증해 주는 착상을 떠올렸다. 그는 아주 어린 나이에 푼돈을 저축하기 시작했는데, 아버지가 한번은 자신이 저축한 돈을 묻지도 않고 가져가서 무언가를 산 적이 있다는 사실을 결코 잊을 수 없었다. **처음으로 그는 자연스럽게 아버지에 대해 비난했다.** 의식적인 수준에서 이러한 비난은 돈과 관련이 있고 무의식적으로는 거세위험과 관련이 있다. 이와 관련하여 나는 또한 그의 아버지가 분명히 선의로 행동했겠지만 이런 식으로 아들의 성을 억압하는 것은 현명하지 못했다고 그에게 설명했다. 환자는 자신이 몰래 이러한 일에 대해 종종 의아해했지만, 생각대로 자신을 위해 최선을 다하려는 아버지에게 감히 맞선 적이 없다고 고백했다. 나는 그의 순종에 깊은 죄책감과 아버지에 대한 불안이 작용하고 있다는 것을 아직 말할 수 없었다.

이제부터 전이저항 분석은 아버지에 대한 숨겨진 부정태도에 대한 분석과 함께 진행되었다. 전이상황의 모든 특징은 아버지와 관련이 있었고 환자는 **아버지에 대한 자신의 진정한 태도에 관한 풍부한 새로운 재료를** 제공한다고 이해했다. 확실히 그가 제시한 모든 것은 여전히 엄격하게 검열되었고 여전히 심층해석으로 나아갈 수 없었어도, 그의 어린 시절에 대한 분석이 정식으로 시작되었다. 그는 더는 다른 것을 피하려고 희생제물로 재료를 가져오지 않았지만, 성격저항에 대한 분석으로 인해 아버지와의 관계가 자신이 믿었던 것과 다르며 자신의 발달에 해로운 영향을 끼쳤다는 확신이 커지면서 감동하였다.

살인환상에 가까워질 때마다 그의 불안은 더욱 심해졌다. 꿈을 덜 자주 더 짧게 꿨지만, 꿈은 더 폐쇄적이었고 분석상황과 더 밀접하게 연결되었다. 이전에 **가져온** 재료는 대부분 말라버렸다. 다른 복잡한 층에서 나온 것, 즉 여성이 되는 환상과 근친성관계 욕망은 아버지 콤플렉스와 밀접하게 연결되어 있었다. 그다음 6주 동안 내가 이러한 맥락에서 어떠한 해석이나 기대도 하지 않았음에도 불구하고 위장되지 않은 거세 꿈이 처음으로 나타났다.

① **"침대에 누워있는데 갑자기 잠에서 깨어나 내 전 고등학교 교장인**

이씨가 내 위에 앉아 있는 것을 알았다. 나는 그를 쓰러뜨리고 올라탔는데 그는 한쪽 손을 꺼내 내 자지를 위협했다."

② "형은 복도에 있는 창문을 깨고 우리 집으로 들어왔다. 그는 나를 죽이겠다며 누군가에게 칼을 가져오라고 명령했다. 나는 그를 제압하고 죽였다."

우리는 아버지와의 큰 갈등이 나의 특별한 노력 없이 오직 올바른 저항 분석의 결과로 어떻게 점점 더 명확하게 나타나는지 알 수 있다.

이 단계에서 분석이 정체되고 분석에 대한 불신의 외침이 반복되었다. 이제 저항은 진료비 문제와 연결되었다. 즉 그는 내 정직성을 의심했다. 그가 아버지에 대한 반감, 거세 콤플렉스, 살인환상에 다가갈 때마다 의심과 불신이 생겨났다. 저항은 때때로 여성적인 헌신으로 가려졌지만, 이제는 숨겨진 것을 끌어내는 것이 쉬워졌다.

5주간의 휴가를 마치고 분석을 재개했다. 부모님이 여행을 떠났고 휴가를 가지 않은 환자는 혼자 지내는 것이 두려워 이 기간에 친구와 함께 지냈다. 그의 불안상태는 가라앉지 않았고 오히려 내가 떠난 후 매우 심해졌다. 이와 관련하여 그는 어려서 어머니가 떠나면 항상 두려웠고 어머니를 곁에 두고 싶었으며, 저녁에 어머니를 극장이나 콘서트에 데려가는 아버지에게 화가 났다고 말했다.

따라서 그는 부정적인 아버지전이와 함께 강하고 다정한 어머니전이를 가져왔다는 것이 아주 분명했다. 어머니전이가 처음부터 있었고 수동여성태도와 함께 존재했다는 것은, 휴가기간의 상황과 이전 달의 상태를 비교하면서 환자가 나와 함께 있으면 아주 편안하고 안전하다고 느낀다고 말한 사실에서도 알 수 있다. 그는 어머니와 함께 있을 때처럼 나와 함께 있으면 안전하다고 느낀다고 스스로 말했다. 다정한 어머니전이가 당분간 방해가 되지 않았고 어머니와의 관계를 분석하기에는 너무 이르며 분석중단의 결과로 그의 반응적-여성적 아버지전이가 그 어느 때보다 강해졌기 때문에, 이 의사소통에 대해 더 다루지는 않았다. 그는 분석 초반과 마찬가지로 겸손하고 헌신적으로 말했고, 의사소통의 방향을 다시 어머니와의 관계에 맞추었다.

분석을 재개한 지 삼사일 만에 그는 **근친성관계 욕망, 어머니에 대한 유아태도, 자궁환상과** 관련된 두 가지 꿈을 꾸었다. 이 꿈을 꾼 뒤 환자는 욕실에서 어머니와 함께 경험한 장면을 기억했다. 어머니는 그가 열두 살 때까지 씻겨주었고, 그는 자신의 친구들이 그 사실을 알고서 왜 자신을 놀리는지 이해할 수 없었다. 그런 다음 그는 집에 침입하여 자신을 살해할지도 모르는 범죄자에 대한 어린 시절의 불안을 기억해냈다. 따라서 분석은 이러한 맥락에 따른 어떠한 해석이나 기대도 하지 않고 이미 유아불안 히스테리를 강조했다. 그의 다른 태도는 다시 전적으로 속이려는 의도의 성격을 지니고 있었기 때문에 꿈에 대한 심층처리는 피했다.

다음 날 밤의 꿈은 훨씬 더 선명했다.

① "나는 어린 시절의 인상을 되살리려는 의도로 아른브레흐탈(대여섯 살 때 갔던 여름휴가지)에서 걷고 있다. 갑자기 큰 마을에 도착했는데, 그곳을 떠나면서 성을 통과해야 했다. 여성 문지기는 문을 열고 나와 지금은 성을 방문할 수 없다고 설명한다. 나는 성을 방문하려는 것이 아니라 단지 성을 통과하여 자유로운 곳으로 가고 싶을 뿐이라고 대답한다. 성주인 노부인이 나타나 나에게 호의를 베풀려고 애쓴다. 나는 되돌아오고 싶지만 갑자기 성주인 노부인의 개인 사물함에 (내 여행가방을 열 수 있고 동시에 나에게 매우 중요해 보이는) 열쇠를 놓고 왔다는 것을 알았다. 불쾌한 느낌이 들었어도 사물함을 열고 열쇠를 받자마자 그 느낌은 곧 사라졌다."

② "나보다 한 층 위에 사시는 어머니에게서 전화가 왔다. 나는 신문을 집어 들고 남성성기로 만들어 어머니에게 간다."

③ "나는 사촌과 그녀의 어머니와 함께 큰 홀에 있다. 나에게 즐거움을 안겨주는 사촌은 셔츠만 입고 있고 나도 그렇게 입고 있다. 나는 그녀를 껴안는다. 내 성기가 그녀의 허벅지 절반쯤에 있어서 갑자기 그녀보다 훨씬 작다는 것을 깨달았다. 나는 오염물질[정액]이 묻어 셔츠에 쉽게 눈에 띄는 얼룩이 질까 매우 당황스럽다."

그 자신은 사촌에게서 자신의 어머니를 인식한다. 자신의 노출과 관련하여 그는 성교를 시도할 때 옷을 벗지 않았다는 것을 기억했다. 그는 옷을 벗는 것에 대해 막연한 불안을 지니고 있었다.

이렇게 근친성관계 환상(②, ③)과 거세불안(①)이 선명하게 드러났다. 그는 왜 검열을 그렇게 적게 했는가? 나는 해석에서 그의 명백한 기만적인 책략을 고려하지 않았고, 환자에게 더 많은 메시지나 착상을 제공하려는 시도를 피했고, 환자의 연상을 방해하지도 않았다. 주제는 더욱 발달해야 했고, 무엇보다도 **다음 전이저항이 나타나 제거될 때까지 아무 일도 일어나지 않아야 했다.**

환자는 얼마 지나지 않아 두 번째 꿈과 관련하여 내 판단과 의지에 반해 내가 한 발언에 대한 후속조치를 취했다. 나는 그가 종이 페니스에 대한 꿈을 꾼 적이 있다는 사실에 주의를 불러일으켰다. 그 발언은 불필요했고, 그는 명백한 꿈의 내용에도 불구하고 방어태도로 '하지만…'이라고 반응했다. 그날 밤 그는 격렬한 불안발작을 일으켰고 두 가지 꿈을 꾸었다. 첫 번째 꿈은 그의 '돈저항'(전이된 거세불안)과 관련된 것이었고, 두 번째 꿈은 궁극적으로 돈저항을 촉발한 **원색장면**을 **처음으로 가져왔다.**

① **"나는 프라터 지역에 있는 많은 군중 사이에 놓여 있는 쇼윈도우 앞에 서 있다. 갑자기 내 뒤에 서 있는 한 남자가 내 뒷주머니에서 지갑을 훔치려 한다는 것을 알아차렸다. 나는 지갑에 손을 뻗어 소매치기를 마지막 순간에 막았다.**

② **"나는 뵈르터제 남쪽의 한 지역에서 기차의 마지막 객차 칸에 타고 여행 중이다. 커브 길에서 갑자기 단선철로 위에서 다른 기차가 내 쪽으로 다가오는 것을 보았다. 재앙을 피할 수 없는 것 같았고, 나는 나 자신을 구하기 위해 플랫폼에서 뛰어내렸다."**

여기서 나는 그의 근친성관계 꿈을 해석하지 않은 것이 그 앞에 큰 저항이 잠재되어 있었기 때문에 옳았다는 것을 깨달았다. 우리는 또한 저항 꿈이 그의 유아불안(거세불안–원색장면불안)과 밀접한 관련이 있음을 알 수 있다. 세 살에서 여섯 살 사이에 그는 뵈르테제에서 여름휴가를 보냈다.

　그는 꿈과 관련하여 생각나는 것이 없었다. 나는 첫 번째 꿈에서 당분간 재앙불안과의 연관에 대해서는 건드리지 않은 채, 그의 전체 태도, 나에 대한 억제된 불안, 진료비 문제에 대한 그의 숨겨진 불신에 논의를 집중하였다. 두 번째 꿈에서는 '피할 수 없는 재앙'에 대해서만 언급하고 우리가 이미 알고 있는 것을 그에게 말했고, 돈은 그에게 재앙으로부터의 보호를 의미하며 그는 내가 그에게서 이 보호를 박탈할 수도 있다는 것을 두려워한다고 말했다.

　그는 이것을 곧바로 인정하지 않았고 나를 돈만 탐하는 사람으로 보는 것에 오히려 겁을 먹은 것처럼 보였지만 거부하지도 않았다. 그 후 3일 동안 그는 나에게 자신의 애착과 믿음을 확신시켜주는 꿈을 꾸었고, 나도 그의 어머니로 나타났다. 새로운 요소도 나타났다. 그의 **어머니는 남자**로, 일본인으로 나타났다. 우리는 이 꿈조각을 몇 달 후, 즉 러일전쟁에 대한 그의 유아환상이 무엇을 의미하는지 분명해져서야 이해했다. 러시아인은 아버지였고, 일본인은 ― 그들이 작으므로 ― 어머니였다. 게다가 당시 어머니는 일본 잠옷바지를 입고 있었다. 반복해서 그는 '어머니의 자지'에 대해 말하면서 말실수를 했다. 또한 일부 꿈에서 '학교친구'는 어머니와 닮은 사촌을 나타낼 뿐이었다.

　그러나 분명한 근친성관계 꿈은 저항 꿈이었고, (페니스로) 자신의 여성에 대한 불안을 은폐하기 위한 것이었다.

　이 지점부터 약 6주 동안 분석은 독특한 지그재그 과정을 거쳤다. 돈저항과 관련된 꿈과 메시지를 가져왔고, 어머니에 대한 사랑, 남자로서의 어머니, 위험한 아버지, 그리고 거세불안의 매우 다양한 변형들을 드러내는 꿈과 메시지를 번갈아 가져왔다. 해석작업에서 나는 항상 그의 돈저항(= 거세불안)에서 출발했고 이를 근거로 유아상황에 대한 분석을 계속 심화시켰다. **유아재료는 항상 전이상황과 밀접하게 연결되어 있었기** 때문에 이것은 매우 쉽게 이해할 수 있었다. 어린아이처럼 자유롭게 불안과 욕망에 나타난 모든 것이 전이에도 나타난 것은 아니다. 오히려 이것은 전적으

로 그의 거세불안의 표시 아래 있었고 날마다 더 예리해졌다. 전이저항에
는 유아상황의 핵심만이 나타났다. 분석이 제대로 진행되고 있다는 확신
이 들었기 때문에 심층 내용해석을 할 적절한 때를 기다릴 수 있었고, 항
상 아버지에 대한 그의 불안과 연결하여 그가 지닌 나에 대한 불안에 대해
일관되게 작업했다.

나에게 전이된 아버지 저항을 최대한 철저히 작업하여 제거함으로써 어
린 시절의 근친성관계 환상에 침투하여 가능한 한 그 환상을 저항 없이 받
아들이고 해석할 수 있도록 하는 것이 나의 의도였다. 따라서 나는 내 주
요 해석이 흐트러지는 것을 피하고 싶었다. 그래서 무의식에서 흘러나오
는 더욱 명확하고 일관된 근친성관계 재료를 당분간 해석하지 않은 채 그
대로 두었다.

이 단계를 시작할 때 저항과 재료의 지형적 층화는 대략 다음과 같이 나
타났다.

① 거세불안은 돈저항의 형태로 전경에 있었다.

② 그는 나에 대해 여성적 태도를 보이며 이것을 막으려고 끊임없이 노
력했지만, 이제는 처음처럼 잘할 수 없었다.

③ 여성적 태도는 나(아버지)에 대한 가학공격 태도를 몰래 지니고 있
었다.

④ 어머니에 대한 애정 어린 깊은 유대감은 나에게도 전이되었다.

⑤ 전이저항을 중심으로 한 이러한 양면적 태도에는 꿈에 나타나지만
해석하지 않은 근친성관계 욕망, 자위불안, 어머니사랑에 대한 갈망, 원색
장면에서 비롯된 커다란 불안 등이 붙어있었다. 이 모든 것 중에서 속이려
는 의도와 동기, 아버지에 대한 불안과 반감만 해석하였다.

물론 처음부터 잠재되어 있었지만 이제야 모든 면에, 무엇보다 거세불
안의 전이에 집중되었던 이러한 상황은 다음과 같이 전개되었다.

분석한 지 다섯 달 만에 그는 첫 근친성관계 자위불안 꿈을 꾸었다.

**"나는 방에 있다. 동그란 얼굴의 젊은 여성이 피아노에 앉아 있다. 피
아노가 그녀의 몸의 나머지 부분을 가리기 때문에 나는 그녀의 상체만 볼**

수 있다. 내 옆에서 의사의 목소리가 들린다. '당신이 알다시피, 이것이 당신의 신경증의 원인 중 하나입니다.' 나는 그 여자와 가까워진 느낌이 들었고 갑자기 큰 불안을 느끼며 큰 소리로 울었다."

전날 꿈과 관련하여 나는 그에게 "당신이 알다시피, 이것이 당신의 신경증의 원인 중 하나입니다"라고 말하면서, 그의 어린 시절 행동, 사랑받고 보살핌을 받으려는 그의 욕구를 언급했다. 환자는 마치 자신의 신경증의 진정한 원인을 알고 있었던 듯이 '오늘의 진술'을 억압된 **자위불안**과 연결하였다. 자위라는 생각은 다시 근친성관계 모티브와 연결되었다. 그는 불안상태에서 깨어났다. 여자의 하체가 가려진 데는 그럴만한 이유가 있었다(여성성기에 대한 수줍음 표현).

그러나 그의 저항은 여전히 최고조에 달했고 꿈과 관련하여 아무것도 생각나지 않았기 때문에 나는 그 주제를 건드리지 않고 그대로 두었다.

그런 다음 환자는 '벌거벗은 가족' – 아버지, 어머니, 아이 – 이 거대한 뱀에 안겨있는 꿈을 꾸었다.

또 다른 꿈은 다음과 같다.

① "나는 침대에 누워있고 의사가 내 옆에 앉아 있다. 그는 나에게 이렇게 말한다. '이제 나는 당신의 신경증의 원인을 보여주겠다.' 나는 불안(불안 뿐만 아니라 아마도 약간의 즐거움)으로 비명을 지르며 반쯤 기절했다. 그는 계속해서 욕실에서 나를 분석하겠다고 말한다. 나는 이 생각을 하면 즐겁다. 욕실 문을 열면 어둡다."

② "나는 어머니와 함께 숲속을 걷고 있다. 강도가 우리를 쫓아오고 있다는 것을 알았다. 나는 어머니의 옷에 권총이 꽂혀있는 것을 발견하고 강도가 다가오면 쏴서 쓰러트리려고 총을 가져간다. 서둘러 걸어서 숙소에 도착했다. 우리가 계단을 올라가는데 강도가 뒤에 바짝 쫓아왔다. 나는 강도에게 총을 쐈다. 하지만 총알은 지폐로 변한다. 당분간은 안전하지만 로비에 앉아있는 강도가 여전히 사악한 의도를 지니고 있는지 모르겠다. 호감을 사기 위해 나는 그에게 지폐를 하나 더 주었다."

환자가 마주하고 싶어 하지 않는 이 분명한 꿈에 대해 내가 아무 말도

하지 않으며 올바르게 치료했다는 것은, 이미 충분한 분석지식을 갖고 있던 환자가 강도의 모습에 대해서 한 마디도 말하지 않고 침묵을 지키거나 그 자신이 내야 하는 '많은 돈'에 대해 그리고 분석이 자신에게 도움이 될 것인지에 대한 의심 등에 대해 신나게 말했다는 사실로 확인되었다.

물론 이러한 저항이 근친성관계 재료 논의에 대한 것이었지만 이와 관련하여 해석은 소용이 없었다. 나는 그의 돈불안을 자지불안이라고 해석할 적절한 기회가 올 때까지 기다려야 했다.

강도 꿈의 첫 번째 부분에서 내가 욕실에서 그를 분석했다고 한다. 나중에 그는 욕실에서 자위할 때 가장 안전하다고 느꼈다는 것이 밝혀졌다. 꿈의 두 번째 부분에서는 내(아버지)가 돈 강도(=거세자)로 등장했다. 따라서 **그의 현재 저항**(돈으로 인한 불신)은 **이전의 자위불안**(거세불안)**과 밀접한 관련이 있다.**

꿈의 두 번째 부분과 관련하여 나는 환자가 무의식적으로 아버지를 의미하는 내가 자신을 해치고 위험에 빠뜨리지 않을까 두려워한다는 해석을 그에게 주었다. 약간의 주저 끝에 그는 해석을 받아들였으며 이와 관련하여 자신의 과도한 친절에 대해 논의하기 시작했다. 그는 거의 도움이 필요하지 않았다. 그는 상사들에게 지나치게 친절하게 대하는 행동의 의미를 잘못을 저지르지 않으려는 정의되지 않은 불안의 표현으로 인식했으며, 자신이 몰래 상사들을 놀리는 것을 누군가가 알아차리지 않아야 했다. 그는 자신의 성격을 객관화하고 꿰뚫어 보면서 분석 안팎에서 더 자유롭고 열리게 되었으며, 이제 감히 비판하며 지금까지의 자신의 본성을 부끄러워하기 시작했다. **처음으로 신경증 성격특성이 낯선 신체적 증상이 되었다.** 하지만 이를 통해 성격분석은 첫 번째 성공을 거두었다. 즉 **성격이 분석되었다.**

돈 저항은 계속되었고 **내가 전혀 도움을 주지 않아도** 원재료인 자신의 **자지불안이 원색장면**과 관련하여 그의 꿈에 점점 더 명확하게 나타났다.

이 사실은 특히 강조할 가치가 있다. 성격저항 분석이 체계적이고 일관성 있게 이루어지면 해당 유아재료에 대해 신경 쓸 필요가 없다. 물론 어린 시절 재료에 대한 성급한 해석으로 이 과정을 방해하지 않는 한, 항상 더 명확하고 현재의 저항과 더 밀접하게 연결된다. 어린 시절에 침투하지 못할지도 모른다는 걱정은 상당히 불필요해진다. 어린 시절에 침투하려는 노력을 더 적게 하고 현재의 저항재료를 더 정확하게 처리할수록, 어린 시절에 더 빨리 도달할 수 있다.

이것은 그가 해석 후에 자신이 다칠 것을 두려워하는 꿈을 꾸었을 때 다시 증명되었다. 그는 꿈에서 닭장을 지나다가 닭이 어떻게 죽는지 보았다. 한 여자가 땅바닥에 엎드려 있었고 또 다른 여자가 큰 포크로 여러 번 찌르고 있었다. 그런 다음 그는 사무실 동료여성을 껴안았는데, 그의 **자지는 그녀의 허벅지 중간에 있었고** 그는 사정했다.

그의 돈저항이 어느 정도 가라앉았기 때문에 꿈분석을 시도했다. 닭장과 관련하여 그는 어릴 때 시골에서 여름에 교미하는 동물을 자주 본 적이 있다는 것을 알았다. 그 당시에는 '시골의 여름'이라는 세부사항의 중요성을 전혀 몰랐다. 그는 여자에게서 어머니를 알아봤지만 꿈에서 그녀의 위치를 설명할 수 없었다.

그러나 그는 사정 꿈에 대해서만 더 할 말이 있었다. 그는 꿈에서 자신이 어린아이로 등장했다고 확신했고, 사정할 때까지 자신을 여성에게 밀어붙이는 것을 좋아한다는 생각도 지니고 있었다.

모든 것이 다 밝혀졌음에도 불구하고 이 지성적인 환자가 해석을 제공하지 않았다는 것은 좋은 징조로 보였다. 그의 저항을 분석하기 **전에** 내가 무의식의 상징이나 본질적인 내용을 그에게 해석했다면, 그는 저항하려고 이러한 해석을 즉시 받아들였을 것이고 우리는 하나의 혼돈 상황에서 또 다른 혼돈상황으로 빠져들었을 것이다.

피해 볼지도 모른다는 불안에 대한 해석을 통해 성격분석이 본격적으로 시작되었다. 며칠 동안 돈저항은 눈에 띄지 않았고, 그는 자신의 유아행동에 대해 계속해서 이야기했고, 자신의 '비겁하고' '기만적인' 방식의 삶의 예를 계속 가져왔으며 이제 이를 진심으로 비난했다. 나는 그의 아버지의 영향이 주요 원인이라고 그를 설득하려고 노력했다. 그러나 여기서 나는 가장 격렬한 거부에 마주쳤다. 그는 아직 감히 아버지를 비난하지 못했다. 오랜 시간이 지난 후 그는 내가 원색장면이라고 추측했던 주제에 대해 다시 꿈을 꾸었다.

"나는 해안가에 서 있다. 큰 북극곰 몇 마리가 물속을 헤엄치고 있다. 갑자기 그들 사이에 소란이 일어나고 거대한 물고기의 등이 나타난다. 물고기는 북극곰을 좇아다니다 물어서 끔찍한 상처를 입힌다. 마침내 물고기는 치명적인 상처를 입은 곰을 놓아준다. 그러나 물고기 자신도 심하게 다쳐서 숨을 쉬자 아가미에서 피가 솟구친다."

나는 그의 꿈이 모두 잔혹한 성격을 지니고 있다고 그에게 지적했다. 그는 꿈에서 자신이 자위할 때 가졌던 성환상과 사춘기까지의 잔인한 행동에 대해 몇 시간 동안 이야기했다. 나는 그가 성환상과 잔인한 행동을 분석한 후에 그것들을 기록하도록 했다. 그것들은 거의 모두 '가학 성행위 개념' 아래 분류할 수 있는 것으로 확인되었다.

"(3~5살). 여름방학 때 우연히 헛간에서 돼지가 도살되는 것을 목격했다. 동물들의 헐떡이는 소리가 들리고 어둠 속에서 하얗게 빛나는 돼지의 몸에서 뿜어져 나오는 피가 보였다. 나는 깊은 기쁨을 느낀다."

"(4~6살). 동물, 특히 말을 도살한다는 생각은 나에게 깊은 쾌감을 불러일으킨다."

"(5~11살). 나는 양철 병정과 노는 것을 매우 좋아한다. 나는 항상 백병전으로 끝나는 전투를 벌인다. 이때 나는 병정들의 몸을 서로 밀착시키고, 내가 좋아하는 병정들은 적을 쓰러뜨린다."

"(6~12살). 나는 개미 두 마리를 서로 포옹하도록 하는 방식으로 집게로 함께 누른다. 서로 물린 개미들은 이제 죽을 때까지 서로 싸운다. 또한 두 개미언덕 사이에 설탕을 뿌려서 서로 다른 개미언덕 사이에 싸움을 불러일으킨다. 그러면 반대편 진영의 곤충들이 몰려와서 진짜 전투가 벌어진다. 나는 말벌과 파리를 물컵에 함께 가두는 것도 좋아한다. 잠시 후 말벌이 파리에게 달려들어 날개, 다리, 머리를 차례로 물어뜯는다."

"(12~14살). 나는 동물사육장을 지키며 수컷과 암컷이 어떻게 교미하는지 관찰하는 것을 좋아한다. 닭장에서도 같은 것을 관찰하고 싶고, 강한 수탉이 약한 수탉을 쫓아내는 모습도 보고싶다."

"(8~16살). 나는 가정부와 씨름하는 것을 좋아한다. 나중에는 여자아이들을 들어 올려 침대로 데려가서 침대 위에 던지곤 했다."

"(5~12살). 나는 기차놀이를 좋아한다. 작은 기차를 이끌고 상자, 안락의자 등으로 만든 터널을 통과하며 주거지 전체를 돌아다닌다. 또한 기관차가 달리는 소리와 증기 뿜어내는 소리를 흉내 내려고 노력한다."

"(15살, 자위환상). 나는 구경꾼일 뿐이다. 여자는 대부분 자신보다 훨씬 작은 남자와 싸운다. 긴 싸움 끝에 여자는 제압된다. 남자는 잔인하게 그녀의 가슴, 허벅지 또는 허리를 잡는다. 나는 여성이나 남성의 성기 또는 성행위 자체를 생각하지는 않는다. 여성이 저항을 포기하는 순간 나에게 오르가즘이 일어난다."

이제 그는 자신의 비겁함을 부끄러워하고 과거의 가학성향을 기억하는 상황이었다. 여기에 요약된 이러한 환상과 행동에 대한 분석은 분석이 끝날 때까지 지속되었다. 분석이 끝난 후 그는 훨씬 더 자유로워지고 용감하고 공격적이었지만, 처음에는 여전히 불안에 휩싸인 행동을 보였다. 불안 발작은 빈도는 줄어들었지만 돈 저항과 함께 계속 재발했다.

여기서 다시 우리는 성기 근친성관계 재료를 추진하는 것이 유아 가학성향을 은폐하도록 했으며 동시에 성기 대상집중으로 나아가려는 시도를 나타냈다는 것을 다시 확인할 수 있다. 그러나 그의 성기노력은 가학충동에 젖어 있었고, 성기노력을 가학충동과 얽힌 상태에서 분리하는 것이 경제적으로[경제적 관점에서] 중요했다.

분석한 지 6개월 조금 더 지나서 다음과 같은 꿈을 꾸었을 때, 그의 자지불안을 해석할 첫 번째 기회가 왔다.

① "나는 야외에 있는 소파에 누워있다(여름휴가!). 내가 아는 소녀가 내게로 다가와 내 위에 눕는다. 나는 그녀를 내 밑으로 데려와 성교를 시도한다. 자지가 뻣뻣해지는 것을 느끼는데 너무 짧아서 성교할 수 없다는 것을 알았다. 그래서 나는 매우 슬프다."

② "연극대본을 읽고 있다. 등장인물은 세 명의 일본인 - 아버지, 어머니, 그리고 4살 아이 - 이다. 나는 이 연극이 비극적인 결말을 맞이할 것 같은 느낌이 든다. 나는 아이 역할에 가장 매료되었다."

처음으로 성교시도가 분명한 꿈내용으로 나타났다. 원색장면을 암시하는 두 번째 부분(4살)은 분석하지 않았다. 자신의 비겁함과 불안함을 끊임없이 이야기하면서 자신의 자지에 관해 이야기하게 되었고, 나는 피해를 보고 사기당할지도 모른다는 불안이 실제로 그의 성기와 관련이 있다는 점을 지적했다. 그가 왜 그리고 누구를 불안해했는지라는 질문은 아직 논의하지 않았다. 불안의 의미가 실제로 무엇인지에 관한 해석도 하지 않았다. 해석은 그에게 그럴듯해 보였지만, 그는 이제 **거세불안에 대한 수동여성 동성애 방어에 기반한** 6주 동안 지속된 저항에 빠졌다.

나는 그가 공개적으로 반항하지 않고 의심을 표현하지 않으며 지나치게 예의 바르고 유순하고 순종하는 것으로 보아 저항하고 있음을 알았다. 저항분석 과정에서 덜 빈번하고 더 짧고 명확해졌던 그의 꿈은 분석 초기에 그랬던 것처럼 다시 길고 혼란스러워졌다. 그의 불안발작은 널리 그리고 아주 강력하게 다시 나타났다. 하지만 그는 분석에 대해 어떤 의심도 하고 있지 않다고 말했다. 유전이라는 생각도 다시 나타났고, 이와 관련하여 분석에 대한 그의 의심은 은밀한 방식으로 표현되었다. 분석 초반에 그랬던 것처럼 그는 다시 강간당한 여성처럼 행동했다. 수동동성애 태도도 그의 꿈에서 지배적이었다. 그는 더 이상 성교 꿈이나 사정 꿈을 꾸지는 않았다. 따라서 성격에 대한 진전된 분석에도 불구하고 새로운 무의식 층 - 그의 성격에 가장 결정적인 것, 그리고 이번에는 거세불안 - 이 분석의 작용영역에 들어오면 오래된 성격저항이 즉각 완전히 다시 나타날 것이라는 것을 알았다.

그래서 저항분석은 저항을 불러일으킨 자지불안에서 시작하지 않고 오히려 그의 전반적인 태도로 돌아갔다. 6주 동안 그의 행동을 거의 전적으로 위험에 대한 방어라고 해석하는 것 외에는 별다른 일이 일어나지 않았다. 그런 의미에서 그의 행동의 모든 세부사항을 골라내 반복해서 보여주었기 때문에, 우리는 점차 태도의 핵심 즉 자지불안으로 나아갔다.

환자는 유아재료라는 '분석제물[희생물]'을 통해 나에게서 빠져나가려고 수차례 시도했지만, 나도 이 과정의 의미를 그에게 일관되게 해석했다. 점차 상황은 그가 나에게 자신이 여자처럼 느껴졌고 회음부에서 성흥분을 느꼈다고 덧붙이는 데로 나아갔다. 나는 이 전이현상의 본성을 그에게 해석했다. 그는 자신의 행동을 깨우쳐주려는 나의 시도를 비난으로 해석하고 **죄책감을 느꼈으며 여성적 헌신을 통해 자신의 죄책감을 없애고 싶어했다.** 그가 남자(아버지)가 되는 것을 두려워했기 때문에 어머니와 동일시한 이 행동의 심층 의미는 당분간 그대로 두었다.

그는 무엇보다도 이제 다음과 같은 확인 꿈을 꾸었다.

"나는 프라터에서 젊은 친구를 만나 대화를 나누었다. 그는 내 말 중 하나를 오해하여 나에게 기꺼이 자신을 헌신할 준비가 되어있다고 말하는 것 같다. 시나브로 우리는 내 아파트에 왔고, 그 청년은 내 아버지의 침대에 누워있었다. 그의 속옷은 나에게 식욕을 돋우지 않는 것 같다."

이 꿈을 분석하면서 나는 다시 아버지에게로의 여성전이를 추적할 수 있었다. 이 꿈과 관련하여 그는 한동안 자위환상 중에 여자가 되고 싶은 욕망이 있었고 자신이 여자라는 환상도 지니고 있었다는 것을 기억했다. '더러운 속옷'에서 그의 태도와 관련된 항문 활동 및 습관(화장실 습관)에 대한 분석이 나왔다. 그의 또 다른 성격특성인 어색함이 여기서 명확해졌다.

이제 저항이 해결되었고 그 과정에서 이전 저항형식과 별도로 저항의 관능적 항문 기반도 논의하였다. 이제 나는 그의 성격에 대한 해석에서 한 걸음 더 나아가, 그의 헌신 태도와 '여성환상' 사이의 연관에 대해서 남자가 되는 것이 두려워 여성으로 즉 과장되게 충실하고 애정 어린 방식으로 행동했다고 설명했다. 그리고 분석은 왜 (그의 의미에서는 용감하고 개방적이며 성실하고 비굴하지 않은) 남자가 되기를 두려워하는지 라는 질문에 답해야 한다고 덧붙였다.

이에 대한 답으로 그는 거세불안과 원색장면이 다시 새롭게 떠오르는 짧은 꿈을 꿨다.

"나는 매력적인 젊은 여성[어머니, 라이히]인 사촌과 함께 있는데 갑자기 내가 나의 할아버지라는 느낌이 들었다. 나는 답답한 허탈감에 사로잡혀 있다. 동시에 왠지 내가 행성계의 중심이고 행성들이 내 주위를 돌고 있다고 느낀다. 동시에 (여전히 꿈을 꾸면서) 나의 불안을 억누르고 나의 나약함을 원망한다."

이 근친성관계 꿈의 가장 중요한 세부사항은 그가 자신의 할아버지라는 것이다. 우리는 유전부담에 대한 그의 불안이 여기서 중요한 역할을 한다는 데 즉시 동의했다. 자신을 아버지와 동일시하면서 자신을 낳는 것 즉 어머니와 성교하는 환상을 가졌음이 분명했는데 이것은 나중에 논의하였다.

그는 행성계와 관련하여 '모든 것이 내 주위를 돌고 있다'는 느낌은 자신의 이기주의를 암시하는 상황이라고 말했다. 나는 이 생각의 이면에 더 깊은 것으로 원색장면이 있다고 의심했어도 그것에 대해 아무 말도 하지 않았다.

크리스마스 휴가가 끝난 후 그는 며칠 동안 자신의 이기심, 모두에게 사랑받는 아이가 되고 싶은 욕망에 관해서만 계속 이야기했으며, 자신을 사랑하고 싶지도 않았고 사랑할 수도 없다는 것을 깨달았다.

나는 그에게 그가 숭배하는 자아 및 자지를 둘러싼 불안과 그의 이기주의 사이의 연관을 보여주었다.[31] 그 후 그는 다음과 같은 꿈을 꾸면서 나에게 유아근거를 제공하였다.

① "나는 옷을 벗고 내 자지 끝에서 피가 나는 것을 본다. 두 소녀가 걸어가고 있는데, 내 자지가 작아서 그들이 나를 경멸할 것 같아 슬프다."

② "홀더가 달린 담배를 피우고 있다. 홀더를 내려다보니 그것이 시가 홀더라는 것을 알고 깜짝 놀란다. 담배를 다시 입에 물려는데 마우스피스

---

31) 이 지점에서 전체적인 맥락에서 아마도 많은 개별 심리학자들은 우리 분석가들이 열등감 콤플렉스를 절대적 층위[행위자]로 인정할 수 없는 이유를 이해할 것이다. 왜냐하면 진짜 문제와 진짜 작업은 알프레드 아들러(Alfred Adler)에게서는 중단되는 바로 그 지점에서 시작되기 때문이다.

가 부러진다. 불쾌한 느낌이 든다."

따라서 내가 개입하지 않아도 거세관념이 일정한 형태를 취하기 시작했다. 이제 그는 내 도움 없이 꿈을 해석했고 여성성기에 대한 수줍음과 손으로 자신의 자지를 만지거나 다른 사람이 만지는 것에 대한 불안에 대해 많은 재료를 만들었다. 두 번째 꿈은 분명히 구강관념(시가홀더)의 문제였다. 그는 성기를 제외한 여성의 모든 것(그중에서도 유방)을 원한다는 것을 알아차렸고 따라서 어머니에 대한 구강고착에 대해 이야기하게 되었다.

나는 그에게 성기불안에 대해 인식하는 것만으로는 아무것도 성취할 수 없으며, 그가 왜 자신이 이런 불안을 지니고 있는지 알아내야 한다고 설명했다. 그런 다음 그는 내 질문에 대답한다고 생각하지 않은 채 다시 원색장면에 대해 꿈을 꾸었다.

"나는 선로의 갈림길 바로 옆에 정차 중인 열차의 마지막 객차 뒤에 있다. 두 번째 열차가 지나가는데 두 열차 사이에 끼어버렸다."

분석에 대한 설명을 계속하기 전에 치료 7개월째 그의 수동동성애 저항이 해소된 뒤, 그는 내가 모르는 사이에 여성에게 대담하게 접근했고 실제로 나중에 지나가다가 무심결에 이에 관해 이야기했다는 것을 언급해야겠다. 그는 한 여자를 따라갔고 다음과 같은 식으로 행동했다. 공원에서 그는 그녀에게 몸을 밀착시키고 강하게 발기하고 사정했다. 불안상태는 점차 멈췄다. 성관계를 갖는 일이 그에게 일어나지는 않았다. 나는 이 행동에 대해 그의 주의를 불러일으켰고 그가 분명히 성교를 불안해한다고 말했다. 그는 이것을 인정하지 않았고 기회가 부족하다고 핑계를 댔지만, 마침내 그 역시 자신의 성행위가 지닌 유아성격에 충격을 받았다. 그는 그런 꿈을 꾼 적이 있었고, 이제 어렸을 때 자신이 이와 같은 방식으로 어머니에게 자신을 밀어붙였다는 것을 기억했다.

나를 속이려는 의도로 분석에 도입한 근친성관계 사랑이라는 주제가 다시 나타났는데, 이번에는 그다지 저항이 없었고 적어도 저의는 없었다. 따라서 분석에서 그의 태도분석은 그의 외부경험과 평행하게 이루어졌다.

그는 자신이 진정으로 어머니를 원했다는 해석을 몇 번이나 받아들이기를 거부했다. 7개월 동안 그가 만든 재료는 너무나 분명했고 그 자신도 인정한 연관이 너무 분명해서, 나는 그를 설득하려고 노력하지 않고 대신 왜 그가 스스로 인정하는 것을 불안해하는지 분석하기 시작했다.

이러한 질문은 그의 자지불안과 동시에 논의되었으며, 이제 우리는 다음 두 가지 문제를 해결해야 했다.

① 거세불안은 어디에서 비롯된 것인가?

② 왜 그는 의식적으로 동의함에도 불구하고 관능적인 근친성관계 사랑을 받아들이지 않았을까?

이제부터 분석은 원색장면을 향해 빠르게 나아갔다. 이 단계는 다음과 같은 꿈으로 시작되었다. **"나는 왕과 그의 신하들이 모인 왕궁의 홀에 있다. 나는 왕을 조롱한다. 왕의 수행원들이 나를 덮친다. 나는 쓰러지고 치명상을 입게 된 것을 느낀다. 내 몸이 끌려간다. 갑자기 내가 아직 살아 있다는 느낌을 받았지만 두 명의 무덤 파는 사람에게 내가 죽었다고 믿도록 하려고 가만히 있다. 내 위에 얇은 흙이 덮이고 숨쉬기가 힘들어진다. 무덤 파는 사람들을 속이려고 한다. 나는 움직이지 않음으로써 들키지 않도록 한다. 잠시 후 나는 풀려나서 양손에 끔찍한 무기, 아마도 벼락을 들고 다시 왕궁으로 들어간다. 내 앞을 가로막는 모든 사람을 죽인다."**

그에게 무덤 파는 사람이라는 생각은 재앙불안과 관련이 있을 것이라는 생각이 들었고, 이제 나는 그에게 유전이라는 생각과 자지불안이 하나라는 것을 보여줄 수 있었으며, 꿈은 아마도 자지불안이 시작된 어린 시절 장면을 되살린 것 같다고 덧붙였다.

꿈에서 자신이 '죽은' 척했고 발각되지 않기 위해 가만히 있었다는 것에 그는 놀랐다. 그런 다음 그는 자위환상에서 자신이 보통 구경꾼이었다고 기억했고, 자신이 부모님과 함께 '그런 것'을 경험할 수 있었는지 의문을 제기했어도 부모님의 침실에서 잠을 자지 않았다는 이유로 즉시 부인했다. 물론 그의 꿈재료에 근거하여 그가 실제로 원색장면을 목격했다고 확신했기 때문에 이것은 나에게는 큰 스패너[도구]였다.

나는 모순을 지적하고 너무 빨리 흥분해서는 안 되며 분석이 모순을 해결할 거라고 말했다. 같은 진료만남에서 환자는 자신이 남자친구와 함께 어떤 하녀를 본 것이 틀림없다고 추측했다. 그러고 나서 그는 부모님의 말을 엿들은 적이 두 번 더 있었다는 것을 기억했다. 그는 손님이 오면 자신의 침대를 부모님의 침실로 밀고 들어갔고, 어려서 학창시절까지 여름방학 때 부모님과 같은 방에서 잤던 것을 기억했다. 또한 닭을 죽이는 원색 장면(시골장면)을 묘사했고, 여름휴가를 자주 보냈던 오시아허제와 뵈르터제에 대한 많은 꿈 표현도 하였다.

이와 관련하여 그는 분석 초반 자신의 설득력 있는 행동과 어린 시절 겪었던 야행성 불안상태로 돌아갔다. 이 불안의 세부사항 중 하나가 여기에서 명확해졌다. 그는 커튼 사이로 나오는 백인여성의 모습을 불안해했다. 이제 그는 밤에 울부짖을 때 어머니가 잠옷을 입고 자신의 침대에 오곤 했던 것을 기억했다. 불행히도 '커튼 뒤의 누군가'라는 요소는 해결되지 않았다.

그러나 우리는 그 시간에 이 진료만남에서 금지된 영역으로 너무 멀리 모험을 감행한 것이 분명했다. 다음 날 밤 그는 분명히 조롱하는 저항 꿈을 꾸었기 때문이다.

"나는 정신병자의 동반자로서 대형 증기선에 탑승하려고 부두에 서 있다. 갑자기 모든 과정이 나에게 일정한 역할이 할당된 광경처럼 보인다. 부두에서 증기선까지 이어지는 좁은 인도교에서 나는 같은 말을 세 번이나 해야 한다."

그 자신은 증기선 탑승을 성교욕망으로 해석했지만, 나는 그의 관심을 현재에 더 중요한 꿈의 요소, 즉 '연기'로 이끌었다. 그가 같은 말을 세 번이나 해야 한다는 것은 나의 일관된 해석을 비웃는 암시였다. 그는 종종 내 노력에 속으로 미소지었다고 고백했다. 그는 또한 자신이 여자를 찾아서 성행위를 세 번 하려고 했다는 것을 기억했다. 이에 대해 나는 "나를 기쁘게 하려고"라고 덧붙였다. 그러나 나는 또한 이 저항이 성행위에 대한 불안 때문에 자신의 성교의도에 대한 방어, 즉 심층내용을 담고 있다고 그에게 설명했다.

다음 날 밤, 그는 다시 두 가지 꿈, 동성애 헌신 꿈과 성교불안 꿈을 꾸었다.

① "길거리에서 하층민에 속하지만 건강하고 외모가 건장한 청년을 만난다. 나는 그가 나보다 신체적으로 더 강하다는 느낌을 받고 그의 마음에 들려고 노력한다."

② "나는 사촌의 남편과 스키를 타러 간다. 우리는 낭떠러지가 있는 가파른 길에 있다. 눈을 살펴보니 끈적끈적해 자주 넘어질 것 같아서 지형이 스키 타기에 적합하지 않다고 말한다. 계속 타다 보니 산 옆을 따라 이어지는 도로에 도착한다. 급커브에서 스키를 놓쳐 스키가 낭떠러지로 떨어진다."

그러나 그는 이 꿈에 대해서는 언급하지 않았고 대신 '진료비'라는 주제로 시작했다. 그는 너무 많은 돈을 내야 했고 그것이 자신에게 도움이 될 것인지 전혀 몰랐고 매우 불만족스러웠고 다시 불안해졌다.

이제 그에게 돈 저항과 해결되지 않은 성교불안 및 성기불안 사이의 연관을 보여주자 이 저항을 매우 빠르게 극복하였다. 이제 그의 여성적 헌신의 심층 의도가 무엇인지 그에게 보여줄 수 있었다. **그가 여성에게 다가가면 그 결과를 불안해하고 그 자신이 여성이 되었다.** 즉 성격이 동성애적이고 수동적이게 되었다. 사실 그는 자신이 여자로 변했다는 사실을 잘 알고 있었지만 왜 그렇게 불안해하는지 설명할 수 없었다. 그가 성관계를 불안해한다는 것은 분명했다. 그렇다면 그에게 무슨 일이 일어났을까?

이제 그는 이 질문에 끊임없이 몰두했어도 아버지불안 대신 여성불안에 대해 이야기했다. 어린 시절의 불안히스테리 속에서 여성도 불안대상이었다. 처음부터 끝까지 그는 여성성기 대신 '여성자지'라고 언급했다. 사춘기까지 그는 여성도 남성과 같다고 믿었다. 그 자신도 이 생각과 원색장면 사이의 관계를 확립했으며 이제 그 현실에 대해 확신하게 되었다.

분석 7개월이 끝날 무렵 그는 무엇보다도 한 소녀가 치마를 들어 올려 속옷이 보이도록 하는 꿈을 꾸었다. 그는 마치 '보지 말아야 할 것을 본 사람'처럼 고개를 돌렸다. 이제 나는 그에게 여성성기가 절개나 상처처럼 보이기 때문에 불안해했고 처음 보았을 때 몹시 겁을 먹었을 것이라고 말할 때가 왔다고 생각했다. 그는 여성성기에 대해 혐오감 뿐만 아니라 수줍음도 느꼈다는 점에서 내 해석이 그럴듯하다고 생각했다. 하지만 그는 실제 일어난 일을 기억할 수 없었다.

이제 그의 증상의 핵심 요소인 거세불안은 해결되었는데 원색장면과의 밀접하고 개별적인 관계가 빠져버렸고 원색장면 자체를 분석에서 해결하지 못했기 때문에, 마지막 심층 의미에서 여전히 해결되지 않은 상황이었다.

아무런 저항도 없이 다시 한번 이러한 연관에 관해 이야기를 나누었지만 뚜렷한 결과가 나오지 않자, 환자는 조용히 혼잣말로 "한 번 잡혔나 봐요"라고 말했다. 좀 더 자세히 말해달라고 하자, 그는 마치 자신이 한때 은밀하게 뭔가를 하다가 붙잡힌 것 같은 느낌이 들었다고 말했다.

이제 환자는 어려서도 아버지에게 몰래 반항했던 것을 기억했다. 그는 아버지의 등뒤에서 얼굴을 찌푸리고 조롱하면서도 순종적인 아들 역할을 했다. 아버지에 대한 반항은 사춘기가 되면서 완전히 멈췄다. (아버지불안 때문에 아버지증오를 완전히 억압했다.) 유전부담이라는 생각은 아버지에 대한 심각한 비난으로 판명되었다. 실제로 "나는 유전부담을 안고 있다"는 불평은 '아버지가 나를 잉태할 때 해를 끼쳤다'는 의미를 담고 있었다. 원색장면에 수반되는 환상을 분석한 결과, 환자는 아버지가 어머니와 성교하는 동안 자궁에 있는 자신을 상상했고, 성기가 손상되었다는 생각이 자궁환상과 결합하여 아버지에 의해 자궁에서 거세되었다는 관념을 형성했다.

이제 분석의 나머지 부분에 대해서 간략하게 설명할 수 있겠다. 분석의 나머지 부분은 비교적 저항 없이 진행되었고 두 부분으로 명확하게 나뉘었다.

첫 번째 부분은 어린 시절의 자위환상과 자위불안을 극복하는 것이 주된 것이었다. 그의 거세불안은 여성성기에 대한 불안(수줍음)에 오랫동안 고착되어 있었다. '절개', '상처'는 거세의 실현가능성을 반박하기 어려운 증거였다. 마침내 환자는 자위를 감행했고 불안상태가 완전히 사라져 불안발작이 거세불안이 아니라 리비도울혈에 근거한 것임을 증명했다. 추가 유아재료를 통해 작업함으로써 마침내 그는 성교를 시도할 수 있을 정도로 거세불안을 극복하였고 발기가 잘 되었다. 그런데 여성과 더 많은 성경험을 가지면서 두 가지 장애가 나타났다. 그는 오르가즘불능이 되었다. 자위 때보다 쾌락을 덜 느꼈고 여성에 무관심하고 경멸적인 태도를 보였다. 성기성은 여전히 부드러움과 관능으로 나뉘었다.

두 번째 단계는 그의 오르가즘불능과 유아자기애에 대한 분석으로 채워졌다. 언제나 그랬듯이 그는 대가로 아무것도 주지 않고도 여성과 어머니에게서 모든 것을 받기를 원했다. 환자 자신이 자신의 장애에 대해 더 잘 이해하고 더욱 열성적으로 연구하고 자신의 자기애를 객관화하였으며, 이것이 부담임을 깨닫고 마침내 자신의 불능에 정박한 거세불안의 마지막 잔재를 분석으로 해결하였을 때, 불능을 극복했다. 그는 **오르가즘불안**을 지니고 있었고 오르가즘이 만들어내는 흥분이 해롭다는 생각에서 오르가즘을 두려워했다.

다음 꿈은 이러한 불안의 산물이었다.

"나는 그림 갤러리를 방문하고 있다. '술 취한 톰'이라는 제목의 그림이 눈에 띄었다. 높은 산에 있는 젊고 잘생긴 영국 군인의 모습이 그려져 있다. 폭풍우가 몰아쳐 그는 길을 잃은 것 같고, 뼈만 남은 손이 그의 팔을 붙잡고 그를 인도하는 것 같은데, 이는 그가 파멸로 치닫고 있다는 공공연한 하나의 상징인 것 같다." 그림 '힘든 직업'. "또한 높은 산에서 한 남자와 어린 소년이 비탈길 아래로 떨어지고 있는데, 배낭에서 동시에 내용물이 쏟아져 나오고 소년은 희끄무레한 덩어리에 둘러싸여 있다."

떨어지는 것[추락]은 오르가즘을 상징하며,[32] 희끄무레한 덩어리는 정액을 상징한다. 환자는 사춘기에 사정할 때와 오르가즘을 느낄 때 경험한 불안에 관해 이야기했다. 여성에 대한 그의 가학환상도 철저히 파헤쳐졌

---

32)　참조, 『오르가즘의 기능』에서 오르가즘의 상징주의에 대한 나의 논의.

다. 몇 달 후 여름 그는 어린 소녀와 관계를 시작했고 이제 방해가 크게 줄었다.

처음부터 부정 측면과 긍정 측면 모두에서 체계적으로 전이를 처리하였기 때문에 전이해결에는 아무런 어려움이 없었다. 그는 미래에 대한 희망으로 가득 찬 채 기꺼이 분석을 마쳤다.

나는 그 후 5년 동안 그 환자를 다섯 번 만났는데, 그는 정신에서 완전히 건강하고 상쾌한 상태에 있었다. 그의 불안과 불안 발작은 완전히 사라졌다. 그는 자신이 완벽하게 건강하다고 묘사했으며, 자신의 본성이 위선과 속임수를 버리고 모든 어려움에 용감하게 맞설 수 있다는 것에 만족을 표했다. 분석이 끝난 후 그의 [성]능력은 더욱 증가했다.

4. 요약

보고를 마치면서 우리는 분석과정을 묘사하는 언어의 부적절함을 충분히 알고 있다. 그렇다고 해서 우리는 성격분석에 대한 이해를 돕기 위해 최소한 성격분석의 가장 뚜렷한 특징을 설명하는 것을 포기해야 할까? 요약해보겠다.

① 우리의 사례는 어떤 증상으로 분석에 오더라도 항상 같은 종류의 성격저항으로 우리와 맞서는 수동여성 성격의 원형이다. 이 사례는 동시에 우리에게 은밀한 부정전이 기제를 전형적 방식으로 보여준다.

② 기법 측면에서는 수동여성 성격저항, 즉 지나친 친절과 헌신을 통한 속임수에 대한 분석이 먼저 이루어졌다. 그 결과 유아재료는 자신의 내부 법칙에 따라 전이신경증에서 나타나게 되었다. 이로 인해 환자는 여성적 헌신을 이유로("기쁘게 하려고") 자신의 무의식을 전적으로 지성적인 방식으로 탐구하는 것(이것은 치료효과가 없었을 것이다)이 막혔다.

③ 또한 이 보고는 성격저항을 체계적이고 일관되게 강조하고 성급한 해석을 피한다면, 해당 유아재료가 **스스로** 점점 더 명확하고 뚜렷하게 나

타나므로 후속 의미해석과 증상해석이 반박할 수 없이 치료에서 효과적이라는 것을 보여준다.

④ 사례의 병력은 관련된 유아재료를 몰라도 성격저항의 현재 의미와 목적을 추측하는 즉시 성격저항을 다룰 수 있음을 보여줄 수 있었다. 현재 의미를 **강조하고** 해석함으로써 증상을 해석하거나 선입견 없이 해당 유아재료를 도출할 수 있었다. 유아재료와의 연결이 이루어지면 **성격저항의 해소**가 시작되었다. 이후의 증상해석은 환자가 저항 없이 분석에 임할 때 이루어졌다. 따라서 일반적으로 저항분석은 두 부분으로 나뉜다. 첫째 저항의 형식과 현재 의미를 **강조하는 것**이고, 둘째는 그 강조를 통해 끌어낸 유아재료의 도움으로 저항을 **해소하는 것이다.** 여기서 성격저항과 단순한 저항의 차이는 전자가 공손함과 헌신으로 표현되는데, 후자는 분석에 대한 단순한 의심과 불신으로 표현된다는 점에서 드러났다. 그러한 행동방식만이 그의 성격에 속하며 그의 불신이 표현되는 형식을 형성했다.

⑤ 은밀한 부정전이에 대한 일관된 해석을 통해 분석가, 상사, 아버지에 대한 억압되고 은폐된 공격성이 억압으로부터 해방되어 억압된 공격성에 대한 반응형성에 불과했던 수동여성 태도가 사라졌다.

⑥ 아버지에 대한 공격성의 억압은 여성에 대한 남근리비도의 억압도 초래했기 때문에, 반대로 분석을 통한 해소과정에서 능동남성 성기노력이 공격성(**불능치유**)과 함께 다시 나타났다.

⑦ 공격성을 의식하면 거세불안과 함께 성격불안이 사라지고, 금욕생활을 중단하면 불안발작이 사라졌다. 오르가즘을 통해 현실불안을 제거함으로써 마침내 '신경증 핵심'도 제거되었다.

마지막으로 몇 가지 사례를 제시함으로써 내가 '기존도식'으로 각 사례에 접근한다는 반대자들의 의견을 깨뜨리고 싶다. 각 사례에 하나의 기법만 있고 이 기법을 사례의 구조 자체에서 끌어내 사례에 적용해야 한다고 내가 수년 동안 주장해 왔을 때 의미한 바가 분명해질 것이다.

5장

성격분석의 사용여부와 위험

　비체계적이고 일관되지 않은 성격분석에서 잘 계산된 정신작용에 가까운 체계적인 성격분석으로의 전환은 유동적이며 너무 다양하여 한 번에 살펴볼 수는 없지만, 성격분석을 사용할 수 있는지에 대한 기준은 설정할 수 있다.

　성격분석이 자기애 보호기제를 느슨하게 함으로써 격렬한 정서를 유발하고 환자를 한동안 다소 무력한 상황에 빠지게 하므로, 이미 분석기법에 숙달한 치료사, 무엇보다도 전이반응을 다룰 수 있는 치료사만이 성격분석을 무난하게 실행할 수 있다. 따라서 초보자에게는 적합하지 않다.[33] 환자의 일시적인 무력감은 유아신경증에 대한 성격분석을 통한 처리가 이루어지지 않아 유아신경증이 완전히 재활성화되었다는 사실의 표현이다. 물

---

33)　주, 1945. 독자는 내가 성격분석 연구를 시작할 때, 즉 약 19년 전에 신중해야 했다는 것을 이해할 것이다. 성격분석법은 숙련된 분석가만이 사용해야 한다는 나의 경고에 대해 사람들은 당시에도 증상분석에 탁월하다면 초심자도 성격분석법을 실천해야 한다는 근거에서 반대하였다. 오늘날에는 그러한 주의가 더는 필요하지 않다. 우리는 이제 방대한 양의 성격분석경험을 마음대로 사용할 수 있다. 따라서 이 기법을 가르칠 수 있으며 증상분석의 초보자에게도 권장할 수 있다. 다음 텍스트에서 제안하는 사용 제한은 더는 필요하지 않다. [사용을 제한했던 것들에 대해서도] 성격분석을 사용할 수 있을 뿐만 아니라 **성격신경증 반응기반**을 파괴하려는 경우 정신신경증의 **모든** 사례에 사용**해야** 한다. 훨씬 더 어려운 질문은 오르곤치료 없이 성격분석을 수행할 수 있는지이다.

론 신경증은 체계적인 성격분석 없이도 재활성화되지만, 이 경우 무장이 상대적으로 그대로 유지되므로 정서반응이 약해 제어하기가 더 쉽다. 사례의 구조를 초반에 철저히 파악한다면 성격분석을 사용해도 전혀 위험하지 않다. 어떤 결정적인 조치를 하기 전에 두세 시간 만에 치료를 포기했던 몇 년 전에 겪었던 절망적인 급성 우울증사례를 제외하고는, 나는 지금까지 내 진료에서 자살을 기록한 적이 없다. 내 경험을 엄밀하게 검토해 볼 때, 성격분석을 하기 시작한 이후 약 8년 동안 나는 돌연한 도주로 인해 세 사례만 잃어버렸는데 그전에는 환자들이 훨씬 더 자주 도망갔다는 걸 보기에 역설적인 사실이 밝혀졌다. 부정적인 자기애반응을 즉시 분석하면 환자의 부담이 더 커지더라도 통상 도망갈 수 없다는 사실이 이것을 설명해 준다.

성격분석은 모든 사례에 사용할 수 있어도 그 사용여부가 모든 사례에 표시되어 있지 않으며, 실제로 그 사용을 엄격히 금지하는 상황이 있다. 먼저 사용여부가 표시된 사례부터 살펴보자. 표시된 사례들은 모두 성격의 외피화 정도, 즉 만성화되고 자아에 통합된 신경증 반응의 정도와 강도에 의해 결정된다. 성격분석은 강박신경증 사례에서, 특히 명확하게 정의된 증상이 아니라 치료의 대상일 뿐만 아니라 치료에 가장 큰 장애가 되기도 하는 기능의 전반적인 쇠약으로 표시되는 강박신경증 사례에서 항상 사용할 수 있다. 마찬가지로 성격분석은 보통 모든 분석노력을 조롱하는 경향이 있는 남근자기애성격의 사례에서, 그리고 도덕적 광기, 충동성격 그리고 공상허언증[환상적 거짓말. 자신의 거짓말을 자신이 믿어버리게 되는 상태]에서 항상 사용할 수 있다. 정신분열증 또는 초기 정신분열증 사례에서 성격분석은 무의식 심층을 활성화하기 전에 자아기능을 강화하는 것을 의미하므로, 매우 신중하지만 매우 일관된 성격분석이 조숙하고 통제할 수 없는 충동발발을 피하기 위한 전제조건이다.

중증 급성 불안히스테리 사례에서는 위에서 묘사한 방식으로 자아방어에 대한 일관된 분석을 시작하는 것은 적절하지 않을 수 있다. 왜냐하면 이 사례에서 자아가 이드자극에 대항하여 스스로 차단하고 자유롭게 떠다니는 에너지를 묶을 만큼 충분히 강하지 않을 때 이드자극은 급성 동요상태에 빠지기 때문이다. 결국 중증 급성 불안은 무장이 광범위하게 뚫렸다는 신호이므로 당분간 성격분석 작업은 필요하지 않게 된다. 분석 후반단계에서 불안이 분석가에 대한 강한 애착으로 바뀌고 실망반응의 첫 징후가 뚜렷해지면 불안을 없앨 수는 없지만, 치료의 시작단계에서 성격분석 작업이 주요 과제는 아니다.

우울증 환자와 중증 조울증 환자에게 성격분석의 사용여부는 예를 들어 급성 자살충동이나 급성 불안과 같은 급성 악화가 우세한지 아니면 정신적 둔화가 지배적인 그림인지에 따라 달라지며, 아마도 성기 대상관계가 여전히 얼마나 존재하는지에 따라 달라질 것이다. 둔감한 형태의 사례에서 수십 년 걸리는 분석을 피하려면 자아방어(억압된 공격!)에 대한 신중하지만 철저한 성격분석 작업이 필요하다.

전반적으로 무장풀기는 개별사례에 따라서 뿐만 아니라 상황에 따라서도 항상 조정될 수 있음은 말할 나위도 없다. 무장을 푸는 방법에는 여러 가지가 있다. 저항의 강도, 해석의 깊이, 그리고 부정적이거나 긍정적인 전이 부분의 해결에 대한 해석의 강도와 일관성을 느슨하게 하거나 조이는 것, 때때로 환자가 아무리 저항에 빠져도 저항을 해결하지 않고 허우적거리게 하는 것 등이 사용방법이다. 환자는 자신이 격렬한 치료반응이 일어나기 직전에 있을 때 이에 대비해야 한다. 분석가가 해석과 영향력에 있어 충분히 탄력적이고 초기의 불안과 불확실성을 극복하고 그 위에 강한 인내심을 지니고 있다면, 그다지 큰 어려움을 겪지는 않을 것이다.

완전히 낯설고 새로운 유형의 환자에게 성격분석을 사용하는 것은 매우 어려울 것이다. 우리는 단계별로 매우 천천히 자아구조를 이해하고 그에 따라 적응하려고 노력할 것이지만, 예상치 못한 불쾌반응에서 우리 자신을 보호하고 싶다면 무의식 심층에 대한 해석을 진행하지 않을 것이다. 자아방어기제가 드러날 때까지 심층해석을 보류하면, 어느 정도 시간을 허비할 것이지만 해당 사례를 처리하는 데 훨씬 더 확신을 갖게 된다.

나는 종종 동료들과 통제분석가들로부터 환자가 이미 몇 달 동안 혼돈스러운 상황을 만들어냈을 때 성격분석을 시작할 수 있는지에 대해 질문을 받았다. 기법세미나의 경험으로 볼 때 최종판단을 내릴 수는 없지만, 어떤 사례에서는 기법변화가 결국 성공할 수 있는 것 같다. 다른 분석가와 더 오래 분석했지만 성공하지 못했거나 부분적으로만 성공한 사례라도 환자가 스스로 성격분석을 시작할 수 있다면 성격분석을 사용하기 훨씬 더 쉽다.

일관된 성격분석을 통해 볼 때, 환자가 분석에 대한 지성적 지식을 많이 지니고 있든 적게 지니고 있든 전혀 차이가 없다는 것은 놀랍다. 우리는 환자가 중심 저항태도를 풀고 정서적 경험에 마음을 열 때까지는 심층해석을 사용하지 않기 때문에, 그는 자신의 지식을 사용할 수 없다. 저항의 의미에서 그렇게 하려고 해도 이것은 그의 일반적인 저항태도의 일부일 뿐이며 그의 다른 자기애 반응의 맥락 안에서 드러날 수 있다. 예를 들어 나는 환자가 분석용어를 사용하지 못하도록 하지 않는데, 환자의 분석용어 사용을 분석가와의 자기애 동일시 및 방어수단으로 취급하기 때문이다.

자주 묻는 또 다른 질문은 사례의 몇 퍼센트에서 성격분석을 시작하고 일관되게 수행할 수 있는지이다. 어쨌든 모든 사례에 해당하는 것은 아니지만, 이것은 연습, 직관능력, 그리고 적응에 따라 다르다. 그러나 최근 몇 년 동안 평균적으로 치료받은 사례의 절반 이상을 성격분석으로 치료할 수 있었다. 또한 성격분석을 통해 좀 더 집중적이고 일관된 저항분석방법과 좀 더 느슨한 저항분석방법을 비교할 수 있었다.

분석에서 성격변화는 어느 정도까지 필요하며 어느 정도까지 달성할 수 있는가?

원칙적으로 첫 번째 질문에 대한 답은 하나뿐이다. 신경증성격은 신경증증상의 근거를 제공하고 노동능력과 성향유능력을 방해하는 한 변해야 한다.

두 번째 질문은 경험적으로만 답할 수 있다. 어쨌든 실제 성공이 원하는 성공에 얼마나 근접하는지는 각 사례에서 수많은 요소에 따라 달라진다.

현재의 정신분석 수단으로는 성격의 질 변화를 직접 가져올 수 없다. 강박성격은 결코 히스테리성격이 되지 않고, 편집증성격은 결코 강박신경증성격이 되지 않을 것이다. 담즙질[성급한] 사람은 결코 점액질이 되지 않고 낙천적 성격은 우울해지지 않을 것이다. 그러나 양 변화가 일정 수준에 도달하면 질 변화에 가까운 양 변화를 일으킬 수 있다. 예를 들어, 강박신경증 환자의 가벼운 여성 태도는 분석하는 동안 히스테리여성 존재의 징후를 보일 때까지 점점 증가하고 남성공격 태도는 감소한다.

결과적으로 환자의 전체 존재는 '달라지는데' 분석가보다 환자를 자주 보지 않는 외부인이 그 변한 모습을 더 쉽게 알아차릴 수 있다. 편견에 사로잡혀 있는 사람은 더 자유로워지고, 불안한 사람은 더 용감해지고, 지나치게 양심적인 사람은 상대적으로 더 부도덕해지고, 부도덕한 사람은 더 양심적인 사람이 된다. 그러나 어떤 정의할 수 없는 '개인특징'은 절대 사라지지 않고 아무리 많은 변화가 일어나더라도 계속해서 빛난다. 예를 들어, 이전에 지나치게 양심적이었던 강박성격은 현실 지향적이고 양심적인 일꾼이 되고, 치유된 충동성격은 치유되기 전보다는 덜 충동적으로 행동할 것이다. 도덕적 광기에서 치유된 환자는 결코 삶을 힘들게 여기지 않고 항상 쉽게 극복할 것이지만, 치유된 강박성격은 서툴러서 항상 어려움을 겪을 것이다. 그러나 이러한 특성은 성공적인 성격분석 후에도 지속되지만, 노동능력과 성향유능력을 손상할 정도로 삶의 운동[움직임] 자유를 제한하지 않는 한계 안에 남아 있다.

6장
전이처리에 대하여

1. 성기 대상리비도의 추출

    분석과정에서 환자는 다양한 변화를 겪으며 일정한 기능을 수행하는 유아태도를 분석가에게 전이하므로, '전이를 처리하는 작업'은 분석가에게 과제가 된다. 분석에서 분석가와 환자의 관계는 긍정 성격과 부정 성격을 모두 지니고 있으며, 분석가는 감정의 양면성을 고려해야 하고 무엇보다도 조만간 모든 종류의 전이가 환자 자신이 해결할 수 없는 저항이 된다는 점을 명심해야 한다. 프로이트는 특히 초기의 긍정전이가 쉽게 부정전이로 바뀌는 특성을 보인다고 강조했다. 더구나 신경증의 가장 본질적인 부분은 전이에서만 찾을 수 있다는 사실에 의해 전이의 중요성이 입증된다. 결과적으로 실제 질병을 점차 대체하는 '전이신경증'의 해결이 분석기법의 가장 고귀한 과제에 속한다. 긍정전이는 분석치료의 주요 수단이다. 가장 집요한 저항과 증상이 그 불 속에 녹지만 결코 치유되는 것은 아니다. 전이는 분석에서 그 자체로 치유요소는 아니지만 최종적으로 자신과 독립적으로 치유로 이어지는 과정을 만들어내기 위한 가장 필수적인 전제조건이다. 프로이트가 전이에 관한 논문에서 다룬 순전한 기법과제를 다음과 같이 간략하게 요약할 수 있다.

① 실행가능한 긍정전이의 확립.

② 신경증 저항을 극복하기 위해 이 전이를 활용하는 것.

③ 긍정전이를 활용하여 억압된 내용을 생산하고 반응해소를 위해 역동적으로 본격적인 정서분출을 일으키는 것.

성격분석의 관점에서 우리는 두 가지 추가과제, 즉 기법과제와 리비도경제적 치료과제에 직면한다.

기법과제는 실행가능한 긍정전이를 확립하려는 요구와 관련이 있다. 임상사실에서 알 수 있듯이 극히 소수의 환자만이 이러한 실행가능한 긍정전이를 자발적으로 확립하기 때문이다. 그러나 성격분석을 고려하면 우리는 한 단계 더 나아가게 된다. 모든 신경증이 신경증성격에서 비롯되고 더욱이 신경증성격이 자기애무장으로 정확하게 특징지어진다면, 우리 환자들이 처음에 **진정한** 긍정전이를 할 수 있는지에 대한 의문이 생긴다. '진정한'이라는 말은 분석에 수반되는 폭풍우를 견뎌낼 수 있고 분석가와 긴밀한 관계의 기반을 형성할 수 있는 강력하고 양면적이지 않으며 관능적인 대상노력을 의미한다. 우리의 사례를 검토하면서 이 질문에 부정으로 대답해야 한다. 분석 초기에는 진정한 긍정전이가 없으며, 성억압, 대상리비도노력의 파편화 그리고 성격장벽 때문에 있을 수도 없다. 이 지점에서 누군가는 우리가 분석의 시작단계에서 환자에게서 만나는 긍정전이의 명백한 징후를 가지고 우리에게 반박할 것이다. 확실히 초기에는 긍정전이**처럼 보이는** 많은 징후가 있다. 그러나 이러한 전이의 무의식적 배경은 무엇인가? 그것은 진짜인가 아니면 가짜인가? 너무 자주 우리는 **진정한** 대상리비도적 에로스 노력을 다루고 있다고 잘못 생각했고, 따라서 이 질문을 제기해야 할 필요성을 느꼈다. 이 질문은 신경증성격이 사랑할 수 있는지, 그렇다면 어떤 의미에서 사랑할 수 있는지에 대한 보다 일반적인 질문과 연결된다. 이른바 긍정전이의 초기 징후, 즉 대상리비도 성충동이 분석가에게 향하는 것에 대해 더 자세히 연구하면, 진정한 사랑의 기본요소를 살짝 보여주는 일정한 잔여물을 제외하고는 대상리비도 노력과 거의 관련이 없는 다음 세 가지에 관한 문제라는 것을 알 수 있다.

① **'반응성 긍정전이'** – 환자는 증오전이를 사랑형식으로 보상한다. 여기서 배경은 **잠재적 부정전이**다. 이러한 종류의 전이로 인한 저항을 사랑관계의 표현으로 해석한다면, 첫째로 잘못 해석한 것이고 둘째로 그 안에 감춰진 부정전이를 간과하고 신경증성격의 핵심을 건드리지 않고 그대로 둘 위험이 있다.

② 죄책감이나 도덕적 피학성향에서 비롯된 분석가에 대한 **헌신**. 그 뒤에는 억압되고 보상받은 증오만 남아 있다.

③ **자기애 욕망의 전이**, 분석가가 자신[환자]을 사랑하거나 위로하거나 존경할 것이라는 자기애 희망. 어떤 유형의 전이보다도 이것은 더 쉽게 산산조각 나거나 쓰라린 실망과 악의적인 자기애 모멸감으로 바뀐다. 이것을 긍정전이("당신은 저를 사랑해요")로 해석한다면, 환자는 사랑을 전혀 하지 않고 그저 **사랑받고** 싶을 뿐이며 자신의 욕망이 이루어질 수 없다는 것을 깨닫는 순간 흥미를 잃기 때문에, 다시 한번 잘못 해석한 것이다. 그러나 이러한 전이형식과 관련하여 구강요구와 같이 지나치게 자기애적이어서 실행가능한 전이를 생산할 수 없는 전–성기 리비도노력이 있다.

이 세 가지 유형의 분명한 긍정전이(나는 더 많은 연구가 다른 많은 것을 밝혀낼 것임을 의심하지 않는다)가 신경증이 아직 소비하지 않은 진정한 대상사랑의 기반을 과도하게 성장시키고 그에 스며든다. 이 세 가지 유형 자체가 신경증 과정의 속편인데, 왜냐하면 리비도노력의 부정이 증오, 자기애, 죄책감을 불러일으키기 때문이다. 이 유형들은 제거될 때까지 환자를 분석에 붙들어두기에 충분하지만, 제시간에 가면을 벗기지 않으면 확실히 환자로 하여금 분석을 중단하도록 몰아가는 확실한 동기이기도 하다.

내가 부정전이에 많은 관심을 기울이게 된 동기 중 하나는 정확히 강렬한 긍정전이를 일으키려는 노력이었다. 분석가에 대한 부정·비판·폄하 태도를 처음부터 철저히 의식화시키는 것은 부정전이를 강화하는 것이 아니라 부정전이를 상쇄하고 긍정전이를 더 순수하게 결정화한다. 내가 '부정전이를 다루고 있다'는 인상을 줄 수 있는 두 가지 요소가 있다. 분석을 통해 자기애 보호기제를 깨뜨리면 잠재적 부정전이가 표면에 드러난다는 사실(여전히 나는 이것을 과대평가하기보다는 과소평가하는 경향이 있다)과 방어 징후를 분석하는 데 종종 몇 달이 필요하다는 사실이다. 그러나 나는 환자에게 이미 존재하지 않는 그 어떤 것도 주입하지 않고, 단지 그의 행동(공손함, 무관심 등) 방식에 잠재적으로 감춰져 있는, 분석이 행사하는 영향에 대한 비밀방어만을 더 선명하게 드러낸다.

처음에 나는 모든 자아방어 형식을 부정전이로 간주했다. 이것은 간접적일지라도 일정하게 정당했다. 조만간 자아방어는 기존의 증오충동을 이용하기 때문에, 자아는 파괴충동 기제를 통해 다양한 방식으로 분석에 저항한다. 저항해석이 자아방어에서 시작하면 증오충동, 즉 진정한 부정전이를 규칙적이고 상대적으로 쉽게 끌어내는 것도 사실이다. 자아방어를 부정전이라고 부르는 것은 잘못된 것이다. 오히려 이것은 훨씬 더 자기애 방어반응이다. 자기애 전이조차도 엄밀한 의미에서 부정전이가 아니다. 그 당시 나는 모든 자아방어가 일관되게 분석되면 너무 쉽고 빠르게 부정전이가 **된다**는 강한 인상을 받았다. 처음부터 잠재적 부정전이는 수동여성 성격의 전이와 정서차단에서만 존재하며, 자아방어에서는 **현재** 효과적이지만 억압된 증오가 문제이다.

분명한 긍정전이에서 전이기법을 설명하기 위해 성불만족 때문에 분석치료를 받은 스물일곱 살 여성의 사례를 생각해 보겠다. 그녀는 두 번 이혼했고 두 번의 결혼생활을 모두 파탄냈으며 사교계에 꽤 많은 연인을 지니고 있었다. 그녀 자신은 이 색정증 특성의 실제 이유가 질 오르가즘불능으로 인한 불만족임을 알고 있었다. 저항과 저항해석을 이해하기 위해서는 환자가 유난히 매력적이었고 자신의 여성적 매력을 매우 의식하고 있다는 점을 언급할 필요가 있다. 그녀는 이것을 비밀로 하지 않았다. 예비상담 중에 나는 그녀의 어떤 소심함에 놀랐다. 그녀는 유창하게 말하고 대답했지만 계속해서 바닥을 응시했다.

첫 번째 진료만남과 두 번째 진료만남의 3분의 2는 그녀의 두 번째 이혼과 관련된 난처한 상황과 성행위에서 성감각 장애에 대한 비교적 자유로운 설명으로 채워졌다. 그녀는 두 번째 진료만남이 끝날 무렵 갑자기 설명을 중단하였다. 환자는 침묵했고 잠시 후 이제 더는 할 말이 없다고 말했다. 나는 전이가 이미 저항으로 작용했다는 것을 알았다. 이제 환자에게 기본규칙을 따르도록 설득하고 권유하여 더 많은 말을 하도록 설득하거나 아니면 저항 자체를 공격하는 두 가지 가능성이 있었다. 첫 번째 것은 저항을 어물쩍 넘기는 것을 의미했고, 두 번째 것은 환자가 억제를 적어도 부분적으로 이해했을 때만 가능했다. 그런 상황에서는 항상 자아 쪽의 방어가 있으므로 저항해석에서 출발할 수 있었다. 나는 이러한 침묵의 의미를, '말하지 않은 무언가'가, 그녀가 맞서며 무의식적으로 저항하는 무언가가 분석을 계속하지 못하도록 한다고 설명했다. 나는 또한 그녀에게 이러한 억제를 유발하는 것은 일반적으로 분석가에 대한 생각이라고 말했고, 무엇보다도 치료성공은 이러한 문제에서 그녀가 완전히 진지할 수 있는지에 달려있다는 사실에 주의를 불러일으켰다. 상당한 긴장 속에서 그녀는 전날에는 자유롭게 말할 수 있었는데 이제는 실제로 치료와 관련 없는 생각에 시달리고 있다고 말했고, 마침내 분석에 들어가기 전에 분석가가 자신에 대해 '어떤 입장'을 지니면 어떻게 될지, 남자들과의 경험 때문에 자신을 경멸하지 않을지에 대해 생각했다는 것이 밝혀졌다. 이날의 진료만남은 이것으로 끝났다. 침묵은 다음 날에도 계속되었다. 다시 한번 나는 그녀의 억제와 그녀가 이제 다시 무언가를 막고 있다는 사실에 주의를 불러일으켰다. 이제 그녀가 지난 진료만남 시간의 사건을 완전히 억압했음이 분명해졌다. 나는 이 망각의 의미를 설명했고, 그녀는 분석가가 자신에 대해 개인적 감정을 지니게 될 것이 너무 두려워서 전날 밤에 잠들 수 없었다고 말했다. 이것은 그녀 자신의 사랑충동의 투사로 해석할 수 있었지만, 환자의 인성, 그녀의 강하게 발달한 여성자기애와 그녀의 배경은 알려진 한에서는 실제로 그러한 해석에 적합하지 않았다. 나는 그녀가 나의 직업적 신뢰성을 불신하고 내가 분석상황을 성적으로 이용할 것을 두려워한다는 막연한 인상을 받았다. 그녀에게 이미 성욕망이 존재하고 분석상황에 가져온 것은 의심의 여지가 없었다. 그러나 이드의 이러한 표명이나 자아의 두려움 가운데 무엇을 먼저 다룰까 하는 선택의 기로에서 주저 없이 후자를 선택했다. 그래서 나는 그녀의 두려움에 대해 내가 추측한 것을 말했다. 그 뒤 그녀는 의사와의 나쁜 경험에 대한 수많은 보고로 응답했다. 모든 의사는 진료를 시작한 지 얼마 지나지 않아 그녀에게 음탕한 말을 걸거나 심지어 의료상황을 이용했다. 의사에 대한 불신이 커지는 것은 당연한 일이었고, 결국 그녀는 내가 더 나은 사람인지 알 수 없었다. 이러한 공개는 일시적으로 해방감을 주었고, 그녀는 방해받지 않고 현재 갈등을 다시 논의할 수 있었다. 그녀의 연애조건과 연애관계에 대해 많은 것을 알았다. 두 가지 사실이 눈에 띄었다. 그녀는 보통 젊은 남자와 관계를 추구했는데 연인에 대한 관심을 잃는 데 오래 걸리지 않았다. 물론 **자기애** 조건이 문제라는 것이 분명했다. 한편으로 그녀는 젊은 남자를 더 쉽게 지배하고 싶었고, 다른 한편으로 남자가 자신에게 완전히 감탄을 표하는 순간 그 남자에 대한 관심을 잃었다. 물론 그녀에게 그녀의 행동이 지닌 의미에 대해 들을 수 있었고, 이것은 깊이 억압된 것에 관한 것이 아니어서 확실히 어떤 해도 끼치지 않았을 것이다. 그러나 해석의 역동적인 효과를 고려하여 해석하지는 않았다. 그녀의 특성이 분석에서 곧 강력한 저항으로 발달할 것이 확실했기 때문에, 전이에서 현재 경험의 정서를 의식하는 것에 연결하기 위해 저항이 발달하기를 기다리는 것이 나을 것 같았다. 저항은 곧 전혀 예상하지 못한 형식으로 나타났다.

그녀는 다시 침묵했고 나는 그녀가 확실히 무언가에 저항하고 있다고 계속 지적했다. 상당히 망설인 끝에 그녀는 자신이 두려워했던 일이 마침내 일어났다고 말했지만, 지금 자신을 괴롭히는 것은 나와의 관계가 아니라 나를 대하는 태도일 뿐이라고 말했다. 그녀는 틀림없이 분석에 대해 끊임없이 생각했을 것이고, 사실 전날 그녀는 분석가와 성관계를 하고 있다는 환상을 품고 자위를 했다. 이런 환상은 분석에서 특별한 일이 아니며 환자가 다른 사람에 대해 한 번쯤은 품었던 모든 감정을 분석가에게 전이시켰다고 그녀에게 말한 후 – 그녀는 이것을 아주 잘 이해했다 –, 나는 이 전이의 자기애 배경에 대해 알아보았다. 환상 그 자체가 확실히 부분적으로 대상리비도 욕망의 초기 발발의 표현이기도 했다. 그러나 이것을 전이로 해석하는 것은 여러 가지 이유로 불가능하거나 부적절했다. 근친성관계 욕망은 여전히 깊이 억압되어 있었기 때문에, 환상은 세부사항에서 유아요소를 이미 보였어도 이것으로 거슬러 올라갈 수 없었다. 그러나 환자의 인성과 전이환상을 내재한 전체 상황은 환상의 다른 측면과 동기를 다루는 데 충분한 재료를 제공했다. 그녀는 분석 전후에 불안상태를 보였는데, 이것은 부분적으로는 억눌린 성흥분과 부분적으로는 어려운 상황에 대한 자아의 현재 불안에 해당했다. 그래서 전이저항을 해석할 때 나는 다시 그녀의 자아에서 출발했다. 우선, 나는 그녀가 이러한 것들에 대해 이야기하는 것에 대한 그녀의 강한 억제가 그녀의 자부심과 관련이 있다고, 너무 자부심이 강하여 그런 감정흥분을 인정할 수 없다고 설명했다. 그녀는 즉시 이를 인정하고, 자신의 모든 것이 그러한 인정을 거부했다고 덧붙였다. 자발적으로 사랑하거나 원했던 적이 있느냐는 질문에, 그런 적이 한 번도 없었고 남자들만 항상 자신을 원했으며 자신은 단지 그들의 사랑을 묵인했을 뿐이라고 말했다. 나는 이 태도의 자기애 성격을 설명했고 그녀는 이것을 아주 잘 이해했다. 나는 더 나아가 이것은 진정한 사랑노력이 될 수 없으며, 자신의 매력에 전혀 동요하지 않는 남자가 앉아 있다는 것에 짜증이 났고 그 상황을 견딜 수 없었다는 사실을 그녀에게 설명했다. 환상은 분석가를 그녀 자신과 사랑에 빠지게 만들고 싶은 욕망과 일치했을 것이다. 그런 다음 그녀는 **분석가를 정복하는 것이 환상 속에서 중요한 역할을 했고 고유한 쾌락원천을 제공했다**는 확고한 생각을 가졌다. 이제 나는 이러한 태도에 숨겨진 위험, 즉 **시간이 지남에 따라 그녀가 자신의 욕망을 부정하는 것을 참지 못하고 결국에는 분석에 관한 관심을 잃게 될 것**에 대해 그녀의 주의를 끌 수 있었다. 그녀 자신도 이미 이러한 가능성을 생각하고 있었다.

이 점에 특히 주목하고 싶다. 그러한 전이의 자기애 배경을 제때 밝히지 못하면 예기치 않게 실망반응이 일어나고 부정전이에서 환자가 분석을 중단하는 일이 쉽게 일어날 수 있다. 몇 년 동안 이러한 사례가 기법세미나에서 여러 차례 발표되었다. 항상 같은 일이 일어났는데, 분석가는 그러한 표현을 액면 그대로 받아들이고 사랑받고 있다는 것과 실망에 대한 준비를 강조하는 대신 그 관계를 사랑관계로만 해석했으며, 조만간 환자는 분석을 중단했다.

앞서 기술한 전이해석을 통해 그녀의 자기애, 그녀를 쫓아다니는 남자들에 대한 그녀의 경멸태도, 그리고 그녀가 어려움을 겪는 주요 원인 중 하나인 그녀의 전반적인 사랑불능을 쉽게 분석할 수 있었다. 그녀는 허영심과 더불어 과격한 반항, 사람과 사물에 대한 내면의 관심부족, 피상적이고 가식적인 관심과 그로 인한 지루함을 언급하면서, 먼저 사랑능력이 손상된 이유를 밝혀야 한다는 것을 잘 이해했다. 따라서 그녀의 전이저항 분석은 그녀의 성격분석으로 직접 이어졌고 이제 분석의 초점이 되었다. 그녀는 분석을 통해 문제를 해결하려는 최선의 의지를 지니고 있었음에도, 실제로 내면에서는 분석의 영향을 받지 않았다는 것을 인정해야 했다. 그 외의 것에 대해서는 여기서 우리에게 관심이 없다. 나는 단지 환자의 성격에 따라 전이 전개가 어떻게 자기애 차단에 관한 분석질문으로 직접 연결되는지 보여주고 싶을 뿐이다.

우리 치료를 경제적 관점과 관련해 생각해 보면, 먼저 자기애적이고 부정적인 합성을 해결하기 전에 처음부터 진정한 긍정전이의 기반과 시작을 의식화시키는 것은 기법상 올바르지 않다.

내가 아는 한, 먼저 전이된 감정자극에 대한 모든 해석이 감정을 약화하고 반대 경향을 강화한다는 사실에 처음으로 주목한 사람은 란다우어[34]였다. 분석에서 우리의 목표는 성기 대상리비도를 명확하게 결정화하여 억압과 자기애·전−성기·파괴 충동의 얽힘에서 해방하는 것이기 때문에, 분석은 가능한 한 또는 주로 자기애적이고 부정적인 전이의 징후만을 다루고 해석하고 되짚어 보지만, 초기 사랑노력의 징후를 전이에 명확하고 모

---

34) Karl Landauer, "Passive Technik: Zur Analyse narzißtischer Erkrankungen," *Internationale Zeitschrift für Psychoanalyse* 10 (1924), S 415~422. [옮긴이 주]

호하지 않게 집중할 때까지 방해하지 않고 발달하도록 해야 한다. 이것은 보통 상당히 진행된 단계에서만 발생하거나 종종 분석이 끝나기 직전에만 발생한다. 특히 강박신경증 사례에서 대상리비도에 반대되거나 대립하는 (자기애, 증오, 죄책감 같은) 다른 노력을 일관되게 강조함으로써 양면적 노력을 분리하지 않으면 양가감정과 의심을 제압하기 매우 어렵다는 것을 경험하며, 이러한 심각한 양가감정과 의심에서 거의 벗어나지 못하면 무의식 내용에 대한 모든 해석은 의심의 갑옷이 세운 벽으로 인해 효과를 잃지는 않더라도 약해진다. 더욱이 이러한 경제적 관점은 지형적 관점에 매우 잘 들어맞는데, 왜냐하면 진정한 원래의 대상리비도, 특히 근친성관계 성기노력은 항상 신경증 환자에게서 심층 억압을 구성하는 반면 자기애, 증오, 죄책감, 그리고 전-성기요구는 지형적 의미와 구조적 의미 모두에서 더 표면에 놓여 있는 노력이기 때문이다.

경제적 관점에서 모든 **대상리비도를 순전히 성기전이에 집중**하도록 해야 하는 방식으로 전이처리 작업을 정식화하고 싶다. 이를 위해서는 성격 갑옷에 묶인 가학자기애 에너지뿐만 아니라 전-성기 고착을 풀어야 한다. 전이를 올바르게 처리하면 가학자기애 노력이 성격구조에서 풀려난 뒤 그렇게 해방된 리비도가 전-성기 위치에 집중된다. 그러면 전-성기, 즉 좀 더 유아적인 본성의 긍정전이가 한동안 발생하여 전-성기환상과 근친성 관계 욕망의 발발을 촉진하여 전-성기 고착을 푸는 데 도움이 된다. 그러나 [성기전이에 집중하는] 분석은 전-성기 고착에서 벗어나게 하는 데 도움이 되는 모든 리비도를 성기단계로 흐르게 하고, 히스테리에서처럼 성기 오이디푸스상황을 강화하거나 강박신경증, 우울증 등에서처럼 성기 오이디푸스 상황을 다시 각성시킨다.

그러나 이러한 분석은 처음에는 통상 불안이미지 아래 발생하고 유아 불안 히스테리를 다시 활성화하며, 성기단계로의 새로운 집중을 나타내는 첫 신호이다. 그러나 이 단계에서 분석에 나타나는 것은 성기 오이디푸스 욕망 그 자체가 아니라 다시 한번 자아를 통해 그 욕망을 방어하는 거세불안이다. 일반적으로 성기단계로의 이러한 리비도집중을 유지하지 못하는 것이 전형적이며, 대개 성기노력의 새로운 집중을 달성하려는 시도만 있을 뿐이다. 이 지점에서 리비도는 거세불안 장벽에 막혀 뒷걸음질 치고 일시적으로 (자기애적이고 전-성기적인) 병적인 고착지점으로 되돌아간다. 이 과정은 자주 반복되는 경향이 있으며, 성기 근친성관계 욕망으로 돌진하는 것에서 거세불안 장벽으로 후퇴하는 것으로 이어진다. 그 결과 거세불안 재활성화로 인해 불안속박 기제가 재활성화되어, 일시적 증상이 나타나거나 더 자주 자기애 방어기제가 완전히 재활성화된다. 물론 해석작업은 항상 방어기제에서 시작하여 더욱더 심층 유아재료를 밝혀내고 성기성으로 나아갈 때마다 일부 불안을 해소하여, 마침내 리비도를 성기위치에 단단히 집중시키고 점차 성기 감각작용과 전이환상이 불안이나 전-성기욕망 및 자기애욕망을 대체할 때까지 이어진다. [35]

내가 이러한 사실을 제시했을 때 일부 분석가들은 현실신경증이 분석의 어느 지점에서 그렇게 중요한 역할을 하는지 모르겠다고 말했다. 이제 이 질문에 답할 수 있다. 이 분석단계에서 리비도의 가장 본질적인 속박이 풀리고 신경증 불안이 증상과 성격특성에서 물러날 때, 신경증의 핵심인 울혈불안이 분명히 재활성화된다. 이 울혈불안은 현재 자유롭게 떠다니는 리비도울혈에 해당한다. 이 단계에서 모든 것이 다시 리비도로 변형되므로 부드러울 뿐만 아니라 무엇보다도 감각적인 진정한 긍정전이가 매우 강력하게 나타나며, 환자는 전이환상으로 자위를 시작한다. 이러한 환상을 통해 근친성관계에 묶인 성기성의 나머지 억제와 유아왜곡을 제거할 수 있으므로, 전이를 해결하는 작업에 다가가는 단계에 한결같이 접근한다. 그러나 이 단계로 넘어가기 전에 앞에서 묘사한 전이와 성기영역에의 리비도집중에 대해 임상에서 관찰된 몇 가지 세부사항을 상술하겠다.

---

35)　각주, 1945. 오르곤 생체신체학의 관점에서 오르곤치료의 목표는 모든 생물학적 반사와 움직임이 최종적으로 **전체 오르가즘반사**에 통합되어 성기의 오르고노틱 흐름의 감각작용으로 이어지는 방식으로 무장을 해체하는 것이다. 이것은 오르가즘능력의 확립을 가능하게 한다.

2. 이차적 자기애, 부정전이 그리고 질병통찰

가능한 한 많은 양의 리비도를 해방하기 위해 성격방어기제를 완화하고 해체하는 것은 일시적으로 자아를 완전히 무력한 상황에 빠지게 만든다. 이것은 이차적[반사회적][36) 자기애의 붕괴단계라고 묘사할 수 있다. 이 단계에서 환자는 그동안 자유로워진 대상리비도의 도움으로 실제로 분석에 매달리며, 이 상황은 그에게 일종의 유치한 보호를 제공한다. 그러나 자아가 자기주장을 위해 고안한 반응형성 및 환상의 붕괴는 분석에 대항하는 환자의 강한 부정흐름을 일깨운다는 점을 명심해야 한다.[37) 게다가 갑옷이 해체되면서 충동은 원래의 힘을 되찾고 자아는 이제 충동의 지배를 받게 된다. 종합하자면, 이러한 모든 것으로 인해 이행단계가 때때로 중요하고 자살경향이 나타나고 일할 수 없게 되며, 분열증성격에서는 자폐증으로의 퇴행도 때때로 볼 수 있다. 강박신경증 성격은 항문집착과 끈질긴 공격 덕분에 이 과정에서 가장 강력한 것으로 입증되었다. 전이를 지휘하는 분석가는 특히 환자의 부정흐름을 명확하게 해결함으로써 해석의 일관성을 조절하여 과정의 속도와 강도를 잘 제어할 수 있다.

반응형성을 해소하는 과정에서 남성에게 일부 (성)능력이 남아 있으면 이것도 함께 무너진다. 나는 발기력이 강한 환자들의 관심을 분석에 집중시켜 매우 격렬한 반응을 막곤 한다. 이러한 환자에게서 급성 발기력장애로 인한 충격을 줄이기 위해 일정한 징후(증상 및 불안의 심화, 불안정 증가, 꿈에서 거세불안의 출현)에서 예상되는 보상상실을 알아채는 즉시 금욕을 권장하는 것이 좋다. 반면 자신의 불능불안에 대한 보상을 알고 싶어 하지 않는 어떤 자기애 성격유형의 경우 그 불쾌한 경험에 강제로 노출된다. 이것은 격렬한 자기애부정 반응을 초래하지만 결국에는 거세불안이

---

36) 175쪽 주 참조.
37) 부정전이에 대해 논의하는 동안 나에게 제기된 반대는 보통 환자의 자기애 보호기제를 상대적으로 그대로 두어 폭풍우 치는 증오전이를 배제한다는 사실에서 비롯된 것 같다.

전면에 등장한다는 점에서 이차적 자기애의 보상상실을 철저하게 시작한다.

능력의 보상상실은 거세불안이 **정서적 경험**이 되고 갑옷이 풀리고 있다는 가장 확실한 신호이기 때문에, 발기력이 강한 신경증 환자를 분석하는 과정에서 능력장애가 없다는 것은 환자가 내면에서 영향을 받지 않았다는 신호로 해석해야 한다. 물론 대부분 환자가 이미 능력장애를 지니고 분석하러 왔기 때문에 이 문제는 발생하지 않는다. 그러나 가학적으로 발기력을 유지하는 환자들이나 자신도 모르는 사이에 발기력약화 및 조루와 같은 능력장애를 지닌 환자들도 적지 않다.

이 시점까지 환자가 자신의 성장애의 완전한 의미를 파악할 때까지 분석은 환자의 인성 전체에 맞서 다소간 싸워야 한다. 환자가 겪고 있고 통찰하고 있는 증상에 관한 한 분석가는 신경증과의 싸움에서 환자를 동맹자로 신뢰할 수 있다. 반면 환자는 자신의 신경증 반응기반, 즉 신경증성격에 대한 분석에 거의 관심이 없다. 그러나 이제 그의 태도는 완전히 바뀌는 경향이 있으며, 이 점에서도 자신이 아프다고 느끼고 자신의 증상기반을 완전히 인식하고 자신의 성격을 바꾸는 데 관심을 가지게 되며, 처음부터 장애증상으로 느끼지 않는 자신의 성장애와 관련하여 치유의지를 확대한다. 따라서 그는 종종 분석 이전보다 주관적으로 더 아프다고 느껴도 분석작업에 더 기꺼이 협력한다. 이러한 협력의지가 분석 성공에 필수 불가결한 요건이다. 회복의지의 중심에는 이제 건강한 성생활을 하려는 의도가 있으며, 정신건강의 중요성을 분석가에게 배웠거나 스스로 파악하고 있다. 따라서 본질적으로 회복의지는 의식적으로는 신경증이 불러일으키는 불쾌감에 의해 그리고 무의식적으로는 자연스러운 성기요구에 의해 지탱된다.

질병통찰, 특히 질병에 대한 느낌이 확장되는 것은 자기애 보호기제와 자아방어에 대한 일관된 분석의 결과일 뿐만 아니라 오히려 이러한 부정 전이 형식으로 강화된 방어의 시작이다. 이 방어의 목적은 분석가를 자신의 신경증 균형을 방해하는 사람으로 미워하는 것이다. 그러나 이러한 태도는 이미 반대태도의 싹을 포함하고 있어 분석에 가장 필수적인 도움을 준다. 이제 환자는 분석에 완전히 자신을 내맡겨야 한다고 보며, 분석가를 자신을 건강하게 만들 수 있는 유일한 구세주로 보기 시작한다. 여기에 건강의지가 확고하게 자리 잡는다. 물론 이러한 태도는 유아경향, 거세불안, 유아 보호욕구와 밀접하게 관련되어 있다.

3. 금욕규칙의 취급에 대하여

역동적이고 경제적인 관점에서 분석이 성기감각 전이를 확립하는 것을 목표로 한다면, 금욕규칙을 어떻게 파악하고 어떤 내용으로 채워나가야 하는가 하는 기법 관련 질문이 생긴다. 모든 종류의 성만족을 금지해야 하는가? 그렇지 않다면 어떤 종류의 성만족을 금지해야 하는가? 일부 분석가들은 금욕규칙을 예를 들어 기혼환자를 제외하고는 모든 상황에서 성행위를 중단해야 한다는 의미로 해석하고, 그렇게 하지 않으면 전이에 필요한 리비도울혈과 집중이 일어나지 않을 것이라는 이유로 이를 정당화한다. 다른 한편으로 성만족 금지는 긍정전이의 확립을 촉진하기보다 방해할 가능성이 훨씬 더 크다는 점을 강조해야겠다. 따라서 우리는 예를 들어 성교금지가 원하는 목표를 달성할 것이라고 믿지 않는다. 그러나 분석치료의 일반적인 관점에서 볼 때 예외를 제외하고 이 조치를 거부해서는 안 되는가? 성만족 금지는 신경증 초기상황, 즉 성기부정을 제거하는 대신 자동으로 강화하지 않을까? 성과 관련하여 부끄러워하는 여성과 발기불능 남성의 사례에서 이 금지조치는 명백한 오류일 것이다. 반대로 우리의 분석작업 전체 개념은 성기성을 매우 특수한 상황에서만 현재의 부정압력 아래 두도록 강제한다. 결국 성기단계에서 리비도의 퇴행과 편향이 정확히 신경증을 일으켰으므로, 리비도를 잘못된 계류지에서 벗어나게 하고 성기영역에 집중시키는 것이 다음 분석기법의 필수요소이다. 그러므로 전반적으로 해석을 통해 전−성기 활동을 예방하기 위해 노력하지만, 성기

경향이 완전히 자유롭게 발달할 수 있도록 한다. 자위불안을 극복하기 바로 직전에 자위하지 않는 환자의 자위를 금지하는 것은 기법상 심각한 오류일 것이다. 반대로 우리는 성기자위를 침착하고 오랫동안 발전시키도록 허용해야 한다는 관점에 많은 경험 있고 공정한 분석가들과 동의한다. 자위행위나 성기행위가 분명히 저항이 될 때만 다른 모든 저항과 마찬가지로 해석을 통해 제거해야 하며, 극단적인 사례에서만 금지를 통해 제거해야 한다. 그러나 이것은 필요하지 않으며 보통 과도한 자위행위를 하는 환자에게만 필요하다. 압도적 다수의 우리 환자, 특히 여성환자에게는 분석에서 어떤 형태의 성기부정도 강요해서는 안 된다. 환자가 성기자위를 시작하는 것은 성기단계의 새로운 집중, 즉 관능적 현실감각이 재활성화된다는 첫 번째 확실한 신호이다.

많은 사례에서 리비도울혈은 분석을 촉진하는 것이 아니라 방해하는 요소로 작용한다. 모든 리비도가 부드럽고 감각적인 성기성에 집중되면 강렬한 성흥분이 분석을 방해하기 시작한다. 환상내용이 소진되면 더는 무의식재료가 만들어지지 않고 격렬한 성갈망 단계가 시작된다. 이러한 사례에서는 자위나 성교를 통해 주기적으로 울혈을 해소하면 해방효과가 있으며 분석을 다시 계속할 수 있다. 그러므로 우리는 금욕규칙을 극도로 탄력적으로 적용해야 하고 성기 부위에 리비도를 집중시킨다는 경제원칙에 따라야 함을 알 수 있다. 일반적으로 이러한 집중을 가져오는 기법조치는 옳고 집중을 방해하는 기법조치는 옳지 않다.

성기에 리비도가 집중되면서 발생하는 감각적 전이는 한편으로는 무의식재료를 밝히는 가장 강력한 촉진제가 되지만 다른 한편으로는 분석에 장애가 되기도 한다. 분석에서 전이에 근거하여 발생하는 성기흥분을 통해 전체 성갈등이 현실화되는데, 일부 환자는 종종 오랫동안 전이성격을 인정하지 않으려고 저항한다. 이 상황에서 그들이 성기부정을 견디는 법을 배우고 처음으로 더는 실망반응을 일으키지 않고 퇴행하지 않으며 **하나의** 대상에 부드럽고 감각적인 노력을 통합하는 것이 필수적이다. 우리는 경험을 통해 성기성격의 감각적 전이 단계를 거치지 않은 환자는 성기우위를 확립하는 데 결코 완전히 성공하지 못한다는 것을 배운다. 이는 리비도경제의 관점에서 볼 때 치유과정상의 다소 심각한 결함을 의미한다. 만약 그렇다면, 분석은 억압으로부터 감각적인 성기노력을 실제로 해방하는 데 실패했거나 부드러운 노력과 감각적인 노력의 통합을 방해하는 죄책감을 풀지 못했다. 이 과제가 완전히 성공했다는 표시는 다음과 같다.

① 성기전이 환상과 그에 상응하는 만족을 지닌 **죄책감 없는 성기자위**. 환자와 분석가가 동성일 때는 분석가를 근친성관계 대상으로 여기는 환상을 지닌 자위.

② **죄책감 없는 근친성관계 환상이 때때로 발생한다.** 자극을 **완전히 의식할 때** 그 환상을 가장 잘 포기할 수 있다.

③ **분석 중 성기흥분**(남성환자의 발기, 여성환자에게서 이에 상응하는 것)은 거세불안이 극복되었음을 나타내는 표시이다.

마침내 신경증성격 해소를 가져오고 성기성격 특징의 확립으로 이어지는 이러한 성기성 활성화는 - 이것을 강조하는 것이 불필요하지는 않다 - 어떤 종류의 암시[최면]에 의해서가 아니라 오로지 분석방법, 성기에의 리비도집중을 목표로 설정하는 전이처리에 의해 달성된다. 이것은 모든 사례에서 확실하게 달성할 수 있는 것은 아니며, 종종 나이와 신경증 만성화에 의해 매우 제한되어도 단순히 이상적이지는 않고 많은 사례에서 달성 가능한 목표로 남아 있다. [리비도]경제적인 관점에서 볼 때 이 목표의 달성은 이미 분석 중이거나 분석이 끝난 후에 성기기능을 통한 리비도경제[균형] 조절의 토대를 이루기 때문에 필수 불가결하다.

경험에 따르면 분석 중에 성기성을 자유롭게 허용하는 경우 환자가 민감한 상황에 빠질 위험이 있다는 것은 거의 언급할 가치가 없다. 물론 분석가가 **처음부터** 전이를 통제하고 있다고 한다면, 신경증으로 인해 환자가 해로운 일을 하려고 하더라도 금지 없이 철저한 분석을 통해 그렇게 하는 것을 쉽게 막을 수 있다. 물론 상황에 대한 분석가의 주관적 평가는 상당히 광범한 폭을 지니고 있다. 예를 들어 어떤 분석가는 젊은 남성이 성교하면 아무런 문제가 없다고 생각하지만, 같은 경우 젊은 여성이 성교하면 엄격하게 제한할 것이다(이중적 성도덕). 다른 분석가는 분석 측면에서 여성이 사회적으로 더 대담한 발걸음을 **멈출 수 없는 경우** 올바르게도 이런 [남성에게는 허용하고 여성에게는 제한하는] 구분을 하지 않을 것이다.

4. 긍정전이를 '푸는' 문제에 대하여

프로이트는 전이신경증이 확립된 후 분석가의 마지막 과제로 이제 분석에 집중되어 있는 긍정전이를 해소할 것을 제안했다. 바로 다음 고려사항은 이러한 해소가 다른 '전이된' 정서를 유아원천으로 다시 추적하여 해소하는 과정과 완전히 유사한지, 간단히 말해서 그것이 긍정자극을 '해소'하는 문제인지에 관한 질문에 직면하게 된다. '해소' 의미에서 전이의 해결은 있을 수 없다. 해결은 분명히 증오, 자기애, 고집, 실망준비 등과 같은 모든 찌꺼기로부터 마침내 해방된 대상리비도가 분석가로부터 환자의 필요에 따라 다른 대상으로 '전이'된다는 사실에 달려있다. 모든 가학적이고 전-성기적인 전이를 유아원천으로 추적하여 해체할 수 있지만, 성기성의 경우에는 이미 일반적으로 현실기능에 속하므로 성기전이를 해체할 수 없다. 성기전이를 해체할 수 없다는 사실은 환자의 치유경향과 일치할 뿐이며, 환자는 이제 실생활을 향해 나아가고 성만족을 요구하며 건강의 관점에서 볼 때 당연히 그렇다.[38] 성기전이가 성기 근친성관계 욕망을 감소시키는 것이 아니라 오히려 근친성관계 유대에서 벗어나 만족을 향해 나아가게 할 뿐이라는 것은 확실히 이해하기 쉽다. 예를 들어 항문전이를 유아상황으로 추적하는 것조차도 이 충동집중을 줄이는 것이 아니라 리비도집중을 '항문' 특질에서 '성기' 특질로 옮긴다는 것을 고려하면 도움이 될 것

---

38) 많이 논의된 '치유의지' 문제는 보기만큼 복잡하지 않다. 모든 환자는 삶의 욕망과 즐거움에 대한 원초적 충동을 충분히 보존하고 있으며, 이는 이러한 충동이 완전히 묻혀 있더라도 우리의 노력에 가장 필수적인 도움을 제공한다.

이다. 이것이 전-성기성에서 성기우위로의 진행이 일어나는 방식이다. 성기단계가 치유를 향한 진전에서 **가장 높은** 리비도단계를 나타내기 때문에, 그러한 성기전이를 원색상황으로 되돌리는 과정에서 질적 변화는 더는 일어날 수 없다. 여기서는 실제 대상에 대한 '전이의 전이'만이 가능하다.

특히 반대 성[이성] 환자의 경우 전이를 해결하는 데 큰 어려움에 직면하는데, 많은 사례에서는 몇 달 동안 내내 해결 시도를 무시하는 리비도 끈적임이 있다. 이 리비도 '끈적임'의 원인을 조사한 결과 잠정적으로 다음과 같은 사실이 밝혀졌다.

① 어린 시절의 대상에 대한 아직 완전히 의식되지 않은 가학에 해당하는 **해결되지 않은 죄책감의 잔재**.

② 분석가가 결국 사랑요구를 채워줄 것이라는 **은밀한 희망**. 이 은밀한 희망은 환자가 자발적으로 드러내는 경우가 거의 없으므로 항상 추적해야 한다.

③ 분석상황 자체에 의해 주어지는 **보호하는 어머니를 대표하는 분석가에 대한** 성기적인 것이 아닌 **유아속박**의 잔재. 바로 여기서 분석상황을 환상화된 자궁상황으로 보는 랑크의 견해가 많은 사례에서 적절한 위치를 차지한다. 죄책감을 분석하면 가학충동의 마지막 잔재를 해결하듯이, 유아의 어머니 고착에서 생기는 '집착'을 분석하면 전-성기성격의 리비도속박의 잔재를 해결한다.

④ 마지막으로, 특히 소녀와 불행한 기혼여성의 경우 임박한 성생활에 대한 엄청난 불안에 직면하게 되는데, 이는 부분적으로는 원시적 교미불안으로 부분적으로는 일부일처제 이데올로기 또는 순결을 요구하는 사회규범에의 속박으로 밝혀졌다. 특히 후자에 대해서는 철저한 분석이 필요한데, 일부일처제 또는 순결을 요구하는 어머니와의 강한 동일시 또는 충분히 처리하지 않은 어린 시절 남근선망에 근거한 여성의 열등감, 나아가 성을 매우 심하게 타락시킨 사회에서 성생활이 제공하는 어려움에 대한 합리적이고 충분히 정당한 불안이 드러나기 때문이다. 남자들은 부드러움

과 감각성을 겸비하게 된 뒤에는 성매매여성과 또는 돈을 지불하는 다른 조건에서는 성교할 수 없게 되는 어려움에 자주 직면한다. 즉시 결혼하지 않으면 그들은 부드러움과 감각성 둘 다를 만족시킬 적절한 상대를 쉽게 찾지 못한다.

이러한 조건 및 다른 여러 조건으로 인해 환자가 분석가에게서 벗어나는 것이 더 어려워진다. 환자는 자신의 부드러움이 분석가에게 묶여있어서 자신이 사랑하지도 않고 사실 사랑할 수도 없는 대상으로 자신의 감각성을 만족시키는 일이 매우 자주 발생한다. 이러한 유대로 인해 환자가 분석을 진행하는 동안 올바른 대상을 찾기가 어렵지만, 환자가 남성이든 여성이든 분석이 종료되기 전에 적절한 성상대를 찾으면 최상의 결과를 얻을 수 있다. 이것은 새로운 관계에서의 행동을 여전히 분석으로 제어할 수 있고 신경증 잔재를 쉽게 제거할 수 있다는 큰 이점을 지닌다.

분석 중 대상찾기가 너무 일찍 즉 긍정전이가 이루어지기 전에 이루어지지 않도록, 예를 들어 환자에게 대상을 선택하라고 촉구하는 등 어떤 식으로든 환자에게 영향을 미치지 않도록 주의한다면, 이러한 결론이 치료에 미치는 이점에 대해서는 의심의 여지가 없다. 물론 이제 사회적 성격의 어려움이 있으며, 이에 대한 논의는 이 책의 범위를 벗어나고 이미 특별한 저서들에서 다루었다. [39]

5. 역전이에 대한 몇 가지 언급

환자를 치료하는 분석가의 고유성이 모든 사례를 치료하는 데서 서로 다른 결정 요소를 나타낸다는 것을 쉽게 알 수 있다. 우리가 알고 있는 바

[39] 참조. Reich, 『성 성숙, 절제, 결혼도덕』(Geschlechtsreife, Enthaltsamkeit, Ehemoral), Münster Verlag, 1930; Reich, 『청년의 성투쟁』(Der sexuelle Kampf der Jugend), 1931. (라이히, 윤수종 옮김, 『성혁명』중원문화, 2012 참조. [옮긴이 주])

와 같이, 분석가는 자신의 무의식을 일종의 수신장치로 사용하여 피분석자의 무의식에 맞게 '조정'하고 환자의 고유성에 맞게 각 환자를 만나는 치료과제를 갖고 있다. 분석가가 익숙하지 않은 무의식에 대한 수용력과 모든 분석상황에 적응하는 능력을 향상시킬 수 있는 한에서, 분석가가 지닌 분석지식과 실제 기법능력은 중요하다.

먼저 쉽게 발생할 수 있는 오해를 제거해야 한다. 프로이트는 분석가가 편견 없는 태도를 지니고 분석이 새롭게 전환할 때마다 스스로 놀랄 수 있는 능력을 지니도록 권장했다. 이 권장 사항은 체계적인 저항분석을 하고 모든 개별사례의 구조에서 특정한 기법을 엄밀하게 도출해내자는 우리의 주장과는 대립하는 것처럼 보인다. 어떻게 수동적이고 수용적이며 놀라움에 대비하면서 동시에 논리적이고 지시적이며[안내하며] 체계적인 방식으로 진행할 수 있을까? 일부 동료들은 [기법을 도출하는 것이 아니라] 사례의 구조에 대해 생각함으로써 새로운 성격분석 과제를 풀려고 시도하는데, 이는 잘못이다.

언급한 모순은 겉으로 드러난 모순일 뿐이다. 프로이트가 요구한 능력을 개발했다면, 저항과 전이의 처리는 분석과정의 반응으로 자동으로 이루어질 것이며 사례의 구조에 대해 생각하려고 애쓸 필요가 없다. 예를 들어, 재료가 서로 다른 층위에서 동시에 제공될 때, 역동적으로 다른 재료에서 자연스럽게 재료의 한 조각을 다른 조각보다 선호하고 별다른 생각 없이 억압된 내용에 대한 자아방어를 분석하는 등의 작업을 수행한다. 긴장한 채 구조와 기법 필요성에 대해 생각한다는 것은, 항상 사례가 특히 새롭고 낯선 유형을 나타내거나 분석가의 무의식이 제공된 재료에 대해 어떤 식으로든 차단되어 있다는 신호다. 프로이트가 말했듯이 어떤 놀라움에도 대비해야 하지만, 놀랍도록 새로운 것을 치료과정의 전반적인 맥락에 곧바로 통합할 수 있어야 한다. 처음부터 사례의 구조에 따른 전이저항에 기초하여 분석을 진행하고 너무 깊고 성급한 해석으로 사례와 상황을 혼동하는 실수를 피했다면, 새로운 재료의 분류는 저절로 이루어질 것이다. 가장 중요한 이유는 문제가 되는 무의식 조각이 임의로 나타나는 것이 아니라 분석과정 자체에 의해 결정된다는 점이다. 이를 위한 전제조건은 초기에 병치되고 혼돈스러웠던 분석재료와 저항을 일정한 순서로 놓게 되는 것이며, 이것은 다시 체계적인 저항분석의 문제일 뿐이다.

우리는 지성적인 방식 이외의 방식으로는 분석할 수 없는 사례에 대한 기법논의를 통해 성격분석작업이 치료 중에 사례를 지성적으로 해부한 결과라는 잘못된 인상을 받는다. 직관적 이해와 행동이 필수적인 분석작업 자체에 이러한 인식을 적용해서는 안 된다. 초보자가 사례에 대한 자신의 분석지식을 '곧바로 상대방에게 전달'하려는 전형적인 경향을 극복하고 유연한 태도를 지니면, 분석능력의 가장 핵심적인 토대가 만들어진다.

지성적으로 습득한 지식에 얽매이지 않고 자신의 작업에서 자신을 자유롭게 흘려보내는 능력, 즉 사례 자체를 파악할 수 있는 능력은, 분석가의 성격차단의 해소 정도에 따라 결정되듯이 분석가의 성격본성과 유사한 조건들에 따라 달라진다는 것을 즉각 알 수 있다.

여기서는 복잡한 질문 전체를 다루지 않고 몇 가지 전형적인 예를 통해 역전이 문제를 다룰 것이다. 보통 사례가 진행되는 과정을 통해 분석가의 태도에 결함이 있는지, 즉 자신의 어려움으로 인해 방해받고 있는지 그리고 그 시점은 언제인지 알 수 있다. 일부 사례가 결코 정서적 부정전이를 일으키지 않는 것은 환자의 차단보다는 분석가의 차단 때문이라고 할 수 있다. 자신의 공격경향에 대한 억압을 스스로 제거하지 못한 분석가는 환자에게 이 작업을 바람직한 정도로 수행할 수 없으며, 심지어 부정전이 분석의 중요성에 대한 정확한 지성적 평가에 대해서조차도 정서적으로 꺼릴 수 있다. 이러한 사례들에서 환자의 공격은 분석가의 억압된 공격성에 대한 도발을 의미한다. 그런 다음 분석가는 환자에 대한 과장된 친근감을 통해 공격에 대한 억압을 강화하지 않으면, 환자의 부정자극을 간과하거나 부정자극의 발달을 어떤 식으로든 방해할 것이다. 환자는 분석가 쪽에서의 그러한 태도를 빠르게 감지하고 신경증적 충동방어의 의미에서 철저히 악용한다. 분석가의 정서차단이나 불안하고 지나치게 공손한 행동은 분석가 자신의 공격이 방어되고 있다는 가장 중요한 신호다.

그 반대는 환자의 성표현 즉 환자의 **긍정전이**를 아주 강한 내면적 참여 없이는 견디지 못하는 분석가의 성격상 무능력이다. 통제분석가로서 자신의 작업을 통해 환자의 감각적이고 성적인 표현에 대해 분석가 자신이 지닌 불안이, 종종 치료를 심각하게 방해하고 환자의 성기우위 확립을 쉽게 허용하지 않는다는 것을 알 수 있다. 환자는 정상적으로 자신의 성기 사랑 요구를 전이에서 발달시킨다. 분석가 자신이 성적으로 어느 정도 질서정연하지 않거나 적어도 지성적으로 명확하게 성적으로 긍정적이지 않으면, 분석가로서의 그의 성공은 확실히 어려움을 겪을 것이다. 말할 필요도 없이, 성경험이 없는 분석가는 환자의 성생활이 지닌 실제적인 어려움을 파악하기 어려울 수 있다. 따라서 분석을 가르칠 때 가장 중요한 요구 중 하나는 젊은 분석가가 최소한 환자에게 적용되는 것과 같은 요구, 즉 성기우위와 만족스러운 성생활의 확립을 충족시켜야 한다는 것이다. 성장애가 있거나 성만족을 느끼지 못하는 분석가는 자신의 자극을 억제하지 못할 때 긍정 역전이를 통제하기가 더 어려울 뿐만 아니라, 장기적으로 수년간의 작업 끝에 환자가 성표현으로 자신의 성요구에 대해 도발하는 것을 견디기 어려워하고 확실히 신경증적인 어려움에 빠질 것이다. 실천[진료]은 이 점에서 우리에게 가장 날카로운 요구를 하는데, 이를 숨기거나 부인하는 것은 무의미한 시작이 될 것이다. 이러한 어려움과 씨름해야 하는 분석가가 의식적으로 그 어려움을 긍정하든 부정하든, 모든 평균적 환자는 분석가의 무의식적인 성부정과 성거부를 느끼고 결과적으로 자신의 성억제를 줄일 수 없을 것이다. 문제는 더 나아간다. 분석가는 자신이 적합하다고 생각하는 대로 살 수 있다. 분석가는 환자가 항상 느끼는 엄격한 도덕원칙을 무의식적으로 보유하고 있다면, 즉 다부다처 행동이나 특정 사랑게임을 자신도 모르게 거부했다면, 그는 극소수의 환자에 대처할 수 있을 뿐이며 환자를 어떤 식으로든 '유아적'이라고 비난하는 경향이 있을 것이다. 그런데 전혀 그럴 필요가 없다. 환자의 전이를 본질적으로 자기애로 경험하는 분석가는 환자의 모든 현재 열광을 자신과 사랑관계의 신호로 해석하는 경향이 있다. 같은 이유로 환자의 비판과 불신을 충분히 해결하지 못하는 경우가 종종 발생한다.

자신의 가학성향을 충분히 통제하지 못하는 분석가는 그럴듯한 이유 없이 잘 알려진 '분석침묵'에 쉽게 빠져든다. 환자의 신경증이 아니라 환자 자신을 '나아지기 싫어하는' 적으로 여긴다. 분석을 중단하겠다는 많은 위협과 많은 불필요한 약속은 분석기법이 부적절해서라기보다는 인내심 부족의 결과이며, 인내심 부족은 물론 기법에 영향을 미침에 틀림없다.

마지막으로, 환자를 '백지'로 만나서 그 위에 자신의 전이를 기록해야 한다는 일반적인 분석규칙을 항상 모든 사례에서 무생물 같은, 미라 같은 태도를 지녀야 한다는 취지로 과장하는 것은 오류다. 이렇게 하면 많은 환자는 '풀리기' 어려우므로 인위적이고 비분석적인 조치가 필요하다. 공격적인 환자는 피학 환자와 다르게 다루고, 과도하게 흥분한 히스테리 환자는 우울 환자와 다르게 다루어야 하며, 분석가는 상황에 따라 같은 환자에 대한 태도를 바꾸어야 한다는 것은 분명하다. 요컨대 사람은 자신 속에 신경증 요소를 지니고 있다고 할지라도 신경증적으로 행동하지 않는다는 것은 분명하다.

분석가는 자신의 고유성을 완전히 포기할 수는 없을 것이며 환자를 맡을 때 이를 염두에 둘 것이지만, 우리는 분석가에게 자신의 고유성을 억제하고 통제하라고 또한 훈련분석을 통해 필요한 최소한의 성격유연성을 확립하라고 요구할 수 있다.

요컨대, 분석가에게 우리가 요구하는 사항은 그가 실제로 직면하는 어려움만큼이나 크다. 특히 분석가는 자신의 직업활동에서 현재 부르주아사회에서 치열하게 옹호되는 대부분 입장과 날카롭게 대립하며 일하고 있다는 사실에 대해 정확하게 알아야 한다. 이러한 이유로 분석가는 신경증 치료의 요구와 직접 그리고 풀 수 없게 대립하는 사회질서에 굴복하고 싶어하지 않는 한, 박해·조롱·비방을 당할 것이라는 점을 명심해야 할 것이다.

지금까지 제시한 것에서, 우리는 분석연구실천이 엄밀하게 지시하는 조사연구의 길을 따라왔다. 분석치료의 경제원칙에 관한 질문에서 출발하여 '자기애장벽'을 둘러싸고 있는 성격분석 문제를 다루었고, 기법문제 중 일부를 해결할 수 있었으며 그 과정에서 새로운 이론적 질문에 직면하게 되었다. 자기애무장은 온갖 차이에도 불구하고 전형적인 방식으로 어린 시절 성갈등과 연결되어 있다는 사례기록에 대해서 우리는 놀랐다. 이는 우리의 분석기대와 완전히 일치하지만, 이러한 연관을 자세히 조사하는 과제에 직면하게 되었다. 또한 치료과정에서 병리적인 성격태도의 변화가 일정한 법칙에 따라 일어난다는 사실도 피할 수 없었다. 이 법칙은 신경증 성격구조에서 성기우위를 달성함으로써 그 본성이 결정되는 성격구조로의 발달이다. 이러한 이유로 이것을 '성기성격'이라고 부른다. 그리고 마지막으로 몇 가지 성격구분[유형]을 묘사해야 하는데, 그중 피학성격 유형은 최근의 충동분석 이론에 대한 비판으로 이끌 것이다.

1장
성격형성을 통한 어린 시절 성갈등의 극복[40]

정신분석연구는 성격이론에 근본적으로 새로운 관점을 제공하고 우리는 이를 바탕으로 새로운 결과를 얻을 수 있는데, 이를 가능하게 하는 정신분석연구의 세 가지 특징은 다음과 같다.

① 무의식 기제 이론

② 역사적[병력] 접근

③ 정신과정의 역동성 및 경제에 대한 이해

정신분석연구는 현상의 탐구에서 그 본질과 발달로 나아가고 '심층 인성'의 과정을 횡단면과 종단면 모두에서 이해하는 한, 자동으로 성격연구의 이상인 '발생적 유형론'으로 가는 길을 열어준다. 발생적 유형론은 이번에는 우리에게 인간의 반응양식에 대한 자연과학적인 이해 뿐만 아니라 특정한 반응양식 발달사에 접근할 수 있는 토대를 제공할 수 있다. 클라게스[41]의 의미에서 성격연구를 이른바 정신과학 분야에서 자연과학적 심리학 분야로 옮기는 것의 장점을 과소평가해서는 안 된다. 그러나 이 분야의 임

---

40) 1930년 9월 28일 드레스덴(Dresden)에서 열린 독일 정신분석학회의에서 처음 발표되었다.

41) Ludwig Krages, *Grundlagen der Charakterkunde*, 1929. 그는 성격구조론을 전개하고 성격을 상세하고도 체계적으로 분류하였다. [옮긴이 주]

상연구는 쉽지 않으며 먼저 조사할 사실에 대한 명확한 설명이 필요하다.

1. 정신반응의 내용과 형식

정신분석은 처음부터 성격연구에서 자신의 방법에 일치하는 새로운 길을 제공하였다. 프로이트[42]는 특정한 성격특성을 환경의 영향으로 인해 발생하는 본원적 충동의 변형과 지속으로 역사적으로 설명할 수 있다는 것, 예를 들어 탐욕, 현학, 질서감각이 항문의 관능적인 충동력의 파생물이라는 사실을 최초로 발견했는데, 이는 획기적이었다. 나중에 존스[43]와 아브람[44]은 성격특성을 유아충동 토대(예를 들어 질투 및 야망 → 요도 에로티시즘)로 추적하여 그 근본관계를 보여줌으로써 성격학을 더욱 풍성하게 만들었다. 이러한 첫 번째 시도에서는 개별적인 전형적 성격특성의 **충동근거**를 설명하는 데 중점을 두었다. 그러나 일상치료의 요구에서 생기는 문제는 여기서 더 나아간다. 우리는 일반적인 그리고 유형학적인 변형의 관점에서 **성격**을 역사적으로 그리고 역동적−경제적으로 **통합적 형성**으로 이해하거나, 중요한 성격신경증 반응기반을 적지 않은 수의 사례에 영향을 미치지 않도록 정확하게 제거해야 하는 선택지에 직면해 있다.

전형적 반응양식으로서의 기본특성에서 환자의 성격은 무의식의 발견에 대한 저항(**성격저항**)이 되기 때문에, 치료에서 성격의 이러한 [저항] 기능은 자신의 기원을 반영한다는 것을 알 수 있다. 일상생활과 치료에서 한 사람의 전형적 반응의 발생원인은 처음에 성격형성을 결정했을 뿐만 아니라, 일단 반응양식이 설립되어 의식적 의지와 무관한 자동기제로 형

---

42) 프로이트, "성격과 항문관능(Charakter und Analerotik)," 『전집』(Ges. Schr.), Bd. V.
43) 존스(Jones), "항문관능적 성격특징에 대하여(Über analerotische Charakterzüge)," 〈국제정신분석학회지〉(Internationalen Zeitschrift für Psychoanalyse), V(1919).
44) 아브람(Abraham), 『정신분석적 성격형성 연구』(Psychoanalytische Studien zur Charakterbildung), Internationaler Psychoanalytischer Verlag, 1924.

성되면 그 반응양식을 유지하고 공고히 하려고 한다.

따라서 이 문제설정에서 중요한 것은 이런저런 성격특성의 내용과 특이성이 아니라 합리적 작동방식과 일반적으로 전형적 반응양식의 기원이다. 지금까지 우리는 경험내용과 신경증증상, 성격특성을 발생적으로 이해하고 설명할 수 있었다면, 이제 **형식문제**, 경험하는 방식, 그리고 신경증증상이 나타나는 방식에 대한 설명에 이르렀다. 나는 **인성의 기본특징**이라고 할 수 있는 것을 이해하기 시작했다고 가정하는 것이 틀리지 않다고 생각한다.

통속적인 말로 우리는 강인하고 부드러우며, 거만하고 겸손하며, 차갑고 따뜻하며, 점잖고 다혈질인 사람들에 대해서 말한다. 이러한 다양한 성격에 대한 정신분석은 외부세계의 위험과 이드의 억압된 충동요구에 대항한 다양한 **자아무장** 형식일 뿐이라는 것을 증명할 수 있다. 한 사람의 과도한 공손함 뒤에는 역사[병력]적으로 또 다른 사람의 거칠고 때때로 잔인한 반응 뒤에 있는 것만큼 많은 불안이 있다. 상황의 차이로 인해 한 사람은 자신의 불안을 어떤 방식으로 처리하거나 처리하려고 하고 다른 사람은 다른 방식으로 처리하려고 할 뿐이다. 수동여성, 편집증공격, 강박신경증, 히스테리, 성기자기애 그리고 기타 등과 같은 용어로 정신분석 진료는 대략적인 도식에 따라 반응유형을 구분해 왔을 뿐이다. 이제 '성격형성'이라는 사실의 공통특징을 파악하고 아주 전형적인 유형구분으로 이어지는 기본조건에 관해 이야기하는 것이 중요하다.

2. 성격형성의 기능

다음으로 우리는 무엇이 성격형성을 만들어 내고 작동하게 하는지에 관한 질문을 다루어야 한다. 이와 관련하여 각 성격반응의 몇 가지 특징을 상기할 필요가 있다. 성격은 **경화[굳어짐]**라고 묘사할 수 있는 자아의 **만성** 변화로 이루어진다. 이 경화는 바로 성격의 반응특성이 만성화되는 기반이다. 경화의 목적은 내외부 위험으로부터 자아를 보호하는 것이다. 이 것은 만성화된 보호형성으로서 '무장'[갑옷 입기]이라는 명칭을 가질 만하며, 인성 전체의 정신 운동성을 분명히 제한한다. 이 제한은 폐쇄된 체계에서 열린 소통처럼 보이는 외부세계와의 비성격적인 그러므로 비전형적인 관계로 인해 완화된다. 외부세계와의 관계는 가짜 다리처럼 상황에 따라 리비도관심과 다른 관심을 내밀었다가 다시 당길 수 있는 '갑옷'의 '틈새'다. 그러나 갑옷 자체를 움직일 수 있다고 생각할 수 있다. 갑옷의 반응 양식은 항상 쾌락불쾌 원칙에 따라 일관되게 작동한다. 불쾌한 상황에서는 무장이 증가하고 유쾌한 상황에서는 무장이 느슨해진다. **성격 운동성의 정도, 즉 상황에 따라 자신을 외부세계에 열거나 닫을 수 있는 능력은 현실지향 성격구조와 신경증 성격구조의 차이를 이룬다.** 병적으로 경직된 무장의 원형은 정서가 차단된 강박성격과 정신분열적 자폐이며 둘 다 긴장성 강직의 방향에 있다.

성격갑옷은 충동요구와 충동요구를 부정하는 외부세계 사이의 만성 충돌의 결과로 생겨났으며, 현재 욕구와 외부세계 사이의 갈등에서 그 힘과 지속적인 존재이유를 끌어낸다. 성격갑옷은 충동적 삶에 대한 외부세계의 영향이 축적되고 질적 유사성을 통해 역사적 전체를 형성한 표현이자 그 합계이다. 이것은 '부르주아', '공무원', '프롤레타리아', '도살자[정육업자]' 등과 같이 잘 알려진 성격유형을 생각할 때 즉시 명확해진다. 이 무장은 바로 자아 주위에서, 정확히 생체생리적 충동경향과 외부세계 사이의 경계에 있는 인성 부분에서 형성된다. 따라서 우리는 이 무장을 **자아성격**이라고도 부른다.

확정적인 갑옷형성의 초기에 우리는 분석에서 한결같이 성기 근친성관계 욕망과 그 만족에 대한 실제적 부정 사이의 갈등을 발견한다. **성격형성은 오이디푸스 콤플렉스를 극복하는 명확한 형식으로 시작된다.** 이러한 종류의 해결을 정확히 끌어내는 조건은 특별하고 정확하게는 성격마다 다르다. (이러한 조건은 오늘날 어린이의 성이 종속되어 있는 지배적인 사회 상황에 해당한다. 이러한 상황이 바뀌면 성격형성조건과 성격구조가 모두 바뀔 것이다.) 예를 들어 단순한 억압이나 유아신경증과 같이 그다지 중요하지 않지만 미래의 인성 전체를 결정하는 다른 해결방법도 있다. 이러한 조건의 공통점을 살펴보면, 한편으로는 극도로 강렬한 성기욕망과 다른 한편으로는 처벌불안 때문에 먼저 억압으로 자신을 보호하려고 하는 상대적으로 약한 자아를 발견한다. 억압은 충동울혈을 가져오며 이 울혈은 다시 단순한 억압을 위협하여 억압된 충동의 발발로 이어진다. 그 결과 예를 들어 '수줍음'이라는 표현으로 요약할 수 있는 불안회피 태도가 발달하는 등 자아에 변화가 생긴다. 이것은 아직 **성격적인** 것이 아니라 성격에 처음 접근하는 것에 불과하지만 이미 성격형성에 중요한 영향을 미친다. 수줍음 또는 이와 관련된 자아태도는 한편으로는 자아제한을 의미하지만 다른 한편으로는 자아강화를 의미한다. 위험에 노출되고 억압받는 사람을 자극하는 상황으로부터 보호해 주기 때문이다.

그러나 수줍음과 같은 자아의 이러한 첫 번째 변형은 충동을 극복하기에 충분하지 않으며 반대로 쉽게 불안발달로 이어지고 항상 어린 시절 공포증의 태도기반이 된다는 것이 밝혀졌다. 억압을 유지하려면 자아의 추가변화가 필요하다. **억압은 접합되어야 하고** 자아는 **굳어져야** 하며 방어는 만성적이고 자동적인 성격을 지녀야 한다. 그리고 동시에 발전하는 유아불안은 지속해서 억압에 대한 위협이 되고 억압된 것이 불안으로 표현되고 불안 자체가 자아를 약화시키겠다고 위협하기 때문에, 불안에 맞서는 보호형성도 만들어져야 한다. 자아가 현재 취하는 이러한 모든 조치의 원동력은 궁극적으로 의식적이거나 무의식적인 처벌불안이며, 이는 결국 오늘날 흔히 볼 수 있는 부모와 교육자의 실제 행동을 통해 매일 새롭게 촉진된다. 따라서 아이는 불안 때문에 불안을 없애려고 노력한다는 명백한 역설이 발생한다.

리비도경제상 필요한 자아경화는 본질적으로 다음과 같은 세 가지 과정을 기반으로 생긴다.

① 자아는 부정하는 주요인물의 모습을 통해 부정하는 현실과 동일시한다.

② 자아는 부정하는 인물에 대해 동원했던 공격, 그 자체로 불안을 불러일으켰던 공격을 자신에게 돌린다.

③ 자아는 이제 자신의 이익을 위해 성노력 에너지를 사용하여 자신을 방어함으로써 성노력에 대한 반응태도를 형성한다.

첫 번째 과정은 무장을 의미 있는 내용으로 채운다. (강박환자의 정서차단은 '아버지가 늘 말씀하셨듯이 나 자신을 통제해야 한다'는 의미도 있지만, '나는 나의 쾌락을 보존하고 아버지의 금지사항에 대해 무뎌져야 한다'는 의미도 있다.)

두 번째 과정은 아마도 가장 필수적인 공격에너지를 묶고 일부 운동활동을 차단하여 성격억제 요소를 만든다.

세 번째 과정은 억압된 리비도충동에서 일정량의 리비도를 빼내어 충동의 침투력을 약화한다. 이 변형은 나중에 중단될 뿐 아니라 운동활동·만족·전반적 성취능력의 제한으로 인해 남아 있는 에너지집중이 강화되어 불필요하게 된다.

따라서 자아무장은 처벌불안, 이드에너지의 희생, 교육자의 금지 및 역할모델의 내용을 통해 이루어진다. 이런 식으로만 성격형성은 억압받는 사람들의 압력을 완화하고 그 이상으로 자아를 강화하는 경제적 과제를 해결한다. 그러나 전체 과정에는 반대측면도 있다. 이러한 내부무장이 적어도 당분간은 성공적이었다면, 이는 동시에 외부로부터의 충동자극과 교육의 추가영향에 대해 어느 정도 광범위하게 차단되었음을 의미한다. 심각한 반항사례를 제외하고는 겉으로 드러난 유순함을 배제할 필요는 없다. 수동여성 성격에서처럼 표면적인 유순함이 가장 집요한 내부저항과 결합될 수 있다는 점도 간과해서는 안 된다. 이 시점에서 무장이 어떤 사람에게서는 성격표면에서, 다른 사람에게서는 성격심층에서 발생한다는 점을 강조해야 한다. 심층무장의 경우 인성의 겉모습은 실제 표현이 아니라 겉으로 드러나는 표현이다. 표면무장의 예로는 정서차단된 강박성격과 편집공격 성격을, 심층무장의 예로는 히스테리성격을 꼽을 수 있다. 무장의 깊이는 퇴행과 고착의 조건에 따라 다르며 성격분화[구분] 문제의 세부적인 측면에 속한다.

한편으로 성격무장이 어린 시절 성갈등의 **결과**이자 이 갈등을 다루는 특정한 방식이라면, 우리 문화권에서 성격형성이 적용되는 조건에서 성격무장은 대부분 사례에서 나중에 신경증갈등 및 증상신경증의 토대가 되며 **성격신경증의 반응기반**이 된다. 이에 대한 더 자세한 논의는 나중에 하고 여기서는 요약하는 것으로 제한하겠다.

나중에 신경증이 발병할 전제조건은 성경제적 조절의 확립을 허용하지 않는 성격의 인성구조이다. 따라서 질병의 기본조건은 어린 시절 성갈등과 오이디푸스 콤플렉스 그 자체가 아니라 그것들을 처리하는 방식이다. 그러나 이러한 갈등을 처리하는 방식은 가족갈등의 종류(처벌불안의 강도, 충동만족의 폭, 부모의 성격 등)에 의해 크게 결정되기 때문에, 최종적으로 한 사람이 신경증적인 사람이 되는지 아니면 사회적 능력과 성능력의 토대로서 조절된 성경제를 달성하는지를 결정하는 것은 오이디푸스 단계**까지의** 유아의 자아발달이다.

성격신경증 반응기반은 **너무 멀리** 가서 나중에 질서정연한 성생활과 성경험을 할 수 없는 방식으로 자아를 경직시키는 것이 특징이다. 따라서 무의식적인 충동력은 모든 에너지 방출을 박탈당하고 성울혈은 영구적으로 유지될 뿐만 아니라 계속 증가한다. 그다음 결과로 우리는 중요한 삶의 상황(금욕이데올로기 등)에서 현재의 갈등에 따라 만들어진 성요구에 대한 성격 반응형성이 계속 증가하는 것을 확인한다. 따라서 다음과 같은 주기가 설정된다. 울혈이 증가하고 울혈공포증 선행자[이전 것]와 매우 유사한 방식으로 새로운 반응형성으로 이어진다. 그러나 울혈은 무장이 증가함에 따라 마침내 반응형성이 더는 정신적 긴장에 적합하지 않게 될 때까지 점점 더 빠르게 증가한다. 그리고 이제 억압된 성욕망의 돌파가 시작되는데, 이것은 증상형성(공포증이나 이와 동등한 것의 형성)에 의해 즉시 막힌다.

이 신경증 과정에서 자아의 다양한 방어위치가 서로 겹치고 서로 침투한다. 그런 다음 인성의 단면에서 우리는 발달과 시간 측면에서 서로 다른 기간에 속하는 성격반응을 나란히 발견한다. 자아의 최종 붕괴단계에서 인성의 단면은 화산폭발 이후의 다양한 지질층의 암석덩어리가 뒤섞인 땅과 비슷하다. 그러나 이러한 뒤죽박죽 속에서 모든 성격반응의 주요 의미와 기본기제를 곧 발견할 것이며, 성격반응은 일단 확립되고 이해되면 중심 유아갈등으로 가는 지름길로 이어진다.

3. 성격분화의 조건

오늘날 건강한 무장의 생산과 병적인 무장의 생산을 구분하는 어떤 조건이 있을까? 성격형성에 관한 우리의 연구는 이 질문에 합리적이고 구체적인 방식으로 답하여 교육학에 실마리를 제공할 수 없는 한 황폐한 이론으로 남을 것이다. 그러나 이로 인한 결과는 건강한 사람을 키우고자 하는 교육자를 현재의 성질서에서 적지 않은 당혹감에 빠지게 한다.

우선 성격형성은 단순히 충동과 부정이 충돌한다는 사실에 달려있는 것이 아니라 이것이 발생하는 **방식**, 인격형성 갈등이 개입하는 시점과 추진에 따라 달라진다는 점을 다시 한번 강조해야겠다.

다양한 조건에서 초기 방향설정을 위한 계획을 만들어 보겠다. 그런 뒤에 다음과 같은 주요한 가능성을 개괄해 볼 것이다. 성격형성의 결과는 다음 사항에 따라 달라진다.

① 충동이 부정되는 시점
② 부정의 빈도와 강도
③ 중심적 부정을 경험하는 충동
④ 허용과 부정 사이의 관계
⑤ 주로 부정하는 사람의 성별
⑥ 부정 그 자체의 모순

이 모든 조건은 교육, 도덕, 욕구만족이라는 각각의 사회질서에 의해, 최종적으로는 사회의 지배적인 경제구조에 의해 결정된다.

미래의 신경증 예방이라는 목표는 내외부 세계에 맞서 자아에게 충분한 지원을 제공할 뿐만 아니라 정신경제에 필요한 성적이고 사회적인 운동 [움직임]의 자유도 허용하는 성격을 창조하는 것이기 때문에, 우리는 원칙적으로 어린이의 충동만족을 부정하는 모든 것이 어떠한 결과를 가져오는지 먼저 알아야 한다.

오늘날의 교육방법이 지닌 모든 종류의 부정은 리비도를 자아 속으로 물러나게 하여 이차적 자기애[45]를 강화한다. 이것은 이미 예를 들어 수줍음과 불안감 증가로 표현되는 자아감수성이 증가한다는 의미에서 그 자체로 자아의 성격변화를 의미한다. 통상 그러하듯이, 부정하는 사람이 사랑받는 경우 그 사람에 대한 양면적 태도가 먼저 발달하여 동일시로 이어진다. 아이는 부정 이외에도 그 사람의 일정한 성격특성, 사실 정확히는 자신의 충동에 반하는 그러한 특성을 내면화한다. 그러면 그 충동의 최종결과는 본질적으로 충동을 억압하거나 다른 방식으로 제거하는 것이다.

그러나 부정이 **성격**에 미치는 영향은 언제 충동이 부정되는지에 따라 다르다. 충동발달이 **시작**될 때 억압이 **너무 잘** 성공하면 승리는 완료되지만, 충동은 이제 승화될 수도 없고 의식적으로 만족될 수도 없다. 예를 들어, 항문 에로티시즘의 너무 이른 억압은 항문 승화의 발달을 해치고 심각한 항문 반응형성을 준비한다. 성격 측면에서 더 중요한 것은 그 사람의 구조에서 충동을 제거하면 전체 활동이 손상된다는 사실이다. 이것은 예를 들어 공격과 운동쾌락이 너무 일찍 억제된 어린이에게서 볼 수 있으며 일할 수 있는 능력을 억제하는 추가효과를 지닌다.

충동발달이 **절정**에 이르면 충동을 완전히 억압할 수 없다. 이 지점에서 부정은 금지와 충동 사이에 **풀 수 없는** 갈등을 일으킬 수 있다. 완전히 발달한 충동이 예상치 못한 갑작스러운 부정을 만나면 충동적 인성[46]의 발

---

45) 주, 1945. 오르곤 생체신체학의 개념에서 일차적인 자연적 욕구의 지속적인 좌절은 생체체계의 만성 수축(근육갑옷, 교감신경긴장증 등)으로 이어진다. 억제된 일차적 충동과 갑옷 사이의 갈등은 이차적 반사회적 충동(가학증 등)을 낳는다. 갑옷을 부수는 과정에서 일차적인 생물학적 충동은 파괴적인 가학적 충격[자극]으로 변형된다.

46) 참조. 라이히, 『충동성격』(*Der tribhafte Charakter*), Int. PsA. –Verlag, 1925.

달을 위한 토대가 마련된다. 그러면 어린이는 금지를 완전히 받아들이지 않지만 강한 죄책감을 지니게 되며, 이는 이번에는 충동행동을 강박충동으로 강화한다. 그래서 우리는 충동적인 사이코패스에게서 내외부 세계에 대한 충분한 무장요구와 반대되는 제약 없는 성격구조를 발견한다. 충동에 대한 반응형성을 사용하지 않고 오히려 충동 자체(주로 가학충동)를 충동위험 뿐만 아니라 상상의 위험상황에 대한 방어로 사용하는 것이 이러한 충동유형의 특징이다. 성기구조가 파괴되어 리비도경제가 황폐해지기 때문에 성울혈은 불안을 증가시키고 이로 인해 성격반응이 증가하고 모든 종류의 과잉으로 이어진다.

충동성격의 반대 짝은 충동억제성격이다. 충동성격 유형이 발달과정에서 완전히 발달한 충동과 갑작스러운 부정 사이의 분열로 특징지어지듯이, 충동억제성격 유형은 충동발달의 시작부터 끝까지 부정 및 여타 충동억제 교육조치의 축적으로 특징지어진다. 이에 해당하는 성격무장은 경직되는 경향이 있고 개인의 정신운동의 자유를 상당히 제한하며 우울상태 및 강박증상(억제된 공격)의 반응기반을 형성한다. 그러나 이것은 또한 인간을 정직하고 본질적으로 비판하지 않는 신하로 만들며, 여기에 그 사회학적 의미가 있다.

나중의 성생활의 본성에 가장 중요한 것은 **주요 교육자**의 **성별**과 **성격**이다.

우리는 사경제[민간경제] 사회가 어린이에게 미치는 매우 복잡한 영향을 가족단위에 기반을 둔 교육조직에서 부모가 사회적 영향력의 주요 집행기관 역할을 한다는 사실 탓으로 돌린다. 통상 부모는 자녀에 대한 무의식적 성태 때문에 아버지는 딸을 어머니는 아들을 더 사랑하고 덜 거부하므로, 제한하고 교육하는 것이 줄어든다. 따라서 대부분 성관련만으로 보면 동성부모가 주요 육아 부모가 된다. 자녀의 생후 첫해와 노동인구 대다수에서 어머니가 육아에 주요 책임을 진다는 조건 아래 동성부모와의 동일시가 우선한다고 말할 수 있다. 딸은 모성 자아와 모성 초자아를, 아들은 부성 자아와 부성 초자아를 발달시킨다고 말할 수 있다. 그러나 가족과 부모 성격의 특별한 상태로 인해 편차가 매우 자주 발생한다. 우리는 이러한 오인[잘못된 동일시]의 몇 가지 전형적인 근거를 언급할 것이다.

먼저 소년의 상황을 생각해 보자. 통상적인 상황에서 즉 소년이 단순한 오이디푸스 콤플렉스를 발달시켰을 때, 어머니가 아버지보다 그를 더 사랑하고 덜 부정했다면 그는 자신을 아버지와 동일시할 것이고, 따라서 아버지가 활동적이고 남자다운 본성을 지니고 있다면 남성적인 방향으로 발달할 것이다. 반면 어머니가 엄격하고 '남성적'인 인성을 지니고 있고 가장 본질적인 부정이 어머니에게서 나온다면, 소년은 주로 어머니와 동일시하고 주요 모성적 부정이 자신에게 영향을 미치는 관능[성감]단계에 따라 **남근기반**이나 **항문기반에서 어머니 동일시**를 발달시킬 것이다. **남근적** 어머니 동일시의 토대 위에서 남근자기애성격이 발달하는 경향이 있으며 그의 자기애성향과 가학성향은 특히 여성을 향한 것이다(엄격한 어머니에 대한 복수). 이러한 태도는 어머니에 대한 깊이 억압된 원래의 사랑에 대한 성격방어이며, 어머니에 의한 부정의 영향과 어머니 동일시와 함께 유지될 수 없고 오히려 실망에 빠진다. 좀 더 정확하게 말하자면, 그러한 태도는 성격태도로 바뀌었어도 분석을 통해 언제든지 다시 풀릴 수 있다.

항문기반 위에서 어머니 동일시의 경우 성격은 수동적이고 여성스러운데 남성이 아니라 여성을 향한 것이며, 이러한 성격은 종종 엄격한 여성에 대한 환상을 지닌 피학도착의 기반을 이룬다. 이러한 성격형성은 통상 짧은 기간 동안 어린 시절에 어머니에게 강렬하게 향했던 남근욕망에 대한 방어역할을 한다. **어머니에 대한** 거세불안이 있으며, 이것은 어머니와의 항문동일시를 뒷받침한다. 이러한 성격형성의 관능적 기반은 특히 항문성이다.

남성의 수동적이고 여성적인 성격은 항상 어머니 동일시에 기반하고 있다. 그러나 위에서 설명한 유형에서는 어머니가 부정하는 양육자였기 때문에 이러한 태도를 유발하는 불안의 대상이기도 하지만, **아버지 쪽의** 과도한 **엄격함**에서 비롯된 또 다른 유형의 수동여성 성격이 있다. 이것은 다음과 같은 방식으로 발생한다. 소년은 자신의 성기욕망을 실현하는 것을 두려워하여 남성남근 위치에서 여성항문 위치로 후퇴하고, 여기에서 자신을 어머니와 동일시하고 아버지에 대해 수동여성 태도를 지니며, 나중에는 권위 있는 모든 사람에 대해 수동여성 태도를 지닌다. 과장된 공손함과 예의, 유약함[흐물흐물함] 그리고 속이는 경향이 이 유형의 특징이며, 이러한 태도를 사용하여 능동남성 노력을 방어하고 무엇보다도 아버지에 대한 자신의 억압된 증오를 방어한다. 그러나 그는 **사실상의** 여성수동 본성(자아에서의 어머니 동일시)과 더불어 자신의 자아이상(초자아 및 자아이상에서의 아버지 동일시)에서 아버지와 동일시하지만, 남근지위가 없으므로 이 동일시를 실현하지 못한다. 그는 항상 여성스**러우며** 남성다워지기를 **바랄** 것이다. 여성적 자아와 남성적 자아이상 사이의 긴장으로 인한 심각한 열등감은 항상 그의 존재에 많이 억눌린 사람이라는 도장을 찍을 것이다. 이러한 사례들에 한결같이 나타나는 심각한 [성]능력장애는 모든 것에 합리적 정당성을 부여한다.

이 유형을 남근기반 위에서의 어머니 동일시 유형과 비교하면, 남근자기애성격이 열등감을 성공적으로 물리쳐 전문가의 눈에만 드러나는 반면, 수동여성 성격은 열등감을 공개적으로 표현한다는 것을 알 수 있다. 차이점은 기본 관능구조에 있다. 남근리비도는 남성적 자아이상에 부합하지 않는 모든 태도에 대해 완전히 보상할 수 있는 반면, 남성 성구조의 중심으로서 항문리비도는 그러한 보상을 할 수 없게 만든다.

반대로 소녀의 경우, 거의 부정하지 않는 아버지는 엄격하고 잔인한 아버지보다 여성적 성격을 확립하는 데 도움이 될 가능성이 더 크다. 일련의 임상비교에 따르면 소녀는 통상 잔인한 아버지에 대해 남성적이고 딱딱한 성격형성으로 반응한다. 항상 존재하는 남근선망이 활성화되고 자아의 성격변화와 함께 남성성 콤플렉스가 형성된다. 이 경우 완고한 남성공격 본성은 아버지의 차가움과 완고함 때문에 억압해야 했던 아버지에 대한 유아여성 태도를 무장하는 역할을 한다. 반면 아버지가 온화하고 사랑이 많으면, 어린소녀는 감각적 요소를 제외하고는 그녀의 대상사랑을 상당 부분 유지하고 발달시킬 수 있으며 아버지와 동일시하도록 강요되지 않는다. 사실 그녀도 보통 남근선망을 가졌어도 이성애 영역에서의 부정이 상대적으로 적었기 때문에 남근선망은 성격적으로 비효율적이었다. 따라서 우리는 이 여성이 남근선망을 지니고 있는지가 중요하지 않다는 것을 알 수 있다. 중요한 것은 그것이 성격에 어떻게 영향을 미치고 증상을 유발하는지이다. 이 유형에서 결정적인 것은 자아에 모성 동일시가 생겨났다는 것이다. 이것은 우리가 '여성적'이라고 묘사하는 성격특성으로 표현된다.

이 성격구조의 유지는 사춘기 동안 질 에로티시즘이 여성성의 영구적인 기반으로 추가된다는 조건과 관련이 있다. 이 나이에 아버지나 아버지 역할모형에 대한 심각한 실망은 어린 시절에 없었던 남성 정체성을 자극하고 잠자는 남근선망을 활성화하여, 이러한 소녀는 늦은 단계에서야 남성적인 것을 향한 성격으로 바뀔 수 있다. 우리는 도덕적 이유(소부르주아적이고 도덕적인 어머니와의 동일시) 때문에 이성애욕망을 억압하고 그래서 남성에게 실망을 유발하는 소녀들에게서 이것을 매우 자주 관찰한다. 대부분 사례에서 이러한 여성적 성격은 히스테리성격을 띠는 경향이 있다. 상황이 심각해질 위험이 있을 때 (히스테리) 성기불안의 발달과 함께 대상에 대한 성기성의 지속적인 돌진(교태)과 움츠림을 볼 수 있다. 여성 히스테리성격은 자신의 성기욕망과 대상에 대한 남성적 공격에 대한 보호기능을 지닌다(뒷부분 참조).

우리는 때때로 분석에서 남성적이지도 여성적이지도 않고 여전히 어린애처럼 남아 있거나 다시 어린애처럼 되는 성격을 지닌 딸을 키우는 엄격하고 완고한 어머니라는 특별한 사례를 만난다. 어머니는 아이에게 너무 적은 사랑을 주었고, 어머니에 대한 양면적 갈등은 증오 위험보다 더 컸고, 아이는 유아 성발달 단계로 물러났다. 소녀는 성기수준에서 어머니를 미워할 것이고 증오를 억누를 것이며, 구강태도를 취한 후 증오를 반응성 사랑으로, 어머니에 대한 심각한 의존으로 바꾼다. 이러한 여성은 나이든 여성이나 기혼여성에게 특이하게 **끈적한 태도**를 보이고 피학방식으로 집착하고 수동 동성애(도착형성의 경우 쿤닐링구스[입술이나 혀로 여성의 성기를 자극하는 행위])를 지향하며, 나이든 여성이 자신을 돌보는 것을 허용하고 남성에게는 거의 관심이 없으며, 존재 전체에서 '젖먹이 같은 행동'을 보인다. 이 성격태도는 모든 다른 성격태도와 마찬가지로 억압된 욕망에 대한 무장이자 외부세계에 대한 자극보호이다. 여기에서 성격은 강렬한 어머니증오 경향에 대한 구강방어 역할을 하며, 그 이면에서 남성에 대한 정상적인 여성 태도를 찾기가 종종 매우 어렵다.

지금까지 우리는 아이의 성욕망을 부정하는 교육자의 성별이 성격주조에 중요한 역할을 한다는 사실에만 관심을 집중해 왔으며, 이와 관련하여 '엄격한' 영향과 '온화한' 영향에 관해 이야기하는 한에서만 그 교육자의 성격에 대해 다루었다. 그러나 아이의 성격형성은 또 다른 결정적인 면에서 부모의 본성에 달려있으며, 부모의 본성은 그 당시의 일반적이고 특수한 사회적 영향에 의해 다시 결정된다. 공식 정신의학이 유전된 것으로 간주하는 것(덧붙여 말하자면 정신의학은 이것을 설명할 수 없다)의 대부분은 심층분석을 해보면 초기의 갈등성 동일시의 결과임이 판명된다.

우리는 반응양식이 유전적이라는 것을 부정하지 않는다. 결국 신생아는 이미 자신의 '성격'을 지니고 있다. 그러나 우리는 환경이 결정적인 영향을 미친다고 믿는다. 환경은 기존 성향이 발전되고 강화될 것인지 아니면 아예 전개되지 않을 것인지를 결정한다. 성격이 타고난 것이라는 견해에 대한 가장 강력한 반대는, 분석결과 일정한 연령까지 명확한 반응양식이 존재하다가 그 연령 이후에는 완전히 다른 성격이 발달한다는 것을 보여주는 환자에 의해 제시된다. 예를 들어, 처음에는 쉽게 흥분하고 쾌활하다가 나중에는 우울해지거나, 처음에는 화를 잘 내고 운동신경이 강했다가 나중에는 조용하고 억제하는 환자가 있다. 그러나 어떤 기본인성은 타고난 것이고 거의 바꿀 수 없을 가능성이 크다. 유전요인을 지나치게 강조하는 것은 의심의 여지 없이 교육의 영향을 제대로 평가하면 나타날 교육비판 결과에 대한 무의식적 부끄러움 때문이다.

이 논란은 권위 있는 공식기관이, 예를 들어 출생 직후 사이코패스 부모약 100명의 자녀를 분리하여 같은 교육환경에서 양육하고 나중에 그 결과를 사이코패스 환경에서 자라난 100명의 다른 자녀와 비교하는 대규모 실험을 수행하기로 할 때야, 최종적으로 해결될 것이다.

지금까지 개괄한 기본 성격구조의 밑그림을 다시 한번 간략히 살펴보면, 모든 성격구조는 부모자녀 관계에서 발생하는 갈등에 자극받고 이 갈등을 특별한 방식으로 처리하며 동시에 미래를 위해 보존한다[영구화한다]는 공통점이 있음을 알 수 있다. 프로이트가 당대에는 오이디푸스 콤플렉스가 거세불안 때문에 소멸한다고 말했다면, 우리는 이제 그것이 소멸하지만 다른 형식으로 새롭게 발생한다고 말할 수 있다. 오이디푸스 콤플렉스는 부분적으로는 그 주요 특징을 왜곡된 방식으로 계속 지니지만 부분적으로는 기본요소에 대한 반응형성을 나타내는 성격반응으로 변형된다.

요약하면, 신경증성격은 내용과 형식 모두에서 증상과 마찬가지로 전적으로 타협으로 이루어져 있다고 말할 수 있다. 이것은 같은 발달단계나 다른 발달단계에 속하는 유아충동 요구와 방어를 포함하고 있으며, 핵심 유아갈등은 **형식으로 나타나는 태도로 변형되어** 만성화된 자동성 반응양식으로 지속되며, 나중에 분석치료를 통해 풀어야 한다.

인간발달의 한 부분에 대한 이러한 통찰을 통해 우리는 프로이트가 당대에 제기한 다음 질문에 답할 수 있다. 즉 억압된 것은 복제된 기록, 기억흔적 등 어떤 형식으로 보존되는가? 이제 우리는 성격 측면에서 처리되지 않은 유아경험의 일부는 정서적으로 충전된 기억흔적으로 보존되고 현재의 반응양식으로 성격에 흡수되어 성격에 속하게 되었다고 조심스럽게 결론 내릴 수 있다. 이 과정이 여전히 모호할 수 있지만 분석치료에서 우리는 그러한 성격기능을 원래 구성요소로 다시 분해하는 데 성공하기 때문에, 이 [성격에 흡수되어 성격에 속하는] '기능의 지속성'에 대해서는 의심의 여지가 없다. 예를 들어 히스테리성 기억상실증의 경우처럼 가라앉은 것을 다시 끌어올리는 것이 아니라 오히려 화합물에서 화학원소를 복원하는 것과 비교할 수 있는 과정이다. 이제 우리는 일부 중증 성격신경증 사례에서도 내용을 분석해서는 오이디푸스갈등을 제거하는 데 성공할 수 없는 이유를 더 잘 이해할 수 있다. 왜냐하면 오이디푸스갈등은 현재는 더는 존재하지 않으며, 형식성 반응양식을 분석으로 분해함으로써만 그것에 도달할 수 있기 때문이다.

구체적으로 병적인 정신역동성과 구체적으로 현실적인 정신역동성을 분리하는 것에 기반한 다음 장의 이념형 구분은 이론적 속임수와는 거리가 멀다. 오히려 이러한 구분은 교육학의 실질적인 목표를 설정할 수 있는 **정신경제 이론**에 도달하려는 의식적인 목표를 지니고 수행된다. 물론 이러한 정신의 에너지균형 이론에 대한 실질적인 평가를 가능하게 하고 요구하거나 거부하는 것은 사회가 할 일일 뿐이다. 성적으로 허용되는 도덕과 구성원들의 생계수준조차 확보할 수 없는 경제적으로 불충분한 오늘날의 사회는, 그러한 가능성에 대한 지식과 실용적인 적용가능성에서 멀리 떨어져 있다. 이것은 부모의 속박과 유아초기의 자위투쟁, 사춘기 금욕요구와 (오늘날 사회학적으로 정당화된) 결혼제도 안에서만 성관심을 가지라는 강요가 성경제적 정신경제의 생산과 실행에 필요한 조건과 거의 반대라고 미리 말하면 즉시 분명해진다. 지배적인 성질서는 필연적으로 신경증 성격기반을 만들어내는 데 반해, 성경제와 정신경제는 지배적인 성질서가 온갖 수단을 동원해 방어하는 오늘날의 도덕을 배제한다. 이것은 정신분석의 신경증연구가 가져온 움직일 수 없는 사회적 결과 중 하나이다.

2장

성기성격과 신경증성격
- 성격의 성경제적 기능

1. 성격과 성울혈

이제 우리는 성격이 어떤 이유에서 형성되고 어떤 경제적 기능을 지니고 있는가 하는 질문으로 넘어간다.

성격반응의 역동적 기능과 중요한 작동방식에 대한 관찰을 통해 첫 번째 질문에 대해 답할 수 있다. **성격은 주로 그리고 일차적으로 자기애 보호기제임이 판명된다.**[47] 따라서 예를 들어 분석상황에서처럼 현재의 성

---

47)   이 지점에서 우리의 견해와 성격과 '안전'에 관한 알프레드 아들러의 견해를 원칙적으로 구별할 필요가 있다.

  a) 아들러는 중요한 것은 리비도분석이 아니라 신경증성격분석이라는 논문으로 정신분석과 리비도이론을 포기하기 시작했다. 그가 리비도와 성격을 상반되는 것으로 가정하고 리비도를 고려대상에서 완전히 배제했다는 것은 정신분석이론과 완전히 모순된다. 우리는 '전체적인 인성과 성격'이라고 부르는 것의 합리적인 작동양식이라는 같은 문제에서 출발하지만, 근본적으로 다른 이론과 방법을 사용한다. 정신유기체가 성격을 형성하도록 자극하는 힘이 무엇인지 물을 때, 우리는 성격을 인과적으로 고려하고 이차적으로 그 원인에서 나온 목적에 도달한다(원인: 불쾌, 목적: **불쾌**에 대한 방어). 아들러는 같은 문제를 다룰 때 최종목적론적 관점을 취한다.

  b) 우리는 **리비도경제** 관점에서 성격형성을 설명하려고 노력하며, '권력[역능]의지'의 원칙을 설명원칙으로 선택하여 권력의지는 전체 자기애와 대상리비도의 운명에 대한 부분적인 자기애노력일 뿐이라는 것을 간과하는 아들러와는 완전히 다른 결과에 도달한다.

격이 본질적으로 자아를 보호하는 역할을 한다면 당시에는 위험으로부터 보호하기 위한 장치로 생겨났다고 가정하는 것이 맞다. 그리고 개별사례에 대한 성격분석은 최종적으로 형성되는 시기인 오이디푸스시기로 침투하면 한편으로 외부세계가 위협하는 위험의 영향을 받아 다른 한편으로 이드의 절박한 요구 아래 성격이 형성된다는 것을 보여준다.

라마르크[48]의 이론에 따라 프로이트와 특히 페렌치는 정신생활에서 **자가가소**(autoplastisch) 적응과 **타자가소**(alloplastisch) 적응을 구분했다. 유기체는 생존을 위해 타자가소적으로 환경(기술과 문명)을 변화시키고 자가가소적으로 자신을 변화시킨다. 생물학적 관점에서 볼 때 성격형성은 외부세계(가족구조)의 성가시고 불쾌한 자극으로 움직이는 자가가소 기능이다. 리비도만족을 제한하거나 완전히 막는 외부세계와 이드 사이의 충돌과 그 과정에서 발생하는 현실불안에 대해 정신장치는 자신과 외부세계 사이에 보호장치를 구축하여 반응한다. 여기에서 우선 조잡하게 개괄한 이 과정을 이해하려면 우리는 잠시 역동적이고 경제적인 관점을 지형적 관점으로 바꿔야 한다.

외부세계를 향해 노출되어있는 자아, 즉 프로이트가 자극보호장치로 파악하도록 가르친 정신장치의 드러난 일부가 성격형성의 장소이다. 프로이트는 이드와 외부세계(또는 이드와 초자아) 사이의 완충역할을 하는 자아가 벌여야 하는 투쟁을 매우 명확하게 설명했다. 이 투쟁의 본질은 자아가 자기주장을 위해 적대적인 당사자 사이를 중재하려는 시도에서 외부세계의 부정대상을, 사실상 정확히 이드의 쾌락원칙을 방해하는 대상을 흡수

---

c) 열등감의 작용방식과 그 보상에 대한 아들러의 정식은 정확하며 결코 부정된 적이 없지만 여기에서도 더 깊은 리비도 과정, 특히 기관리비도와의 연결이 빠져있다. 우리가 리비도이론의 관점에서 아들러와 정확히 다른 것은 바로 열등감 자체와 그 영향을 리비도이론으로 자아 속에 해소한다는 점에 있다. 우리의 문제는 아들러가 끝나는 지점에서 비로소 시작된다.

48) Jean Baptiste Lamarck(1744~1829). 생물이 살아있는 동안 환경에 적응한 결과로 획득한 형질(획득 형질)이 다음 세대에 유전되어 진화가 일어난다(획득형질론, 용불용설)고 주장하였다. [옮긴이 주]

하여 초자아로서, 도덕 층위로서 제자리를 지킨다는 것이다. 따라서 자아 도덕은 이드에서 비롯된 것이나 자기애리비도 유기체에서 성장한 구성요소가 아니라 압박하고 위협하는 외부세계에서 빌려온 이질적 구성요소이다.

정신분석 충동이론은 처음에는 정신유기체에서 신체흥분상태에 기반한 가장 본원적인 욕구 이외에는 아무것도 발견하지 못한다. 발달과정에서 자아는 정신유기체 일부의 특별한 분화를 통해 **이러한** 본원적 욕구와 외부세계 사이에 개입한다. 이를 설명하기 위해 원생동물을 생각해 보자. 예를 들어 이들 중 원형질의 화학배설물에 의해 융합된 무기질갑옷으로 거친 외부세계로부터 자신을 보호하는 방산충[49] 따위의 근족충류[50]가 있다. 이 원생동물 중 일부는 달팽이껍질처럼 꼬불꼬불한 껍질을 형성하고 다른 것들은 원형의 뾰족한 껍질을 형성한다. 이 갑옷을 입은 원생동물의 움직임은 단순한 아메바에 비해 상당히 제한되어 있으며, 외부세계와의 접촉은 이동과 영양섭취를 위해 갑각에 있는 작은 구멍을 통해 뻗었다가 다시 당길 수 있는 가짜 다리에 한정된다. 우리는 종종 이 비유를 사용할 기회가 있으며, 프로이트가 일반적으로 말하는 자아성격을 외부세계에 대한 이드의 보호갑옷이라고 이해할 수 있다. 프로이트의 의미에서 자아는 구조적 층위이다. 성격이란 여기서 이 층위의 외형적인 모습뿐만 아니라 전형적인 반응양식 즉 이러한 인성에 특정한 반응양식으로 성격모습(걸음걸이, 표정, 자세, 말투, 기타 행동양식)에 나타나는 본질적으로 역동적으로 결정되는 모든 요소의 합계를 의미한다. 이러한 자아성격은 금지, 충동

---

49) Radiolarie. 방산충(放散蟲). 하나의 세포로 이루어진 단세포 생물로 세포핵이 있어서 원생생물로 분류된다. 보드라운 구멍이 송송 난 단단한 껍질에 싸여 있으며, 껍질의 구멍으로 사방팔방 보드라운 몸을 뻗어 다리처럼 쓴다. 이런 가짜 다리[위족]로 움직이고 먹이도 잡고 포식자로부터 자기를 보호할 수도 있다. [옮긴이 주]

50) 위족을 형성하여 이동하는 원생동물. 근족충류가 운동이나 음식물 섭취에 사용하는 위족에는 3가지가 있다. 길고 가늘며, 융합하여 그물구조를 이루는 망상위족, 망상위족과 비슷하지만 서로 융합하지 않는 사상위족, 뭉툭하고 손가락 모양인 엽상위족(아메바)이다. 대개 껍데기가 있다. [옮긴이 주]

억제, 매우 다양한 식별양식 등 외부세계 요소에서 형성된다. 따라서 성격 갑옷의 내용요소는 외부세계, 사회에서 기원한다. 이러한 요소의 접합제를 구성하는 것이 무엇인지, 이 갑옷을 함께 용접하는 역동적 과정에 관한 질문을 고려하기 전에, 외부세계에 대한 보호가 실제로 성격형성의 주요 원인이었지만 나중에 성격의 주요 기능을 형성하지는 않는다는 점을 분명히 해야 한다. 문명인은 외부세계의 실제 위험, 즉 모든 형태의 사회제도로부터 자신을 보호할 수 있는 풍부한 수단을 지니고 있다. 게다가 고도로 발달한 유기체로서 문명인은 도망치거나 싸울 수 있는 근육장치와 위험을 예측하고 피할 수 있는 지성을 마음대로 사용할 수 있다. 성격보호기제는 내부자극상태 때문이든 충동장치에 대한 외부자극 때문이든 상관없이 불안이 내면에서 느껴질 때 전형적인 방식으로 작동한다. 그런 다음 성격은 방출되지 않은 충동에너지에서 생겨나는 현실(울혈)불안을 제압하는 과제를 맡게 된다.

성격과 억압의 관계는 다음과 같은 과정에서 관찰할 수 있다. 충동의 주장을 억압할 필요에서 성격형성이 시작되지만, 일단 성격이 형성되면 일상적 억압의 경우 자유롭게 떠돌아다니는 충동에너지를 성격형성 자체에 흡수함으로써 억압을 절약한다. 따라서 성격특성의 형성은 억압과 관련된 갈등이 해결되었음을, 억압과정 자체가 불필요하게 되었거나 초기 억압이 상대적으로 경직되고 자아에 적합한 형성으로 변형되었음을 나타낸다. 성격형성 과정은 정신유기체의 노력을 통합하려는 자아경향과 완벽하게 일치한다. 이러한 사실은 예를 들어 경직된 성격특성을 가져오는 억압이 증상을 유발하는 억압보다 제거하기 훨씬 더 어려운 이유를 설명한다.

실제 위험에 대한 보호라는 성격형성의 출발점과 충동위험보호 및 울혈불안·충동에너지 흡수라는 성격의 최종기능 사이에는 분명한 관계가 있다. 사회 진보, 특히 원시적인 자연상태에서 문명으로의 발전은 리비도와 기타 만족에 많은 제한을 요구했다. 지금까지 인류발전은 성제한의 점진적인 증가 특히 가부장제 문명의 발달로 특징지어져 왔으며 오늘날 사회는 성기성의 파편화 및 제한을 가중하고 있다. 이 과정이 진행됨에 따라

개인에게만 나타나는 실제불안의 원인은 점점 줄어들고 드물어졌지만 사회수준에서 개인의 삶에 대한 실제 위험은 증가했다. 제국주의 전쟁과 계급투쟁은 분명 원시시대의 위험을 능가한다. 하지만 문명이 개인 상황에서 안보[안전]의 이점을 가져왔다는 사실을 부인할 수 없지만, 이러한 이점에 상응하는 대립하는 것이 없지 않았다. 현실불안을 피하려고 인간은 자신의 충동을 제한하는 것이 필요했다. 경제난으로 굶어 죽거나 성욕구가 사회규범과 편견에 재갈이 물려도 자신의 공격을 표출해서는 안 된다. 규범을 위반하면 '절도죄'와 어린 시절 자위행위에 대한 처벌, 근친성관계 및 동성애 관련자들에 대한 투옥과 같은 실제 위험이 즉시 발생한다. 실제불안을 피하는 만큼 리비도울혈이 증가하고 그와 더불어 울혈불안이 증가한다. 따라서 현실불안과 실제불안은 상보적인 관계에 있으며, **실제불안을 피할수록 울혈[현실]불안이 더 강해지고 그 반대의 경우도 마찬가지이다.** 두려움이 없는 사람은 사회적 배척의 위험을 무릅쓰고 자신의 강한 리비도욕구를 만족시킨다. 동물은 사회조직이 열악하여 실제불안의 조건에 더 많이 노출되지만, 길들이기의 압박 아래 ─그리고 그렇더라 특수한 상황 아래에만─ 떨어지지 않으면 충동울혈을 거의 겪지 않는다.

　여기서 성격형성의 두 가지 경제원칙으로 (실제불안)**불안회피**와 (울혈불안)**불안속박**을 강조했다면, 성격형성에 유효한 세 번째 원칙 즉 성격형성은 가능한 한 최대쾌락을 획득하려 한다는 점에서 쾌락원칙의 기호[표시] 아래 있다는 것을 간과해서는 안 된다. 사실 성격형성은 충동만족에 수반되는 위험을 피하려는 요구에서 비롯되고 촉발된다. 그러나 일단 갑옷이 형성되면 성격과 증상이 충동을 피하고 불안을 묶는 역할을 할 뿐만 아니라 충동만족을 위장하는 역할을 한다는 점에서 쾌락원칙은 더욱 작동한다. 예를 들어 성기자기애 성격은 외부세계의 영향으로부터 자신을 보호할 뿐만 아니라 자신의 자아가 자아이상과 맺는 자기애 관계에서 리비도의 상당 부분을 만족시킨다. 충동만족에는 두 가지 종류[충동긴장 감소와 직접 만족]가 있는데, 한편으로는 억제된 충동자극 자체, 특히 전─성기 충동자극과 가학충동자극은 보호기제를 확립하고 유지하는 데 상당한 에너지를 소비한다. 확실히 이것이 직접적이고 노골적인 쾌락획득이라는 의미에서 만족을 의미하는 것이 아니라, 예를 들어 증상의 위장된 '만족'을 통해 발생하는 것과 같은 **충동긴장 감소**를 의미한다. 이러한 충동긴장 감소는 현상적으로는 직접 만족과 다르지만 경제적으로는 거의 같다. 둘 다 충동자극이 가하는 압력을 줄인다. **충동에너지는 성격내용**(동일시, 반응형성 등)을 **접합하고 공고화하는 데 쓰인다.** 예를 들어, 일부 강박성격의 정서차단에서는 이드와 외부세계 사이의 벽을 형성하고 유지하는 데 가학성향이 주로 쓰이는 반면, 일부 수동여성 성격의 과장된 공손함과 수동성에는 항문 동성애가 쓰인다.

성격에 흡수되지 않는 충동자극은 억압의 희생양이 되지 않는 한 직접 만족을 얻으려고 노력한다. 직접 충동만족이 어떤 식으로 이루어지는지는 성격형성에 따라 달라지며, 이것은 건강한 사람과 병든 사람의 차이일 뿐만 아니라 **어떤** 충동을 사용하여 성격을 형성하고 어떤 직접 만족을 허용하는가에 따른 개별 성격유형 간의 차이이기도 하다.

성격의 질 외에도 성격무장의 양이 상당히 중요하다. 외부세계와 인성의 생물학적 부분[내부세계]에 대한 성격의 경계설정[무장]이 리비도 발달상황에 상응하는 정도에 도달하면, 외부세계와의 접촉을 매개하는 갑옷에 '틈'이 남아 있다. 이러한 틈을 통해 자유롭게 사용할 수 있는 리비도와 다른 충동자극이 외부세계로 향하거나 외부세계에서 철수한다. 그러나 자아무장은 이제 이 틈이 '너무 좁아'질 정도로 높은 수준에 도달할 수 있으며, 외부세계와의 소통채널은 더는 조절된 리비도경제와 사회적응을 보장하기에 충분하지 않다. 긴장성 강직은 우리에게 완전한 고립이라는 인상을 주고, 충동성격의 성격구조는 완전히 부적절한 무장이라는 인상을 준다. 대상리비도가 자기애리비도로 영구적으로 변형되면 자아갑옷이 강화되고 견고해질 가능성이 크다. 정서차단된 강박성격은 단단하고 변하지 않는 갑옷을 입고 있어 외부세계와 정서관계를 거의 맺을 수 없다. 모든 것이 매끈하고 단단한 표면에서 튕겨 나온다. 반면 강박공격 성격은 사실 움직이고 있어도 항상 '가시 같은' 갑옷을 입고 있으며, 외부세계와의 관계는 기본적으로 편집공격 반응으로 제한된다. 수동여성 성격은 세 번째 유형의 갑옷의 예다. 이 성격은 겉으로 보기에는 양순하고 부드러운 것처럼 보이지만 분석해보면 풀기 어려운 무장이라는 것을 알게 된다.

무엇을 방어하는지 뿐만 아니라 방어하기 위해 **어떤** 충동력을 사용하는지가 모든 성격형성의 특징이다. 일반적으로 자아는 한때 억압대상이었던 일정한 충동자극을 채택하여 하나 이상의 다른 충동자극을 막기 위해 자신의 성격을 형성한다고 말할 수 있다. 따라서 예를 들어 남근가학 성격의 자아는 남성적 공격을 과장되게 사용하여 여성·수동·항문 노력을 막을 것이다. 그러나 이러한 수단을 사용하는 만성 공격 반응양식이라는 의미에서 스스로 변한다. 반면 특히 흔한 유형을 예로 들면, 한 환자의 말처럼 자신의 공격을 자극할 수 있는 모든 사람을 '비방'함으로써 억압된 공격을 해소하는 사례도 있다. 이들은 미끄럽고 '끈적끈적한' 성격을 발달시키고 직접 반응을 피하며 결코 파악할 수 없다. 이것은 또한 일반적으로 말투로 표현된다. 이들은 부드럽고, 변조해 가며, 조심스럽게, 아첨하며 말한다. 또한 공격자극을 방어하기 위해 항문관심을 이어 받는 과정에서 자아 자체가 '기름지고' '미끈덕'해지며 스스로 그렇게 느낀다. 이로 인해 자아감각이 약해져 (그러한 환자는 '냄새가 난다'고 느꼈다) 세상에 적응하고 가능한 한 어떤 식으로든 대상을 이기려고 더 많은 시도를 하게 된다. 그러나 실제 적응능력이 없고 일반적으로 많은 부정과 거절을 경험하기 때문에 공격이 증가하여 항문수동 방어를 강화해야 한다. 이러한 사례들에서 성격분석작업은 방어기능을 공격할 뿐만 아니라 이 방어수단, 즉 여기서는 항문성을 드러내기도 한다.

성격의 최종특질은 전형적인 것과 특별한 것 모두에 적용되며 두 가지 방식으로 결정된다. 첫째, 성격형성과정이 내부갈등에 의해 가장 지속해서 영향을 미치는 리비도 발달단계, 즉 리비도고착의 특정한 위치에 따라 **질적으로** 결정된다. 이에 따르면 우리는 우울(구강)·피학·성기자기애(남근)·히스테리(성기근친성관계) 성격과 강박(항문가학 고착) 성격을 구별할 수 있다. 둘째, 질적 결정에 좌우되는 리비도경제를 통해 **양적으로** 결정된다. 질적 결정은 성격형식의 역사 조건이라고 할 수 있고 양적 결정은 성격형식의 현재 조건이라고 할 수 있다.

2. 성기성격과 신경증성격의 리비도경제 차이

성격무장이 일정 수준을 초과하고 정상적인 상황에서 현실과 관계 맺는 데 도움이 되는 그러한 충동자극을 주로 사용하며 이것이 특히 성만족 능력을 너무 심하게 제한한다면, 신경증성격이 만들어질 수 있는 모든 조건이 존재한다. 이제 신경증적인 사람의 성격형성과 성격구조를 일과 사랑을 할 수 있는 개인의 성격과 비교하면, 막힌 리비도가 방출되는 수단의 질 차이에 도달한다. 리비도의 **성기 오르가즘만족**과 **승화**는 적절한 수단의 원형으로 입증되는 반면 모든 종류의 **전−성기 만족**과 **반응형성**은 **부적절하다**고 입증되는 등, 불안을 묶는 적절한 수단과 부적절한 수단이 있다. 이 질 차이는 또한 양 차이로 표현된다. 신경증성격은 바로 그 만족수단이 충동장치의 욕구에 적절하지 않기 때문에 지속해서 증가하는 리비도 울혈로 고통받는다. 반면 다른 하나인 성기성격은 리비도긴장과 적절한 리비도만족의 지속적인 교대의 영향을 받아 **조절된 리비도경제**를 지니고 있다. '성기성격'이라는 명칭은 매우 고립된 사례들을 제외하고는 (그 자체가 특수한 성격구조에 의해 결정되는) 성기우위와 오르가즘능력만이 다른 모든 리비도구조와 관련하여 조절된 리비도경제를 보장한다는 사실에 의해 정당화된다.

성격을 형성하는 힘과 내용의 역사적으로 결정된 **질**은 현재 리비도경제의 **양** 조절을 결정하고, 따라서 일정한 지점에서 '건강'과 '질병'의 차이를 만든다. 질 차이의 측면에서 볼 때 성기성격과 신경증성격을 이념형으로 이해해야 한다. 실제 성격은 [두 가지 유형의] 잡종이며, 리비도경제가 보장되는지는 오로지 실제 성격이 어느 이념형에 얼마나 근접하는지에 달려있다. 가능하고 직접적인 리비도만족의 양 측면에서 성기성격과 신경증성격은 리비도만족이 사용하지 않은 리비도울혈을 완화할 수 있느냐 없느냐 하는 평균적 유형으로 파악할 수 있다. 리비도울혈을 완화할 수 없는 경우, 사회적 능력과 성능력을 해치는 증상이나 신경증성격특성이 발달한다.

이제 우리는 두 가지 이념형 사이의 질 차이를 제시하고, 이드 구조, 초자아 구조, 그리고 마지막으로 이드와 초자아에 의존하는 자아 구조를 서로 대조시킬 것이다.

1) 이드 구조

성기성격은 양면적 특성을 벗어난 성기단계(아브라함)[51]에 완전히 도달했으며, 근친성관계 욕망과 아버지(어머니)를 없애려는 욕망을 포기하였다. 성기성격에서 성기성은 신경증성격의 경우에서와는 달리 실제로 근친성관계 대상을 나타내지 않고, 그 역할을 완전히 인수했거나 오히려 그 자리를 차지한 이성애대상으로 옮겼다. **오이디푸스 콤플렉스는 현재 더는 존재하지 않고 '소멸'하였으며 억압되지 않고 오히려 집중에서 벗어나** 있다. 성기성격을 분석하는 경우 분석이 전반적으로 성공하려면 근친성관계 대상의 재집중이 먼저 이루어져야 하며, 이는 일반적으로 현재 사랑관계에 일시적인 손상을 초래한다. 전-성기 경향(항문성, 구강 에로티시즘, 관음증 등)은 억압되지 않고 부분적으로는 문화적 승화에 성격적으로 고착되어 있고 부분적으로는 전희행동에서 직접 만족에 관여하며, 어쨌든 성기성에 종속된다. 성행위는 가장 고귀하고 가장 즐거운 성목표로 남아 있다. 공격성은 또한 사회적 성취에서 상당 정도 승화되며, 성기 성생활에 직접 도움이 되는 정도는 적지만 배타적 만족을 추구하지는 않는다. 충동력의 이러한 배분은 해당 오르가즘만족 능력을 보장하며, 이는 성기방

---

51) 참조. Karl Abraham, 『정신분석 성격형성연구』(*Psychoanalytische Studien zur Charakterbildung*) (Int. PsA Bibl., No. XXVI, 1925), 특히 III장: "'성기' 발달 단계에 근거한 성격형성에 대하여(Zur Charakterbildung auf der 'genitalen' Entwicklungsstufe)."

식 즉 성기영역에서만 달성할 수 있지만 성기체계에 국한되지 않고 전-성기적이고 공격적인 경향을 만족시킨다. 전-성기 요구를 덜 억제할수록 즉 전-성기성 체계가 성기성과 더 잘 소통할수록, 만족이 더 완전해지고 리비도의 병원성 울혈이 생길 가능성이 더 작아진다.

반면 신경증성격은 처음부터 약한 [성]능력을 지니고 있거나 금욕적으로 살지 않더라도 (대부분 사례에서) 자신의 자유롭고 승화되지 않은 리비도를 오르가즘에서 적절하게 방출할 수 없는 특징을 지니고 있다.[52] 신경증성격은 항상 **상대적으로** 오르가즘 측면에서 무력하다. 이 사실은 현재 근친성관계 대상에 집중되어 있거나 근친성관계 대상에 속하는 리비도집중이 반응형성에 사용[소진]되는 충동배치에서 생겨난다. 만약 연애생활이 존재한다면 그 유아성을 쉽게 알아볼 수 있다. 사랑받는 여성은 단지 어머니(자매 등)를 대표할 뿐이며, 사랑관계는 유아 근친성관계(**거짓**전이)의 온갖 불안, 억제, 신경증적 변덕에 시달리고 있다. 성기우위는 전혀 존재하지 않거나 집중되어 있지 않으며, 히스테리성격에서와 같이 성기성이 근친성관계에 고착되어 기능에서 방해받는다. 성은 환자가 금욕적이거나 수줍어하지 않는 경우 쾌락경로를 따라 움직인다(이것은 특히 전이신경증에 적용된다). 따라서 일종의 순환작용이 발생한다. 유아성적 고착은 성기우위의 오르가즘 기능을 방해하고 이 방해는 이번에는 리비도울혈을 일으키고 막힌 리비도는 전-성기 고착을 강화한다. 리비도충동이 전-성기 체계에의 이러한 과도한 집중과 높은 긴장을 통해 모든 문화 및 사회 활동에 스며들고, 이 활동은 억압되고 금지된 것으로 때로는 완전히 성행위와 연관된 위장된 형식(예를 들어 바이올리니스트의 경련)으로 나타나기 때문에 당연히 교란을 초래할 수밖에 없다. 리비도잉여는 억압 속에서 유아 충동 목표에 묶여 있어서 사회적 성취에 자유롭게 사용될 수 없다.

---

52) 주, 1945. 성에너지의 조절은 오르가즘능력, 즉 **오르가즘반사**의 간대성[간혈적] 수축과 팽창을 충분히 견디는 유기체의 능력에 달려있다. **무장한** 유기체는 오르가즘 수축과 팽창을 일으킬 수 없다. 즉 생물학적 흥분은 유기체의 다양한 위치에서 근육긴장에 의해 방해받는다.

2) 초자아 구조

성기성격의 초자아는 무엇보다도 **성을 긍정하는** 중요한 요소를 포함하고 있다는 사실이 특징이며, 따라서 이드와 초자아 사이에는 높은 수준의 조화가 존재한다. 오이디푸스 콤플렉스가 자신의 집중력을 잃었기 때문에, 초자아의 핵심요소에 있는 대항집중도 불필요해졌다. 성적인 초자아금지가 실제로 없다고 할 수 있다. 초자아는 방금 언급한 이유 뿐만 아니라 가학성향을 유발하고 초자아를 잔인하게 만들 수 있는 리비도울혈이 없기 때문에 가학으로 가득 차 있지는 않다.[53] 성기리비도는 직접 만족되기 때문에 자아이상의 노력 속에 숨겨져 있지 않으므로, 사회적 성취는 신경증성격의 경우처럼 능력의 일차적 증거가 아니라 자연스럽고 보상받지 않는 자기애만족을 부여한다. 능력이 좋아서 열등감이 없다. 자아이상은 실제 자아에서 아주 멀지는 않으므로 둘 사이에 극복할 수 없는 긴장은 없다.

반면 신경증성격에서 초자아는 본질적으로 성부정에 의해 특징지어지며, 이것은 이드와 초자아 사이에 잘 알려진 갈등과 반복을 자동으로 만들어낸다. 오이디푸스 콤플렉스가 극복되지 않았기 때문에 근친성관계 금지라는 초자아의 핵심이 온전히 보존되어 모든 종류의 성관계를 방해한다 (성행위에서 세부사항!). 자아의 강력한 성억압과 그에 따른 리비도울혈은 무엇보다도 잔인한 도덕으로 표현되는 가학충동을 강화한다. (프로이트에 따르면 억압이 도덕을 창조하는 것이지 그 반대는 아니라는 점을 기억해야 한다). 항상 어느 정도 불능감[무력감]을 의식하고 있어서 많은 사회적 성취는 주로 힘의 보상증거이지만 열등감을 줄이지 못하고, 반대로 사회적 성취는 종종 능력의 증명이지만 성기능력의 느낌을 결코 대체할 수 없으므로, 신경증성격은 아무리 잘 보상받더라도 내면의 공허함과 무능감을 없애지 못한다. 따라서 긍정적인 자아이상 요구는 점점 커지는 반

---

53) 가학성향의 리비도울혈 의존성에 대한 추가 정보는 내 책 『오르가즘의 기능』 1927의 VII장을 참조하라. 참조. 또한 『오르가즘의 기능』 1942, 1948.

면, 자아는 열등감(불능과 높은 자아이상)에 의해 무력하고 이중으로 마비되어 점점 더 무능해진다.

3) 자아 구조

이제 성기성격의 자아에 미치는 영향을 살펴보자. 이드의 리비도긴장이 주기적으로 오르가즘을 방출하면 이드가 충동에서 요구하는 자아에 대한 압력이 상당히 줄어든다. 이드가 대체로 만족하고 초자아는 이러한 근거 위에서 가학적일 이유가 없으므로 자아에 어떤 특수한 압력도 가하지 않는다. 자아는 **죄책감 없이** 이드의 성기리비도와 일정한 전-성기노력을 만족시키며, 전-성기리비도의 일부 뿐만 아니라 자연스러운 공격성을 사회적 성취로 승화시킨다. 성기성 측면에서 자아는 이드에 반대하지 않으며, 이드가 주로 리비도만족을 위해 성기성에 헌신할 수 있다는 것은 억압을 사용하지 않고 자아가 이드를 제어할 수 있는 유일한 조건인 것 같다. 강한 동성애노력은 자아가 이성애를 만족시키면 거의 의미가 없게 될 것이다. 그런데 이성애 만족이 없고 리비도울혈이 있다면 동성애경향은 중요한 의미를 지닐 것이다. 이것은 경제적으로 이해하기 쉽다. 왜냐하면 동성애 성활동을 억압하지 않고 리비도 소통체계에서 차단하지 않아도, 이성애 만족은 동성애노력에서 에너지를 **빼내** 소비하기 때문이다.

자아는 (주로 성만족으로 인해) 이드와 초자아의 압력을 거의 받지 않기 때문에 신경증성격이 하듯이 이드에 대해 자신을 방어할 필요가 없고 대항집중이 거의 필요하지 않으므로, 결과적으로 외부세계를 경험하고 행동하는 데 충분한 에너지가 있으며 행동과 경험은 강렬하고 자유분방하며 **쾌락과 불쾌**에 매우 쉽게 접근할 수 있다. 성기성격의 자아도 갑옷을 입고 있지만 갑옷에 좌우되는 것이 아니라 갑옷을 제어한다. 이 갑옷은 매우 다양한 경험에 적응할 수 있을 만큼 아주 유연하다. 성기성격은 매우 쾌활할 수 있지만 필요할 때는 매우 화를 낼 수도 있고, 대상상실에 적절한 슬픔으로 반응하지만 슬픔에 빠져들지 않으며, 강렬하고 헌신적으로 사랑할 수도 있고 정력적으로 미워할 수도 있으며, 적절한 상황에서는 어린이처럼 보일 수 있지만 결코 유치해 보이지는 않는다. 성기성격의 진지함은 자연스러우며 보상받듯이 뻣뻣하지는 않으며, 어떤 대가를 치르더라도 자신을 어른스럽게 보이려는 경향이 없어서 그의 용기는 능력의 증거가 아니라 사실에 근거한 것이므로, 예를 들어 전쟁과 같은 상황에서도 부당하다고 확신하면 비겁하다는 비난을 받더라도 자신의 신념을 옹호할 것이다. 유아욕망 관념이 집중력을 잃어버렸기 때문에 그의 증오는 그의 사랑과 마찬가지로 합리적인 방향으로 향해 있다. 그의 갑옷의 유연성과 견고함은 그가 어떤 경우에는 강렬하게 세상에 자신을 열 수 있고 다른 경우에는 자신을 세상로부터 닫을 수 있다는 사실에서 나타난다. 그의 헌신능력은 무엇보다도 성경험에서 나타난다. 사랑하는 대상과의 성행위에서 자아는 지각기능 이외에는 거의 존재하지 않고, 갑옷이 일시적으로 완전히 용해되며, 자아는 보상받지 않고 승화시키는 견고한 자기애기반을 지니고 있으므로, 전체 인성은 그 안에서 자신을 잃을 염려 없이 쾌락경험으로 흐른다. 그리고 그의 자기애는 성경험에서 최고의 에너지를 끌어낸다. 그의 현재 갈등을 살펴보면, 갈등해결방식이 유아적이고 비합리적인 성격이 아니라 합리적인 성격을 띠고 있음을 알 수 있는데, 이는 합리적인 리비도경제가 유아경험과 욕망이 과도하게 집중될 수 없도록 만들기 때문이다.

성기성격은 어떤 측면에서도 뻣뻣하지 않고 경련을 일으키지 않으며 성기성 형식에서도 마찬가지이다. 성기성격은 만족하기 때문에 강박이나 억압 없이 일부일처 관계를 할 수 있고, 합리적으로 동기가 부여되면 대상을 변경하거나 해를 끼치지 않고 다부다처 관계도 할 수 있다. 성기성격은 죄책감이나 도덕적 고려 때문에 성대상에 집착하는 것이 아니라, 건강한 쾌락욕구에서 즉 자신을 만족시키기 때문에 대상을 붙잡고 있다. 성기성격은 다부다처 욕망이 사랑대상과의 관계와 충돌하는 경우 억압 없이 극복할 수 있지만, 다부다처 욕망이 자신을 너무 많이 방해하는 경우 해를 끼치지 않고 이것에 헌신할 수도 있다. 이로부터 발생하는 현재 갈등을 성기성격은 현실에 부합하는 방식으로 해결한다.

신경증적 죄책감은 거의 나타나지 않는다. 성기성격[을 지닌 사람]의 사회성은 억압된 것이 아니라 승화된 공격과 현실과의 통합에 기반을 두고 있다. 그러나 이것이 그가 항상 현실에 굴복한다는 것을 의미하지는 않는다. 반대로 성기성격은 오늘날 사회상황— 우리 문화는 결국 철저히 도덕적이고 반—성적인데 —과 모순되는 구조적 사회상황을 비판하고 변화시킬 수 있으며, 삶에 대한 불안이 적어서 자신의 신념에 모순되는 환경에 굴복하지 않을 수 있다.

지성우위가 사회발전의 요구이자 목표라면 성기우위 없이는 생각할 수 없다. 지성우위는 비합리적인 성생활을 종식시킬 뿐만 아니라 그 자체가 조절된 리비도경제를 전제로 하기 때문이다. 성기우위와 지성우위는 리비도울혈과 신경증, 초자아(죄책감)와 종교, 히스테리와 미신, 전—성기 리비도만족과 현재의 성도덕, 가학성향과 윤리, 성억압과 타락한 여성재활위원회가 그러하듯이 서로 연관되어 있으며 상호의존한다.

성기성격에서 조절된 리비도경제가 완전한 성만족능력에 의해 뒷받침되는 기반인 것처럼, 신경증성격에서 모든 것은 최종적으로 부적절한 리비도경제에 의해 결정된다.

신경증성격의 자아는 금욕적이거나 죄책감을 느끼면서 성만족에 이를 수 있으며, 한편으로는 억눌린 리비도를 지니고 끊임없이 만족하지 못하는 이드와 다른 한편으로는 잔인한 초자아로부터 이중 압력을 받고 있다. 신경증성격의 자아는 이드에 대해 적대적이며 초자아에 대해 아양 떨지만, 반대로 이드에 대한 유혹과 초자아에 대한 은밀한 반항이 없지 않다. 자신의 성이 완전히 억압되지 않는 한, 신경증성격의 자아는 압도적으로 전—성기적이고, 성기성은 항문적이며 지배적인 성도덕의 결과로 가학 요소로 물들어 있다. 이 행위는 더럽고 잔인한 것을 의미한다. 공격성은 부분적으로 성격갑옷에 그리고 부분적으로 초자아에 통합되거나 고정되기 때문에 사회적 성취가 손상된다. 자아는 쾌락과 불쾌에 닫혀 있거나(정서차단) 오로지 불쾌에만 접근할 수 있으며, 모든 쾌락이 곧 불쾌로 바뀐다. 자아갑옷은 단단하고 거의 또는 전혀 움직이지 않으며 외부세계와의 소통은 대상리비도와 공격 측면에서 모두 부적절하며 자기애검열에 의해 끊임없이 통제된다. 갑옷의 기능은 주로 내면을 향하고 있으며, 이로 인해 자아의 현실기능이 현저하게 약화된다. 외부세계와의 관계는 부자연스럽거나 생기가 없거나 모순적이며, 어떤 경우에도 전체 인성은 완전한 경험을 할 수 있는 능력이 없으므로 조화롭게 공명할 수 없다. 성기성격은 자신의 보호기제를 강화하거나 약화할 수 있는 반면 신경증성격의 자아는 억압에서 일어나는 무의식기제에 완전히 좌우되며 원하더라도 다르게 행동할 수 없다. 기뻐하거나 화내고 싶지만 둘 다 할 수 없다. 자신의 성생활의 필수 요소가 억압되어 있어서 강렬하게 사랑할 수도 없고, 자신의 자아가 리비도울혈의 결과로 강력해진 증오를 부적절하다고 느껴서 그 증오를 억압하기 때문에 적절하게 미워할 수도 없다. 그리고 그가 사랑이나 증오를 불러일으키는 경우 반응은 합리적인 사실과 거의 일치하지 않는다. 유아경험이 무의식과 공명하고 반응의 정도와 본성을 결정한다. 자신의 갑옷강직으로 말미암아 그는 어떤 경험에도 자신을 열 수 없을 뿐만 아니라, 합리적으로 정당화할 수 있는 다른 경험으로부터 자신을 완전히 차단할 수도 없다. 보통 그는 성행위의 전희에서 성적이지 않거나, 방해받으면 만족감이 전혀 없거나, 리비도경제가 조절되지 않을 정도로 헌신이 부족하여 방해받는다. 성행위 중 경험을 정확히 분석하면, 쾌락감각에 집중하는 것이 아니라 다소 강력한 인상을 주는 데 집중하는 자기애적인 사람, 자신의 미적 감정을 상하게 할 수 있는 신체 부위를 만지지 않도록 매우 염려하는 과민한 사람, 억압된 가학성향을 지닌 사람, 여성을 해칠지도 모른다는 강박관념을 떨쳐낼 수 없거나 자신이 여성을 학대하고 있다는 죄책감으로 괴로워하는 사람, 행위가 대상을 고문하는 것을 의미하는 가학성격과 같은 유형을 구별하는 법을 배운다. 목록은 무한히 늘릴 수 있다. 그러한 장애가 제대로 표현되지 않는 경우, 그에 상응하는 억제가 성생활에 대한 전체 태도에서 발견된다. 신경증성격의 초자아는 어떤 긍정적인 성요소도 포함하고 있지 않기 때문에 성경험에서 멀어진다(도이치[54]는 이것을 건강한 성격에 대해서도 사실이라고 잘못 가정했다). 하지만 이 사실은 인성의 절반만이 성경험에 참여한다는 것을 의미한다.

성기성격이 확고한 자기애기반을 지니는 곳에서 신경증성격의 불능감은 자아가 자기애로 보상받도록 유도한다. 신경증성격은 현재 갈등에는 비합리적인 동기가 산재해 있어 합리적인 결정을 내릴 수 없으며, 유아태도와 유아욕망이 항상 불안하게 공명한다.

신경증성격은 성에서 만족하지 못하고 만족할 수 없으므로 결국 금욕주의자가 되거나 엄격한 일부일처제 아래에서 살아야 한다. 신경증성격은 엄격한 일부일처제 아래에서 자신이 믿는 것처럼 도덕성에서 벗어나거나 성상대에 대해 배려하지만 성불안을 조절할 수 없다. 가학성향을 승화하지 못하기 때문에 초자아는 격렬하게 분노하고, 이드는 끊임없이 욕구만족을 요구하며, 자아는 사회적 양심이라고 부르는 죄책감과 상대방에게 하고 싶은 모든 것을 자신에게 하고 싶어 하는 처벌욕구를 발전시킨다.

간략하게 살펴보면, 위에서 설명한 기제에 대한 경험적 관찰이 모든 도덕이론 체계에 대한 혁명적 비판의 토대가 된다는 것을 알 수 있다. 이 지점에서 사회문화 형성에 매우 결정적인 이 질문에 들어가지 않고도, 욕구만족의 사회적 가능성과 그에 상응하는 인간구조 변화로 인해 사회생활의 **도덕적** 규제도 중단해야 한다고 당분간 말할 수 있다. 최종결정은 심리학이 아니라 사회주의 계획경제로 이어지는 사회학적 과정의 영역에 있다. 우리의 임상진료에서 신경증성격 구조를 성기성격 구조로 변형하는 데 성공한 모든 분석치료는 도덕층위를 해체하고 건강한 리비도경제에 기반한 행동의 자율조절로 대체한다는 데 더는 의심의 여지가 없다. 일부 분석가들이 분석치료를 통해 '초자아 파괴'에 대해 이야기했을 때, 이것은 도덕층위 체계에서 에너지를 빼내고 그 체계를 리비도경제 조절로 대체하는 문제라고 덧붙일 수 있다. 이 과정이 오늘날 국가, 도덕철학, 종교의 이해와 상충한다는 사실은 또 다른 맥락에서 결정적으로 중요하다. 더 간단하게

---

54)   Helene Deutsch(1884~1982). 도이치는 프로이트의 제자로 여성의 정신분석에 최초로 관심을 가졌다. [옮긴이 주]

표현하자면, 이 모든 것이 의미하는 바는 성욕구 뿐만 아니라 본원적인 생물학적·문화적 욕구가 충족된 사람은 자제력을 유지하기 위해 어떤 도덕도 필요하지 않는 반면, 모든 면에서 억압된 불만족스러운 사람은 온갖 종류의 내부흥분이 증가하여 자신의 에너지를 부분적으로 억제하지 못하고 도덕의 힘을 통해 부분적으로 소비하지 않는다면 모든 것을 산산조각 낼 수 있다는 것을 의미한다. 한 사회의 금욕도덕 이데올로기의 폭과 강도는 그 사회의 평균적인 대중 개개인의 해결되지 않은 욕구긴장의 폭과 강도를 가장 잘 측정할 수 있는 척도이다. 둘 다[이데올로기와 욕구긴장의 폭과 강도] 생산력 및 생산양식과 충족시켜야 할 욕구의 관계로 결정된다.

성경제학과 분석적 성격이론의 추가결과에 대한 논의는, 자연과학의 특권을 희생하면서 존재와 당위 사이에 인위적으로 세운 경계선에서 멈추고 싶어 하지 않는 한, 이러한 질문을 피할 수 없을 것이다.

3. 승화, 반응형성, 그리고 신경증 반응기반

이제 성기성격의 사회적 성취와 신경증성격의 사회적 성취 사이에 존재하는 차이점을 살펴보겠다.

우리는 앞서 오르가즘 리비도만족과 승화가 리비도울혈을 완화하는 적절한 수단이고 전-성기 리비도만족과 반응형성은 울혈불안을 완화하는 부적절한 수단이라고 말했다. 승화는 오르가즘만족과 마찬가지로 성기성격의 특정한 성취이며, 반응형성은 신경증성격의 작동방식이다. 물론 이것은 신경증환자가 승화하지 않고 건강한 사람이 반응형성을 하지 않는다는 것을 의미하지는 않는다.

먼저 임상경험에 따라 승화와 성만족의 관계를 이론적으로 묘사해 보도록 하겠다. 프로이트에 따르면 승화는 리비도노력이 원래의 목표에서 벗어나 사회적으로 가치 있는 '더 높은' 목표를 향해 나아간 결과이다. 따라서 승화에서 만족한 욕구는 원래의 대상과 목표를 포기한 것이어야 한다.

프로이트의 이 첫 번째 정식에서 결국 승화와 충동만족이 완전히 대립한다는 오해가 생겨났다. 그러나 승화와 리비도경제의 관계를 일반적으로 생각해 보면, 일상경험은 이 관계에는 대립이 존재하지 않을 뿐만 아니라 오히려 조절된 리비도경제가 성공적이고 지속적인 승화의 그[대표적] 전제조건임을 보여준다. 중요한 것은 우리의 사회적 성취를 뒷받침하는 충동이 **직접** 만족되지 않아도 리비도가 전혀 만족되지 않는 것은 아니라는 점이다. 노동장애에 대한 정신분석은 전체 리비도울혈이 클수록 전-성기 리비도를 승화시키는 것이 더 고통스럽다는 것을 가르쳐준다. 성환상은 정신의 관심사를 흡수하여 노동에 집중하지 못하게 하거나 문화적 성취 자체가 성적으로 왜곡되어 억압 영역에 갇히게 된다. [55] 성기성격의 승화를 관찰하면, 리비도 오르가즘만족에 의해 승화가 항상 새롭게 자극받으며 성관념이 일시적으로 리비도집중을 가져오지 않기 때문에 성긴장을 풀면 더 높은 성취를 위한 에너지가 방출된다는 것을 보여준다. 더욱이 성공적인 분석에서 우리는 환자가 완전한 성만족을 얻는 데 성공한 후에야 환자의 성취능력이 높은 수준에 도달한다는 것을 관찰한다. 승화의 지속성은 또한 리비도경제 조절에 달려있으며, 승화를 통해서만 자신의 신경증을 제거한 환자는 승화뿐만 아니라 직접 성만족을 얻은 환자보다 훨씬 더 불안정한 상태를 나타내고 훨씬 더 쉽게 재발하는 경향이 있다. 불완전하

---

55) "사람들은 확실히 그런 강력한 충동에 맞서 싸우고 이 투쟁에 필요한 모든 윤리적이고 미학적 힘을 강화하는 것이 성격을 '견고하게' 한다고 말한다. 그리고 이것은 특별히 호의적으로 조직된 몇몇 본성에 해당한다. 또한 우리 시대에 그토록 두드러진 개인[개별] 성격의 분화가 성제한이 있어야만 가능해졌다는 것도 인정해야 한다. 그러나 대부분 사례에서 관능에 반대한 투쟁은 성격에서 사용할 수 있는 에너지를 약화하며, 이는 젊은이가 사회에서 자신의 몫과 지위를 얻기 위해 모든 힘을 요구하는 바로 그때이다. 가능한 승화와 필요한 성행위 사이의 관계는 당연히 사람마다 그리고 심지어는 직업유형에 따라 매우 다르다. 금욕적인 예술가는 거의 상상할 수 없어도 금욕적인 젊은 학자는 확실히 드물지 않다. 후자는 금욕을 통해 자신의 연구를 위한 자유로운 힘을 얻을 수 있고, 반면 전자는 아마도 자신의 성경험에 의해 강력하게 자극을 받을 것이다. 일반적으로 나는 성금욕이 활기차고 독립적인 활동이나 독창적인 사상가, 대담한 해방자와 개혁가를 낳는다는 인상을 받지 못했지만, 나중에 훨씬 더 자주 성금욕은 강한 개인이 제시한 지시를 마지 못해 따르는 경향이 있는 거대한 대중 속으로 사라지는 선한 약자를 낳게 된다."(Freud, *Ges. Schriften*, Bd. V, S. 159 f.).

고 주로 순전히 전-성기적인 리비도만족이 승화를 방해하는 반면, 오르가즘 성기만족은 승화를 촉진한다.

이제 순전히 묘사한다는 관점에서 승화와 반응형성을 비교해 보자.[56] 이 현상에서 놀라운 것은 반응형성이 경련을 일으키고 강박하는 반면 승화는 자유롭게 흐른다는 것이다. 마치 승화에서 이드는 자아 및 자아이상과 조화를 이루며 현실과 직접 접촉하는 것처럼 보이지만, 반응형성에서 모든 성취는 엄격한 초자아에 의해 반항하는 이드에게 부과되는 것처럼 보인다. 승화에서는 행동 자체가 리비도상으로[성감적으로] 강조되더라도 행동효과에 중점을 두지만, 반응형성에서는 행동 자체가 우선 중요하고 행동효과는 매우 부차적이며 행동은 리비도적으로 강조되지 않고 부정적으로 결정되어 강박적이다. 승화하는 사람은 또한 더 오랜 시간 동안 노동을 중단할 수 있으며 휴식은 그에게 노동만큼이나 가치가 있지만, 반응성 성취의 경우 노동이 중단되면 조만간 내면의 안절부절이 시작되어 더 오래 지속되면 짜증으로 심지어 불안으로 커질 수 있다. 승화하는 사람조차도 때때로 짜증이 나고 긴장하지만, 이는 아무것도 성취하지 못하기 때문이 아니라 말하자면 자신의 성취에 몰두하기 때문이다. 승화하는 사람은 자신의 노동을 수행하고 즐기고 **싶어** 한다. 반응성 노동자는 한 환자가 적절하게 표현한 것처럼 '로봇처럼 수행'해야 하며, 한 작업을 마치면 즉시 다른 작업을 시작해야 한다. 그에게 노동은 휴식으로부터의 도피이기 때문이다. 때때로 반응형성의 성취효과는 승화에 기반한 성취효과와 같을 수 있다. 그러나 보통 반응성 성취는 승화된 성취보다 사회적 측면에서 덜 성공적이다. 어쨌든 같은 사람이 반응형성조건에서보다 승화조건에서 훨씬 더 많은 것을 성취할 수 있다.

일정량의 에너지를 절대적으로 소비하는 모든 노동수행자에게서 개인의 성취와 해당 개인의 **노동능력** 간의 관계는 노동수행 구조로부터 어느

---

56) 다음 진술은 자본주의사회의 평균 노동자에게만 해당한다. 현재로서는 소비에트 인간의 노동수행의 역동성 대해 말할 수 없다.

정도 정확하게 측정할 수 있다. 노동능력(잠재적 노동능력)과 절대적 노동성취의 차이는 반응형성의 경우보다 승화의 경우 훨씬 작다. 승화하는 사람이 반응성 노동자보다 자신의 능력에 훨씬 더 가깝다. 열등감은 종종 이러한 차이에 대한 내부인식에 해당한다. 승화성 성취는 무의식적인 관계가 드러났을 때 상대적으로 거의 변하지 않는 반면, 반응성 성취는 완전히 붕괴하지 않으면 승화로 전환될 때 엄청나게 증가하는 경우가 많다는 사실에서 우리는 위에서 언급한 차이를 임상에서 인식한다.

우리 문화권의 평균 노동자의 경우 승화 유형보다 반응형성 유형에 따라 훨씬 더 자주 [노동을] 수행한다고 할 수 있으며, 더욱이 (사회적 노동조건과 더불어) 지배적인 교육구조 형성은 효과적인 노동수행에서 노동능력을 아주 작은 정도만 전개하도록 허용한다고 할 수 있다.

승화에서는 충동방향이 바뀌지 않으며 충동은 단순히 자아에 의해 인계되어 다른 목표로 전환되는 반면, 반응형성에서는 충동방향의 반전이 있으며 충동은 자아에 반하는 방향으로 바뀌고 이 반전이 일어나는 한에서만 자아에 의해 인수된다. 이 반전과정에서 충동집중은 충동의 무의식적인 목표에 대항하는 대항집중으로 바뀐다. 프로이트가 혐오과정에 대해 설명한 것은 여기서 하나의 패러다임으로 작용할 수 있다. 반응형성에서 원래 목표는 무의식에서 자신의 집중력을 유지한다. 충동의 원래 대상을 포기하는 것이 아니라 억압할 뿐이다. 충동목표와 충동대상의 유지 및 억압, 대항집중의 형성을 수반하는 충동방향의 반전이 반응형성의 특징인 반면, 원래 충동목표와 충동대상을 포기(억압이 아님)하고 대체하며 대항집중을 형성하지 않고 충동방향을 동일하게 유지하는 것이 승화의 특징이다.

반응형성 과정을 더 따라가 보자. 이 과정에서 가장 중요한 경제적 계기는 대항집중의 필요성이다. 원래의 충동목표를 유지하기 때문에 리비도는 끊임없이 충동목표를 향해 흐르며, 마찬가지로 자아는 계속해서 이 집중을 대항집중으로 바꾸어 항문리비도 등에서 혐오반응의 에너지를 끌어내야 충동을 억제할 수 있다. 반응형성은 일회성 과정이 아니라 지속적이며 확산되는 과정이다.

반응형성에서 자아는 끊임없이 자기자신에 몰두하며 자신의 엄격한 감독자이다. 승화에서 자아는 성취를 위해 에너지를 자유롭게 사용할 수 있다. 혐오감과 수치심과 같은 단순한 반응형성은 모든 사람의 성격형성에 속한다. 이것은 성기성격의 발달을 해치지 않으며 리비도울혈이 전−성기 노력을 강화하지 않기 때문에 생리적 한계 안에 남아 있다. 그러나 성억압이 너무 지나쳐서 특히 성기리비도에 영향을 미쳐서 리비도울혈이 발생하면, 반응형성은 과도한 리비도에너지가 너무 많이 유입되어 결과적으로 임상의사들에게 공포증 확산으로 잘 알려진 특성을 보여준다.

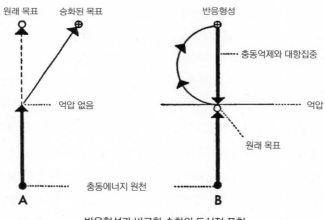

반응형성과 비교한 승화의 도식적 표현

A: 억압이 없다. 충동은 단순히 전환되었다. 집중이 없는 원래 충동목표.

B: 충동억압 존재, 완전한 집중을 통한 원래 충동목표 유지. 충동이 흐트러지지 않고 자아에 의해 스스로에 등을 돌리며 되돌아가는 지점에 성취(반응형성)가 있다.

진정한 강박성격에 걸맞게 매우 성실히 노동했지만 수년 동안 노동을 조금도 즐기지 않고 점점 더 노동에 헌신했던 한 공무원의 예를 들어 보자.

분석에 들어갔을 때도 자정까지 때로는 새벽 3시까지 노동하는 것은 드문 일이 아니었다. 분석결과 첫째 성환상이 그의 노동을 방해하여 노동하는 데 더 오래 걸렸고('멍청함'), 둘째 특히 저녁에는 지나치게 집중된 환상이 의식을 더욱 강하게 압박하기 때문에 조용한 시간을 허용할 수 없었다. 야간노동 중에 그는 리비도 일부를 방출했지만, 이런 식으로 방출할 수 없었던 엄청난 나머지 리비도는 점점 더 커져 더는 노동장애를 숨길 수 없었다.

따라서 반응형성과 반응성 성취의 확산은 지속해서 증가하는 리비도 울혈에 해당한다. 반응형성이 마침내 리비도울혈에 대처하기에 더는 충분하지 않고 보상상실이 시작될 때, 간단히 말해서 자아성격이 리비도소비에 실패할 때, 숨길 수 없는 신경증불안이 나타나거나 묶이지 않은 불안을 처리하는 신경증증상이 발생한다.

반응성 성취는 항상 합리화된다. 이것이 우리 환자가 과중한 노동량에 대해 납득하는 방법이었다. 그러나 실제로 그의 과장되고 기계적인 성취는 긴장완화라는 경제적 목적과 성환상으로부터의 해방에 기여했을 뿐만 아니라 상사(아버지)에 대한 그의 억압된 증오심에 대한 반응형성의 기능도 완수했다. 분석결과 상사에게 특별한 서비스를 제공하려는 환자의 노력은 그의 무의식적 의도와 반대되는 것으로 나타났다. 이러한 '로봇화'를 궁극적으로 자기처벌로 해석할 수는 없다. 자기처벌은 증상의 많은 의미 있는 내용 중 하나일 뿐이다. 기본적으로 그는 정말 자신을 처벌하고 싶지 않았고, 반대로 처벌로부터 자신을 보호하고 싶었다. 반응형성의 심층원인은 자신의 성환상이 지닌 결과에 대한 불안이었다.

강박신경증적인 의무노동과 마찬가지로 다른 반응형성도 모든 울혈불안을 묶을 수는 없다. 예를 들어, 여성 히스테리성격의 과도한 운동활동이나 신경증 산악인의 과민성 및 안절부절을 생각해 보라. 둘 다 불포화 리비도로 과부화된 근육구조를 지니고 있으며, 히스테리 소녀는 숨김없이, 등산가는 상징적으로(산=여성=어머니) 대상을 향해 끊임없이 전진한다. 사실 그들의 운동성은 리비도 일부를 감소시키지만 동시에 최종만족을 주지 않음으로써 긴장을 증가시킨다. 따라서 해당 소녀는 마침내 히스테리

발작을 일으키고, 반면 신경증 산악인은 자신의 울혈을 제거하기 위해 점점 더 힘들고 위험한 산악여행을 기획해야 한다. 그러나 여기에는 자연적 한계가 있기에 흔히 그렇듯이 그가 산에서 사고를 당하지 않으면 결국 증상신경증이 발발한다.

막힌 리비도를 소비하고 신경증불안을 성격특성에 묶어두는 역할을 하는 모든 기제의 합계를 **성격 반응기반**이라고 부르는 것이 좋다. 성격 반응기반이 너무 광범위한 운동활동으로 인해 경제적 기능을 수행하지 못하면 신경증 반응기반이 되며, 결국 분석치료에서 신경증 반응기반을 제거하는 것이 중요하다. 반응형성의 확산은 **신경증 반응기반**의 기제 중 하나일 뿐이다.

신경증성격이 더 일찍 아니면 나중에 악화될 수 있으며, 어쨌든 오이디푸스 단계의 갈등기 이후 어린 시절 초기부터 존재했음을 확인할 수 있다. 신경증증상은 보통 신경증 반응기반과 질적 연관이 있다. 몇 가지 예를 들자면, 한때의 강박신경증적인 과장된 질서감각은 일정한 조건 아래에서 질서강박이 되고, 항문성격은 변비가 되고, 성격편향은 병적 홍조가 되고, 히스테리성 민첩함과 아첨은 히스테리 공격이 되고, 성격양면성은 결정불능이 되며, 성수줍음은 질염이 되고, 공격성이나 과도한 양심은 살인충동이 된다.

그러나 신경증증상이 항상 반응기반과 질적으로 일치하는 것은 아니다. 증상은 리비도수준이 높거나 낮은 과잉불안에 대한 방어를 의미한다. 따라서 히스테리성격은 씻는 강박을 일으킬 수 있고, 강박성격은 히스테리불안이나 전환증상[정신적 원인에 의해 운동기관이나 신경계의 감각기능에 이상증세가 나타나는 증상]을 일으킬 수 있다. 실제 진료에서 우리 환자들은 대부분 혼합형태이며 어떤 하나나 다른 성격유형이 우세하다는 것을 길게 설명할 필요가 거의 없다. 그러나 증상에 따라 진단하는 것이 아니라 증상의 기반이 되는 신경증특성에 따라 진단하는 것이 좋다. 따라서 예를 들어 환자가 전환증상으로 인해 우리에게 왔을지라도 그의 성격이 압도적으로 강박특성을 나타내면, 강박신경증으로 진단할 것이다.

이 연구의 결과를 검토하면 신경증성격 유형과 성기성격 유형의 구분을 가능한 한 탄력적으로 파악해야 함을 알 수 있다. 구분이 두 가지 기준(직접 성만족의 정도 또는 리비도울혈의 정도)에 근거하기 때문에 두 이념형 사이에는 실제 성격형식의 많은 중간 연결고리가 있다. 하지만 발견적 가치의 측면에서 그리고 진료작업에서 제공하는 관점 측면에서 유형학적 연구는 정당할 뿐만 아니라 필요한 것처럼 보인다. 이 연구는 발생적 유형론의 작은 시작에 불과하므로 '유형론'에서 생기는 모든 질문에 대해 정의를 내려야 한다는 주장을 포기해야 한다. 당분간 정신분석 성격학의 유일하게 정당한 토대는 프로이트의 리비도이론이며, 이 이론을 프로이트의 입장에 제한하지 않고 그 자체의 논리적 귀결에까지 추구하는 것을 사람들에게 확신시키는 데 성공했다면, 발생적 유형론 과제는 달성되었다.

3장
어린 시절 공포증과 성격형성

1. '귀족'성격

이제 우리는 하나의 사례를 통해 성격태도가 유아경험에서 어떻게 생겨나는지 보여주고자 한다. 우리는 설명하면서 성격저항 분석에서 일정한 유아상황에 있는 성격저항 기원에 이르는 경로를 따라갈 것이다.

서른세 살의 한 남자가 결혼생활의 어려움과 노동장애 때문에 분석을 받으러 왔다. 그는 심각한 결단력부족으로 고통받고 있었으며, 이는 자신의 결혼문제를 합리적으로 해결하기 어렵게 만들고 그의 직업에서 활기차고 성공적인 발전을 방해하였다. 환자는 즉시 특별한 이해와 기법으로 분석작업에 착수하여, 잠시 후 오이디푸스관계의 일반적인 병인갈등이 자신의 결혼생활의 어려움을 가져왔다는 이론적 설명을 받아들였다. 우리는 여기서 그의 아내와 그의 어머니, 그의 상사와 그의 아버지 사이의 내용관계를 무시한다. 이 재료는 그 자체로는 흥미롭긴 하지만 새로운 것은 아무것도 가져오지 않을 것이다. 우리는 그의 행동, 이 행동과 유아갈등 사이의 관계, 치료에서 그의 저항성격에 집중할 것이다.

환자는 호감 가는 외모를 지니고 있었고 중간 정도의 키에 표정은 내성적이고 귀족적이며 진지하고 다소 거만했다. 그의 근엄하고 느리고 고상한 걸음걸이가 눈에 띄었다. 그가 문을 열고 방을 가로질러 소파로 걸어가는 데는 꽤 오랜 시간이 걸렸다. 그는 서두르거나 흥분하는 것을 피하거나 숨기는 것이 분명했다. 그의 말하기는 잘 정돈되고 질서정연하며 차분하고 품격이 있었으며, 때때로 그는 두 팔을 앞으로 쭉 뻗어 한 손으로 이마를 쓰다듬으면서 "예!"라고 강조하며 말을 막았다. 그는 다리를 꼬고 매우 편안하게 소파에 누워있었다. 매우 섬세하고 쉽게 불쾌감을 줄 수 있는 자기애 주제에 관해 논의하더라도 그의 침착함과 온화함은 전혀 변하지 않거나 거의 변하지 않았다. 며칠간의 분석 끝에, 그가 지극히 사랑하는 어머니와의 관계에 관해 이야기했을 때, 자신을 사로잡는 흥분을 가라앉히기 위해 품위 있는 자세를 강화하는 것을 분명히 볼 수 있었다. 나는 그에게 당황하지 말고 자신의 감정을 자유롭게 표현하라고 당부했으나 그는 침착하고 차분한 말투를 유지했다. 실제로 어느 날 눈에 눈물이 고여 목소리가 흐려졌을 때도 그는 손수건을 눈에 가져다 대는 동작에서 한결같이 온화한 침착함을 유지했다.

그 기원이 무엇이든 그의 행동은 분석에서 너무 폭력적인 충격으로부터 그를 보호하고 정서발발로부터 그를 구해주었다는 것은 이미 분명했다. **그의 성격**은 분석경험의 자유로운 전개를 방해했고 **이미 저항이 되어 버렸다.**

눈에 띄는 흥분이 가라앉자 곧 이 분석상황이 그에게 어떤 인상을 주었는지 물었을 때, 그는 모든 것이 매우 흥미로웠지만 그다지 깊이 감동하지 않았고 눈물이 얼굴에 '흘러내렸을' 뿐이며 매우 부끄러웠다고 침착하게 말했다. 그러한 흥분이 왜 필요한지 그리고 그 결실이 무엇인지에 대한 설명은 아무 소용이 없었다. 그의 저항은 눈에 띄게 증가하고 소통은 피상적으로 된 반면, 그의 태도는 점점 더 확고해졌으며 그는 더 점잖고 더 침착하고 더 차분해졌다.

어느 날 그의 행동에 대해 '귀족'이라는 용어가 떠오른 것은 의미 없는 우연이었을 수도 있다. 나는 그에게 그가 영국귀족 역할을 하고 있으며 그 이유는 그의 청소년기와 어린 시절로 거슬러 올라갈 수 있다고 말했다. 그의 '귀족태도'의 현재 방어기능도 그에게 설명하였다. 그런 다음 그는 가족 이야기의 가장 중요한 요소를 만들어냈다. 어린 시절 그는 자신이 아버지였던 작고 보잘것없는 유대인 상인의 아들일 수 있다는 것을 절대 믿지 않았으며, 자신이 틀림없이 영국혈통에 속한다고 생각했다. 어렸을 때 그는 할머니가 진짜 영국귀족과 바람을 피웠다는 이야기를 들었고, 어머니가 혼혈 영국여성이라는 환상을 품기도 했다. 미래에 대한 그의 꿈에는 언젠가 영국대사로 가는 환상이 압도적인 역할을 했다.

따라서 그의 귀족태도에는 다음과 같은 요소가 포함되어 있었다.

① 자신이 경멸하는 아버지와 친족관계가 아니라는 생각(아버지증오).

② 영국혈통을 지닌 어머니의 진정한 아들이라는 생각.

③ 소부르주아 가족의 좁은 환경을 넘어 성장하려는 그의 자아이상.

이러한 태도의 구성요소가 드러나면서 그의 행동은 상당히 흔들렸다. 그러나 이로 인해 어떤 충동이 방어되었는지는 아직 명확하지 않았다.

그의 '귀족다운' 행동을 지속해서 더듬어 찾으면서 이것이 두 번째 성격특성, 즉 동료들을 **비웃는** 경향과 그들이 슬픔에 빠지는 것을 보고 그가 느낀 **악의적인 기쁨**과 밀접하게 연결되어 있다는 것이 분명해졌고, 이는 분석에 적지 않은 어려움을 가져왔다. 그는 귀족이라는 높은 지위에서 고상한 방식으로 자신의 경멸과 조롱을 표현했지만, 동시에 이것은 그의 특히 강렬한 가학충동을 만족시키는 역할을 했다. 그는 이미 사춘기 시절에 많은 가학환상을 지닌 적이 있다고 보고하였다. 그러나 그는 단지 그것을 **보고**했을 뿐이었다. 우리가 현재 정박과정에서, 조롱경향에서 가학환상을 끌어내기 시작했을 때 비로소 그는 가학환상을 **경험하기** 시작하였다. 그의 행동에서 귀족다운 **침착함**은 그의 조롱이 **가학행동**으로 지나치게 확장되는 것을 **방지**하는 것이었다. 가학환상은 억압되지 않고 조롱에 만족하고 귀족자세로 피했다. 따라서 그의 거만한 성격은 정확히 증상으로 구성되었고, 충동력에 대한 방어역할을 하는 동시에 만족시키는 역할을 했다. 그가 이러한 형식의 방어 즉 성격의 거만함에 가학성향을 흡수함으로써 어느 정도의 가학성향에 대한 억압에서 벗어났다는 것을 의심할 수 없다. 다른 상황이었다면 그가 지니고 있던 사소한 절도불안은 아마도 통제공포증으로 발전했을 것이다.

귀족환상은 그가 네 살 무렵에 생겨났으며, 아버지에 대한 불안 때문에 자신을 통제해야 한다는 것을 조금 뒤에 깨달았다. 또한 아버지와의 역동일시를 바탕으로 자신의 공격을 통제하려는 아주 중요한 경향이 있었다. 아버지가 어머니와 끊임없이 다투는 동안 어린 소년은 '나는 아버지처럼 되지 않을 것이다. 나는 정반대로 될 것이다.'[57] '내가 어머니의 남편이라면 어머니를 완전히 다른 방식으로 대할 것이다. 나는 어머니에게 친절하고 어머니의 결점 때문에 화를 내지 않을 것'이라는 환상을 형성했다. 따라서 이 역동일시는 어머니사랑과 아버지증오라는 오이디푸스 콤플렉스의 영향을 완전히 받은 것이다.

생생한 가학환상을 동반한 백일몽과 자제력은 귀족환상에 상응하는 소년의 성격이었다. 사춘기에 그는 선생님에 대한 강렬하고 동성애적인 대상선택을 했으며 이는 동일시로 이어졌다. 그러나 이 선생님은 고귀하고 침착하고 절제되고 흠잡을 데 없는 옷을 입은 성육신한 귀족이었다. 동일시는 선생님의 복장을 모방하는 것으로 시작되었고 다른 모방이 뒤따랐으며, 열네 살 즈음에 분석에서 우리가 목격한 성격이 준비되었다. 더는 귀족환상이 아니라 실제 귀족모습이었다.

또한 그의 태도에서 환상의 실현이 정확히 이 나이에 일어난 특별한 이유가 있었다. 환자는 사춘기 동안 의식적으로 자위를 한 적이 없었다. 다양한 심기증불안으로 표현되는 거세불안은 '귀족은 그런 짓을 하지 않는다'라고 합리화되었다. 따라서 귀족이 되는 것은 자위욕망을 막는 역할도 했다.

귀족으로서 그는 자신이 모든 사람보다 우월하다고 느꼈고 모든 사람을 조롱하는 것이 허용되었다. 그러나 실제로 그의 전체 자세가 중하류계급환경에서 온 사람의 열등감을 숨기고 있는 것처럼, 분석에서 자신의 조롱이 표면적으로 열등감에 대한 보상이라는 사실을 곧 깨달아야 했다. 그러나 조롱의 심층 의미는 조롱이 동성애관계를 대체한다는 것이다. 그는 특히 자신이 좋아하는 남성을 조롱하는 것을 선호했고 다른 사람들을 전혀 신경 쓰지 않았다(조롱 = 가학성향 = 동성애 유혹). 귀족이 되는 것에는 한편으로 가학성향 및 동성애와 다른 한편으로 고귀한 자제 사이의 대립이 결합되었다.

분석에서 그의 귀족다운 자세는 무의식에 새로 침투할 때마다 강해졌지만, 시간이 지남에 따라 그의 본성이 평범한 일상생활에서 부드러워지는 것처럼 이러한 방어반응[귀족다운 자세]은 기본성격을 여전히 잃지 않았지만 약해졌다.

귀족태도에 대한 분석은 그의 유년기와 사춘기의 중심 갈등지점을 밝혀내는 것

---

57) 『충동성격』(Der triebhafte Charakter), Internationaler Psychoanalytischer Verlag, 1925에서 요인에 대한 나의 조사도 참조하라.

으로 직접 이어졌다. 따라서 귀족태도의 병원성 위치[귀족태도를 불러일으킨 원인이 있는 지점]는 여기서 거의 정서가 없는 그의 기억, 꿈, 기타 내용정보로부터 그리고 공격정서가 묶여있는 귀족태도라는 그의 성격으로부터 이중으로 공격받았다.

2. 성격을 통한 어린 시절 공포증 극복

성기불안의 본질적인 부분은 귀족태도의 표출에 묶여있었다. 이 묶임에 관한 이야기는 지금까지 거의 알려지지 않은 어린 시절 공포증의 운명을 드러냈다. 환자는 세 살부터 여섯 살까지 극심한 쥐공포증을 앓고 있었다. 내용 면에서 볼 때 이 공포증에서 아버지에 대한 그의 여성 태도가 거세불안에 대한 퇴행반응으로 중요한 영향을 미쳤다는 사실에만 우리는 관심이 있다. 이것은 전형적인 자위불안과 관련이 있다. 소년이 귀족환상을 귀족으로 구체화할수록 그의 공포증은 줄어들었다. 나중에는 잠자리에 들기 전에 불안흔적만 남았다. 분석에서 쥐공포증과 거세불안이 정서적으로 다시 나타났다. 분명히 어린 시절 공포증의 일부 리비도나 불안이 성격태도로 가공되었다.

물론 우리는 유아요구 및 유아불안이 성격특성으로 변하는 과정을 잘 알고 있다. 이러한 종류의 변형의 특별한 사례는 공포증을 외부세계와 불안에 대한 일종의 무장으로, 충동구조에 따라 결정되는 불안으로 대체하는 것이다. 이 사례에서 환자의 귀족태도는 유아불안을 묶었다. 또 다른 전형적인 사례는 어린 시절 공포증의 결과이거나 거세불안의 단순한 징후가 수동여성 존재로 나타나는 것인데, 예를 들어 과장되고 상투화된 공손함처럼 겉으로 나타난다. 다음 사례는 공포증이 인성의 성격태도로 변하는 것을 더 설명하기 위한 것이다.

한 강박환자는 증상 뿐만 아니라 완전한 정서차단 때문에 눈에 띄었다. 그는 마치 살아있는 기계처럼 쾌락에도 불쾌에도 접근할 수 없었다. 분석에서 정서차단은 주로 과도한 가학성에 대한 무장으로 밝혀졌다. 사실 그는 성인이 되어서도 가학환상을 지니고 있었는데 그 환상은 무디고 활기 없었다. 그에 상응하는 강렬한 거세불안이 무장의 동기로 두드러졌지만 다른 방식으로는 전혀 나타나지 않았다. 분석은 정서차단이 발생한 날짜까지 추적할 수 있었다.

환자는 또한 일반적인 어린 시절 공포증(이 사례에서는 말과 뱀)을 앓고 있었다. 여섯 살이 될 때까지 거의 매일밤 야경증을 동반한 불안꿈을 꾸었다. 그는 가장 심한 불안과 함께 말이 자신의 손가락 중 하나를 물어뜯는 꿈을 매우 자주 꾸었다(자위=불안=거세). 어느 날 그는 더는 불안해하지 않겠다고 결심했고(우리는 이 독특한 결심으로 다시 돌아올 것이다) 자신의 손가락이 다시 물린 다음 말꿈의 불안에서 완전히 벗어났다.

동시에 정서차단이 발달하여 공포증을 대체했다. 불안꿈이 때때로 다시 나타난 것은 사춘기가 지나서였다.

이제 더는 불안해하지 않기로 한 그의 독특한 결심으로 돌아가 보자. 이것의 역동적 과정을 완전히 밝힐 수는 없다. 여기서 그의 삶은 비슷한 결의를 통해 거의 전적으로 이루어졌다고 말하는 것으로 충분하다. 그는 특별한 결심 없이는 아무것도 할 수 없었다. 항문의 완고함과 매우 엄격한 부모로부터 물려받은 극도의 자제력이 그의 결단력의 기반을 형성하였다. 항문의 완고함은 또한 무엇보다도 외부세계 전체에 대한 일종의 보편적인 괴츠 본 베를리힝엔[58] 태도를 의미하는 정

---

58)   Götz von Berlichingen. 1500년경 기사인 실존인물에 대한 괴테의 희곡, 『괴츠 폰 베를리힝엔』 여기서 괴테는 괴츠를 정직한 사람, 기사, 자율적으로 자기 삶을 꾸리는 위대한 인물로, 자유와 정직을 지향하는 최후의, 유일한 기사로 묘사했다. 그런데 괴츠의 상대는 혼란하고 무질서한 시대, 사회이기 때문에 이 막강한 상대를 꺾고 승리할 재간이 괴츠에겐 없으며 그래서 괴츠의 운명은 처음부터 몰락하기로 예견되어 있었던 것인지 모른다.
기사 괴츠는 희곡에서의 인용구들로 유명해졌다. "하지만 그는 내 엉덩이를 핥을 수 있다고 말해줘"라는 인용구가 있으며, 그 외의 인용구들로는 다음이 있다. 행복은 나에게 변덕스러워지기 시작했다. 신이 쓰러뜨리는 사람은 스스로 일어나지 않는다. 빛이 많은 곳에는 그림자도 많다. 좋은 기수와 적절한 비는 어디에서나 온다. 빛이 많은 곳에는 그림자가 많다. 군중은 공덕의 반영만을 높이 평가한다. 한 마리의 늑대는 양떼 전체에 비해 너무 많다. 시대는 끝났다. 한 사람은 자신이나 다른 사람을 속이고, 보통은 둘 다 속인다. 왕자들이 당신이 묘사한 대로라면 우리는 우리가 원하는 모든 것을 가질 것이다. 평화와 조용함! [옮긴이 주]

서차단의 에너지기반을 형성했다. 6개월 동안 치료를 받고 나서, 그는 매번 내 아파트의 초인종을 누르기 전에 분석에 대한 일종의 마법적 보호공식으로 괴츠의 인용문을 세 번 연속해서 큰 소리로 낭송한 것으로 밝혀졌다. 그의 정서차단을 말로 이보다 더 잘 표현할 수는 없었다.

따라서 그의 항문고집과 가학성향에 대한 반응은 정서차단을 구축하는 가장 중요한 구성요소였다. 가학에너지와 함께 강력한 어린 시절 불안(울혈불안+거세불안)이 이 무장에 쓰였다. 우리는 매우 다양한 억압과 반응형성의 합계인 이 벽을 통과한 뒤에야 그의 강렬한 성기 근친성관계 욕망과 마주할 수 있었다.

공포증 출현은 자아가 일정한 리비도자극을 제압하기에 너무 약하다는 신호지만, 성격특성이나 전형적인 태도가 출현한다는 것은 공포증을 극복하였고 이드와 외부세계에 대한 만성 무장형식으로 자아형성이 강화되었음을 의미한다. 공포증이 인성균열에 해당한다면 성격특성 형성은 그 사람의 통일에 해당한다. 성격특성 형성은 더는 견딜 수 없는 인성갈등에 대한 자아의 종합반응이다.

공포증과 그에 뒤이은 성격형성 사이의 이러한 모순에도 불구하고 공포증의 기본경향은 성격특성에서 유지된다. '귀족'의 고귀한 자세, 강박성격의 정서차단, 수동여성 성격의 공손함은 결국 앞의 공포증과 마찬가지로 **회피태도**에 지나지 않는다.

자아는 무장을 통해 일정하게 강화되지만 동시에 이 결과로 자신의 행동능력과 움직임의 자유를 제한한다. 그리고 무장이 나중에 성경험능력을 해칠수록, 제한이 많을수록, 구조가 신경증 구조에 더 가까울수록, 자아가 나중에 다시 붕괴할 확률이 커진다. [59]

나중에 신경증질환이 발생하면 성격처리로는 억눌린 리비도흥분과 울혈불안을 제압하기에 불충분한 것으로 입증되며, 이전 공포증이 다시 나타난다. 따라서 우리는 전형적인 신경증질환에서 다음 단계를 구별해야

---

59) 참조. 2부 2장, "성기성격과 신경증성격."

했다.

① 리비도자극과 부정 사이의 유아갈등

② 억압을 통한 자극제거(자아강화)

③ 억압의 발발 – 공포증(자아약화)

④ 신경증 성격특징의 형성을 통한 공포증제거(자아강화)

⑤ 사춘기갈등(또는 양적으로 유사한 것): 성격무장의 불충분함

⑥ 이전 공포증이나 이에 상응하는 증상의 재출현

⑦ 성격에 불안을 흡수하여 공포증을 통제하려는 자아의 새로운 시도

　분석치료를 받으려고 우리에게 오는 성인환자를 가볍게 두 가지 유형으로 구분할 수 있다. 오래된 신경증이 신경증 반응기반(공포증의 새로운 형성 등)을 증상으로 악화시키는 붕괴단계(6단계)에 있는 환자와, 이미 재건단계(7단계)에 있는 환자, 즉 자아가 이미 성공적으로 증상을 통합하기 시작한 환자가 있다. 예를 들어, 고통스러운 질서강박은 **전체 자아**가 일상활동에 너무 많이 퍼져 있는 질서의식을 발달시킴으로써 훈련된 관찰자에게만 강박성격을 드러낼 정도로 그 날카로움의 일부를 잃는다. 이런 식으로 자기치유를 가장하지만, 증상의 확산 및 평탄화는 제한된 증상에 못지않게 자아의 행동능력을 해친다. 따라서 환자는 더 이상 고통스러운 증상 때문에 치유를 요구하는 것이 아니라 일반적인 노동장애, 삶의 불쾌함, 그리고 유사한 불만 때문에 치유를 요구한다. 따라서 자아와 그 신경증증상 사이에 끊임없는 투쟁이 일어나며, 이 두 가지의 종착점은 **증상형성과 증상통합**이다. 그러나 모든 **증상통합**은 어느 정도 중요한 자아 **성격변화**를 동반한다. 나중에 이러한 증상을 자아에 통합하는 것은 어린 시절 공포증을 부분적으로 또는 완전히 성격구조로 변형시킨 어린 시절의 최초 주요 과정을 반영한 것일 뿐이다.

　공포증이 가장 흥미로우며 리비도경제의 관점에서 볼 때 개인의 통합을 방해하는 가장 중요한 표시이기 때문에, 우리는 여기에서 공포증에 관해 이야기하고 있다. 그러나 위에서 묘사한 과정은 유아초기에 나타나는 모든 불안의 경우에 발생할 수 있다. 예를 들어, 잔인한 아버지에 대한 아이

의 합리적이고 완전히 정당화된 불안은 성격의 완고함과 가혹함 등과 같은 불안을 대신하는 만성 성격변화로 이어질 수 있다.

유아불안 경험과 다른 오이디푸스 콤플렉스 갈등상황(공포증은 여기에서 강조된 특별한 사례 중 하나일 뿐이다)이 성격구조와 부딪칠 수 있다는 사실은, 어린 시절의 경험이나 내면의 정신상황은 말하자면 이중기록으로, 무의식적인 생각으로서 **내용** 측면에서 그리고 **자아**의 **성격태도**로서 **형식** 측면에서 보존된다는 것을 의미한다. 다음 임상사례는 이에 대한 간단한 설명이다.

자기애피학 심기증 환자는 아버지가 자신을 엄하게 대했던 것에 대해 흥분하여 시끄럽고 초조한 불평을 하는 것이 특징이었다. 그가 치료받는 몇 달 동안 제시한 모든 것은 "아버지의 손에 내가 당한 것을 좀 보세요. 그가 나를 파멸시켰고 나를 살 수 없게 만들었어요"라는 말로 요약할 수 있다. 그가 나에게 오기 전에 1년 반 동안 나의 동료가 그의 아버지와의 유아갈등을 분석하면서 매우 철저하게 해결하였는데, 그의 존재[성격]와 증상에는 거의 변화가 없었다.

마침내 나는 분석하면서 그의 행동에서 한 가지 특징을 발견하였다. 그의 움직임은 느슨했고 그의 입 주변에는 피로의 흔적이 있었다. 여기서 묘사하기 어려운 그의 말하기는 단조롭고 침울했다. 그 어조의 의미를 알아차렸을 때 다음이 분명해졌다. 즉 그는 마치 죽어가는 것처럼 고통스럽게 말했다. 분석 외의 일정한 상황에서도 그가 **무의식적으로 무기력증에 빠져든다**는 사실을 알게 되었다. 그가 **이런 식으로 말하는 것**의 의미는 또한 "아버지가 내게 무슨 짓을 했는지, 그가 나를 얼마나 괴롭혔는지 봐요. 그는 나를 파멸시켰고 나를 살 수 없게 만들었어요"라는 의미였다. 그의 태도는 심한 비난이었다.

그의 '죽어가는' 노골적으로 비난하는 말투에 대한 나의 해석이 가져온 효과는 놀라웠다. 마치 아버지와의 관계에서 마지막으로 형식적 접착지점이 해결되면서 모든 이전 내용해석도 그 효과를 발휘하기 시작한 것 같았다. 나는 그의 말투가 그 무의식적 의미를 드러내지 않는 한 아버지에 대한 비난의 상당 부분이 정서적으로 묶여있고, 내용 측면에서 드러난 아버지와의 관계를 의식하고 있었어도 치료반응을 보일 만큼 충분히 정서적 영향을 받지는 않았다는 결론을 내릴 수 있었다.

그러므로 무의식적인 유아구조가 지닌 동일한 요소가 이중으로 보존되고 표현된다. 즉 개인이 행동하고 말하고 생각하는 무엇으로 그리고 그가 행동하는 **방식**으로 표현된다. 내용과 형식의 통일에도 불구하고 '무엇'에 대한 분석은 '어떻게'를 건드리지 않고 남겨둔다는 것, 이 '어떻게'는 '무엇'에 이미 용해되거나 의식화된 것처럼 보이는 동일한 정신내용의 은신처로 판명된다는 것, 그리고 마지막으로 '어떻게'에 대한 분석이 정서를 특히 효과적으로 방출한다는 것은 매우 흥미롭다.

4장
몇 가지 특기할 만한 성격형식

1. 히스테리성격

성격유형 분화를 연구할 때 우리는 성격이 기본기능에 따라 모든 형식에서 외부세계의 자극과 억압된 내부충동에 대한 무장을 나타내지만, 이 무장의 외부형식은 항상 역사적으로 결정된다는 전제에서 출발했다. 우리는 또한 성격유형을 구분하기 위한 몇 가지 조건을 제시하려고 노력했다. 아마도 이 조건 중에서 가장 중요한 것은 교육자의 성격과 함께 충동장치가 가장 결정적인 부정을 만나는 발달시기일 것이다. 따라서 성격의 외양, 성격의 내부기제, 성격 기원의 일정한 역사 사이에는 항상 특정한 관계가 있어야 한다.

히스테리성격은 관련 병리 증상과 그에 따른 반응이 종종 복잡할 수 있지만 가장 단순하고 이해하기 쉬운 성격무장 유형을 나타낸다. 이 유형 안에 존재하는 차이점을 무시하고 공통점을 요약하면, 이 유형의 남녀 모두에서 가장 두드러진 행동특징은 눈에 거슬리는 **성적인 태도**다. 이 특징은 뚜렷한 성적 뉘앙스를 풍기는 특정한 종류의 신체적 **민첩함**을 지니며, 이는 왜 여성히스테리와 성의 관계가 매우 일찍부터 알려졌는지를 설명한다. 걸음걸이, 외모, 말투에서 위장되거나 위장되지 않은 교태는 특히 여성히스테리 성격유형을 드러낸다. 남성의 경우 부드러움과 과도한 공손함 외에 여성스러운 표정과 여성스러운 태도도 두드러진다. 우리는 1부에서 그러한 사례에 대해 자세히 설명했다.

위에서 언급한 특성은 성행동이 추구하는 목표가 가까워질 때 가장 강하게 나타나는 다소 뚜렷한 불안과 관련이 있다. 그럴 때 히스테리성격은 한결같이 뒤로 물러나거나 수동적이고 불안한 태도를 지닌다. 히스테리행동이 이전에 폭력적이었던 만큼 그 이후의 수동성도 광범위하다. 그러나 성경험에는 또 다른 변형이 있다. 예를 들어 상응하는 성경험 없이 행동에서 활동이 증가한다. 분석에 따르면 이러한 활동증가는 활동으로 극복되는 심각한 불안의 표현임이 밝혀진다.

히스테리성격의 표정과 걸음걸이는 강박성격에서처럼 결코 딱딱하고 무겁고 부담스럽지 않으며, 남근자기애성격처럼 결코 거만하고 자신감 넘치지 않는다. 뚜렷한 움직임 유형은 일종의 경쾌한 특성(탄력과 혼동하지 말 것)을 지니고 있으며 나긋나긋하고 성적으로 도발적이다. 히스테리성격이 쉽게 흥분하는 것은 이미 외모 전체에서 읽을 수 있으며, 예를 들어 강박성격의 행동특성과는 대조된다.

신체적 민첩함 뿐만 아니라 교태와 짝을 이루는 수줍음과 불안함이 히스테리성격의 행동표현에서 눈에 띄는 반면 추가적인 특정한 히스테리성격특성은 숨겨져 있다. 그중에서 우리는 반응의 변덕스러움, 즉 자신의 태도를 예상치 못하게 의도하지 않은 채 바꾸는 경향을 발견한다. 강한 암시성[겉으로 명확히 드러내지 않고 넌지시 알려 주는 것]은 결코 단독으로 나타나지 않고 항상 강한 실망반응 경향과 짝을 이룬다. 강박성격과 반대로 히스테리성격은 가장 있을 법하지 않은 일에도 쉽게 설득될 수 있고, 마찬가지로 쉽게 습득한 다른 신념이 자신의 신념을 대신할 때 자신의 신념을 빠르게 포기하는 경향이 있다. 이전 속박에는 보통 반대되는 것 즉 신속한 비하와 근거 없는 비방이 뒤따른다. 히스테리성격이 지닌 피암시성[타인의 암시에 쉽게 빠지는 것]은 수동적 최면 뿐만 아니라 환상에 대한 성향을 설명한다. 이것은 어린아이다운[구김 살 없는] 성격의 예외적인 성속박[애착] 능력과 관련이 있다. 환상화경향은 환상경험을 실제처럼 재현하고 이해하는 거짓논리로 쉽게 이어질 정도로 증가할 수 있다.

히스테리성격은 신체행동에서 강한 표현을 찾는 것만큼이나 신체증상에서 정신갈등을 나타내는 경향이 있다. 이는 리비도구조로 쉽게 설명할 수 있다.

특히 히스테리성격은 근친성관계 속박을 통해 결정되는 어린이 성기발달단계에 고착되는 것이 특징이다. 이러한 고착에서 히스테리성격은 자신의 강한 성기공격과 불안을 모두 끌어낸다. 성기 근친성관계 생각은 물론 억압되어도 집중력을 최대한 유지하며 강박성격의 경우와 같이 전-성기노력으로 대체되지 않는다. 전-성기, 구강, 항문, 요도의 노력은 히스테리성격에서 역할을 하는 한 그리고 항상 그렇듯이 성기성 표현형식이거나 적어도 그것과 결합된 형식이다. 히스테리에서 입은 항문과 마찬가지로 항상 여성성기를 의미하지만, 예를 들어 우울증에서는 이 영역이 원래의 전-성기 기능을 수행한다. 페렌치의 표현에 따르면 히스테리성격은 모든 것을 성기화한다. 다른 형태의 신경증은 성기성을 전-성기 기제로 대체하거나 반대로 히스테리에서처럼 성기가 유방, 입 또는 항문으로 기능하도록 허용한다. 다른 곳에서 나는 이것을 성기리비도가 전-성기 리비도로 흘러넘치는 것[범람]이라고 불렀다. 히스테리성격에는 성기고착과 성기기능억제로 작용하는 성기불안의 결과로 항상 심각한 성장애가 있지만, 처리되지 **않은** 성기리비도의 울혈이 가장 강한 영향을 미치기 때문에 성적 민첩함은 불안반응 경향만큼이나 강렬하다. 강박성격과 달리 히스테리성격은 처리되지 않은 성긴장으로 가득 차 있다.

이것은 히스테리성격이 지닌 무장의 본성에 관한 질문으로 이어진다. 히스테리성격의 무장은 예를 들어 강박성격의 무장보다 훨씬 덜 단단하고 훨씬 더 불안정하다. 히스테리환자에게서 무장은 가장 단순한 방식으로 성기 근친성관계 노력에 대한 불안한 자아방어로서 나타난다. 뚜렷한 히스테리성격에서 성기 성생활 자체가 방어를 위해 봉사한다는 것은 아주 이상하지만 부정할 수는 없다. 전반적인 태도가 불안할수록 성행동이 더 두드러진다. 이 기능의 의미는 평균적으로 다음과 같다. 히스테리환자는 성기불안에 의해 억제된 격렬하고 충동적이고 만족스럽지 않은 성기충동을 지니고 있다. 그 결과 그는 항상 자신의 유아불안 관념에 해당하는 위험에 노출되어 있다고 느낀다. 원래의 성기노력은 이제 위험의 원천과 위협적인 위험이 얼마나 크고 가까이 있는지를 탐색하는 데 사용된다. 따라서 히스테리여성이 특히 활기찬 방식으로 성적으로 자신을 표현할 때 이것을 진정한 성 준비상태라고 가정하는 것은 잘못이다. 반대로 이러한 명백한 준비상태를 처음 사용하려고 시도할 때, 뚜렷한 히스테리유형에서는 행동이 즉시 반대되는 것으로 바뀌고 도피를 포함한 다른 형식의 불안이나 방어가 성행동을 대신한다는 것을 알게 될 것이다. 따라서 히스테리성격은 성행동을 통해 두려운 위험이 존재하는지 그리고 위험이 어디에서 오는지 알아내려고 한다. 이것은 분석치료의 전이반응에서 특히 분명하다. 히스테리성격은 자신의 성행동이 지닌 의미를 결코 알지 못하고 알기를 격렬하게 거부하며 '그러한[알라고 하는] 부과'에 분노하는데, 간단히 말해서 여기에서 성노력으로 눈에 띄는 것은 기본적으로 방어에 봉사하는 성이라는 것을 곧 깨닫게 된다. 이 방어책을 밝히고 어린 시절 성기불안을 분석으로 해체할 때만 성기대상 노력이 원래의 기능으로 나타나며, 그렇게 되면 같은 단계에서 환자는 과장된 성적 민첩함을 잃게 된다.

이러한 성행동에서 본원적 자기애나 지배하고 강요하려는 의지와 같은 다른 이차적 자극이 표현된다는 사실은 여기서 그다지 중요하지 않다.

히스테리성격에서 성기기제와는 다른 것이나 그 대체물이 발견되더라도, 이것들은 더는 특별히 이 유형에 속하지는 않는다. 예를 들어 우리는 종종 우울기제를 발견한다. 분석적으로 성기 근친성관계 고착은 구강기제로의 퇴행을 통해 해소되거나 이 과정의 경로에서 새로운 형성으로 대체된다. 히스테리환자의 강한 퇴행경향, 특히 구강단계로의 퇴행경향은 이 영역의 성울혈로 설명될 수 있고, 또한 입이 성기기관으로서의 중요성 때문에 '위로 이동'하면서 많은 리비도를 끌어당긴다는 사실로 설명될 수 있다. 물론 이 과정에서 본래의 구강고착에 속하는 우울 유사반응이 함께 활성화된다. 따라서 히스테리성격은 행동하고 긴장하고 활기찬 한에서 순수하게 자신을 나타내지만, 우울하고 내성적이며 자폐증이 있을 때는 더는 특별히 자신에게 속하지 않는 다른 기제를 드러낸다고 말하고 싶다. 하지만 심기성 우울증과는 반대로 히스테리성 우울증에 대해 말할 수 있다. 차이점은 성기리비도와 대상관계가 구강태도와 결합되는 정도에 있다. 한쪽 끝에는 [히스테리 없는] 순수한 우울이 발생하고, 성기성이 우세한 다른 쪽 끝에는 [우울 없는] 순수한 히스테리가 발생한다.

히스테리성격은 승화 및 지성적 성취 경향이 낮고, 성격 반응형성에서 다른 신경증성격 형식보다 훨씬 뒤처진다는 점을 강조해야겠다. 이것은 또한 히스테리성격에서 리비도가 자신의 과잉성욕을 줄일 수 있는 성만족을 향해 나아가지도 않고 성에너지를 광범위하게 묶지도 않으며, 오히려 성에너지를 부분적으로는 신체 신경분포로 방출하고 부분적으로는 불안이나 불안함으로 전환한다는 사실과도 관련이 있다. 히스테리성격의 이러한 충동기제에서 사람들은 성과 사회적 성취 사이의 이른바 대립을 추론하는 것을 좋아하지만, 고도의 승화교란[장애]은 정확하게 속박되지 않은 성기성의 성억제로 인해 발생하며 만족감의 확립만이 사회적 성취와 관심을 자유롭게 한다는 사실을 간과한다.

신경증 예방과 성경제 측면에서, 다른 성격유형에서 전-성기노력을 기울이는 것과 같은 방식으로 히스테리성격이 어떻게든 자신의 성기울혈을 변형시킬 수 없는 이유가 중요하다. 히스테리성격은 성기리비도에서 어떤 반응형성도 어떤 승화도 만들어내지 않으며 심지어 성격무장도 제대로 작동시키지 않는다. 이러한 사실을 성기리비도의 다른 특성과 함께 고려하면, 완전히 발달한 성기흥분은 직접 만족 이외의 목적에는 적합하지 않으며, 성기흥분 억제는 다른 리비도노력의 승화에 너무 많은 에너지를 제공하기 때문에 성기리비도의 승화를 심각하게 방해한다는 결론에 도달한다. 이것이 성기의 특별한 특성 때문인지 의심스러울 수 있다. 성기영역이 흥분될 때 리비도 양이 원인일 가능성이 더 크다. 성기는 생리적으로 가장 활기차고 다른 모든 부분충동과 달리 **오르가즘방출** 능력을 갖추고 있으며 리비도경제 측면에서 필수적이므로, 성기에서 발생하는 충동이 다른 성감대에서 발생하는 충동보다 비타협적이고 전환할 수 없다는 측면에서 음식욕구와 훨씬 더 유사하다고 가정할 수 있다. 이것은 어떤 윤리적 견해에는 슬픈 일이지만 바꿀 수 없는 사실이며, 우리는 이러한 사실에 대한 반감을 설명할 수도 있다. 이러한 사실을 인정하는 것은 전복적일 것이기 때문이다.

2. 강박성격

성격의 가장 일반적인 기능이 자극을 방어하고 정신균형을 확보하는 것이라면, 이를 강박성격에서 특히 쉽게 입증할 수 있어야 한다. 결국 강박성격은 가장 잘 연구된 정신형성 중 하나이다. 알려진 강박증상에서 [강박]성격 행동양식으로 물 흐르듯 넘어간다. 신경증적 질서강박이 없을 수도 있지만, **현학적 질서감각**은 강박성격의 전형적 특성이다. 삶 전체를 크고 작은 방식으로 선입견에 입각한 돌이킬 수 없는 계획에 따라 살아간다. 정해진 순서의 변경은 적어도 불쾌한 것으로 느껴지며 이미 신경증으로 간주할 수 있는 사례에서는 불안을 불러일으킨다. 한편으로 이 특성이 철저함과 맞물려 노동완성도를 높이고, 다른 한편으로는 갑작스러우며 예기치 않은 반응변화로 인한 생동감을 허용하지 않기 때문에 노동능력을 심각하게 제한한다. 이러한 특성은 공무원에게 유익하더라도 생산적인 노동과 새로운 생각의 실행에는 장애가 될 것이다. 따라서 위대한 정치인들에게서는 강박성격을 거의 찾아볼 수 없다. 강박성격은 비록 사변을 완전히 배제하므로 근본적인 새로운 발견을 가로막을지라도, 우리는 강박성격과 양립할 수 없는 작업을 하는 자연과학자들 사이에서 강박성격을 발견할 수 있다. 이것은 또 다른 성격특성 즉 **장황하고 우울한 사유**에 빠지지 않는 경향과도 관련이 있다. 여기서 특징은 불필요한 에너지를 소비하지 않으면서도 대상의 합리적 중요성에 따라 사유할 때 주의를 예리하게 집중하지 못하고 주의가 어느 정도 고르게 분산되며, 부차적인 질문에 대해 전문적인 관심의 중심에 있는 다른 질문과 마찬가지로 적지 않게 철저하게 생각한다는 것이다. 이러한 특성이 병리적일수록 그리고 더 단단하게 형성될수록, 주의와 사유의 집중이 부수적인 문제로 이동하고 합리적으로 중요한 문제를 생각에서 더 많이 제껴둔다. 이것은 무의식적인 집중의 이동, 즉 무의식적으로 중요해진 생각을 멀리 떨어진 부차적인 것들로 대체하는 것으로 이루어지고, 면밀하게 조사해 온 과정의 결과이다. 이 모든 것은 억압된 생각에 대항하는 점진적인 억압과정에 속한다. 대부분 실제 대상에 침투할 수 없는 금지된 것들에 대한 어린 시절 생각이다. 이러한 사유와 우울은 또한 역사적으로 조건화된 일정한 도식에 맞추어 규정된 경로를 따라 움직이며 지식노동자의 사유운동성을 상당히 방해하지만, 어떤 사례에서는 평균 이상으로 발달한 추상적 논리적 사유능력으로 보완되기도 한다. 비판 능력은 - 논리의 틀에서 - 창의 능력보다 더 잘 발달해 있다.

절대 빠지지 않고 언급되며 위의 특성과 밀접하게 관련된 성격특성은 **검소함[절약]**이며 이는 종종 **인색함**으로 발전한다. 허세, 소란스러움, 우울경향, 검소함은 모두 유일한 충동근원인 항문 에로티시즘에서 비롯된 것이다. 이것들은 주로 청결교육 시기에 속하는 어린 시절 경향에 대한 반응형성에서 나온 직접 파생물이다. 이러한 반응형성이 완전히 성공적이지 않은 한 이미 논의한 본성과 정확히 반대되는 본성을 지닌 특성이 있으며, 이 특성이 강박성격의 내재적 부분을 구성하고 더 정확하게 표현하면 원래 경향의 돌파구를 만든다. 그런 다음 극도의 어수선함, 돈관리 불능, 철저한 사유 등이 깨지지 않는 순환 속에서 발생한다. 여기에 물건을 **수집하는** 강한 경향을 더하면 성격의 항문관능적 파생물의 앙상블이 완성된다. 배설기능에 관한 관심과 질적 관계는 쉽게 알 수 있지만, 우울과 항문 에로티시즘의 관계는 완전히 명확하지는 않다. 비록 우리가 아기가 어디서 왔는지에 대해 늘 골똘히 생각하지만, 배변관심이 의심의 여지 없는 일정한 종류의 사유로 바뀌는 것은 여전히 이해할 수 없는 법칙의 적용을 받는 것처럼 보인다. 이 주제에 대한 프로이트의 첫 번째 연구를 기반으로 한 아브라함, 존스, 오휘센(Ophuijsen)과 다른 사람들의 연구[60]는 이 분야에서 가장 완전한 방향을 제시한다. 항문충동에서 비롯된 것이 아니라 이 시대의 특정한 가학충동에서 발생하는 몇 가지 성격특성을 간략히 언급하겠다. 강박성격은 항상 공감 반응과 죄책감 반응을 강하게 보이는 경향으로 구별되며, 이는 강박성격의 다른 특성이 동료인간에게 정확히 위로를 의미하지 않으며 실제로 과장된 깔끔함, 현학 등에서 적대감과 공격이 매우 자주 직접 만족을 강요한다는 사실과 모순되지 않는다. 강박성격이 리비도발달의 가학항문 단계에 고착됨에 따라, 우리는 이러한 특성에서 원래 반대되는 경향을 지닌 모든 반응형성을 볼 수 있다. 그러나 이러한 특성의 앙상블이 완전한 경우에만 강박성격에 대해 말할 수 있으며, 예를 들어 누군가가 현학적일 뿐이지 강박성격이 전혀 보이지 않는 경우 강박성격이라고 말할 수 없다는 점을 강조해야 한다. 따라서 한 히스테리환자가 깔끔하거나 동시에 골똘히 생각한다면 강박신경증이라고 말해서는 안 된다.

지금까지 언급한 성격특성은 일정한 부분충동의 직접 변형이지만, 더 복잡한 구조를 지니며 일련의 상호작용하는 힘의 결과인 다른 특성이 절대 존재하지 않는 것은 아니다. 여기에는 **우유부단함, 의심, 불신**이 포함된다. 외형적으로 강박성격은 강하게 **억제**되고 **자제**되어 있으며, 정서에 접근하기 어렵거나 대부분 냉정하며, 사랑과 미움을 미지근하게 표현하고 많은 사례에서 완전한 **정서차단**으로 발전할 수 있다. 마지막으로 언급한 이러한 특성은 이미 형식적인 성격을 띠고 있으므로 실제 우리의 주제인 성격의 역동성과 경제로 이어진다.

우유부단함과 짝을 이루는 삶과 사유의 확고함과 규칙성은 실제로 이것들[우유부단함, 의심, 불신]과 일정한 관계가 있으며 성격형식 분석의 출

---

60) 항문 에로티시즘 연구는 프로이트의 『성 이론에 관한 세 가지 논문』(1905)에서부터 아브라함의 『리비도의 발달사 연구』(1924), 그리고 존스, 오휘센, 스탁케(Starcke) 등의 연구로 이어졌다. 이들은 프로이트의 연구 이후 항문 에로티시즘의 개념에 중요한 수정을 가하였다. 이들의 가장 중요한 수정 사항은 성적인 것의 우위를 포기하고 파괴성의 중요성을 강조하고, 자기애와 나르시시즘을 가학으로 대체하고, 자아와 같은 비충동 요인을 무시하는 것이었다. [옮긴이 주]

발점이다. 이것들은 성격특성 내용처럼 개인의 충동에서 직접 파생되는 것이 아니라 관련자의 존재에 독특한 흔적을 남긴다. 분석에서 이것들은 상황종결을 피하려는 경향을 지닐 뿐만 아니라 성격저항의 핵심요소를 형성하므로, 분석치료의 핵심요소이기도 하다. 임상경험에 따르면 의심, 불신 등 증상특성은 분석에서 저항으로 작용하며, 어느 정도 뚜렷한 정서차단을 깨지 않는 한 제거할 수 없다는 것을 알려준다. 따라서 이 부분에 특별한 주의를 기울일 필요가 있다. 또한 우리는 본질적으로 논의를 형식적인 현상에 한정할 것이며, 다른 특성들은 잘 알려져 있어서 더 쉽게 작업할 수 있는 반면 여기서는 미지의 영역에 대해 작업해야 한다.

먼저 강박성격의 리비도위치에 대해 알려진 것을 상기해야 한다. 역사적으로 처음에는 항문가학 단계, 즉 생후 2~3년경에 중심적 고착이 있었다. 어머니의 강박 성격특성으로 인해 청결교육이 너무 일찍 이루어졌기 때문에 이미 어린 나이에 극단적인 억제와 같은 강력한 반응형성을 초래했다. 엄격한 청결교육에 따라 강력한 항문고집이 발생하여 가학충동을 동원하여 이를 강화했다. 하지만 전형적인 강박신경증에서는 남근단계로의 추가발달이 즉 성기성이 활성화되었지만, 부분적으로는 개인의 초기 억제발달의 결과로 부분적으로는 부모의 금욕적인 문화적 태도의 결과로 곧 성기성은 포기되었다. 발달에 관한 한, 성기성은 남근가학 공격으로서 가학성향과 항문성의 이전 발달에 전적으로 달려있었다. 남자아이는 거세불안에 자신의 성기충동을 더 빨리 희생할수록 즉 억압할수록, 후천적인 성체질이 더 공격적이고 초기의 성격억제와 죄책감이 더 광범위하게 새로운 단계에 도달한다는 것은 말할 나위도 없다. 따라서 성기성억압이 이미 포기한 배변관심단계로 후퇴하고 이 단계의 공격이 뒤따르는 것이 강박신경증에 전형적이다. 항문가학 반응형성은 이제 강박성격에서 가장 잘 발달하는 이른바 잠복기[61]에서 강화되는 경향이 있으며 성격을 결정적으로

---

61) 원시인의 성 발달에서 알 수 있듯이 잠복기는 생물학적 현상이 아니라 성억압에 의해 만들어지는 사회학적 현상이다.

형성하는 경향이 있다. 그러한 아이가 사춘기에 접어들어 신체성숙의 강력한 폭풍에 노출될 때 그의 성격이 충분히 무장되어 있다면, 성성숙의 요구사항을 만족시키지 않고 짧은 기간 동안 이전 과정을 반복해야 한다. 일반적으로 여성에 대한 폭력적인 가학충동(구타, 강간 등의 환상)이 먼저 나타나고 정서적 약점과 열등감이 동반되며, 이는 강하게 강조된 윤리적, 미적 자극형태로 자기애보상으로 이어진다. 항문가학 위치에의 고착이 일반적으로 짧은 성기활동에 성공적으로 진입하지 못한 뒤 강화되거나 퇴행적으로 재활성화되어 해당 반응형성의 추가발달을 가져온다. 이러한 심층과정으로 인해 강박성격의 사춘기와 사춘기 이후는 신뢰할 수 있는 결론을 도출할 수 있는 전형적 방식으로 진행된다. 우선, 정서능력의 점진적인 평탄화[발육부진]를 관찰할 수 있으며, 이는 정보가 없는 사람들에게 특히 좋은 사회적 '적응'의 신호로 깊은 인상을 주며, 어느 정도 그리고 어떤 의미에서 관련자에게도 그렇게 보일 수 있다. 그러나 성격차단과 동시에 내면 공허함과 '삶을 다시 시작'하려는 강렬한 열망도 있으며, 환자는 일반적으로 이 열망을 가장 터무니없고 부적절한 수단으로 시도한다. 이러한 환자는 크고 작은 작업을 안전하게 처리하고 초 단위로 계산된 특정 날짜에 새로운 삶을 시작하기 위해서 그 작업을 완료하기 위한 복잡한 체계를 개발한다. 그는 정한 조건을 충족하지 못하기 때문에 항상 처음부터 다시 시작해야 한다.

  강박성격의 형식 측면에서 장애를 연구할 때 정서차단을 연구하는 것이 바람직하다. 정서차단은 무력한 인상을 주지만 결코 무력한 자아태도가 아니다. 반대로 분석은 다른 성격형성에서 그러한 집중적이고 열렬한 방어작업을 거의 드러내지 않는다. 무엇에 대해 무엇으로 방어하는가? 강박성격의 전형적인 억압유형은 생각에서 정서를 분리하여 생각이 방해받지 않고 자주 의식으로 떠오르도록 하는 것이다. 그러한 환자는 침착하게 어머니와의 근친성관계를 심지어 내용 면에서 가장 심각한 강간을 꿈꾸고 생각했어도 어머니를 손대지 않았다. 성기가학 흥분은 전혀 없었다. 처음에 주로 정서차단을 치료하지 않고 동시에 또는 더 나은 방법으로 그러한 환자를 분석하면, 더 무의식적인 재료 때로는 약한 흥분을 얻어도 생각에 해당하는 정서는 결코 얻지 못한다. 정서는 어디에 남아 있나? 정서는 증상이 있다면 부분적으로 증상이 나타나고 그렇지 않다면 주로 정서차단 자체에서 나타난다. 이 주장의 증거는 일관된 분리[격리]와 해석을 통해 차단을 돌파할 수 있을 때 즉시 발생한다. 그러면 추구하는 정서가 자발적으로 다시 나타나며 일반적으로 처음에는 불안형식으로 나타난다.

처음에는 공격충동 외에는 성기충동조차도 방출되지 않는 것이 놀랍고 실험적인 것처럼 보인다. 그래서 우리는 성격무장의 외부층은 공격에너지로부터 형성된다고 말할 것이다. 성격무장은 무엇을 묶는가? 공격을 묶는 것은 항문관능에너지의 도움으로 이루어진다. 정서차단은 한 번의 거대한 **자아경련**을 나타내며, 자아경련은 신체경련상태를 동반하지 않고 오히려 그것을 이용한다. 신체의 모든 근육, 특히 골반저와 골반근육, 어깨근육, 심지어 얼굴근육(강박성격의 약간 가면 같은 '딱딱한' 표정 참조)까지 만성 과도긴장 상태에 있다.[62] 이것이 강박성격에서 신체유연성 부족이 빈번하게 발생하는 원인이다.

따라서 자아는 은유적으로 말하자면 억압된 층에서 항문억제 경향을 가져와 가학충동을 방어하는 데 사용한다. 무의식에서는 항문성[억제]과 공격이 서로 일치하는 방향으로 향하는 반면 방어에서는 항문성 즉 억제가 공격에 대항하여 발생한다(그 반대의 경우도 마찬가지다). 그러므로 정서차단을 해소하지 않으면 항문에너지도 얻지 못한다. 몇 달 동안 진료만남 전에 바지 앞섶을 세 번 문지르며 괴츠의 명언[인용구]을 외우던 정서차단 환자를 떠올린다. 마치 "당신을 죽도록 때려주고 싶지만 자제해야 하니까…"라고 말하고 싶었던 것 같았다.

수동여성 성격에서도 공격은 항문성향의 도움으로 억제되는데 강박성

---

62)   참조. 1928년 *Internationalen Zeitschrift für Psychoanalyse*에 실린 "충동방어의 기관리비도적 현상에 대하여"(Über organlibidonöse Begleiterscheinungen der Triebabwehr)에서 페니헬(Fenichel)의 탁월한 설명.

격과는 다른 방식으로 억제된다. 항문성은 수동여성 성격에서는 원래[항문] 방향으로 작용하고, 강박성격에서는 항문속박형식으로 즉 이미 그 자체가 반응형성으로 작용하는 대상리비도노력으로 작용한다. 따라서 순전히 발달한 강박성격에서 수동 동성애는 히스테리성격 집단에 속하는 수동여성 성격에서만큼 그렇게 피상적이지 않고 상대적으로 억압되지 않는다.

어떻게 성격의 항문억제가 종종 관련자가 살아있는 기계가 될 정도로 완전한 영향을 미칠 수 있을까? 항문 반응형성 때문만이 아니다. 정서차단에 묶여있는 가학성향은 정서차단의 목적일 뿐만 아니라 항문성을 향한 정서차단의 수단이기도 하다. 따라서 항문 배설관심도 공격에너지의 도움으로 방어된다. 모든 활기차고 정서적인 표현은 무의식 속에서 절대 해리되지 않은 오래된 흥분을 불러일으키므로, 사고가 발생할 수 있고 무언가 잘못될 수 있으며 자제력이 회복되지 않을 수 있다는 불안이 끊임없이 작용한다. 여기에서 처벌불안 때문에 자신을 통제해야 할 필요성과 배설충동 사이의 모든 어린 시절 갈등이 풀릴 수 있음을 알 수 있다. 그리고 임상의사는 정서차단에 대한 올바른 분석을 통해 이 중심갈등의 돌파가 성공하여 해당 집중도 이전 위치로 다시 옮길 수 있다고 가르친다. 이것은 갑옷을 벗기는 것과 같다.

우리는 정서차단에서 첫 번째 동일시 및 초자아의 정서적 정박에 이른다. 원래 저항하는 자아에 자신을 통제하라는 외부에서 부과된 명령이 취해졌지만, 명령은 거기에 그치지 않고 경직되고 만성적이고 통제할 수 없는 반응양식이 되었는데, 이드의 억압된 에너지의 도움을 받아야만 그렇게 될 수 있었다.

정서차단의 역동성을 더 자세히 살펴보면 두 가지 종류의 가학자극이 그 안에서 작동하고 있으며, 체계적인 저항분석에서 이 두 가지를 비교적 순수하게 서로 분리하여 재생할 수 있음을 알 수 있다. 우선 일반적으로 구타, 짓밟기, 쥐어짜기 등을 목표로 하는 **항문가학성향**이 저절로 해결된다. 이것들이 해결되고 항문고착이 풀린 후 점점 더 많은 **남근가학충동**(찌르기, 뚫기 등)이 전면에 등장한다. 즉 퇴행이 중단되고 남근위치에의 집중이 시작된다. 이제 처음으로 거세불안이 정서적으로 나타나고 성기억압에 대한 분석이 시작된다. 강박성격에서 오래된 어린 시절 공포증은 종종 이 단계에서 다시 나타난다.

따라서 강박성격은 가학항문 층이 전경에 있고 남근 층이 뒤에 있는 두 가지 억압 층을 지니고 있다. 이것은 퇴행과정의 반전에 해당한다. 퇴행으로 대체된 것은 더 표면에 존재하며, 대상리비도 성기노력은 깊이 억압되어 전−성기 위치의 층들에 '덮여' 있다. 이러한 구조적 조건에서 합성을 통해 작업하지 않은 채 해석을 통해 성기대상 노력의 약한 징후를 환자에게 정서적으로 이해시키려고 하는 것이 기법상 얼마나 잘못된 것인지 알 수 있다. 모든 것을 냉랭하게 받아들이고 의심과 불신으로 격퇴할 것이다.

이러한 맥락에서 우리는 양면성과 의심에서 잠시 멈춰야 한다. 양면성으로 요약되는 다양한 노력을 처음부터 서로 분리하는 데 성공하지 못하면, 이것은 분석에 가장 심각한 장애가 된다. 양면성은 같은 사람을 동시에 사랑하고 증오하는 모순에 해당하며, 심층에서는 각각의 처벌불안을 통해 리비도노력과 공격노력을 모두 억제하는 것에 해당한다. 모든 표현을 동시에 뒤섞어 분석하면 양면성에 대처할 수 없으므로 생물학적인 지울 수 없는 양면적 '성향'이라는 가정에 도달한다. 반면 구조적이고 역동적인 관계에 따라 진행하면 곧 증오가 전면에 나타나며, 처음에는 비교적 순수하게 분석으로 해결할 수 있으며 나중에 리비도노력을 보다 순수하게 결정화할 수 있다. 이러한 **양면성 균열**에 대한 가장 좋은 접근방식은 분석 초기에 현재의 불신을 가장 정확하게 분석하는 것이다.

우리는 강박성격의 가장 본질적인 특징에 우리 자신을 국한해야 했고 많은 부분을 눈에 띄지 않게 제껴 둬야 했다는 것을 이해할 것이다. 성격의 기본사실을 그 근본특징에서 밝히는 데 성공했다면 충분하다.

3. 남근자기애성격

'남근자기애성격'의 정의는 강박신경증과 히스테리 사이에 있는 성격형식을 범주화할 필요성에서 비롯되었다. 이 성격은 외형과 기원 모두에서 다른 두 가지 형식과 명확하게 구분할 수 있는 특징을 지니고 있으므로 구분이 정당화된다. '남근자기애성격' 또는 더 부정확하게는 '성기자기애 성격'이라는 표현은 최근 몇 년 동안 정신분석에서 일반화되었다. 이 유형에 대한 설명은 1926년 10월 비엔나 정신분석학회의에서 당시까지 발표되지 않은 강연으로 처음 이루어졌다.

남근자기애성격은 강박성격 및 히스테리성격과는 외형이 다르다. 강박성격이 주로 억제되고 절제되고 우울하고 히스테리성격은 긴장하고 민첩하고 불안하고 변덕스러운데, 전형적인 남근자기애성격은 외모에 자신감이 있고 때로는 거만하고 탄력 있고 강하며 종종 당당하다. 내부기제가 더 신경증적일수록 이러한 행동양식이 더 눈에 띄게 되며 거기에서 행동과시가 같은 정도로 우세하다. 신체유형에 따르면 남근자기애성격은 주로 운동선수에 속하고 드물게만 무력증에 속하며 때때로 술집주인 비만유형에 속한다. 얼굴특징에서는 딱딱하고 날카로운 남성적인 선이 더 일반적이지만, 운동습관에도 불구하고 여성스럽고 소녀 같은 선(이른바 '우유빛 얼굴')도 매우 자주 드러난다. 일상행동은 수동여성 성격처럼 교활하지 않지만, 이 유형을 대표하는 사람의 표현에서는 차갑게 내성적이거나 비웃고 공격적이며 때로는 '눈에 띄는' 우월한 행동이 보인다. 자기애는 대상과의 관계에서 나타나며 대상리비도와는 반대로 다소 숨겨진 가학특성이 풍부하게 드러나는 사랑에서도 나타난다.

일상생활에서 이러한 사람들은 예상되는 모든 공격에 대해 자신의 공격으로 대응하지 않는다. 이들의 본성이 지닌 공격성은 종종 이들이 행동과 말에서보다는 행동을 표현하는 방식에서 더 표현된다. 이들은 일반적으로 공격적이고 도발적인 것으로 인식되며, 특히 자신의 공격을 마음대로 할 수 없는 동료인간에게 그렇다. 뚜렷한 유형은 특히 인생에서 주도적인 지위를 얻는 경향이 있으며, 군대나 유사한 계층조직에서와같이 한쪽에 대한 종속의 필요성을 다른 쪽에 대한 지배로 보완할 수 있는 경우를 제외하고는 대중 속의 하위구성원이라는 지위를 견뎌내기 어렵다. 그들의 자기애는 다른 성격의 자기애와 달리 유아방식으로 표현되지 않고, 그 존재의 토대는 적지 않게 유아적이지만 우월성과 존엄성을 지나치게 강조하는 자신감 넘치는 방식으로 표현된다. 전—성기 자기애와 남근자기애의 차이에 대한 가장 명확한 통찰은 이것들의 구조를 강박성격의 구조와 비교함으로써 나타난다. 남근자기애성격은 자아에 압도적으로 초점을 맞춤에도 불구하고 때때로 세상사람 및 사물과의 강한 관계를 나타내기도 하며, 이 점에서 성기성격에 가장 가깝지만 비합리적 행동동기에 더 강력하고 포괄적으로 영향을 받는 점에서 다르다. 이 유형이 운동선수, 조종사, 군인, 엔지니어 사이에서 상대적으로 가장 자주 나타나는 것은 우연이 아니다. 주저하며 숙고하는 것이 강박성격의 특징이고 위험한 상황을 회피하는 것이 수동여성 성격의 특징인 것처럼, 공격용기는 이 성격의 가장 중요한 특성 중 하나이다. 남근자기애성격의 용기 및 모험이 성기성격의 것과 다른 점은 성취의 성공에 거의 영향을 받지 않으며 반대자극을 방어하는 역할을 한다는 점에서 보상특징을 지닌다는 것이다.

공개적인 공격가학 행동에 대한 반응형성이 부족하다는 것은 남근자기애성격을 강박성격과 구별한다. 다음에서는 이러한 공격행동 자체가 방어기능을 수행한다는 것을 보여줘야 한다. 자유로운 공격 덕분에 사회적 성취는 이 유형의 상대적으로 신경증적이지 않은 대표자에게서 강하고 충동적이고 활기차고 정확하며 대개 생산적이다. 성격이 더 신경증적일수록 성취가 실제로는 항상 그렇지는 않지만 응고되어 있고 편파적인 것처럼 보인다. 여기에 편집증체계 형성에 이르기까지 온갖 변이형태가 있다. 남근자기애자들의 성취는 세부사항이 덜 철저하고 관대하다는 점에서 강박성격의 성취와 다르다.

남근자기애 남성의 경우 발기력은 오르가즘능력과 달리 매우 잘 발달해 있다. 여성과의 관계는 일반적으로 여성성에 대한 관습적인 경멸로 인해 방해받는다. 하지만 특히 이 유형의 대표자는 순전히 외모에서 남성성의 모든 징후를 드러내기 때문에 주로 원하는 성대상이 된다. 여성의 경우 남근자기애성격은 훨씬 덜 일반적이지만 자주 발생한다. 신경증적 형식은 능동 동성애와 클리토리스흥분이 특징이며, 성적으로 건강한 형식은 신체적 힘이나 아름다움에 기반한 큰 자신감이 특징이다.

남근자기애성격에는 거의 모든 형식의 능동적인 남성 및 여성 동성애, 이른바 **도덕적 광기**, 편집증 및 관련 형식의 정신분열증, 더욱이 홍조공포증 및 명백히 가학적인 남성도착이 포함된다. 종종 생산적인 여성도 여기에 속한다.

이제 이 성격의 구조와 기원에 대해 설명하겠다. 남근자기애 행동에서 직접 만족을 얻는 충동과 자기애 보호장치를 형성하는 다른 충동은 서로 얽혀 있지만 구별해야 한다. 분석은 일반적으로 우선 전체 자아를 남근과 동일시하거나 남근자기애 여성의 경우 그러한 남근을 소유하고 있다는 상상 속에서 강하게 발달한 생각을 보여주고, 나아가 이 자아를 다소 공개적으로 보여준다. 홍조공포증의 경우 이러한 감정은 억압되어 심한 신경증적 수치심과 얼굴이 붉어지는 형식으로 표출된다. 이러한 사례는 모두 항문가학 위치를 막 포기하고 성기 대상리비도 위치를 아직 완전히 점유하지 못했기 때문에 자신의 자지에 대한 자랑스럽고 자신감 있는 태도가 지배하는 어린 시절 발달단계에의 고착에 기반한다. 그것만으로는 설명하기에 충분하지 않다. 남근자기애성격은 이 남근자부심 뿐만 아니라 이 발달단계에 머무르도록 강요하는 동기에 의해 더욱 구별된다.

실제 남근 또는 환상의 남근에 대한 자부심은 강한 남근공격을 동반한다. 이 유형의 남성에게 페니스는 무의식에서는 사랑에 봉사하는 것보다 여성에게 복수하는 공격도구로 기능한다. 이것은 이 유형의 강한 발기력 특성 뿐만 아니라 오르가즘을 경험할 수 없는 상대적인 무능력을 설명한다. 우리는 남근자기애자의 어린 시절 역사에서, 이성애대상 즉 소년의 경우 어머니에게서 소녀의 경우 아버지에게서 가장 심각한 사랑실망을 놀랍도록 한결같이 발견하고, 실제로 남근과시를 통해 대상을 얻으려는 노력의 **절정**에서 사랑실망을 발견한다. [남근자기애성격을 지닌] 남성대표자들 사이에서는 어머니가 아버지보다 더 엄격하거나, 아버지가 일찍 사망했거나 미혼 아버지로서 절대 나타나지 않는 경우가 매우 많다.

발달이 절정에 달했을 때 성기 및 노출 활동을 강력하게 부정하고 성기 관심사를 [다른 곳으로] 돌리기 시작한 교육자에 의해 전형적 방식으로 어린 시절 성기대상 사랑의 추가발달이 억제된다. **성기**단계에서 성적으로 원하는 교육자와의 동일시를 포기하고, 즉 소년의 경우 여성대상을 포기하고 동성대상에 합체되어 아버지(남근적이므로 능동 동성애자)에게로 향하고 어머니를 자기애태도와 가학복수충동으로서만 대상으로 유지한다. 그러한 남성은 무의식적으로 여성에게 자신이 얼마나 강력한지 반복해서 증명하려고 노력하지만 동시에 그 행위는 여성을 뚫거나 파괴하고 더 표면적으로는 굴욕감을 주는 것을 의미한다. 남근자기애 여성의 경우, 비슷한 방식으로 행위 중에 남성에 대한 성기복수(거세)와 그를 무력하게 만들거나 무력하게 보이게 하려는 노력이 주요 경향이 된다. 이것은 이성에 대한 관능적으로 강한 성격이 발휘하는 성매력과 절대 일치하지 않는다. 따라서 상대와 함께 있을 수 없는 신경증—다부다처제와 실망에 대해 능동적으로 준비하고, 버려질지도 모른다는 가능성에서 수동적으로 도피하는 것이 종종 발견된다. 자기애감수성이 보상기제를 방해하는 다른 사례에서는 당사자가 인정하고 싶지 않은 약한 [성]능력이 발견된다. 실제로 능력이 더 많이 방해받을수록 일반적으로 전반적인 기분이 더 불안정해지고 조증성 자신감이 심하게 우울단계와 빠르게 번갈아 가며 나타난다. 이경우 노동능력도 심각하게 손상된다.

남근노출적이고 가학적인 태도는 동시에 정반대 경향에 대한 방어역할을 한다. 성기부정 후 강박성격은 초기 항문성단계로 퇴행하여 여기에서 자신의 반응형성을 만들어낸다. 남근자기애성격은 남근수준에 남아 있으며 심지어 [남근]표현을 과장하지만 이것은 **수동적 항문적인 것으로의 회귀로부터 자신을 보호하기** 위한 것이다. 이러한 성격을 분석하는 과정에서 엄격하게 방어된 항문수동 경향은 더욱 강렬하고 빈번하게 나타난다.

그러나 이러한 경향은 성격을 직접 구성하는 것이 아니라 남근자기애 자아에서 남근가학성향과 노출성향의 형식으로 자신에 대해 발산되는 방어를 통해 구성된다. 이는 수동여성 성격과 정반대 성격을 나타낸다. 수동여성 성격이 항문수동 헌신의 도움으로 자신의 공격과 성기충동을 막는다면, 남근자기애성격은 반대로 남근공격의 도움으로 항문수동 동성애성향을 막는다. 분석가들이 이러한 성격을 항문수동 동성애자로 묘사하는 것을 종종 듣는다. 그러나 이러한 충동과 싸운다고 해서 수동여성 성격을 남근가학 성격이라고 묘사할 수 없는 것처럼, 이러한 충동을 성공적으로 억제하기 때문에 남근자기애성격을 항문수동 성격이라고 묘사할 수는 없다. 이 성격은 무엇과 싸우는지가 아니라 자아가 어떤 충동으로 어떻게 싸우는지에 따라 특징지어진다.

도덕적 광기, 능동 동성애자, 남근가학자에게서 뿐만 아니라 직업 운동선수와 같은 보다 승화된 형식에서 이 방어가 잘 이루어지며, 수동항문 동성애의 방어 경향은 약간의 과장으로 표현될 뿐인 반면, 편집증 환자에게서 방어는 망상형식으로 완전히 터져 나온다. 이 성격의 편집성 형식에 가장 가까운 홍조공포증(편집성 정신분열증 병력에는 종종 병적 홍조의 징후가 포함되어 있다)은 급성 거세불안의 결과로 자신의 자위를 포기하고 혈관운동효과가 있는 추가된 성울혈을 통해 자아방어기능을 약화함으로써 방어적인 수동항문 동성애의 증상발발을 가져온다. 반대로 **도덕적 광기**와 마찬가지로 능동 동성애자와 남근가학자는 리비도만족이 효과적인 한 자아방어에 강하다. 리비도만족이 어떤 이유로 장기간 중단되면 수동항문 성향이 증상으로 또는 위장하지 않고 드러난다.

남근자기애가학 성격 중에는 중독자, 특히 알코올중독자를 자주 발견한다. 이것은 방어[수동] 동성애 뿐만 아니라 남근 '부정'에서 파생된 이 유형의 또 다른 특정한 고유성에 근거한다. 남자의 경우를 살펴보자. 어머니가 남근노출과 자위를 부정하는 것은 그녀와의 동일시를 동반하며, 이는 자연스럽게 버려진 항문지위에 도발적인 영향을 미치고 따라서 수동여성 행동에도 영향을 미친다. 이것은 남근노출적이고 공격적인 충동, 즉 남성적 충동의 더 강한 표현을 통해 즉시 상쇄된다. 그러나 (남근단계에서) 여성과 동일시가 이루어지면 이 동일시는 동시에 상상 속의 남근을 지니고 있고(능동 동성애자들에 대한 뵘[63])과 새거[64]의 성과 참조), 그녀 자신의 남근도 유방의 의미를 얻는다. 따라서 이 성격의 성적으로 능동적인 형태에서는 성희롱과 적극적인 성교경향, 나아가 남성의 경우 젊은 남성에 대한, 여성의 경우 더 젊고 여성적인 여성에 대한 모성태도가 있다. 알코올중독에서는 구강으로의 회귀도 있다. 결과적으로 남근자기애성격의 전형적인 특성은 알코올중독자에게서는 흐려진다.

남근자기애성격에서 건강한 대상리비도 형식과 만성 우울증과 중독의 중증 병리적이고 전−성기 형식으로의 이행형식은 다른 성격유형에서보다 훨씬 더 많고 다양하다. 정신병리학에서는 천재와 범죄자의 유사성에 대해 많이 이야기한다. 강박성격이나 히스테리성격 또는 피학성격은 여기서 의미하는 유형을 제공하지 않으며, 이 유형은 주로 남근자기애성격에서 생겨난다. 최근 몇 년 동안 대부분 성살인자는 하르만과 퀴르텐[65]과 같이 이러한 성격유형에 속했으며, 어린 시절의 심각한 사랑실망 때문에 나중에 성대상에 대해 남근가학 복수를 했다. 란드루[66]는 나폴레옹과 무솔리니만큼이나 남근자기애성격에 속한다. 남근자기애와 남근가학성향의 결합은 수동 동성애 및 항문 동성애 자극에 동시 보상하는 가장 활기찬 정신적 체질로 꼽을 수 있다. 이러한 유형이 자신의 에너지를 활동적인 생산성으로 전환할지 아니면 대규모 범죄로 전환할지에 관한 결정은 무엇보다

63) Felix Böhm, *Homosexualität und Ödipuskomplex*, In : IZfPa. 12, 1926. [옮긴이 주]

64) Isodor Sadger, *Die Lehre von den Geschlechtsverirrungen auf psychoanalytischer Grundlage*, Deutlich, 1921. [옮긴이 주]

65) Fritz Haarmann('하노버의 뱀파이어')은 1918년에서 1924년 사이에 최소 24명의 소년과 청년을 살해한 것으로 추정되며, 성적인 동기로 살인을 저지른 것으로 보인다. Peter Kürten('뒤셀도르프의 뱀파이어')도 연쇄살인범이었다. [옮긴이 주]

66) Henri Désiré Landru(1869~1922). 란드루는 프랑스의 연쇄살인범으로, '강베 [Gambais, 프랑스 중북부 일드프랑스 지역의 이블린 부서에 있는 코뮌]의 푸른 수염'이라는 별명을 지니고 있었다. [옮긴이 주]

도 [첫 번째로] 사회적 분위기와 상황이 이 성격에 승화된 방식으로 자신의 에너지를 사용할 수 있는지에 달려있다.

　두 번째로 생산성으로 전환할지 범죄로 전환할지는 파괴자극이 얼마나 많은 보조를 받는지, 따라서 복수필요성이 얼마나 긴급해지고 결과적으로 어떤 병리형식을 취하는지를 결정하는 성기만족의 넓이와 좁음에 의해 결정된다. 사회적 조건과 리비도경제적 조건의 병치는 물론 만족도 억제가 사회적 가족적 요인에 따라 달라진다는 사실을 흐리게 하지 않을 것이다. 체질적으로 이러한 형식은 일반적으로 평균 이상의 리비도에너지를 생산할 가능성이 크기 때문에 더욱 강렬한 공격이 나타날 수 있다.

　남근자기애성격의 분석치료는 가장 보람 있는 작업 중 하나이다. 이 사례들에서는 남근단계에 완전히 도달하고 공격이 비교적 자유로워서, 다른 성격형식보다 초기 어려움을 극복한 뒤 성기능력과 사회적 능력을 확립하기가 더 쉽다. 수동여성 자극에 대한 방어수단으로 남근자기애 태도를 밝히고 이성에 대한 무의식적 복수태도를 제거할 수 있다면, 분석은 항상 유망하다. 이것이 성공하지 못하면 환자는 자기애적 접근불가능 상태에 있게 된다. 그들의 성격저항은 치료와 분석가에 대한 다소 가려진 형식의 공격적 비난, 해석작업에 대한 자기애적 통제, 모든 불안하고 수동적인 감정, 무엇보다도 긍정전이에 대한 거부와 방어로 구성된다. 반응성 자기애기제의 활기차고 일관된 해체를 통해서만 남근불안은 재활성화된다. 수동성과 항문 동성애 성향의 징후를 즉시 깊이 추구해서는 안 되며, 그렇지 않으면 자기애방어가 일반적으로 완전히 공격할 수 없을 정도로 강화된다.

5장

피학성격

머리말

'피학성격'은 〈국제정신분석학회지〉[67]에 처음 실렸다. 이것은 프로이트의 죽음충동이론에 대한 빌헬름 라이히의 임상적 단절을 나타낸다. 성병리학 역사상 처음으로 임상조사를 바탕으로 다음과 같은 사실이 입증되었다.

① 죽음충동이론의 가설을 입증하는 데 사용되는 현상은 특정한 오르가즘불안 형식으로 거슬러 올라갈 수 있다.

② 피학성향은 생물학적으로 결정된 충동이 아니라 오히려 성경제학적 의미에서 이차적 충동, 즉 자연스러운 성기제의 억압결과이다.

③ 불쾌를 추구하는 생물학적 노력이란 없고 따라서 죽음충동은 없다.

1933년에 이 논문은 빌헬름 라이히의 **『성격분석』**에 통합되었다.

이 논문이 발표된 뒤 몇 년 동안, 피학성향 문제에 대한 이 설명의 일부는 출처 언급 없이 다양한 정신분석가들에 의해 채택되었다. 그러나 아무도 문제의 **중심** 요소, 즉 오르가즘의 기능이 지닌 **특정한** 피학적 억제(이

---

67)   *Internationalen Zeitschrift für Psychoanalyse*, XVIII(1932 – 33).

억제는 **죽음불안**이나 **파열불안**으로 나타났다)에 대해 논의하거나 제시하지 않았다. 따라서 피학성향 문제의 해결은 성경제학의 독점적인 과학적 성취로 남아 있다.

1932년 이 논문의 출판에는 극적인 부수적 요소가 없지 않았다. 〈국제 정신분석학회지〉의 편집자였던 프로이트는 편집자 주를 첨부하는 조건으로만 이 저널에 이 논문을 게재하도록 했다. 이 주에서 빌헬름 라이히가 공산당을 '위해' 죽음충동이론에 반대하여 이 논문을 썼다는 것을 독자에게 알리려고 했다. 많은 베를린 분석가들은 이 말도 안 되는 주장을 거부하고 라이히의 피학성향에 관한 논문을 **답변**과 함께 출판하는 다른 방법을 제안했다. 이 답변은 지그프리트 베른펠트가 작성했으며 같은 호에 '정신분석에 대한 공산주의적 논의'[68]라는 제목으로 실렸다. 그러나 그 답변은 피학성향 문제와는 아무 관련이 없었으며, 대신 맑스주의 사회학에 대한 빌헬름 라이히의 기여를 다루고 날카롭게 거부했다. 다시 말해서 빌헬름 라이히의 임상적 주장은 논쟁의 여지가 없었기 때문에, 그의 피학성향 이론을 감정적인 정치적 동기에 기인한 것으로 간주하여 약화하려는 시도가 이루어졌다. 이 시도는 완전히 실패했다. 이 이론이 임상조사와 자료에 기반을 두고 있는지 아니면 정치적 이념적 이해로 동기부여 되었는지는 독자의 판단에 맡긴다. 피학성향 문제에 대한 성경제학적 해명, 즉 죽음충동이론에 대한 임상적 논박은 신경증 이해에서 엄청난 진전을 의미한다는 점을 지적할 필요가 있다. 이제 더는 인간의 고통을 불변의 '생물학적 고통의지', 즉 '죽음충동'에서 기인하는 것이 아니라 **생체정신장치에 대한 암울한 사회적 영향** 때문이라고 설명할 수밖에 없게 되었다. 그리고 이것은 이전에는 생물학적 고통의지라는 가설로 인해 차단되었던 신경증을 유발하는 사회적 조건에 대한 비판으로 가는 길을 열었다.

피학성향 문제에 대한 성경제학적 해결은 또한 신경증의 생물학적 근거에 접근할 수 있게 해주었다. 실제로 피학성향을 특징짓는 '파열'불안은

---

68) Siegfried Bernfeld, "Die kommunistische Diskussion der Psychoanalyse."

(처음에는 단지 추측으로, 나중에는 실행가능한 이론으로) 생장적 생명장치에 대한 이해로 이어졌다. [69]

오늘날(1945년) 이 에세이의 출판은 12년 전(1933년)과 마찬가지로 정당하다. 12년 전 라이히의 피학성향이론에 반대하는 주장 중에서 단 하나도 오늘날 출판될 수 없다는 것은 비판이 과학적인 척했을 뿐임을 나타낸다. 그러한 비판은 더는 유효하지 않으며 죽은 과거에 속한다. (1945년 영어판 편집자)

1. 견해 요약

성격분석연구는 일정한 충동파악을 전제로 하기 때문에, 특별한 유형의 신경증성격을 설명하기 위해 피학성격을 선택하기로 했다.

분석 이전의 성과학은 본질적으로 피학성향[마조히즘]이 특정한 충동으로서 고통이나 도덕적 굴욕을 견디는 데서 만족을 추구하는 경향을 나타낸다는 견해를 지니고 있었다. 두 가지 목표 모두 불쾌하므로, 어떻게 불쾌를 충동적으로 원하고 심지어 만족감을 느낄 수 있는가 하는 문제는 처음부터 피학성향의 본질에 관한 질문의 핵심이었다. '알골라니'[70]라는 표현은 구타나 굴욕을 당함으로써 쾌락을 얻고자 한다는 사실을 설명하기 위해 미봉책으로 기법용어를 사용하여 해결책을 연기하는 것을 의미했을 뿐이다. 일부 저자는 피학자가 실제로 구타를 당하기 위해 노력한다는 사실을 부인하고 구타당하는 것은 즐거운 자기굴욕경험에서 중재자역할만 한다(Kraft-Ebing)고 주장했을 때, 올바른 연관을 추측했다. **정상인이 불쾌로 느끼는 것이 피학자에게는 쾌락으로 느껴지거나 적어도 쾌락의 원천으로 작용한다**는 본질적인 정식은 그대로 남아 있었다.

---

69)   참조. Reich, 『오르곤의 발견 I : 오르가즘의 기능』 VII.
70)   algolagnie. 고통도착증. 통증자극을 받고자 하는 욕구를 묘사하기 위해 만든 용어. [옮긴이 주]

도덕 부분과 관능 부분 모두에서 피학성향의 잠재적 내용과 역동성에 관한 정신분석의 탐구는 풍부하고 새로운 통찰을 가져왔다.[71] 프로이트는 피학성향과 가학성향[사디즘]이 절대적 대립물이 아니며, 하나의 충동이 다른 충동 없이는 결코 존재하지 않는다는 것을 발견했다. 피학성향과 가학성향은 한 쌍의 반대편으로 나타났으며 하나가 다른 하나로 바뀔 수 있다. 따라서 이는 관념내용을 동일하게 유지하면서[72] 능동적인 것에서 수동적인 것으로의 전환을 통해 결정되는 변증법적 대립의 문제였다. 프로이트의 충동발달이론은 어린 시절 성의 세 가지 주요 단계(구강기, 항문기, 성기기)를 구별하고 처음에는 가학성향을 항문단계에 할당했지만, 나중에 각 성발달단계는 상응하는 가학공격형식을 특징으로 한다는 것이 밝혀졌다. 이 문제영역을 계속 진행하면서 나는 이 세 가지 가학공격형식 각각에서 상응하는 부분적 리비도의 각각의 부정에 대한 정신장치의 반응을 찾을 수 있었다. 이 견해에 따르면 각 단계의 가학성향은 부정하는 사람에 대한 파괴충동과 그에 상응하는 성요구가 혼합되어 발생한다.[73] 즉 **구강가학성향**(빨기 부정→파괴자극, 물기: 구강가학), **항문가학성향**(항문쾌락 부정→분쇄, 짓밟기, 구타: 항문가학), **남근가학성향**(성기쾌락 부정→뚫기, 찌르기: 남근가학). 이러한 견해는 외부세계에 대한 파괴자극(가장 흔한 원인은 충동부정)이 먼저 발생하고 이 충동이 부정과 처벌불안으로 억제될 때만 자아에 대항하여 자기파괴를 일으킨다는 프로이트의 원래 정식과 완전히 일치했다. 가학성향은 자기 자신에게 등을 돌릴 때 피학성향이 되고,[74] 초자아(자아에서 부정하는 사람의 대변자 또는 사회의 요구를

---

71) 분석결과에 대한 철저하고 비판적인 요약은 Fenichel, 『도착, 정신병, 성격장애』(Perversionen, Psychosen, Charakterstörungen), Internationaler Psychoanalytischer Verlag, 1931, p. 37 이후.

72) Freud, "충동과 충동운명(Triebe und Triebschicksale)," 『전집』 Ges. Schr. Bd. V, 453쪽.

73) Reich, "신경증적 불안의 원천에 대하여"(Über die Quellen der neurotischen Angst), Internationalen Zeitschrift für Psychoanalyse, XI(1926), p. 427.

74) "… 피학성향이라는 용어는 성생활과 성대상에 대한 모든 수동적 태도를 포함하며, 그중 가장 극단적인 것은 만족을 성대상의 신체적 또는 정신적 고통과 연결하는 것으로 보인

대표하는 사람)는 자아(양심)에 대한 처벌층위가 된다. 죄책감은 사랑노력과 충돌하는 파괴충동에 해당한다.

프로이트 자신은 피학성향이 이차적 형성이라는 견해를 포기하고 나중에 다른 견해, 즉 가학성향은 외부로 향한 피학성향이라는 견해를 지지했다. 이 새로운 견해는 자기파괴를 향한 일차적인 **생물학적** 경향이 있다, 즉 **일차적**이거나 관능적인 피학성향이 있다고 가정했다.[75] 프로이트의 이러한 가정은 에로스의 적대자가 될 '죽음충동'이라는 가정으로 이어졌다. 따라서 일차적 피학성향은 유기체의 모든 세포의 이화[76] 과정에 근거를 두고 있는 생물학적으로 잉태된 죽음충동의 개별적인 표현이었다('관

다. … 처음에는 그것이 일차적으로 발생하는지 또는 가학성향으로부터의 변형을 통해 더 자주 발생하지 않는지 의심스러울 수 있다." 프로이트, "성이론에 관한 세 가지 논문", 『전집』 Ges. Schr. Bd. V, S. 453.

가학성향-피학성향 대립쌍의 경우 그 과정(능동성에서 수동성으로의 전환)은 다음과 같이 표현될 수 있다.

(a) 가학성향은 대상으로서 다른 사람에게 폭력이나 권력을 행사하는 것으로 이루어진다.

(b) 이 대상은 버려지고 자신의 사람으로 대체된다. 자신의 사람에 적대하면서 능동적 충동목표에서 수동적 충동목표로의 전환도 완료된다.

(c) 이제 발생한 목표 전환의 결과로 주체의 역할을 수행해야 하는 객체[대상]로서 낯선 사람을 찾는다. c의 경우는 흔히 피학성향이라고 불리는 것이다. 여기서도 수동적인 자아가 상상력을 발휘하여 이전 위치에 자신을 배치한다는 점에서 만족은 원래의 가학적인 방식으로 이루어지며, 이제 낯선 주체에게 맡겨진다. 보다 직접적인 피학만족감도 있는지는 매우 의심스럽다. 설명된 방식으로 가학에서 발생하지 않은 원래의 피학성향은 발생하지 않는 것 같다. Freud, "충동과 충동운명," 『전집』 Ges. Schr. Bd. V, S 453/454.

"우선, 피학성향이 충동의 일차적 표현이 아니라 자기 자신에 대한 가학성향의 반전에서 발생한다는 것이 처음으로 확인된 것 같다…. 그러나 수동적인 목표를 가진 충동은… 처음부터 인정해야 하지만 수동성은 아직 피학성향의 전부는 아니다. 충동충족에서 너무 소외된 불쾌성격도 마찬가지로 피학성향에 속한다." 프로이트: "아이가 구타를 당하고 있어요", Ges. Sehr., Bd. V, S, 561.

75) "약간의 부정확성을 간과한다면, 유기체에 작용하는 죽음충동-원초적 가학성향-은 피학성향과 같다고 말할 수 있다." 프로이트, 그의 논문 "피학성향의 경제적 문제(Das ökonomische Problem des Masochismus)"에서.

76) 생명체 안에서 진행되는 물질의 분해 · 합성과 관련된 화학반응을 총칭하여 '물질대사' 또는 '신진대사'라고 하는데, 에너지를 이용해 저분자 물질이 고분자 물질로 합성되는 과정을 '동화작용(anabolism)'이라고 하고, 고분자 물질이 저분자 물질로 분해되면서 에너지가 방출되는 과정을 '이화작용(catabolism)'이라고 한다. [옮긴이 주]

능적 피학성향'이라고도 함).[77]

죽음충동가설을 지지하는 사람들은 생리적 분해과정에 근거하여 자신들의 가정을 뒷받침하려고 반복하여 시도하였다. 그러나 설득력 있는 근거는 어디에서도 찾을 수 없다. 죽음충동의 실체를 **밝히는** 새로운 연구는 이 문제에 임상적으로 접근하고 언뜻 보기에 설득력 있는 생리학적 논거를 제시한다는 점에서 주목할 만하다. 테레세 베네덱[78]은 그녀의 주장을 에렌베르크[79]의 연구에 근거한다. 이 생물학자는 구조화되지 않은 단세포유기체에서도 본질적으로 모순되는 과정을 관찰할 수 있다는 사실을 발견했다. 원형질의 일정한 과정은 음식섭취의 동화작용을 유발할 뿐만 아니라 동시에 이전에 용액상태로 존재하던 물질을 침전시킨다. 세포의 초기 구조형성은 액체상태인 용해된 물질이 용해되지 않은 고체상태로 변한다는 점에서 되돌릴 수 없다. 동화하는 것은 삶[생명] 과정이며, 동화를 통해 발생하는 것은 세포변화 즉 더 높은 구조화이며, 일정한 지점부터 이 구조화가 우세해지면 더는 생명이 아니라 죽음이 된다. 이것은 특히 우리가 노년기 조직석회화를 생각할 때 의미가 있다. 그러나 바로 이 주장은 죽음을 향한 **경향**이라는 가정을 반박한다. 단단하고 움직이지 않게 된 것, 즉 삶과정의 찌꺼기로 남아 있는 것은 삶과 삶의 기본기능, 긴장과 이완의 교대, 음식욕구와 성욕구를 충족시키는 신진대사의 기본리듬을 방해한다. 이러한 삶과정의 교란[방해]은 우리가 충동의 기본특성으로 알게 된 것과 정확히 반대된다. 특히 경직화는 긴장이완 리듬을 점점 배제한다. 그런데 이러한 과정에서 충동의 근거를 찾으려면 우리의 충동개념을 바꿔야 한다.

게다가 불안이 '해방된 죽음충동'의 표현이라면, '단단한 구조'가 어떻게

---

77) Freud, 『쾌락원칙을 넘어서』(*Jenseits des Lustprinzips*), Ges. Schr., Bd. VI.

78) Therese Benedek "죽음충동과 불안(Todestrieb und Angst)," *Internationalen Zeitschrift für Psychoanalyse*, XVII(1931).

79) Christian Gottfried Ehrenberg(1795~1876). 독일의 자연주의자, 동물학자, 비교해부학자, 지질학자, 현미경학자. 미생물연구에 집중하였고 특히 단세포 원생동물에 관심을 갖고 연구하였다. [옮긴이 주]

자유로워질 수 있는지 설명해야 할 것이다. 베네덱 자신은 그 구조, 즉 단단히 얼어붙은 고체가 삶과정을 지배하고 억제할 때만 우리가 그 구조를 삶에 적대적인 것으로 인식한다고 말한다.

구조형성과정이 죽음충동과 동의어라면, 나아가 베네덱의 가정에 따르면 불안이 이러한 우세한 응고 즉 죽음에 대한 내부지각에 해당한다면, 불안이 어린 시절[아동기]과 청소년기에는 없어야 하고 노년기에는 점점 더 많아야 한다. 하지만 정반대가 사실이다. 불안기능이 (그 기능이 억제된 상태에서) 가장 생생하게 나타나는 시기는 바로 성의 절정기이다. 이 가정에 따르면 우리는 만족한 인간도 불만족한 인간과 같은 생물학적 분해과정을 거치기 때문에 만족한 인간에게서도 죽음불안을 찾을 수 있어야 한다.

프로이트의 **현실불안**이론을 일관되게 추구함으로써 나는 불안은 리비도변형을 통해 발생한다는 원래 정식을, 불안은 감각계에서 성쾌락으로 느껴지는 혈관생장계에서의 동일한 흥분과정 현상이라고 수정할 수 있었다.[80]

임상관찰에 따르면 불안이 처음에는 긴장감, 울혈과정(불안)에 지나지 않으며, 두려움(상상된 위험)은 특정한 울혈이 추가되는 조건에서만 불안정서가 된다. 사회가 성만족에 대해 부과한 제한이 성울혈을 통해 구조형성과정을 가속화하고 그에 따라 죽음을 가속화한다는 것이 밝혀진다면, 이러한 과정에서 불안의 근거가 아니라 오직 성을 부정하는 도덕이 삶을 해치는 효과만 증명할 수 있다.

피학성향 개념의 변화는 자동으로 신경증정식의 변화를 가져왔다. 프로이트의 원래 견해는 정신발달이 충동과 외부세계 사이의 갈등에서 일어난다는 것이었다. 더불어 두 번째 견해가 뒤따랐고 비록 첫 번째 견해를 무효화하지는 않았어도 그 중요성을 크게 줄였다. 이제 정신갈등은 에로스(성, 리비도)와 죽음충동(자기절멸충동, 일차적 피학성향) 사이의 갈등결과로 발생한다고 생각하였다.

---

80)　참조. Reich, 『오르가즘의 기능』 4장.

처음부터 가장 큰 우려를 불러일으킨 이 가설의 임상적 출발점은 일정한 환자가 고통을 포기하고 싶어 하지 않고 반복적으로 불쾌한 상황을 찾는 것처럼 보인다는 독특하고 참으로 당혹스러운 사실이었다. 이것은 쾌락원칙에 어긋나는 것이었다. 따라서 고통을 견디거나 다시 경험하려는 내면의 숨겨진 의도가 있다는 결론을 내릴 수밖에 없었다.[81] 유일한 문제는 이 '고통의지'를 일차적 생물학적 경향으로 이해할 것인가, 아니면 정신 유기체의 이차적 형성으로 이해할 것인가 하는 것이었다. 죽음충동가설에 따르면 자해를 통해 무의식적 죄책감에 대한 요구를 충족시키는 것으로 보이는 처벌욕구를 확인할 수 있었다. 그리고 프로이트의 『쾌락원칙을 넘어서』(1920)가 출판된 후, 특히 알렉산더, 라이크(Reik), 눈베르크가 설명한 정신분석 문헌들은 신경증갈등 정식을 특별한 언급 없이 바꿨다.[82] 원래 신경증은 충동-외부세계(리비도-**처벌불안**) 사이의 갈등에서 발생한다고 말했던 반면, 이제 충동-처벌**욕구**(리비도 - 처벌**욕망**)라는 이전에 말한 것과 정반대의 의미에서 발생한다고 하였다.[83] 이 견해는 에로스와 죽음충동의 대립에 기초한 새로운 충동이론을 일관되게 따랐으며, 정신갈등을 내부요소로 거슬러 올라가 부정하고 처벌하는 외부세계의 압도적 역

---

81)　"고통 그 자체가 중요하다." "이 무의식적인 죄책감의 만족은 아마도 주체(환자)의 (보통 복합적인) 질병 이득에서 - 그의 회복에 맞서 싸우고 그의 병에 걸리는 것을 거부하는 전체 힘에서- 가장 강력한 요새일 것이다. 신경증이 수반하는 고통은 바로 신경증이 피학경향에 가치를 부여하도록 하는 계기이다." Freud, "피학성향의 경제적 문제(Das ökonomische Problem des Masochismus)," Ges. Sch., Bd. V, S. 381.

82)　죽음충동이론은 현재 정신분석 문헌을 지배하고 있다. 프로이트 자신은 몇 년 전 대화에서 죽음충동이론을 임상경험을 벗어나 존재하는 가설로 설명했다. 우리는 『쾌락원칙을 넘어서』 끝부분에서 다음과 같은 구절을 발견한다. "… 좋은 길로 이어지지 않을 때, 한동안 따라온 길을 다시 떠날 준비를 하라." 그러나 이 가설은 임상'이론'이 되었을 뿐만 아니라 오히려 좋은 결과로 이어지지 않았다. 일부 분석가들은 심지어 죽음충동을 직접적인 증거가 있다고 주장하기까지 한다.

83)　"신경증에 대한 전체 심리학의 핵심은 죄책감이 처벌과 고통을 통해 속죄될 수 있다는 문장에 포함되어 있다." Alexander, "신경증과 총체적 인성(Neurose und Gesamtpersönlichkeit)", *Internationalen Zeitschrift für Psychoanalyse*, XII(1926), S. 342.
　"본질적으로 충동 요구와 처벌의 필요성 사이의 갈등에 기초한 신경증…"(Reik)

할을 점점 더 감추었다. [84] 결과적으로 고통이 어디에서 오는가 하는 질문에 대한 답은 '외부세계에서, 사회에서'라는 말 대신 '생물학적 고통의지에서, 죽음충동과 처벌욕구에서'라는 정식으로 주어질 수 있다고 믿었다. 이 정보는 정신갈등에 대한 원래 심리학 정식이 폭넓게 열었던 인간고통의 **사회학**으로 들어가는 어려운 길을 차단한다. 죽음충동이론(생물학적 자기파괴충동 이론)은 『**문명 속의 불만**』[85]에서와 같이 자기파괴를 추구하는 파괴충동을 제압할 수 없으므로 인간고통을 근절할 수 없다는 인간고통에 대한 문화철학으로 이어지지만, [86] 반대로 정신갈등에 대한 원래 정식은 사회질서에 대한 비판으로 이어진다.

고통의 기원이 외부세계인 사회에서 내면세계로 옮겨지고 생물학적 경향으로 거슬러 올라가면서, 원래 분석심리학의 기본원리인 '쾌락불쾌 원칙'이 심하게 흔들렸다. 쾌락불쾌 원칙은 **쾌락을 추구하고 불쾌를 피하는** 정신장치의 기본법칙을 의미한다. 이전 견해에 따르면 쾌락과 불쾌 또는 쾌락자극과 불쾌자극에 대한 심리적 반응이 정신발달과 정신반응을 결정했다. '현실원칙'은 쾌락원칙에 **대립**하는 것이 아니라 단순히 발달과정에서 정신장치가 외부세계 영향의 결과로 일시적인 쾌락을 연기하고 심지어 일부 쾌락을 완전히 포기하는 데 익숙해져야 한다는 것을 의미했다. 이러한 '정신사건의 두 가지 원칙'[87]은 피학성향이라는 커다란 질문에 대해 다른 사람에게 고통이나 고통을 가하려는 경향을 억제함으로써, 즉 자기 자신에게 되돌림으로써 고통을 용인하려는 경향에서 비롯된다는 취지로 대답하는 한에서만 유효할 수 있다. 피학성향은 여전히 쾌락원칙의 틀 안에

---

84) 이 견해는 국제정신분석학회의 영어 사용집단에서 가장 강력한 지지자들을 발견했다.

85) Freud, *Das Unbehagen in der Kultur*. [옮긴이 주]

86) "나에게는 인류에 대한 운명적 질문은 인류의 문화발전이 인간의 공격충동과 자기절멸충동에 의한 공동체생활의 교란을 제압하는 데 성공할 것인지, 그리고 어느 정도 성공할 것인지이다." Freud, 『문명 속의 불만(*Das Unbehagen in der Kultur*)』 S. 136, Ges. Schr., Bd. XXI.

87) Freud, 『정신적 사건의 두 가지 원칙에 대한 정식화(Formulierungen über die zwei Prinzipien des psychischen Geschehens), *Ges. Schr.*, Bd. V.

있지만, 이러한 관점에서도 고통이 어떻게 쾌락이 될 수 있는지에 대한 문제가 남아 있었다. 처음부터 이것은 쾌락기능의 본질 및 의미와 모순되었다. 만족스럽지 않거나 억제된 쾌락이 어떻게 불쾌로 변할 수 있는지는 이해할 수 있었지만, 불쾌가 어떻게 쾌락이 될 수 있는지는 이해할 수 없었기 때문이다. 따라서 일반적으로 유효한 쾌락원칙의 원래 개념조차도 피학성향의 기본 수수께끼를 풀지 못했다. 왜냐하면 피학성향이 불쾌를 즐기는 데서 비롯된다고 하는 것은 아무것도 설명하지 못했기 때문이다.

대부분 분석가는 '반복강박'이라는 가정을 고통문제에 대한 만족스러운 해결책으로 생각했다. 이 가정은 죽음충동가설 및 처벌욕구이론과 아주 잘 맞아떨어졌지만 두 가지 점에서 매우 의심스러웠다. 첫째, 이 가정은 경험적으로 매우 가치 있고 임상적으로 근거가 확실한 쾌락원칙의 일반적인 타당성을 깨뜨렸다는 점이다. 둘째, 경험적으로 잘 입증된 유물론적인 쾌락불쾌 원칙에 의심할 여지 없는 형이상학 요소를, 즉 분석적 이론화에 불필요한 장난을 유발하는 증명할 수 없으며 증명되지 않은 가설을 도입했다. 따라서 불쾌상황을 반복하려는 생물학적 강박이 있어야 했다. '반복강박원칙'은 생물학적-원초적인 것으로 생각하면 큰 의미가 없는데, 왜냐하면 쾌락불쾌 원칙의 정식화는 긴장과 이완의 생리적 법칙에 근거할 수 있는 반면 반복강박은 이 점에서는 단지 용어에 불과하기 때문이다. 반복강박을 모든 충동이 휴식상태를 만들기 위해 노력하는 법칙으로 이해하는 한, 따라서 쾌락을 한번 즐긴 뒤에는 쾌락을 재현하려는 충동으로 이해하는 한, 이에 대해 반대할 것이 없다. 이러한 점에서 이 정식은 긴장이완 기제에 대한 우리의 견해에 귀중한 보충기능이었다. 그러나 이런 의미에서 보면 반복강박은 전적으로 쾌락원칙의 틀 **안에** 있으며, 실제로 쾌락원칙 자체가 반복강박을 설명할 뿐이다.

1925년 당시 나는 여전히 서툰 방식으로 충동을 다시 경험해야 하는 쾌락의 본질로 정식화했다.[88] 따라서 쾌락원칙 **안에서** 반복강박은 중요한 이론적 가정이다. 그런데 이제 반복강박 원칙은 정확하게 쾌락원칙이 충분하지 않다고 하는 상황을 설명하기 위한 가정으로서 쾌락원칙을 **넘어서**

는 의미로 정식화되었다. 그러나 반복강박이 정신장치의 주요 경향임을 임상으로 증명하는 것은 불가능했다. 반복강박이 많은 것을 설명해야 했지만 설명할 수 없었다. 이로 인해 많은 분석가는 초개인적인 '아난케'[89]를 가정하게 되었다. 이 가정은 휴식상태를 회복하려는 노력을 설명하는 데 불필요했다. 이 노력은 이완을 가져오는 리비도기능과 멀리는 자궁갈망으로 완전히 설명되기 때문이다. 이완은 모든 충동분야에서 원래의 휴식상태를 설정하는 것 외에는 아무것도 아니며 충동개념에 포함된다. 부가적으로 리비도의 근원 영역인 성기의 기능이 쇠퇴하자마자 유기체의 생리적 퇴행이, 천천히 죽어가는 것이 시작된다는 점을 고려할 때, 죽음 이후의 생물학적 노력이라는 가정도 불필요해진다는 점에 유의해야 한다. 따라서 죽어가는 것은 중요한 장치의 기능이 점진적으로 중단되는 것 이외의 다른 것에 근거할 필요가 없다.

무엇보다도 피학성향의 임상문제가 해결책을 촉구하고 죽음충동, 쾌락원칙을 넘어선 반복강박, 신경증갈등의 **토대**로서 처벌욕구에 대한 불행한 가정을 불러일으켰다고 주장할 수 있다. 이러한 가정을 바탕으로 전체 성격이론을 구축한 알렉산더[90]를 반박하는 논쟁에서, 나는 처벌욕구 이론을 적절한 범위로 줄이려고 노력했지만 고통의지에 대한 질문에서는 최종 설명가능성으로서 여전히 낡은 피학성향이론에 의존했다.

어떻게 불쾌를 추구할 수 있는가, 불쾌가 어떻게 쾌락이 될 수 있는가 하는 질문은 이미 제기되어 있었지만, 그 당시 나는 그것에 대해 어떻게 말해야 할지 몰랐다. 고통을 쾌락으로 지각하는 엉덩이 에로티시즘과 피

---

88) Reich, "충동-역동성에 대하여(Zur Trieb-Energetik)", *Zeitschrift für Sexualwissenschaft*, X(1923).

89) Ananke. 아난케(Ananke)는 그리스문학에서 의인화된 운명이나 필연성이다. 필연적인 운명의 여신. [옮긴이 주]

90) Reich, "처벌욕구와 신경증과정, 신경증문제의 새로운 파악에 대한 비판적 지적(Strafbedürfnis und neurotischer Prozess, Kritische Bemerkungen zu neueren Auffassungen des Neurosenproblems)", *Internationalen Zeitschrift für Psychoanalyse*, XIII(1927).

부 에로티시즘의 특정 성향인 관능적 피학성향(Sadger)[91]이라는 가정도 만족스럽지 않았다. 엉덩이 에로티시즘이 고통감각을 쾌락으로 연결할 수 있기 때문일까? 그리고 피학자는 구타당할 때 왜 다른 사람들이 같은 성감대에서 고통과 불쾌감을 느끼는 것을 쾌락으로 느꼈는가? 프로이트 자신은 원래 유쾌한 상황인 '내가 아니라 내 경쟁자가 맞고 있다'라는 환상에서 '아이가 매를 맞고 있어요'라는 환상을 추적함으로써 이 질문의 일부를 풀었다.[92] 하지만 구타가 쾌락을 동반할 수 있는 이유에 대한 의문이 남아 있었다. 모든 피학자는 쾌락이 구타환상이나 실제 자기채찍질과 관련이 있으며 이 환상을 통해서만 쾌락을 느끼거나 성흥분에 빠질 수 있다고 보고한다.

피학사례에 관한 수년간의 연구에도 탈출구는 보이지 않았다. 환자 진술의 진실성과 정확성에 대한 의심만이 피학성향의 어둠 속에서 돌파할 수 있게 해주었다. 수십 년에 걸친 분석작업에도 불구하고 쾌락경험 자체를 분석하는 법을 배운 사람이 거의 없다는 사실에 놀라움을 금할 수 없었다. 피학쾌락 기능에 대한 상세한 분석에서 처음에는 완전히 혼란스러웠지만, 그러한 분석이 성경제와 피학성향의 구체적인 근거를 단번에 밝혀낸다는 사실에 직면했다. 놀랍고 당황스럽게도 피학자가 고통을 쾌락으로 경험한다는 정식이 잘못된 것으로 판명되었다. 오히려 피학자의 **특정** 쾌락기제는 그가 다른 사람들처럼 쾌락을 위해 노력지만, 불안기제로 인해 이러한 노력이 실패하고 **정상인이 쾌락적인 것으로 경험하는 감각을 일정 강도를 초과하면 불쾌한 것으로 지각한다**는 것이다. 피학자는 불쾌를 추구하기는 커녕 오히려 **정신긴장에 대한 특별한 편협함**을 보이며, 어떤 다른 신경증 특징에도 찾아 볼 수 없는 **불쾌량의 과잉생산**으로 고통받는

---

91)   Isidor Isaak Sadger(1862~1942). 가학성향, 피학성향, 동성애에 대해 관심을 기울였
        으며 1913년경에 "가학피학성향"이라는 용어를 사용하였다. [옮긴이 주]
92)   프로이트의 1919년 논문, "아이가 매를 맞고 있어요". 성도착과 가학-피학성향에 대한
        프로이트의 탐구로, 매 맞는 환상에서 고통이 불러일으키는 성쾌감이 근친성관계 대상
        의 리비도화와 밀접한 관련이 있으며, 아버지와의 수동적 리비도관계의 대체물인 남성
        의 여성적 태도가 남성 피학성향의 전형이라고 설명한다. [옮긴이 주]

다.

나는 일반적으로 그렇듯이 피학도착이 아니라 성격 반응기반에서 시작하여 피학성향 문제를 논의하려고 노력할 것이다. 나는 거의 4년 동안 치료를 받았던 사례를 바탕으로 이전에 치료받은 여러 사례에서 답을 얻지 못한 질문을 해결했다. 이 질문은 여기서 모델로 삼은 사례의 결과를 통해서만 나중에 이해할 수 있었다.

2. 피학성격의 무장

피학성격이 피학도착으로 발달하는 경우는 거의 없다. 피학자의 성격반응에 대한 이해를 통해서만 피학자의 성경제에 대한 이해에 도달할 수 있으므로, 우리는 이 설명에서 사례에 대한 이론적 설명에 머무르지 않고 오르가즘능력을 지닌 성기우위 확립에 도달하고자 하는 경우 평균적으로 모든 정신분석이 취하는 경로를 따라갈 것이다.

앞에서 설명한 것처럼 모든 성격형성은 두 가지 기능을 수행한다. 첫째, 외부세계와 자신의 충동요구에 대항하여 자아를 무장하고, 둘째 경제적으로 성울혈에 의해 생성된 잉여 성에너지를 소비한다. 즉 기본적으로 끊임없이 새로 생성되는 불안을 묶는다. 이것을 모든 성격형성에 적용한다면 자아가 이러한 기본기능을 수행하는 방식은 구체적이다. 즉 신경증 유형에 따라 다르다. 이 과정에서 모든 성격형성은 자신의 고유한 기제를 발달시킨다. 말할 필요도 없이, 환자의 성격의 기본기능(방어와 불안속박)을 아는 것만으로는 충분하지 않으며, 가능한 한 가장 짧은 시간 안에 성격이 이 작업을 어떤 특별한 방식으로 수행하는지 알아내야 한다. 성격이 리비도(또는 불안)의 가장 필수적인 부분을 묶고 있고 더욱이 만성적인 성격처리에서 이 필수적인 양의 성에너지를 방출하여 성기장치와 승화체계에 공급하는 임무도 지니고 있기 때문에, 우리는 치료 필요상 성격분석의 도움으로 쾌락기능의 핵심 요소에 도달한다.

피학성격의 주요 특징을 정리해 보자. 피학성격의 특징은 모든 신경증 성격에서 산발적으로 발견되며, 그 특징들이 모두 결합되어 성격의 기본 기조와 전형적인 반응을 지배할 때 비로소 전체적으로 **피학성격**이라는 인상을 남긴다. 전형적인 피학성격의 특징은 주관적으로는 만성 **고통**의 느낌이며 객관적으로는 특히 **불평하는 경향**으로 두드러지게 나타난다. 피학성격의 이미지에는 만성 **자해 및 자기비하** 경향('도덕적 피학성향')과 당사자가 자신의 대상 못지않게 고통받는 강렬한 **고통중독**이 포함된다. 모든 피학성격의 공통점은 **외모에서 그리고 사람을 대할 때 특별한 종류의 서투르고 무기력한 행동**이며, 사례에 따라서는 가성 치매로 이어질 수 있다. 때때로 전체 그림을 눈에 띄게 바꾸지 않은 채 다른 성격특징이 추가되기도 한다.

어떤 사례에서는 이 성격신경증 증후군이 공개적으로 나타나는 반면 다른 사례에서는 표면위장으로 숨겨져 있다는 점에 유의하는 것이 중요하다.

다른 성격태도와 마찬가지로 피학태도는 대상행동[대인관계]에서 뿐만 아니라 혼자 있을 때도 반영된다. 원래 대상을 향한 태도는 내부투사된 대상인 초자아에 대해서도 유지된다(그리고 종종 이것이 필수적이다). 원래 외부에 있던 것이 내면화되면 분석전이에서는 다시 외부화되어야 한다. 분석가를 향한 전이행동에서는 어린 시절의 대상에서 습득한 것이 반복된다. 그동안 자아 안에서도 같은 기제가 작용했다는 사실은 그 기제의 기원 역사와는 무관하다.

우리가 전체 병력을 기술하지 않고 본질적인 특징에 대해 분석할 이 환자는 다음과 같은 불만을 지니고 치료를 받으러 왔다. 그는 열여섯 살 이후 결코 일을 할 수 없었고 사회에 관한 관심이 없었다. 성적으로는 심각한 피학도착이 있었다. 그는 여자와 성관계를 해본 적이 없었지만 전-성기 리비도 구조를 특징짓는 전형적인 방식으로 매일 밤 몇 시간에 걸쳐 자위했다. 그는 남자나 여자가 채찍으로 자신을 때리는 환상을 지닌 채 엎드려 구르고 자신의 자지를 쥐어짰다. 예를 들어 그는 페니스를 마찰하여 흥분시키는 등 성기성격처럼 자위하는 것이 아니라, 자지를 주무르고 허벅지 사이에 끼고 손바닥 사이에서 문지르는 등의 방식으로 자위를 했다. **그는 사정이 임박하면 참아서 흥분이 가라앉을 때까지 기다렸다가 다시 시작했다.** 따라서 그는 밤마다 종종 낮에도 몇 시간 동안 자위를 하다가 마침내 완전히 지쳐서 정액이 흘러나오는 사정을 했다. 그 후 그는 지치고 극도로 피곤하여 아무것도 할 수 없는 채 화를 내고 '피학적'이고 고통스러웠다. 그는 특히 아침에 일어나기가 힘들었다. 엄청난 죄책감을 느끼면서도 그는 '침대에서 빈둥거리는 것'을 멈출 수 없었고, 나중에 이 모든 것을 '피학의 늪'이라고 묘사했다. 그는 반항할수록 이 '피학기분'에서 벗어나지 못했고 더 깊이 빠져들었다. 그가 치료를 받으러 왔을 때, 그의 이런 종류의 성생활은 수년 동안 계속되고 있었으며 그의 존재와 그의 정서생활에 미치는 영향은 치명적이었다.

내가 그에게 받은 첫인상은 온 힘을 다해 간신히 몸을 똑바로 세우고 있는 사람의 모습이었다. 그는 경련을 일으킬 정도로 예의 바르고 침착해 보였고 매우 훌륭하게 행동했으며, 수학자가 되고 싶다는 자신의 원대한 계획을 이야기했다. 분석결과 그는 수년간 독일의 숲을 혼자 헤매며 수학을 통해 전 세계를 계산하고 변화시킬 수 있는 체계를 구축해 왔는데, 이것이 잘 구상된 웅장한 생각이라는 것이 밝혀졌다. 그의 존재의 이 외피는 '흙'과 '늪'으로 느껴지는 자위에 전적으로 의존하여 끊임없이 자신을 재생산하고 있는 그에게 사람으로서 완전히 무가치하다는 느낌을 보상하는 역할을 한다고 밝혔을 때, 분석에서 곧 사라졌다. 어려서부터 순수하고 무성적인 사람의 이상인 '수학자'는 '늪 인간'을 은폐해야 했다. 환자가 이제 막 시작된 파과성 유형[93]의 정신분열증이라는 인상을 준 것은 우리의 논의에 중요하지 않다. 여기서 유일하게 중요한 것은 '순수한' 수학이 항문자위에

---

93) 파과성 정신분열증. 난폭한 흥분상태, 킬킬거리는 웃음, 엉뚱한 행동, 급속한 기분의 변화 등의 특징을 보이는 정신병의 한 유형. 이 장애는 무질서한 유형의 조현증(정신분열증)으로 알려져 있다. [옮긴이 주]

서 비롯된 '더러운' 자존감에 대한 장벽을 형성했다는 것이다.

그의 외적인 본성[성격]이 느슨해지면서 피학태도가 최대로 드러났다. 모든 진료만남은 불평으로 시작되었고 곧 피학성향 종류의 공개적인 유치한 도발이 시작되었다. 내가 그에게 메시지에 추가하거나 더 정확하게 표현해 달라고 요청하면, "그냥 하지 마세요, 그냥 하지 마세요, 그냥 하지 마세요!"라고 외치며 나의 노력을 부질없는 것으로 만들기 시작했다. 나중에 알고 보니 그는 네다섯 살 소년이었을 때 비명을 지르고 발로 차는 등 심한 반항기를 겪었던 것으로 밝혀졌다. 사소한 일로 인해 그가 말했듯이 '비명을 지르는 상태'에 빠졌으며 부모를 절망과 무력감, 광란에 빠뜨리기에 충분했다. 이러한 발작은 며칠 동안 완전히 지칠 때까지 지속되었다. 나중에 그는 이 반항기에 실제 피학성향이 시작됐다는 것을 깨달을 수 있었다. 그의 첫 구타환상은 일곱 살 무렵에 발생했다. 그는 잠들기 전에 무릎을 꿇고 구타당하는 상상을 했을 뿐만 아니라 종종 화장실에 가서 문을 잠그고 채찍질을 시도했다. 분석 2년 차에야 나타난 세 살 때의 한 장면은 트라우마 장면으로 확인됐다. 그는 정원에서 놀고 있었고 전반적인 상황에서 분명히 알 수 있듯이 그 과정에서 더러워졌다. 손님이 있었기 때문에 심하게 정신병적이고 가학적인 아버지는 매우 화가 나서 그를 집안으로 데려가 침대에 눕혔다. **이때 소년은 즉시 엎드려 두려움과 호기심이 뒤섞인 마음으로 구타를 기다렸다.** 아버지는 그를 심하게 때렸고 그는 안도감을 느꼈다. 그가 처음으로 겪은 전형적인 피학경험이었다.

구타가 그에게 쾌락을 주었을까? 분석결과 그는 당시 훨씬 더 심각한 상황을 두려워했다는 것이 분명하게 밝혀졌다. 그는 아버지로부터 성기를 보호하기 위해 아주 빨리 엎드렸고[94] 엉덩이에 맞는 매를 큰 구원으로 느꼈으며, 자지에 손상을 입을지도 모르는 예상되는 재난에 비해 상대적으

---

94) 이 사실은 프로이트가 자신의 논문 "피학성향의 경제적 문제(Das ökonomische Problem des Masochismus)"에서 강조했다(*Ges. Schr.*, Bd. V. p. 378). 그러나 임상 조사는 일차적 피학성향의 가설이 아니라 그것의 논박으로 이어진다.

로 해롭지 않았기 때문에 불안을 완화할 수 있었다.

피학성향의 전반적인 성격을 이해하려면 피학성향의 기본기제를 명확하게 파악해야 한다. 이에 대한 명확성이 일 년 반 이상의 분석 후에야 드러났기 때문에 분석과정이 어떻게 진행될 것인지 기대하고 있었다. 이때까지의 치료는 처음에는 실패했지만 환자의 고집스러운 피학 반응을 통제하려는 시도로 이루어졌다.

환자는 나중에는 자위하는 동안 자신의 행동을 "마치 나사가 등 뒤에서 배로 박히는 것 같았어요"라는 말로 설명하곤 했다. 처음에는 이것이 남근적 성에 대한 접근방식이라고 믿었지만, 나중에야 그것이 **성기를 보호해야 한다, 성기에 손상을 입는 것보다 엉덩이를 맞는 것이 낫다!** 라는 방어 움직임이라는 것을 깨달았다. 이 기본기제는 또한 구타환상의 역할을 결정했다. **나중에 나타난 피학욕망 관념은 원래 처벌 관념이었다.** 따라서 피학 구타환상은 더 가혹한 처벌을 더 가벼운 형태로 기대하는 것이다. 이런 의미에서 처벌욕구를 만족시킴으로써 성쾌락을 얻는다는 알렉산더의 정식도 재해석해야 한다.

피학자는 자신의 초자아를 달래거나 '매수'한 다음 불안 없이 쾌락을 즐기기 위해 스스로를 처벌하는 것이 아니라, 다른 사람과 마찬가지로 유쾌한 활동에 접근하지만 **처벌불안이 개입한다.** 피학 자기처벌은 두려운 처벌을 실행하는 것이 **아니라** 더 가벼운 대체처벌인 다른 처벌을 실행하는 것이다. 따라서 피학성향은 처벌과 불안에 대한 특별한 종류의 방어이다. 여기에는 또한 그러한 피학성격을 특징짓는 처벌자에 대한 수동여성 헌신도 포함된다. 우리 환자는 그의 말대로 매를 맞기 위해 엉덩이를 뻗은 적이 있었지만, 맞고 싶다는 것은 실제로는 (수동여성 욕망의 대체물로서 수동 구타환상에 대한 프로이트 해석의 의미에서) 자신을 여성으로 바치는 것을 의미했다. 남성에게서 피학적이지 않은 수동여성 성격은 피학 상상력을 추가하거나 구타환상을 통해 불안방어를 보완하는 것이 아니라 순전히 항문헌신을 통해 거세위험에 대한 이러한 방어기능을 수행한다.

이 논의는 곧바로 불쾌를 추구할 수 있는지에 대한 질문으로 이어진다.

그러나 우리는 이 질문을 미루고 먼저 피학자의 성격분석에서 그 근거를 마련해 볼 것이다.

우리 환자의 유아반항기는 완전히 억제되지 않고 위장되지 않은 방식으로 치료에서 되살아났다. 비명을 지르는 발작을 분석하는 단계는 약 6개월 동안 지속되었지만 이러한 반응양식은 완전히 제거되었다. 그 이후로 이 유아형식으로는 재발하지 않았다. 처음에는 환자가 어린 시절의 도전행동을 다시 활성화하도록 설득하기는 쉽지 않았다. 그의 수학자 태도는 이에 저항했다. 고귀한 사람인 수학천재는 그런 짓을 할 수 없다. 하지만 불안방어 기제로서 이 성격의 층을 드러내고 제거하려면 먼저 그 층을 완전히 재활성화시켜야 했기 때문에, 활성화하는 것은 불가피한 일이었다. 환자가 "그냥 하지 마세요, 그냥 하지 마세요"라고 시작했을 때 나는 처음에는 해석을 시도했지만 내 노력은 완전히 무시당했고, 이제 나는 "그냥 하지 마세요"라고 하면서 환자를 따라 하기 시작했다. 이 조치는 상황에 따라 필요했다. 다른 방법으로는 그랬던 것처럼 그와 멀리 가지 못했을 것이다. 한번은 내가 계속 부질없는 방향으로 이끌려는 시도에 그는 무의식적으로 발길질을 하는 반응을 보였다. 나는 기회를 포착하고 그에게 자신을 완전히 놓아주라고 요청했다. 처음에 그는 왜 그런 부탁을 받을 수 있는지 이해하지 못했지만, 결국 점점 더 용기를 내어 소파 위에서 몸을 뒤척이고 그다음에는 정서적인 반항의 외침과 동물과 같은 뜻을 알 수 없는 소리를 내며 으르렁거렸다. 아버지에 대한 그의 변호는 아버지에 대한 그의 격렬한 증오에 대한 가면일 뿐이라고 말했을 때, 그러한 발작은 특히 강해졌다. 나는 또한 이 증오에 합리적인 정당성을 부여하는 데 주저하지 않았다. 그의 행동은 이제 기괴한 성격을 띠기 시작했다. 그는 집안사람들이 겁을 먹을 정도로 심하게 소리를 질렀다. 이것이 그의 심층 정서에 접근할 수 있는 유일한 방식이고 기억이 아닌 정서로 신경증을 완전히 재현할 수 있는 유일한 방법이라는 것을 알았기 때문에, 이 사실[기괴한 성격]에 신경 쓰지 않았다. 이것은 때때로 그에게 자신의 행동에 대한 깊은 통찰을 줄 수 있었다. 이것은 **어른들에게** 그리고 비유적으로 말하면 나 자신에게도 큰 **도발**을 의미했다. 그런데 **그는 왜 도발했을까?**

다른 피학사례는 전형적인 피학침묵으로 분석가를 자극한다. 그는 원시적인 반항행동 형식으로 자극했다. 이러한 도발이 나를 심각하게 만들고 광란에 빠뜨리려는 시도라는 것을 그가 분명하게 이해하게 하기까지는 시간이 좀 걸렸다. 하지만 이것은 그의 행동의 표면적인 의미일 뿐이었다. 여기서 멈추지 말아야 한다. 사람들이 자주 그렇게 하듯이 피학자가 처벌을 충동인 체하는 죄책감의 만족으로 추구한다고 생각하기 때문이다. 이런 식으로 일반적으로 피학도발의 가장 깊은 의미를 파악한다고 믿는다. 실제로는 그것은 처벌에 관한 것이 아니라, 분석가나 자신의 역할모델인 교육자를 **잘못에 빠뜨리려 하고** "당신이 나를 얼마나 나쁘게 대했는지 보세요"라는 비난의 합리적인 준거점을 찾는 방식으로 행동하도록 하는 것에 관한 것이다. 분석가에 대한 이러한 도발은 예외 없이 모든 피학성격을 분석하는 데서 첫 번째 주요 어려움 중 하나이다. 이미 말한 것의 의미를 밝히지 않으면 더는 글을 쓸 수 없다.

피학자가 분석가를 자극하여 잘못에 빠뜨리려 한다는 사실에는 의미가 있어야 한다. 이 의미는 "당신은 나쁜 사람이고 나를 사랑하지 않고 반대로 나를 잔인하게 대하여 나는 당신을 미워할 권리가 있습니다"이다. 증오 정당화와 이 기제를 통한 죄책감 감소는 중개과정일 뿐이다. 피학성격의 주요 문제는 각 사례에 다른 가치를 지니고 있더라도 처벌욕구나 죄책감이 아니다. 죄책감과 처벌욕구를 생물학적 죽음충동의 표현으로 이해한다면, 대상에 대한 증오와 도발에 대한 합리화의 가면을 벗기는 것이 궁극설명이라고 믿어야 한다. 그런데 이것은 우리의 견해가 아니기 때문에, 그렇다면 피학자는 왜 자신의 대상을 잘못에 빠뜨리려는 것일까?

도발 이면에는 발생적으로나 역사적으로 깊은 **사랑실망**이 있다. 특히 선호하는 도발대상은 실망을 경험한 대상, 원래 특히 사랑했던 대상, 실제로 실망을 주거나 아이가 요구하는 사랑을 충분히 만족시키지 못한 대상이다. 우리는 이미 피학성격이 실제 실망을 겪으면서 진정한 만족을 얻지 못하며, 나중에 논의할 특별한 내부원천을 지닌 사랑욕구가 특히 강하다는 것을 이미 알고 있다.

　시간이 지남에 따라 환자가 나를 광란에 빠뜨릴 수 없다는 것을 스스로 확신한 뒤에도, 행동은 의도가 바뀐 상태로 계속되었다. 그는 이제 분명히 분석에서 스트레스를 푸는 것을 즐겼다. 그는 이제 유치한 발길질과 비명으로 시간을 보냈기 때문에 그의 행동은 방해가 되었다. 이제 그 자신의 도발은 못된 짓을 어디까지 할 수 있는지, 어느 시점에서 내가 자신에게서 사랑과 관심을 철회하고 처벌로 넘어갈 것인지를 시험하는 중요한 부차적 목적을 지니고 있음을 알 수 있었다. 그는 불안해할 필요가 없다고 확신했기 때문에 벌을 받지 않고 나쁜 짓을 할 수 있었다. 따라서 계속 나빠지는 것은 끊임없이 흐르는 처벌불안을 풀어주었고 그러므로 쾌락원천이 되었다. 이것은 그가 간절히 원했던 처벌을 받고 싶은 욕구와는 전혀 관련이 없었다. 그러나 이와 함께 그의 열악한 상태, 탈출구를 찾을 수 없는 (그리고 내가 그를 도울 수 없었던) 늪에 대한 끊임없는 불평이 있었다. 자위행위는 변함없이 계속되었고 환자를 매일 '늪 분위기'에 빠뜨렸으며, 이는 한결같이 불만 즉 위장된 비난으로 표현되었다. 그러나 구체적인 분석작업에 착수할 수 없었다. 반항행동을 금지하도록 할 수 없었다. 반항행동을 금지하면 더 이상의 모든 성공을 위험에 빠뜨릴 수 있었기 때문이다. 나는 이제 그의 행동을 거울로 비추기[따라 하기] 시작했다. 그는 내가 데리고 들어올 때 고통으로 일그러진 음침한 얼굴과 통곡하는 태도로 문 앞에 서 있곤 했다. 나는 문을 열고 그의 태도를 따라 했다. 나는 그의 유치한 언어로 그에게 말하기 시작했고, 그와 함께 바닥에 누워 그처럼 발로 차고 비명을 질렀다. 그는 처음에는 놀랐지만, 일단 자연스럽게 웃기 시작하자 꽤 어른스럽고 신경질을 부리지 않아서 돌파구는 마련되었는데 일시적일 뿐이었다. 나는 그가 직접 분석에 착수할 때까지 이 절차를 반복했다. 그리고 우리는 더 계속할 수 있었다.

　도발의 의미는 무엇이었을까? 모든 피학성격에 공통으로 나타나는 **사랑을 요구하는** 방식이었다. 그는 내면의 긴장과 불안을 줄이기 위해 사랑의 증거가 필요했다. 그는 불행한 자위로 인해 긴장이 고조될 정도로 이러한 사랑요구를 증가시켰다. '늪 느낌'이 더 강해질수록 그의 피학태도가 더 강해졌고 즉 사랑요구가 더 강해졌고, 그 성취를 위해 그는 모든 수단을 다해 노력했다. 하지만 사랑요구가 왜 이렇게 **간접적이고 은밀한 방식**으로 이루어졌을까? 왜 그는 자신의 애착에 대한 해석에 대항해 그토록 격렬하게 저항했을까? 왜 그의 불평은 멈추지 않았을까?

그의 불평에는 다음과 같은 의미 층이 있으며 이것은 그의 피학성향의 기원에 해당한다. 우선, "내가 얼마나 비참한지 봐요, 나를 사랑해줘요!"라는 의미였다. "당신은 나를 충분히 사랑하지 않아, 당신은 나에게 나빠!", "당신은 나를 사랑해야 해, 나는 당신의 사랑을 강요할 거야, 그렇지 않으면 당신을 괴롭힐 거야!" 피학고통추구, 피학불만, 피학도발, 피학고통은 (나중에 역동성을 통해) 만족되지 않고 양적으로 증가한 사랑요구의 환상화 또는 실제 불이행으로 설명된다. 이 기제는 피학성격에 고유하고 다른 신경증형식에는 적합하지 않으며, 다른 형식으로 발생하면 성격에서도 해당 피학특징이 발견된다.

과도한 사랑요구는 무엇을 의미할까? 피학성격의 **불안준비**를 분석하면 이에 대한 정보를 얻을 수 있다. 피학행동과 사랑요구는 일반적으로 불쾌한 긴장감, 불안준비상태 또는 사랑상실위험과 같은 정도로 증가한다. 마지막으로 사랑요구는 피학반응의 원인인 불안준비와 모순되지 않는데, 사랑받고 싶어 하는 것으로 임박한 불안을 묶는 것이 피학성격의 전형이기 때문이다. 불평이 사랑에 대한 위장된 주장이고 도발이 사랑을 강요하려는 폭력적인 시도인 것처럼, 피학자의 전반적인 성격형성은 불안과 고통에서 벗어나려는 실패한 시도를 나타낸다. 이러한 시도에도 불구하고 그는 끊임없이 불안으로 변할 수 있는 내면긴장을 결코 없애지 못하기 때문에 실패했다. **따라서 고통느낌은 끊임없이 고도로 긴장된 내부흥분과 불안준비라는 실제 사실에 해당한다.** 피학성격을 강박신경증의 정서차단과 비교하면 이것을 더 잘 이해할 수 있다. 여기서 물론 불안속박은 정신운동성의 상실과 함께 완전히 성공하며, 내면긴장은 잘 작동하는 성격장치에 의해 완전히 소비되어 불안정하지 않다. 불안정하다면 이미 성격무장이 손상되거나 보상상실 되었음을 의미한다.

피학성격은 **부적절한** 방법, 즉 **도발과 반항 형식으로 구애함**으로써 내면긴장과 임박한 불안을 묶으려고 한다. 물론 여기에는 특별한 이유가 있으며, 사랑요구를 표현하는 이 방법도 특별히 피학적이라는 것을 의미한다. 그러나 반항과 도발이 사랑하는 사람과 사랑을 요구하는 사람을 향한다는 것이 실패에 필수적이다. 이것은 제거하고 싶은 죄책감을 줄이지 않고 반대로 사랑하는 사람을 정확하게 괴롭히기 때문에, 사랑과 관심을 잃는 것에 대한 불안을 증가시킨다. 이것은 피학자가 고통상황에 점점 더 얽히게 될수록 고통에서 벗어나기 위한 노력이 더 강렬해지는 매우 독특한 행동을 설명한다. 이것은 불안을 성격에 묶으려는 이러한 시도가 처음부터 절망적인 것으로 결정되어 있다는 것과 완벽하게 일치한다.

지금까지 언급한 태도들은 다른 성격에서도 개별적으로 찾을 수 있으며, 함께 나타날 때만 피학성격에 고유하다. 그렇다면 이러한 결합을 만들어내는 것은 무엇일까?

지금까지 우리는 피학성격의 과도한 사랑요구에 대해 이야기했으며, 이제 우리는 이러한 사랑요구가 특히 어린 시절에 깊이 경험한 혼자 남겨지는 것에 대한 불안에 근거한다고 덧붙여야 한다. 피학성격은 사랑관계를 잃을 가능성을 견딜 수 없어 하는 것 이상으로 혼자 있는 것을 견딜 수 없어 한다. 특히 피학성격이 외로움을 자주 느끼는 것은 "내가 얼마나 불행하고 외롭고 버림받았는지 봐요"라는 태도를 통한 이차적 가공의 결과이다. 한 환자는 어머니와의 관계에 관해 이야기할 때 매우 흥분한 목소리로 "혼자 남겨진다는 것은 죽음을 의미해요. 내 인생의 종말이죠"라고 말한 적이 있다. 이 내용은 다른 피학인물들로부터 자주 들었다. 피학성격은 대상보호 역할을 박탈당하는 것과 마찬가지로 대상(사랑대상에 대한 피학집착)을 포기하는 것을 참을 수 없다. 그는 자신의 부적절한 방식으로, 즉 자신의 불행한 모습을 보여줌으로써 되돌리려 하는 정신적 접촉상실을 견디지 못한다. 그러한 성격 중 다수는 우주에 혼자 버려진 느낌을 쉽게 받는다. 이러한 태도는 매우 자주 발견되지만, 우리는 도덕적으로든 또는 공공연히 성적으로 피학적이든 모든 피학자에게서 그에 대한 특정한 관능적 근거를 발견하기 때문에, 이러한 사실을 랑크(Rank)의 자궁불안이라는 관점[95]에서 해석할 이유가 없다. 이를 언급하면서 우리는 피학자의 성구조에 대해 나중에 논의할 것을 예약한다.

피부 에로티시즘이 피학자에게 특별한 역할을 한다는 것은 여러 분석 저자(재드거, 페데른 및 기타)[96]를 통해 알려져 있다. 피부 에로티시즘을 피학도착의 직접 근거로 보려는 시도가 있었지만, 분석에 따르면 여러 발달요소가 일치하는 조건에서 매우 복잡한 우회로를 통해서만 그렇게 된다는 것을 보여준다. 홀로 남겨지는 것에 대한 불안만이 사랑하는 사람과의 접촉이 끊어질 때 발생하는 불안에 직접 근거를 두고 있다. 먼저 관능적 피학자에게서 피부와 관련된 증후군을 찾는 것부터 시작해보자. 그런 다음 우리는 항상 어떤 형식으로든 피부와 관련된 활동에 대한 충동이나 최소한 상응하는 환상, 즉 꼬집기, 붓으로 문지르기, 채찍으로 때리기, 묶기[포박], 피부출혈 등을 발견한다. 엉덩이가 눈에 띄지만 유일한 것은 아니며, 항문고착을 통해 우회적으로만 나타난다. 이러한 노력의 공통점은 원래 고통이 아닌 피부온기를 느끼고 싶어 한다는 것이다. 채찍질은 고통을 유발하는 것이 아니라 '작열감'을 주기 때문에 허용된다. 반대로 추위는 혐오감을 불러일으킨다. 많은 피학자는 자신의 피부가 탄다고 직접 상상한다. 이것은 또한 '침대에서 빈둥거리는 것'이 피부온기에 대한 욕구를 만족시키는 것으로 나타나는 이유이기도 하다.

여기서 자세히 논의할 수 없는 또 다른 관점에서 볼 때, 이것은 불안생리와 관련된 순전히 생리적 과정이다. 이 가정에 따르면 불안을 증가시키는 말초혈관의 수축(공포로 창백해짐, 불안으로 추위를 느낌, 불안으로 떨

---

95) 랑크는 『출생의 외상(Das Trauma der Geburt und seine Bedeutung für die Psychoanalyse)』(1924)에서 유아리비도는 자궁으로 돌아가려는 욕망과 이와 관련된 불안 그리고 자신이 어디서 왔는지에 대한 호기심으로 재해석될 수 있다고 주장하였다. [옮긴이 주]

96) Sadger, Federn. 재드거에 대해서는 주 93) 참조. Paul Federn(1871~1950)은 피학성향의 유아근거에 대해서 연구논문을 발표하였다(1914년).

림 등)과 더 강한 혈류로 인한 피부온기 느낌은 쾌락의 특정 속성이다. 내부긴장은 생리적으로 신체내부의 혈관흥분변화로 인해 불안을 촉진하는 효과가 있으며, 신체 주변부[말초]의 혈액순환은 내부긴장을 풀어주어 불안의 생리적 근거를 완화한다. 이것은 본질적으로 생리적 측면에서 오르가즘불안 완화효과의 근거이며, 말초혈관 확장 및 중심부(내장혈관) 긴장완화와 함께 혈액순환의 독특한 재조정을 나타낸다.

사랑하는 사람과의 신체접촉이 불안완화 효과가 있는 이유를 이해하기는 쉽다. 아마도 이것은 위에서 설명한 의미에서 부분적으로 직접적인 체온, 부분적으로 신체 주변부의 혈관흥분이 어머니의 보호를 예상하여 이미 생리적으로 내부긴장을 해소하거나 적어도 완화한다는 사실로 설명할 수 있다. [97] 이러한 사실에 대해서는 철저한 논의가 필요하며 다른 곳에서 이루어질 것이다.

우리 주제에 대해서는 내부긴장과 불안을 풀어주는 말초혈관흥분이 피학성격의 관능적 근거라고 말하는 것으로 충분하다. 나중에 접촉상실을 피하려고 노력하는 것은 생리적 각성과정의 정신적 이미지일 뿐이다. 세상에 홀로 남겨진다는 것은 차갑고 보호받지 못하는 것을 의미하며 견딜 수 없는 긴장상태를 의미한다.

이러한 맥락에서 구강고착이 피학성향에서 어떤 역할을 하는지에 대한 의문을 제기할 수 있다. 지금까지의 조사에 따르면, 전-성기적으로 고착된 모든 성격에서와 마찬가지로 구강고착은 항상 상당한 정도로 존재하지만 특별한 의미를 부여할 수는 없다. 구강요구가 피학사랑요구의 충족될 수 없는 특성에 크게 기여한다는 것은 의심의 여지가 없다. 그러나 피학성향에서 구강요구는 피학사랑요구의 주요 원인이라기보다는 사랑대상에 대한 조기실망과 그에 따른 버림받는 데 대한 불안의 퇴행결과인 것 같다.

---

97)   각주, 1945년. 1939년에 발견된 오르곤에너지는 이 현상에 대한 설명을 제공한다. 어머니와의 신체접촉에 의한 아이의 불안완화는 오르곤-생체신체적으로 어머니에게 뻗은 아이의 생체체계의 오르고노틱 확장에 의해 설명된다. 두 유기체의 오르곤 장 사이에 접촉이 있다.

몇몇 사례는 사랑에 대한 과도한 요구의 또 다른 원인을 분명히 드러냈다. 홀로 남겨지는 것에 대한 불안은 일반적으로 폭력적인 공격과 유아 성탐구에서 시작되었으며, 구강 및 항문 욕구와 달리 사랑하는 교육자의 엄격한 부정에 부딪혔다. 성기성으로의 전진을 막는 커다란 처벌불안은 한편으로는 허용되고 심지어 장려되는 성충동과 다른 한편으로는 처벌로 엄격하게 위협받는 성충동 사이의 이러한 모순에서 비롯된다. 우리 환자는 원하는 만큼 먹을 수 있었고 실제로 많이 먹었고 어머니와 함께 침대에 누워 어머니를 껴안고 쓰다듬곤 하였으며, 어머니는 그의 배설기능을 충실히 돌봐주었다. 그러나 성만족 가능성을 더 정복하고 어머니의 성기에 관심을 지니고 만지고 싶어 했을 때, 그는 부모 권위의 온전한 엄격함을 경험했다. 구강요구는 피학성향과 관련되는 한 다른 신경증에서와 마찬가지로 우울한 기분의 기반이 된다. 이전 경험에 따르면 피학성향에 특유한 것은 신체접촉으로 해결되어야 하는 피부 에로티시즘, 항문성, 그리고 혼자 남겨지는 것에 대한 불안의 특별한 조합이다.

이러한 관능적 성향은 과도한 사랑요구의 가장 근본적 원인 중 하나이며, 이는 "나를 따뜻하게 해줘요"(= "나를 보호해 줘요")라는 구체적인 의미를 담고 있다. "나를 때려 줘요"는 같은 노력을 이미 수정한 표현이다. 마치 피학성격은 너무 적은 사랑을 받았기 때문에 강한 사랑요구를 갖게 된 것처럼 보인다. 이에 관한 유일하게 정확한 사실은 그가 한결같이 심각한 사랑부정을 경험했다는 것이다. 그러나 이것은 매우 자주 과도한 애지중지[응석받이로 키우기]에서 정확하게 형성된다. 이러한 과도한 사랑요구는 그 자체로 가부장적 교육체계의 세계에서 비롯된 일정한 손상의 결과다. 이것은 피학성격의 성기반이 어떻게 확립되는지에 대한 문제이며, 단순히 항문이나 피부의 관능성이 아니라 피부와 전체 성기관의 관능성에 작용하는 외부세계의 영향들이 특정하게 조합된 결과이다. 이러한 조합의 결과는 피학성격의 기반을 형성한다. 이것을 알고 나서야 피학자의 다른 특성을 이해할 수 있다.

3. 노출억제와 자기비하 중독

이제 피학자의 성구조와 관련하여 몇 가지 추가적인 피학성격특징에 대해 더 논의해 보겠다.

반항, 도발, 불평 등의 성격무장을 뚫고 어린 시절 초기에 침투할 수 있게 하고 무엇보다도 환자가 분석작업에 적극적으로 참여하도록 하는 데 약 1년이 걸렸다. 나는 다른 신경증과 마찬가지로 피학성향이 분석에서 만들어 내는 잘 알려져 있고 여기서는 그다지 중요하지 않은 결과, 예를 들어 아버지에게 항문을 여성으로서 제공하려는 욕망을 수동 구타환상, 전형적 오이디푸스 콤플렉스, 억압된 증오로 인한 죄책감 반응, 양가감정 등으로 위장한다는 것은 지나쳐간다. 이는 피학성격에 국한된 것은 아니다. 나는 이러한 맥락에서 피학성향에 특정한 것으로 간주해야 하는 특성과 쾌락기제의 피학적 교란의 원인만 제시할 것이다.

우리 환자의 성격구조가 느슨해진 뒤 특히 아버지에 대한 증오와 아버지에 대한 불안의 억압이 제거된 뒤 성기성이 강력하게 나타났다. 그는 발기했고 피학형식의 자위를 멈췄으며 여성을 찾아 성기적으로 노력하기 시작했다. 첫 번째 [성기노력의] 실패는 어머니에 대한 깊은 사랑, 특정하게 항문적으로 채색된 사랑에 관한 분석을 촉발하였다. 그의 상태가 급속히 호전되면서 다음과 같은 점이 눈에 띄었다.

여성에 대한 그의 접근방식은 겉으로는 격렬했어도 **내부 압박감과 진실하지 않은 느낌**을 떨칠 수 없었다. 이로 인해 그는 겉으로 드러난 성공에도 불구하고 기분이 좋지 않다는 피학불만의 원인을 반복적으로 제공했다. "피학의 늪에서는 아무것도 흔들리지 않았어요."

그는 사소한 일에도 금방 실망하는 경향이 있었고 조금만 힘들어도 현실에서 피학환상으로 물러나는 경향이 있었다. 현실에 자신을 성기적으로 정박시키려는 다소 격렬한 시도와 피학성향으로의 빠른 도피 사이의 이러한 동요는 수개월 동안 지속되었다. 나는 그의 거세불안이 해결되지 않았고 그 동요에 책임이 있다는 것을 알았다. 이 부분에 집중하여 연구한 결과 풍부하고 흥미로운 분석결과가 나왔다. 무엇보다도 그때까지 성기에 대해 아무런 관심도 보이지 않던 환자는 성기불안으로 가득 찬 것으로 밝혀졌다. 다음은 몇 가지 예다. 질은 뱀과 벌레가 우글거리는 '늪'이며, 성기 끝이 꼬집히고, 다시는 빠져나올 길을 찾지 못한 채 수렁에 빠지게 된다. 그러나 이러한 모든 불안에 대한 논의는 그의 불안정한 상태를 건드리지 못했다. "내상을 입었어요"라는 피학불평은 몇 달 동안 진료만남마다 계속되었다. 그의 수동항문 노력, 특히 라이벌이 등장했을 때 그가 즉시 피학적으로 여성에게서 물러났다는 사실에 대한 새로운 자료를 발견하면서 전이를 몇 번이고 반복해서 분석해야 했다. 작은 성기를 지니고 있다는 생각은 처음에는 수정할 수 없는 채 남아 있었다. 그는 모든 라이벌에 대해 부러워하는 태도를 발전시켰고, 이는 아버지에 대한 불안을 묶는 잘 알려진 기제인 수동여성 태도로 즉시 위장되었다. 그러나 이러한 태도에 대한 심층분석은 겉으로 드러난 성공에도 불구하고 자신이 피학자로 남아 있다는 느낌을 바꾸지 못했다.

강력했지만 만족스럽지 못했던 첫 번째 성교시도에서 매독공포증이 나타났다. 어느 날 그는 나에게 자신의 자지를 보여주며 작은 진무름이 감염의 징후가 아닌지 물었다. 그가 자지를 보여주고 싶다는 것이 즉시 분명해졌다. 분석은 이제 그의 성기발달에서 중요한 지점을 밝히는 데로 순조롭게 이어졌다. 그는 어렸을 때 자지를 보여주는 형식으로만 성기단계에 도달했으며 즉시 **어머니**의 엄격한 **부정**에 직면한 것으로 밝혀졌다. 자신의 배설기능에 집중하고 있던 어머니 앞에서 항문으로 [엉덩이를] 많이 노출할 수 있었기 때문에 성기실망은 더욱 컸다. 열 살이 되던 해에도 그는 어머니에 의해 화장실로 끌려갔다. 엉덩이를 보여주며 즐기는 것이 그가 이제 막 성기단계를 시작한 이유임이 분명했다. 분석결과 어머니를 향한 그의 첫 번째 성기노출은 노출증 방식으로 이루어졌으며, 이는 즉시 억압되었고 나중에는 겉으로 드러난 태도를 심각하게 억제한 것으로 밝혀졌다. 성교를 시도하는 동안 그는 감히 여성에게 알몸을 보여주거나 여성이 자신의 성기를 만지도록 허용하지 않았다. 이러한 신경증 요소를 분석한 후 그는 진지하게 직업을 찾기 시작했고 사진작가가 되었다. 이에 대한 첫 번째 접근방식은 카메라를 구입하여 그가 자신의 방식으로 모든 것을 사진으로 찍는 것이었다. 이것은 성기억압의 제거가 승화에 얼마나 필수적인지 다시 한번 보여주었다. 오늘날 그는 자신이 맡은 일을 매우 능숙하게 수행한다. 그러나 오랫동안 그는 직업에서 내면기쁨이 부족했다. "저는 저 자신을 느끼지 못하고, 느낀다고 해도 너무 피학적으로 비참해요."

더 이상의 성기발달을 완전히 억제하면서 노출쾌락을 즉각 엄격하게 부정하고 억압하는 어린 시절 성기단계를 노출증으로 시작한 것은 내 경험상 피학성격에 속한다.[98] 남근가학을 통한 성기성 도입[시작]과 항문가학 고착과 결합하여 이루어지는 성기성 억제는 특히 강박신경증에 걸리기 쉽게 만들기 때문에 피학성격에 속한다. 이것은 피학자의 불안정하고 불규칙적이며 어색한 태도를 설명하는 몇 가지 전형적인 성격특성의 기원이다.

우리 환자는 이 내면상태를 예를 들어 극적으로 설명했다. 그는 "저는 항상 만세를 외치고 검을 뽑아 들고 대열보다 훨씬 앞서 돌진하다가 갑자기 주위를 둘러보고 아무도 자신을 따라오지 않는다는 것을 알아차리는 장교처럼 느껴져요"라고 말했다. 이 느낌과 관련된 또 다른 성격특성이 있는데, 이는 죄책감과 표면적으로만 연결되어 있다. 피학성격은 칭찬을 견딜 수 없고 자기를 경시하고 비하하는 경향이 있다. 환자는 큰 야망을 지니고 있음에도 불구하고 학교에서 착한 학생으로 여겨졌을 때 견딜 수 없었다. "제가 착한 학생이라면 마치 발기된 성기를 노출한 채 많은 사람 앞에 서 있는 것 같은 기분일 거예요." 이는 분석에서 흔히 볼 수 있는 지나가는 말이 아니라 문제의 핵심을 꿰뚫는 말이었다. 성기노출을 억제하고 억압함으로써 나중에 승화, 활동, 자신감은 최고의 지원군을 빼앗긴다. 피

---

98) 피학성향과 노출증 사이의 관계와 관련하여 『도착, 정신병, 성격장애』(Perversionen, Psychosen, Charakterstörungen), S. 39에서 페니헬(Fenichel)이 설명한 사례를 참조하라.

학자에게서 이러한 노출억제는 정확히 반대되는 특성의 발달로 이어진다. 성기자기애 성격은 왜곡된 형태로 나타나고(참조: 홍조공포증), 피학성격은 정반대 반응형성을 만들어 낸다. 즉 **눈에 띄지 않기 위해 자기경시 중독을 만들어 낸다.** 피학성격에는 성기성격의 자기애구조에 가장 필수적인 부분인 나서는 능력과 눈에 띄는 능력이 부족하다.

위에서 설명한 이유로 피학성격은 리더의 역할을 맡을 수 없어도 일반적으로 위대한 영웅환상을 발전시킨다. 그의 진정한 본성인 자아는 항문고착에 의해 수동적으로 고정되고, 노출억제로 인해 자신을 경시하려는 중독의 의미에서 더욱 변화한다. 이러한 자아구조는 이제 남근능동 자아이상에 대립하는데, 자아가 자아이상에 대립하는 방식으로 구조화되어 있으므로 자아이상은 실현될 수 없다.[99] 그 결과는 다시 참을 수 없는 긴장이며, 이는 고통느낌의 또 다른 원천으로 추가되어 피학과정에 영양을 공급한다. 진군하는 장교의 이미지는 자아(대열)가 따르지 않고 따를 수 없으므로, 부끄러워하고 숨겨야 하는 이 자아이상을 반영한다.

이와 관련하여 피학경향이 있는 어린이와 피학성격에서 매우 자주 발견되는 특성도 있다. 자신을 어리석게 여기거나 이에 더하여 '자신을 어리석게 만드는 것'이다. 환자가 이러한 자기비하의 의미에서 모든 억제를 악용하는 것은 피학성격과 상당히 일치한다. 또 다른 환자는 바지를 내리고 노출된 느낌이 들기 때문에 칭찬을 참을 수 없다고 말한 적이 있다. 엉덩이 노출에 대한 집착인 항문고착이 어린이의 성기발달에 미치는 중요성을 과소평가해서는 안 된다. 항문고착은 항문수치심을 성기단계로 가져와 특별한 수줍음으로 성기성에 부담을 준다. 모든 칭찬은 노출경향을 도발하고 자신을 보여주는 것은 심한 불안에 사로잡히게 하므로, 불안을 방어하기 위해 자신을 비하한다. 물론 이것은 무시당한다고 느끼는 새로운 이유이며 사랑요구 전체 복합체를 불러일으킨다.

---

99)   참조. 내 책 『충동성격』(*Der triebhafte Charakter*), Internationaler Psychoanalytischer Verlag, 1925의 "불완전한 동일시"에 관한 장.

여기에는 '바보처럼 행동하는 것' 또는 자신을 바보로 만드는 것도 포함된다. 우리 환자는 자신을 바보로 만드는 유아장면을 다음과 같이 묘사한 적이 있다. "저는 저에게 주어지지 않은 것을 원하면 화를 내며 바보 같은 짓을 하죠. 하지만 제가 바보처럼 행동해도 사람들은 저를 얼마나 사랑합니까? 제가 사랑받지 못한다면 저는 사랑스럽지 않고 더 어리석고 추악해져야 합니다."

이제 피학성격이 왜 그렇게 위장된 형태로 자신의 사랑요구를 제시하는지, 왜 직접 사랑을 나타내거나 요구할 수 없는지에 관한 질문에 답할 때다. 또 다른 환자, 강한 고통감과 피학적 불평경향을 지닌 성기자기애 성격의 환자는 여성을 이기고 싶을 때마다 자신을 비참하게 보여주곤 했다. 그는 여성이 화를 내거나 여성에게 수치심을 느끼게 하거나 벌을 줄 수 있기 때문에 여성에게 직접 사랑을 표현하는 것에 대한 압도적인 불안을 지니고 있었다. 그는 우리 환자와 마찬가지로 노출억제를 보였다.

이 모든 것이 함께 내면 운동장애를 유발하며 종종 외모로 인해 고통스러운 수치심을 불러일으킨다. 공개적으로 사랑을 표현하거나 요구하는 능력은 억제되면 위장된 표현을 하도록 강요하고 환자가 말했듯이 "관료적"이게, 즉 부자연스럽고 뻣뻣하게 만든다. 그 이면에는 실망이나 거부에 대한 불안이 끊임없이 작용하고 있다. 우리 환자는 "서지 않는 자지를 저에게 제공되지 않은 질에 밀어 넣는 일과 마주하고 있지요"라고 말한 적이 있다.

히스테리성격은 사랑을 공개적으로 표현하는 대신 불안을 보여주고, 강박성격은 증오와 죄책감을 보여주며, 피학성격은 불평, 도발을 하거나 자신을 비참하게 보여줌으로써 우회적인 방식으로 사랑을 표현하고 요구한다. 이 모든 다양한 형식은 다음과 같이 각각 특정한 발생과 전적으로 일치한다. 히스테리 환자는 자신의 성기성이 완전히 발달했는데 불안으로 가득 차 있고, 강박성격은 자신의 성기성을 남근가학으로 대체했으며, 피학성격은 노출을 통해 성기성을 달성하고 그다음에는 억압하고 이제는 왜곡된 사랑표현에 집착한다.

4. 성흥분 증가에 대한 불쾌한 지각 : 피학성격의 특정한 기반

모든 신경증구조는 성울혈을 유발하고 따라서 신경증에 에너지원을 제공하는 성기성 장애를 어떤 형식으로든 지니고 있다. 피학성격에서는 한결같이 특별한 형식의 오르가즘과정 장애를 발견하며, 이러한 장애는 처음부터 보이지 않는 경우 불능이나 마비를 대략 제거했을 때만 분명해진다. 이것이 지금까지 오르가즘장애가 완전히 간과되었던 이유를 설명한다. 먼저 주제로 돌아가 보겠다. 우리는 피학성격이 특히 불쾌생산을 증가시키며 이 불쾌가 고통을 느끼는 실제 근거를 제공한다고 확인했다. 우리는 정신장치가 이러한 긴장과 불안에 대한 준비상태에 부적절한 방식으로 끊임없이 대처하려고 노력하고 있으며, 불안을 묶으려는 이러한 시도에서 불안준비를 증가시키는 긴장과 불쾌감에 점점 더 깊이 빠져들 뿐이라는 것이 피학성격의 특별함이라고 말할 수 있었다. 또한 피학처벌에 대한 생각은 정말 두려운 또 다른 처벌을 대체하는 것임을 알 수 있었다.

태어난 지 삼 년 차에 환자가 경험한 불안종류가 수동 구타환상에 대한 피학고착을 일으킬 수 있을까? 아니다. 환자는 다른 사람들처럼 무의식적으로 그토록 두려워한 처벌을 유발하는 성충동요구를 완전히 포기할 수 있다. 처벌상황에서 자신을 구출하기 위해 특별히 피학방식을 강구하는 것이 반드시 필요한 것은 아니다. 따라서 전체 피학기제를 구체적으로 근거짓는 무언가가 추가되어야 한다.

이 기제는 환자가 자신을 성기수준으로 끌어올리는 데 성공했을 때, 즉 그의 성기욕망이 처음으로 자극받거나 발달하기 시작할 때만 발견된다. 그런 다음 새로운 어려움에 직면한다. 환자가 이제 강한 성기욕망을 발달시켜 처음에는 자신의 피학태도의 대부분을 제거하고 성기 부위의 첫 번째 실제 경험에서 쾌락 대신 불쾌감을 경험한 다음 결과적으로 항문 가학피학 전-성기성을 '피학 늪'에 다시 빠뜨린다는 것이다. 이 수수께끼가 풀리기까지 수년이 걸렸고 '고통을 붙잡고 싶어 하는 피학자의 불치병'은 그의 성장치에 대한 우리의 불완전한 지식 때문이라는 것을 이해하였다. 억압된 죄책감이나 죽음충동 표현으로서의 처벌욕구가 그를 고통에 집착하게 한다는 정보에서 멈췄다면, 확실히 진료를 계속 진행할 수 없었을 것이다.

이러한 진술은 자기처벌이 양심을 완화할 수 있다는 사실을 부정하려는 의도가 아니다. 우리는 단지 임상 정식의 **가치**에만 관심이 있다. 처벌을 받음으로써 죄책감에서 벗어나는 것은 인성의 중심에서가 아니라 주변부에서 작용하고, 자기처벌은 신경증과정을 중단하지 않은 채 완전히 사라질 수 있고 비교적 드물게 발생하며 또한 신경증의 원인이 아니라 증상이다. 성욕망−처벌불안 갈등은 모든 신경증의 핵심이고 이것이 없으면 신경증 과정이 없으며, 그 자체가 증상이 아니라 신경증의 원인이다. 정신분석에서 처벌욕구에 대한 이전 평가는 분석적 신경증이론에 오해의 소지가 있는 변화를 가져왔고 치료이론을 해쳤으며, 신경증예방 문제에 대한 길을 막고 신경증의 성적이고 사회적인 병인을 모호하게 만들었다.

피학성격은 정신장치 뿐만 아니라 무엇보다도 성기장치에서 매우 이상한 **경련태도**를 기반으로 하며, 이는 **모든 강한 쾌락감각을 즉시 억제하여 불쾌로 바꾼다.** 이런 식으로 피학 성격반응의 기초가 되는 고통의 근원은 끊임없이 영양을 공급받고 증가한다. 피학성격의 의미와 기원에 대한 분석이 아무리 상세하고 철저하더라도, 이 경련태도의 기원에 침투하지 않으면 치료효과를 얻을 수 없다는 것이 분명하다. 그렇지 않으면 우리는 환자의 오르가즘능력, 즉 성기경험에서 완전히 긴장을 풀고 자신을 놓아주는 능력을 확립하는 데 성공하지 못할 것이다. 오르가즘능력만으로는 불쾌공급과 불안생산의 내부원천을 제거할 수 없다. 사례로 돌아가 보자.

환자가 처음 성교했을 때 발기는 했지만 질에서 어떤 움직임도 감행하지 못했다. 우리는 처음에는 이것이 편견이나 무지인 줄 알았는데 한참 뒤에야 진짜 이유를 알아냈다. **그는 쾌락증가를 불안해했다.** 확실히 매우 이상한 행동이었다. 우리는 불감증 여성의 오르가즘장애를 치유할 때 항상 이러한 불안에 직면하지만, 피학자에게서 그 불안은 특별한 성격을 지닌다. 이것을 이해하려면 재료로 돌아가야 한다.

우리 환자가 몇 차례 성교하여 성기자신감이 상당히 높아진 뒤, 피학자위를 할 때보다 성교 중에 쾌감을 덜 느낀다는 것이 밝혀졌다. 그러나 그는 여전히 성기의 풍만한 감각을 생생하게 상상할 수 있었고 이는 치료하고자 하는 강력한 원동력이 되었다. 환자의 적은 성기경험은 매우 걱정스러웠다. 자연스럽게 더 강렬한 성기쾌락을 만들어내는 것 외에는 다른 방법으로 전—성기쾌락을 무력화할 수 없기 때문이다. 행위 중 쾌락결핍은 확실히 성기성을 전개하려는 충동이 아니었다. 추가시도 중에 새로운 장애가 발생했다. 자지는 행위 중에 부드러워졌다. 이것은 단지 거세불안인가 아니면 그 이상인가? 그의 거세관념에 대한 추가분석으로 상태는 바뀌지 않았다. 마침내 사정 전의 골반저 근육의 경련이 우리가 원래 생각했던 것보다 자위에서 더 큰 의미를 지니고 있음이 밝혀졌다. 피학자의 경우 겉보기에 자유롭고 과도하게 강조된 항문 및 요도 만족에도 불구하고, 어린 시절 초기부터 시작된 **항문 및 요도 억제와 불안**이 나중에 성기기능으로 옮겨져 과도한 불쾌생산을 위한 직접적인 생리적 기반을 생성한다는 것을 보여주는 유아재료를 모아 보았다.

3~6살 무렵, 그는 동물이 자신의 엉덩이로 기어들어 올지도 모른다는 생각으로 화장실에 대한 불안을 키웠다. 어두운 구멍 자체가 불안을 유발했다. 그런 다음 그는 대변을 참기 시작했고 이는 다시 바지를 적시는 것에 대한 불안을 불러일으켰다. 하지만 바지를 적시면 아버지에게 매를 맞았다. 이를 알기 위해서는 세 살 때의 인상적인 장면으로 충분했다. 아버지가 때리면 거세위험도 있으므로 실수로 성기에 부딪히지 않고 엉덩이에 타격이 가해지도록 해야 한다. 하지만 매우 철저한 아버지의 '문화'교육 조치 동안 그는 엎드려 누워있을 때 자지에 조각이 박힐 수도 있다는 불안에 항상 괴로워했다.

이 모든 것이 함께 방광과 장에 경련을 일으켜 아이가 탈출구를 찾을 수 없는 상황을 만들었다. 그리고 이것은 다시 어머니에게 아이의 배변에 특별히 관심을 기울일 수 있는 또 다른 기회를 주었고, 어머니는 배변 기능을 매우 긍정하고 돌보았지만 반면 아버지는 그것 때문에 아이를 때린다는 새로운 모순이 생겨났다. 따라서 그의 오이디푸스 콤플렉스는 압도적으로 항문영역에 정박하였다. 처음에는 방광과 내장이 파열될 수 있다는 즉, 참아도 결국 아무 소용이 없으며 아버지가 자신에게 항문강박을 가하지 않더라도 다시 한번 자신을 만든 사람[아버지]의 희생자가 될 것이라는 불안이 생겼다. 암울하고 절망적인 상황의 전형적인 그림은 확실히 생물학적 상황이 아니라 순전히 사회적 상황에 뿌리를 두고 있었다. 아버지가 특히 아이의 엉덩이를 꼬집는 것을 좋아했고, 무엇보다도 아이가 무슨 짓을 하면 "피부를 벗겨 버리겠어"라고 사랑스럽게 말했다는 것을 언급하지 않을 수 없다.

아이는 처음에 아버지에 대한 항문불안이 있었는데, 이는 어머니에 대한 항문고착과 자기구타(아버지의 처벌에 대한 불안의 반영)와 결합되었다. 아이는 배설이 가져다주는 이완과 만족감 때문에 처벌받을 수 있다는 것을 알게 되었고, 아버지로부터 처벌을 받지 않을까 불안하여 자신을 때리기 시작했다. 이 간단한 과정이 처벌하는 아버지와의 동일시 및 발달 중인 항문초자아에 대한 피학태도보다 사례의 병리에 훨씬 더 중요하다는 것은 당연하다. 이러한 병리확인 자체가 이미 신경증형성이며 본질적으로 신경증의 핵심 원인이 아니라 결과이다.[100] 우리는 확실히 자아와 초자아 사이의 모든 복잡한 관계를 발견했지만, 이에 그치지 않고 피학성향의 어떤 사실이 아버지의 실제 행동에 해당하는지, 어떤 것이 내면 성노력에 해당하는지 정확히 구별해야 하는 더 중요한 과제를 지니고 있었다. 다른 유사한 사례와 마찬가지로, 나는 우리의 교육방법에 일반적으로 가졌던 것보다 훨씬 더 많은 관심을 기울일 가치가 있으며, 관심을 분석에 98%를 할애하고 **부모**가 **자녀**에게 미치는 심각한 피해에 거의 2%를 할애한다면 우리의 관심을 매우 잘못 분배한다는 것 외에는 다른 결론에 도달할 수 없다. 이런 식으로 우리는 아직 가부장적이고 가족적인 양육을 비판하는데

---

100) 신경증은 쾌락을 추구하는 자아와 이러한 자아의 추구를 부정하는 외부세계 사이의 갈등으로 인해 발생하며, 자아와 초자아 사이의 갈등에 의해 유지된다. 초자아는 성쾌락이 처벌받을 수 있다는 반복된 경험을 바탕으로 자신의 힘을 유지한다. 어린 시절 억압의 초기 효과에 사회의 결정적인 억압 분위기가 추가된다.

정신분석의 발견을 적절히 활용하지 못한다.

주로 아이의 항문성에 대한 두 부모의 모순적인 행동으로 인해 생긴 어린 시절 갈등상황은 남성아버지에 대한 여성적 헌신 뿐만 아니라 공허감과 무력감을 불러일으켰다. 환자는 나중에 성인남성 근처에 갈 때마다 무력감을 느꼈고 불안 때문에 즉시 성기에서 집중을 철회하고 항문수동적이게 되어, 이 남성들에 대한 존경심을 표현하게 되었다. 이제 우리는 다음과 같은 결론에 도달할 수 있다. 일반적인 (너무 일찍 그리고 너무 가혹한) 청결교육은 항문쾌락 우위를 고정하며, 그것과 연결된 구타당한다는 생각은 철저히 불쾌하고 처음에는 불안에 싸여 있다. 따라서 쾌락이 되는 것은 구타당하는 것의 불쾌가 **아니라 쾌락전개를 막는 구타당하는 것[수동 구타]에 대한 불안**이다. 이것은 발달과정에서 또한 성기로 옮겨진다.

환자는 사춘기가 다 되었을 때도 여전히 종종 부부침대에서 어머니와 함께 잤다. 열여섯 살 때 그는 어머니가 자신을 통해 임신할 수 있다는 공포증을 갖게 되었다. 어머니 몸의 친밀함과 따뜻함이 그의 자위를 생생하게 자극했다. 사정은 이전 발달에 비추어 달리 볼 수 없었던 어머니에게 소변을 보는 것을 의미했다. 어머니가 아이를 낳는다면 이것은 자신의 요도 근친성관계라는 죄의 명백한 증거이므로 그는 가혹한 처벌을 두려워해야 할 것이다. 그래서 이제 그는 사정을 참으면서 동시에 생생한 피학환상을 갖기 시작했다. 여기서 그의 확실한 질병이 시작되었다. 학교에서 수학능력은 무너졌다. '자기분석'을 통해 잠시 회복을 시도했는데 실패로 돌아가자, 밤마다 오랫동안 피학항문 자위와 함께 정신황폐화가 시작되었다.

최종붕괴는 심각한 현실신경증으로 시작되었으며, 이는 지속적인 동요, 불면증, 편두통 같은 두통으로 절정에 달했다. 이 기간에 억제된 청소년은 성기리비도의 강한 급증으로 고통받았다. 그는 한 소녀를 사랑했는데 감히 그녀에게 다가가지 못했으며, 그녀를 '질식시킬까봐' 두려워하고 이에 대해 생각만 해도 수치심에 가라앉았다. 그는 멀리 떨어진 소녀들을 쫓아다니며 그들과 '배를 함께 맞대고' 그 [배를 맞댔다는] 비밀을 누설할 수 있는 아이를 확실히 낳을 것이라는 생생한 환상을 지니고 있었다. 또한 항문성향 때문에 거부당하는 것에 대한 불안이 결정적인 역할을 했다. 우리는 여기서 부분적으로는 사회장벽에 의한 그리고 부분적으로는 양육에 의한 성구조의 조기 손상으로 생긴 신경증고착을 통해 성기성우위를 억제하는 전형적인 사춘기의 운명을 본다.

처음에는 성기긴장 외에도 지속해서 억제된 배변충동과 헛배부름형식으로 나타나는 항문긴장도 있었다. 환자는 성기이완을 허용하지 않았다. 밤새도록 수동 구타환상의 도움으로 첫 번째 몽정을 한 것은 열일곱 살이 되어서였다. 그 후 현실신경증은 완화되었지만, 첫 사정은 충격적으로 경험되었다. 환자는 사정하는 동안 침대를 더럽힐지도 모른다는 불안에서 벌떡 일어나서 요강을 움켜쥐고 일부 정액이 침대에 떨어진 것을 보고 안타까워했다.

그가 치료 중에 성기성을 확립하기 시작했을 때 행위 중에 발기가 사라졌다. 이 성기단계에서 정상적인 남성 및 남근 리비도로 자위가 시작되었는데 쾌락이 증가하는 동안 피학환상이 재개되었다. 성행위 중 성기성에서 피학성향으로의 전환을 분석한 결과 다음과 같은 사실이 밝혀졌다. 쾌락감각이 미미한 한 성기환상은 남아 있었다. 그러나 쾌락이 증가하기 시작하자마자, 환자가 표현한 대로 '녹는 느낌'이 시작되자마자 그는 겁을 먹고 자신을 풀어주는 대신 골반저에 경련을 일으켜 쾌락을 불쾌로 바꿨다. 그는 – 그렇지 않으면 오르가즘 쾌감을 느낄 수 있는 – '녹는 느낌'을 불쾌하거나 불안한 것으로 지각하며 자지가 녹을지도 모른다고 두려워했다고 정확하게 묘사했다. 이 느낌의 결과로 자지피부가 녹아버릴 수 있으며, 이런 식으로 계속 팽팽해지면 페니스가 터질 수 있다(절정으로 넘어가는 데서 정상적이듯이). 그는 페니스가 체액으로 가득 찬 자루가 터지듯이 터질 것 같은 느낌을 받았다. 여기서 우리는 피학성향에서 쾌락이 불쾌에서 오는 것이 아니라 피학성격에 특정한 기제에 의해 일정 수준 이상으로 증가하는 쾌락이 억제되어 불쾌로 바뀐다는 반박할 수 없는 증거를 지니고 있다. 또한 환자는 거세관념을 페니스의 피부와 관련시켰다는 점도 언급해야 한다. "저를 껍질이 벗겨진 삶은 닭처럼 뜨겁게 만들어요."

항상 존재하는 처벌불안은 쾌락감각이 절정에 이르는 동안 '녹는' 따뜻한 감각을 다가올 페니스 재앙의 실현으로 간주하게 하여, 흥분과정을 억제하고 통증감각에 이르기까지 순전히 생리적 불쾌를 가져온다. 세 단계로 진행되는 과정을 요약해보겠다.

1단계 : "나는 쾌락을 향해 노력한다."

2단계 : "나는 '녹는다', 이것이 두려운 처벌이다."

3단계 : "나는 자지를 구하려면 감각을 억제해야 한다."

여기에서 반론이 제기될 것이다. 유아불안으로 인한 성쾌락감각 발달억제는 성기성을 완전히 파괴하지 않는 한 **모든** 신경증에서 발견되며, 따라서 이것만으로는 피학성향의 특정한 요인이 될 수 없다고. 쾌락감각의 무의지적 증가를 억제하는 모든 것이 피학성향 장치의 발달로 이어지지 않는 이유는 무엇일까? 이것에 대해 말해야 한다.

쾌락감각의 전개를 억제하는 데는 두 가지 가능성이 있다. 쾌락의 '녹는' 느낌은 불안 **없이** 한 번 경험되었고 나중에 불안이 합류하여 성흥분과정을 억제했어도 쾌락은 계속해서 쾌락으로 지각되었다. 쾌락감각과 불쾌감각은 **양면적**이다. 이것은 모든 비피학 오르가즘억제에 해당된다. 피학성향에서 오르가즘에 해당하는 쾌락의 녹는 감각은 그 자체가 다가올 피해로 지각된다. 쾌락을 얻을 때 항문 부위에서 경험하는 불안은 나중에 훨씬 더 강렬한 성기쾌락을 이미 손상과 처벌의 신호로 지각하게 할 수 있다.

따라서 피학성격은 지속해서 다가올 쾌락을 향해 나가지만 항상 불쾌에 직면한다. 이제 그는 불쾌를 위해 노력하고 있다는 인상을 주지만, 실제로는 불안이 쾌락적인 충동목표 앞에 밀려와서 원하는 것을 다가올 위험으로 지각하게 만든다. 최종쾌락 대신 **최종불쾌**가 들어선다.

이것은 쾌락원칙을 **넘어선** 반복강박의 문제도 해결한다. 불쾌한 상황을 다시 겪고 싶다는 인상을 주지만, 분석에 따르면 실제로는 **원래의 쾌락 상황을 위해 노력하다가 항상 실패, 처벌관념 또는 불안이 개입하여 원래 목표를 완전히 모호하게 하거나 불쾌한 것으로 바꾸는 것으로 나타났다.**

따라서 우리는 쾌락원칙과 처벌불안의 틀 안에서 해당 현상을 다르게 설명할 수 있으므로, 쾌락원칙을 넘어선 반복강박은 없다고 결론 내릴 수 있다.

우리는 다시 한번 사례로 돌아가야 한다. 이러한 쾌락과정 교란은 결국 그의 자위가 밋밋해지고 길어지는 원인이 되었다. **그는 어떤 쾌락감각 증가도 피했다.** 이것이 분명해졌을 때 그는 한때 "이러한 감각이 저 자신에게 흘러 들어오게 할 수 없으며 참을 수 없어요"라고 말했다. 우리는 이제 그가 몇 시간 동안 자위를 한 이유를 이해한다. 그는 무의지적 흥분증가를 허용하지 않았기 때문에 결코 만족을 얻지 못했다.

감각증가에 대한 불안 외에도 감각증가를 억제하는 또 다른 요인이 있다. 피학성격은 항문 부위의 평평하고 무감각하며 '미지근한' 쾌락에 익숙하다. 그런 다음 그는 항문실천과 쾌락경험을 성기장치로 옮기는데, 이는 매우 다르게 작동한다. 성기장치에서의 강렬하고 갑자기 가파른 쾌락증가는 낯설 뿐만 아니라 이전에 덜 압도적인 항문쾌락만 알고 있던 사람들이 특히 이를 두려워할 가능성이 크다. 처벌기대가 추가되면 쾌락이 불쾌로 즉각 전환될 모든 조건이 갖춰진다.

결과적으로 이전에 치료받은 사례에서 나타난 많은 사실이 같은 방식으로 분명해졌지만, 특히 불만족스러운 (이제는 말하자면 **특별한** 방식으로 방해받는) 성행위 후 피학적이고 고통스러운 기분을 느끼는 많은 사례가 있었다. 이제 『충동성격』과 『오르가즘의 기능』에서 설명한 오르가즘장애가 있는 사례를 특징짓는 강한 피학경향을 리비도경제적 관점에서 훨씬 더 잘 이해할 수 있다. 피학도착을 지닌 환자에 대해서 『오르가즘의 기능』에는 이렇게 적혀 있다. "그녀는 묶이고 완전히 벗겨진 채 새장에 갇혀 굶어 죽게 될 것이라는 피학환상을 지니고 자위를 했다. 그녀는 갑자기 움직일 수 없이 묶인 자신의 대변과 소변을 자동으로 제거할 수 있는 장치에 대해 생각해야 했다. …… 분석결과, 전이가 성흥분으로 증가하면 그녀는 통제할 수 없는 소변과 배변에 대한 충동을 느끼곤 했다… 성교한다는 생각으로 자위를 하는 동안 오르가즘이 시작되기 직전에 피학환상이 다시 전면에 나타났다."

따라서 관련 환상을 지닌 피학태도는 쾌락감각에 대한 불쾌한 지각에서 성경제적으로 생겨나며 "저는 너무 비참해요, 저를 사랑해 줘요!"라는 정신적으로 형성된 태도를 통해 불쾌에 대처하는 역할을 한다. 사랑요구에는 환자가 처벌을 사방으로 피하도록 강요하는 성기요구도 포함되어 있으므로 이제 구타환상을 추가해야 한다. "저를 때리되 거세하지 마세요!" 따라서 피학반응은 특정한 현실신경증 하부구조[토대]를 지니고 있다.

이처럼 피학성향 문제는 쾌락기능의 특별한 장애를 중심으로 모인다. 완만한 곡선의 성흥분을 고수하도록 강요하는 것은 오르가즘에 이르는 쾌락이 해소되는 또는 '녹는' 감각에 대한 불안이라는 것이 분명해졌다. 이제 이것은 항문고착이나 성기억제의 결과일까? 둘 다 만성 신경쇠약 흥분상태를 유발하는 것처럼 둘 다 똑같이 관여할 수 있다. 항문성은 전체 리비도장치를 동원해도 긴장해소를 보장할 수 없다. 성기성 억제는 불안의 결과일 뿐만 아니라 그 자체로 불안을 유발하는 과정이며 긴장과 실제 방출[만족] 사이의 불일치를 증가시킬 뿐이다. 왜 구타환상이 특히 일반적으로 절정에 이르기 전에 강화되거나 시작되는지에 대한 의문은 여전히 남아 있다.

정신장치가 어떻게 긴장과 만족 사이의 불일치를 줄이려고 노력하는지, 하지만 어떻게 이완충동이 구타환상에서 여전히 지배하는지를 관찰하는 것은 흥미롭다. 우리 환자는 항상 "여성에게 맞는 것은 여성(=어머니) 앞에서 몰래 자위하는 것과 똑같다"고 주장했다. 이것은 결국 실제 경험에 해당했다. 어렸고 발육이 부진한 남자로서 환자는 어머니와 함께 침대에서 피학자위를 했는데, 성기를 꽉 쥐고 사정(출산 공포증)을 피하고 어머니가 자신을 때리고 있다는 환상을 하고서야 사정이 이루어졌다. 이것은 환자가 의식적으로 회상한 다음과 같은 의미를 지녔다. "내 자지는 완전히 익은 것 같았다. 다섯 번째 또는 여섯 번째 구타에서 자지가 터졌을 것이고 방광이 터졌을 것이다." 따라서 구타는 다른 방법으로는 금지된, 즉 스스로 달성하는 것이 금지된 이완을 가져오기 위한 것이다. 어머니의 구타로 방광이 터지고, 같은 이유로 성기가 터져 정액이 쏟아져 나왔다면, 그것은 그의 잘못이 아니라 가해자가 일으킨 것이다. 따라서 처벌열망의 핵심 의미는 처벌하는 사람이 유죄가 되도록, 즉 자신을 면죄하기 위해 우회적인 방식으로 이완을 가져오는 것이다. 우리는 같은 기제를 성격 상부구조에서와 마찬가지로 토대에서도 본다. 여기에서 그는 이렇게 말한다. "내 불안을 없애기 위해 나를 사랑해 줘요!" 따라서 불평은 "내가 아니라 당신이 유죄예요"라는 의미이며, 구타환상은 "이런 식으로 내가 유죄가 되지 않고 긴장을 풀 수 있도록 나를 때려줘요!"라는 기능을 지니고 있다. 이것은 아마도 수동 구타환상의 심층 의미일 것이다.

수동 구타환상의 심층 기능을 처음 알게 된 이후, 나는 명백한 도착을 발전시키지는 않았는데 성격상의 자아변화를 통해 피학경향을 잠재적으로 유지할 수 있었던 다른 여러 사례에서 앞서 설명한 기제를 관찰할 수 있었다. 다음은 몇 가지 예다. 한 강박성격[의 환자]은 자신에게 성교를 강요하고 완전히 억제되지 않은 방식으로 행동하도록 하는 야만인들 사이에 자신이 놓여 있다는 내용으로 자위환상을 발전시켰다. 또 다른 남성환자는 도착성향을 드러내지 않고 수동여성 성격을 지닌 인물로, 자신이 자지를 두드리며 사정을 하게 되지만 도망칠 수 없도록 묶여있어야 한다는 환상을 품었다. 여기에는 신경증여성의 피학 성태도도 포함되는데, 일부 분석가들은 이를 정상적인 여성태도로 간주한다. 그러나 여성의 이러한 수동 강간환상은 죄책감을 덜어주는 역할을 할 뿐이다. 그녀는 죄책감 없이 성행위를 경험하고 싶어 하지만 이것은 그녀가 강간을 당한다는 조건에서만 가능하다. 실제 행위에서 많은 여성의 형식적인 저항도 같은 의미를 지닌다.

이것은 피학성향에서 중요한 역할을 하는 이른바 '**불안쾌락**' 문제로 이어진다. 다음은 또 다른 분석의 예다.

한 환자는 약 네 살 때 의식적으로 야경증[수면 중에 갑작스러운 공포와 불안을 느끼면서 깨는 것]을 일으키는 습관이 있었다는 것을 기억했다. 그는 담요 아래로 기어들어 자위하고 겁에 질려 갑자기 담요를 내던져 버렸다. 그런 경우 반복강박이 그 근원에 있다고 가정하면 얼마나 유혹적인지! 그는 처음에 야경증을 느꼈고 이제는 분명히 항상 불안을 다시 경험하고 싶었다. 실제로 그는 불안을 경험하고 싶지 않았고 항상 불안에 사로잡혀 있는 환락의 느낌을 경험하고 싶었다. 또한 불안으로부터의 해방은 그 자체로 쾌락원천이었다. 그러나 이 과정에서 가장 중요한 것은 불안흥분이 항문과 요도감각을 자극하여 불안을 받아들였다는 것이다. 불안은 그 자체로 쾌락이 되는 것이 아니라 특별한 종류의 쾌락이 발달하는 계기를 제공할 뿐이다.[101] 종종 아이들은 처벌불안 때문에 스스로 거부했던 긴장완화 감각을 불안상태에서만 경험한다. 불안상황에서 갑자기 대변쾌락과 소변쾌락의 이완은 종종 불안을 다시 경험하고 싶어 하는 첫 번째 원인이 된다. 그러나 이러한 현상을 쾌락원칙을 **넘어선** 것이라고 이해하는 것은 사실에 대한 완전한 오판을 의미한다. 일정 조건에서 고통과 불안은 다른 식으로 두려워하는 이완을 경험할 수 있는 유일한 방법이 된다. 따라서 '고통쾌락'이나 '불안쾌락'이라는 표현은 그다지 적절하지 않은 방식으로 고통과 불안이 성흥분의 기회가 된다는 사실을 의미할 뿐이다.

우리 환자에게서 '자지파열'이 충동목표인 것처럼 보인다는 사실은 우리의 피학성향 개념과 모순되지 않는다. 자지파열이란 생각은 한편으로 일정한 맥락에서 불안관념, 처벌이라면 다른 한편으로는 충동적으로 원하는 최종만족, 이완을 나타내는 것이기도 하다. 방광이나 장이 터진다는 생각이 지닌 이러한 정신적인 이중의미는 최종쾌락 자체를 두려운 처벌실행으로 지각하게 만든다.

---

101) 참조. Freud, 『성 이론에 관한 세 가지 논문』(*Drei Abhandlungen zur Sexualtheorie*), (1905) *Ges. Schr.*, Bd. V, S. 78f.

5. 피학성향 치료에 대한 고찰

건강한 성생활, 조절된 리비도경제의 확립은 전-성기 고착에서 리비도를 해소하고 성기불안을 제거하는 두 가지 치료과정을 통해서만 이루어질 수 있다. 이것이 (억압을 제거함으로써) 전-성기 및 성기 오이디푸스 갈등에 대한 분석의 도움으로 이루어진다는 것은 당연하다. 여기서 이 기법과 관련하여 한 가지만 강조할 필요가 있다. 억압을 제거함으로써 전-성기 고착을 풀고 **동시에** 성기불안을 제거하지 않으면, 유일하게 적절한 오르가즘방출을 영구적으로 방해하여 성울혈이 증가하고 지속적인 장애가 발생할 위험이 있으며 이는 정확하게 자살지점까지 커질 수 있다. 전-성기 고착을 풀지 않고 성기억압을 치료하면, 성기우위가 약해서 성기기능이 불안 총량을 해소할 수 없다.

피학성향 치료에서 특히 중요한 것은 자신의 고통을 이용하여 궁극적으로 분석가를 잘못에 빠뜨리려는 환자의 경향, 즉 성격이라는 장벽을 어떻게 극복하는가 하는 것이다. 피학행동의 가학본성을 폭로하는 것이 가장 시급한 첫 번째 조치다. 이 조치는 당시 일어났던 가학성향으로의 회귀를 역전시켜 능동남근가학 환상을 수동항문피학 환상으로 대체함으로써 성공을 보장한다. 이러한 방식으로 유아성기성을 재활성화하거나 다시 형성하면 그전까지 피학반응에 의해 은폐되고 소비되었던 거세위험에 대한 불안을 훨씬 쉽게 드러낼 수 있다.

지금까지 언급한 치료법이 환자의 피학본성을 조금도 흔들지 않는다는 것은 분명하다. 그의 불평, 반항, 자해, 그리고 세계에서 물러나는 합리적인 이유를 제공하는 그의 서투른 성격은 일반적으로 자위행위 중 그의 성흥분과정에서의 앞서 설명한 장애가 제거될 때까지 지속된다. 성기오르가즘을 통해 리비도가 적절하게 배출되면, 환자의 성격은 더 나은 방향으로 빠르게 변하는 경향이 있다. 그러나 사소한 실망, 실패 또는 불만족스러운 상황에서 피학성향으로 다시 후퇴하는 경향은 한동안 남아 있다.

성기불안과 전-성기 고착에 대한 끊임없는 병행작업은, 성기장치의 손상이 너무 심하지 않고 환자의 실제 환경이 그를 피학행동에 반복해서 다시 빠지게 하는 어려움에 직면하지 않는 경우에만 성공을 보장할 수 있다. 따라서 예를 들어 갱년기에 있거나 경제적으로 불행한 가정상황에 묶여있는 피학여성보다 독신의 젊은 피학남성을 분석하는 것이 훨씬 더 쉬울 것이다.

분석가는 치료 첫 달 동안 피학성격의 특성을 지속해서 연구해야만 신경증 핵심을 돌파할 수 있다. 그러나 이 작업은 치료가 끝날 때까지 지칠 줄 모르고 계속해야 한다. 그렇지 않으면 성기우위 확립단계에서 빈번한 재발로 어려운 상황에 쉽게 빠지기 때문이다. 또한 피학성격의 결정적인 해결은 환자가 오랫동안 경제적인 일을 하고 사랑하는 삶을 살았을 때, 즉 치료가 끝난 지 오래되었을 때만 이루어질 수 있다는 것을 잊어서는 안 된다.

특히 명백한 도착을 지닌 피학성격을 치료할 때 성격반응을 자세히 이해하지 못하여 이를 돌파하지 못하는 한, 치료성공은 매우 회의적이다. 그러나 일단 이것이 달성되면 즉 처음에는 성기불안 형식으로만 발생했지만 성기성으로 진전이 이루어지면, 낙관할 충분한 이유가 있다. 그러면 반복되는 재발에 대해 두려워할 이유가 없다. 다른 임상경험을 통해 피학성향 치료는 우리가 해결해야 할 가장 어려운 과제 중 하나이며, 이러한 과제는 다른 측면에서도 확실히 쉽지 않다는 것을 알고 있다. 그러나 이러한 과제를 제대로 실현하기 위해서는 경험증거에 확고한 근거를 둔 분석이론을 일관되게 견지할 필요가 있다. 여기서 비판한 가설 종류는 아주 종종 분석 실천 과제에 직면하여 이른 실패를 알리는 신호일 뿐인 경우가 많다.

환자의 피학성향을 궁극적으로 작용하는 죽음충동의 작용 때문이라고 하는 것은 환자의 고통주장을 확인함으로써 환자의 주장이 옳다는 것을 의미한다. 하지만 우리는 고통의지를 위장된 공격이라고 밝혔고, 이것이 현실에 부합하고 치료성공을 가능하게 하는 유일한 방법이다.

이미 언급한 두 가지 치료과제(피학성향을 다시 가학성향으로 전환하는 것, 전-성기성에서 성기성으로의 진전) 외에도 피학성향에 특정한 세 번째 과제는 설명한 대로 고통증상의 현재 원인인 항문 및 성기 경련을 분석으로 해결하는 것이다.

여기서 제시한 피학과정에 대한 설명은 결코 피학성향의 모든 문제를 해결하지 못한다. 그러나 피학성향 문제를 쾌락불쾌 원칙의 틀 안으로 재통합하면 죽음충동 가설로 인해 가로막혀 있던 나머지 문제들을 해명할 수 있는 길을 쉽게 찾을 수 있다고 단언할 수 있다.

6장
욕구와 외부세계 사이의 원 갈등에 대한 몇 가지 언급[102]

　지금까지 말한 내용의 이론적 중요성을 이해하기 위해서는 더 나아가 충동이론 전반에 대해 몇 가지 성찰할 필요가 있다. 임상경험은 정신장치의 주요 이원론에 대한 프로이트의 기본가정을 확인하는 동시에 그 안에 있는 모순 중 일부를 제거할 충분한 기회를 제공했다. 충동과 외부세계 사이의 관계라는 문제설정을 그에 마땅한 임상맥락에서 필요한 만큼 자세하게 설명하는 것은 부적절할 수 있다. 그러나 이 작업의 설명에 대한 이론적 결론을 내리고 분석심리학의 과도한 생물학화에 대한 균형추를 만들기 위해 미리 그 관계에 대해 말할 필요가 있다.

　프로이트의 충동이론에는 충동의 대립쌍과 정신장치의 대립경향에 대한 일련의 목록이 있다. 프로이트는 서로 대립하지만 서로 흐르는 정신경향의 대립을 일관되게 기록함으로써, 비록 무의식적일지라도 미래의 변증법적 유물론 심리학의 기초를 처음으로 마련했다.[103] 원래 자기보존충동

---

102)　주, 1948. 유기체 오르곤에너지의 발견은 '충동'에 대한 우리의 개념을 재평가하게 할 것이다. 그것은 구체적인 물리적 에너지 기능이다.

103)　내 저작 참조: "변증법적 유물론과 정신분석"(《마르크스주의의 깃발 아래》, 1929). 모든 자연과학은 그에 따라 현실의 사실들을 탐구하는 한에서 유물론적이고 변증법적이다(후자는 항상 무의식적으로). 따라서 정신분석이 미래의 변증법적-유물론적 심리학의 토대를 마련했다고 말할 때, 이는 경험주의에 대한 방법론적 지지를 의미한다.

(배고픔)은 성충동(사랑)과 대립하였다. 나중에 파괴충동 또는 죽음충동이 성의 대립 상대역을 맡았다. 원래 분석심리학은 **자아와 외부세계**라는 기본대립에서 시작되었으며, 이것에는 **자아리비도와 대상리비도**라는 대립이 대응했다. **성과 불안**이라는 대립은 정신장치의 기본대립으로 생각되지는 않아도 신경증불안을 설명하는 데 근본 역할을 했다. 이 원래 가정에 따르면 리비도는 운동성과 의식으로의 돌파가 억제될 때 불안으로 변한다. 나중에 프로이트는 성과 불안 사이의 이러한 관련을 완화했는데, 내 생각에는 이것은 상당히 잘못된 것 같다.[104] 이제 이러한 서로 다른 대립이 우연히 나란히 있는 것이 아니라 합법칙적으로 서로에게서 파생된다는 것을 알 수 있다. 어떤 것이 원래의 대립인지 그리고 충동장치에 미치는 영향에 따라 추가대립의 발달이 어떻게 이루어지는지를 파악하는 문제일 뿐이다.

우리가 충분히 깊이 분석한 다른 모든 사례와 마찬가지로 우리의 사례에 근거하여, 우리는 모든 반응이 예를 들어 사랑과 증오의 대립이 아니며 에로스와 죽음충동의 대립이 아니라는 것을 입증할 수 있다. 에로스와 죽음충동이 아니라 **자아('사람', 이드=쾌락자아)와 외부세계**의 대립이다. 배고픔 영역에서든 성 영역에서든 처음에는 사람의 생체정신 통일성에서 내부긴장을 해결하기 위한 노력이 생겨난다. 이것은 외부세계와의 접촉 없이는 불가능하다. 따라서 **모든** 생명체의 **첫 번째** 자극은 외부세계와의 접촉을 위해 노력하는 것이어야 한다. 입 영역의 리비도자극('빨기쾌락')이 음식섭취를 보장하기 때문에 정신발달 초기의 유아에게서 배고픔과 리비도욕구는 대립하지만 서로 얽혀 있다는 정신분석의 견해는, 기관단위의 표면장력의 기능에 대한 생물학자 하트만[105]의 견해를 우리의 질문에 적용하면 기이하고 놀라운 결과로 이어진다. 크라우스와 존덱[106]의 조사에

---

104) Freud, 『억제, 증상과 불안』(*Hemmung, Symptom und Angst*), *Ges. Schr.*, Bd. XI.
105) Max Hartmann(1876 – 1962). 독일의 생물학자로 『일반생물학』이라는 저서를 남겼다. [옮긴이 주]

의해 일정 지점에서 보완된 하트만이론의 정확성을 가정하면, 정신에너지는 틀림없이 다양한 인체조직에서 특히 생장계와 부속기관(혈액 및 림프계)에서 형성되는 세포화학에 기반한 단순한 생리적-기계적 표면장력에서 생겨났다. 따라서 이러한 긴장으로 인한 신체화학적 평형의 교란은 행동의 원동력이며 궁극적으로는 사유의 원동력(예: 시범 행동)임을 증명한다. 그러나 기관조직의 삼투압 평형에 대한 이러한 교란은 원칙적으로 두 가지 종류가 있다. 한 유형은 조직액 손실로 인한 조직수축을 특징으로 하고, 다른 유형은 체액내용 증가로 인한 기관조직 팽창을 특징으로 한다. 두 경우 모두 불쾌가 생긴다. 그러나 첫 번째 경우에는 표면긴장 **감소**와 그에 상응하는 불쾌의 결과로 **낮은 압력**이 발생하고 이것은 새로운 물질 **흡수**에 의해서만 제거될 수 있는데, 두 번째 경우에는 실제 긴장이 마찬가지로 상응하는 불쾌감각과 함께 발생하며 이번에는 **이완** 즉 물질 **배출**에 의해서만 긴장이 제거될 수 있다. 두 번째 설명한 유형만 특정 쾌락과 관련 있는 반면, 첫 번째 유형에서는 불쾌만 약해진다.

두 경우 모두 '충동'이 있으며, 우리는 첫 번째 경우에는 배고픔과 갈증을 인식하고 두 번째 경우에는 모든 관능적인 것 즉 성긴장의 특징인 오르가즘방출의 원 도식을 인식한다. 예를 들어 단세포 원시유기체는 소량의 음식을 섭취하려면 즉 내부의 음압[낮은 압력]을 제거하려면 중심에서 자신을 비우고 주변[말초]에서 혈장으로 가득 채워야 한다는 것은 생물학적-생리학적으로 명백하다. 우리말로 표현하자면, 배고픔과 같은 '음압'을 제거하기 위해 리비도기제의 도움을 받아 외부세계에 접근해야 한다. 반면 성장, 교미, 세포분열은 완전히 리비도기능의 징후 아래 있으며, 이는 말초 긴장과 후속 이완 즉 표면긴장 감소를 특징으로 한다. 따라서 성에너지는 항상 음식만족에 기여하고 반대로 음식섭취는 신체화학 과정을 통해 궁극적으로 리비도긴장을 유발하는 물질을 공급한다. 음식섭취가 생존과 리비도기능의 토대라면 가장 원초적인 것으로서 운동과 같은 생산적

---

106) Krauß u. Zondek, *Klin*, Wochenschr. 1922.

수행의 토대이기도 하다. 이러한 생체생리 사실은 정신장치의 상위조직에서 완전히 확인된다. 배고픔은 승화될 수 없는 반면 성에너지는 변할 수 있고 생산적이다. 배고픔에서는 부정적 상태만 중단되고 쾌락이 생성되지 않는 반면 성욕구에서는 사정 즉 가장 단순한 생산형식이 있으며, 그 이상으로 이완은 쾌락을 부여하여 아직 완전히 이해되지 않은 법칙에 따라 행동 반복을 유도하며 이 반복은 기억문제의 중요한 부분이 될 가능성이 크다. 따라서 배고픔은 다가온 에너지 **손실**의 신호이며, 음식욕구 만족은 성과(에너지 소비)로 나타날 수 있는 에너지를 생산하지 않고 단지 결핍제거를 의미할 뿐이다. 이 사실이 여전히 모호하지만, 노동수행이 리비도에너지 과정으로 전환되고 나아가 노동장애가 리비도경제 장애와 밀접하게 관련되어 있다는 정신분석의 경험테제는, 궁극적으로 이미 묘사한 두 가지 생물학적 기본욕구 사이의 차이에 근거한 것으로 보인다.

이제 노력의 대립성에 관한 질문으로 돌아가 보겠다. 노력의 대립성은 장치의 계통발생적 성향과는 별개로 원래 생체정신 단위 안에 있는 것이 아니라 오히려 한 대립부분이 외부세계로 표현된다. 이것은 노력의 **내부** 대립성에 대한 프로이트의 가정과 모순되는 것일까? 그렇지 않다는 것을 즉시 알 수 있다. 유일한 질문은 내부대립, 내부이원론이 처음부터 생물학적으로 주어졌는지 아니면 생리적 욕구장치가 외부세계와 충돌할 때만 형성되는지이다. [107] 더 나아가 사람 안에서 노력의 첫 번째 대립이 충동 중 하나인지 아니면 다른 것인지이다. 양면성에서 시작해보자.

사랑반응과 증오반응이 **동시에** 일어난다는 의미에서 '감정의 양면성'은 생물학적 법칙이 아니라 오히려 사회적으로 조건화된 발달의 산물이다. 이 성향에는 우리가 양면성이라고 부르는 태도로 만성으로 발전할 수 있는 (필수가 아닌) 방식으로 외부세계의 자극에 반응하는 생체정신장치

---

107) 마치 내가 기성의 욕구장치와 외부세계의 영향 사이에 절대적인 대립을 가정한다는 오해를 피하려면, 욕구장치 자체는 그 뒤에 오랜 역사적 발달을 했왔으며 유사한 변증법적 과정으로부터 계통발생적으로 발달했다는 것을 강조하는 것이 중요하다. 기계론적 관점을 변증법적 관점으로 바꾸려는 순간 발달이론에 큰 문제가 생긴다.

의 능력이 있다. 이 현상은 표면층에서만 증오노력과 사랑노력 사이의 동요를 의미한다. 발달 초기단계에 해당하는 심층에서의 동요, 주저, 우유부단, 기타 양면성 특성을, 행동을 수행하는 것에 대한 불안으로 인해 한결같이 막혀도 끊임없이 앞으로 나아가려고 노력하는 리비도자극에서 발생하는 것으로 이해해야 한다. 사랑자극은 종종 (강박성격에서는 항상) 증오자극으로 대체되는데, 증오자극은 심층에서는 한결같이 사랑자극의 목표를 추구하지만 성 자극과 같은 불안으로 인해 둔화하기도 한다. 따라서 양면성은 그 기능과 기원의 깊이에 따라 다음과 같은 세 가지 의미를 지닌다.

① "나는 당신을 사랑하지만 이에 대한 처벌을 두려워한다." (**사랑-불안**)

② "나는 당신을 사랑할 수 없어서 당신을 미워하지만, 증오의 만족을 두려워한다." (**증오-불안**)

③ "내가 당신을 사랑하는지 미워하는지 모르겠다." (**사랑-증오**)

이것은 정신모순의 발달에 대한 다음과 같은 그림을 제공한다.

나중에 **자기애-대상리비도** 대립으로 나타나는 자아-외부세계 대립에서, 외부세계로 향한 노력으로서 **리비도**와 외부세계의 손에 고통받는 불쾌에서 다시 자기애도피의 첫 번째이자 가장 본원적 표현으로서 **불안** 사이의 대립이 사람 **안에** 있는 최초의 모순으로 발생한다. 단세포유기체에서 가짜 다리를 내뻗고 잡아당기는 것은 다른 곳에서 자세히 보여주겠지만, '리비도를 내뻗고 잡아당기는 것'에 대한 단순한 비유 그 이상이다. 외부세계에서 경험한 불쾌가 먼저 리비도의 철수 또는 '내부'로의 불안한 도피(자기애도피)를 불러일으킨다면, 만족을 추구하는 욕구의 불쾌한 긴장은 분명히 세계에 접근하도록 작용한다. 외부세계가 쾌락과 만족만 가져다준다면 불안현상은 없을 것이다. 그러나 불쾌하고 위험한 자극이 외부세계로부터 오기 때문에 대상리비도 노력은 자기애 도피경향이라는 대응물을 지닌다. 이 자기애도피의 가장 원시적[본원적] 표현은 불안이다. 세계에 대한 리비도접근과 세계로부터의 자기애도피는 예외 없이 모든 살아있는 유기체에서 발생하는 매우 원시적인 기능에 대한 설명일 뿐이다. 심지어 단세포유기체에서도 이것은 두 가지 다른 혈장흐름으로 표현되는데, 하나는 중심→주변 방향으로 흐르고 다른 하나는 주변→중심 방향으로 흐른다.[108] 겁을 먹었을 때의 창백함, 불안으로 인한 차가운 떨림, '머리카락의 쭈뼛함'은 말초혈관(및 기립근)의 수축과 중추혈관계의 확장(울혈불안)으로 인해 신체주변부에서 신체내부로 집중이 이동하는 것에 해당한다. 말초[주변]피부조직의 팽팽함, 피부의 붉어짐, 성흥분시 느껴지는 온기는 이와 정반대로 중심→신체주변→세계로 향하는 에너지의 생리적, 정신적 흐름에 해당한다. 자지의 발기와 질의 촉촉해짐은 성흥분상태에서 이 흐름의 표현에 지나지 않는다. 남성성기의 수축과 여성성기의 마름은 신체주변부의 에너지비우기로서 집중 및 체액이 중심방향으로 흐른다는 표현에 지나지 않는다. 첫 번째 **대립**인 **성흥분-불안**은 사람-외부세계라는 원 대립의 정신반영일 뿐이며 **"욕망한다-두려워한다"**는 내부모순의 정신현실이 된다. 따라서 불안은 운동성을 향한 진행이나 외부로부터의 욕구만족의 방해를 통해 발생하든 유기체 내부로의 에너지집중을 통해 발생하든 관계없이, 항상 내부긴장의 유일하고 가능한 첫 번째 표현이다. 첫 번째 경우는 울혈불안 또는 현실불안과 관련이 있고, 두 번째 경우는 실제불안과 관련이 있으며 울혈과 그에 따른 불안도 생겨난다. 따라서 두 가지 불안형식(울혈불안과 실제불안)은 모두 에너지집중의 중심울혈이라는 **하나의** 기본현상으로 거슬러 올라갈 수 있다. 울혈불안만이 불안의 직접 표현이고, 실제불안은 처음에는 위험에 대한 예상을 의미하며 집중이 내부로 도피하여 중심 생장장치에 울혈을 일으킬 때는 이차적으로 정서불안이 된다. '자신-안으로-기어들어가는' 형식의 원래 도피반응은 나중에 계통발생적으로 다음 대의 도피유형으로 나타나며, 이는 위험원천까지의 거리

---

108) 베버(Weber)에 따르면 불쾌의 감각작용은 원심력의 혈액 흐름과 함께 진행되는 반면 쾌락감각작용은 구심력의 혈액 흐름과 함께 진행된다. Kraus & Zondek, 『세포학 : 인간의 일반 및 특수 병리학』(*Syzygiologie: Allgemeine und spezielle Pathologic der Person*), Thieme, 1926도 참조.

를 늘리는 것으로 구성되고 운동장치(근육도피) 형성과 관련이 있다.

자기 몸의 내부로의 도피와 근육도피 외에도 더 높은 수준의 생물학 조직에서 더 합리적인 두 번째 반응이 있는데 바로 위험원인을 제거하는 것이다. 이것은 **파괴충동** 외에는 다른 방식으로 나타날 수 없다.[109] 그 근거는 자기애도피에서 발생하는 울혈이나 불안을 회피하는 것이므로, 이것은 기본적으로 특별한 종류의 긴장회피나 긴장해소에 불과하다. 이 발달단계에서 사람은 리비도욕구를 충족시키거나 위험근원을 없애 불안상태를 피하려는(파괴) 두 가지 의도를 지니고 세계를 향해 노력할 수 있다. 리비도와 불안의 첫 번째 내부대립 위에 이제 **리비도('사랑')**와 **파괴('증오')**라는 두 번째 대립이 구축된다. 충동만족에 대한 모든 부정은 이제 리비도의 첫 번째 적수[상대]인 불안을 불러일으키거나, 그 불안을 피하려고 유전적으로 다음 대의 파괴충동을 불러일으킬 수 있다. 이 두 가지 반응유형은 위험에 대한 반응이 비합리적으로 고착되면 두 가지 성격형식에 해당한다. 히스테리성격은 위험에서 도망치고, 강박성격은 위험의 근원을 파괴하기를 원한다. 피학성격은 대상에 대한 성기리비도 접근이나 위험의 근원을 파괴하려는 직접 파괴경향이 없으므로, 간접 표현 즉 대상에게 자신을 사랑해달라고 위장된 간청으로 리비도방출[이완]을 허용하고 가능하게 함으로써 내부긴장을 풀려고 노력해야 한다. 피학성격이 결코 성공할 수 없다는 것은 이해할 만하다.

두 번째 대립 쌍인 리비도-파괴 기능은 이제 외부세계가 리비도만족 뿐만 아니라 파괴충동만족도 부정한다는 점에서 새로이 변화를 겪는다. 파괴의도에 대한 이러한 부정은 다시 처벌위협과 함께 수행되므로 모든 파괴충동을 불안으로 채움으로써 도피하려는 자기애준비가 강화된다. 세 번

---

109) 원한다면 배고픔을 충족시키는 과정, 음식 재료의 파괴 및 섭취에서 이미 파괴충동을 볼수 있다. 그렇다면 파괴충동은 주요 생물학적 경향이 될 것이다. 그러나 파괴를 위한 파괴와 배고픔을 충족시키기 위한 파괴의 차이를 무시해서는 안 된다. 후자만을 독립적인 충동력으로 간주할 수 있는 반면 전자는 단지 보조수단일 뿐이다. 전자에서 파괴는 그자체로 주관적인 의지이며 후자에서는 객관적으로만 주어진다. 행동의 원동력은 파괴성이 아니라 배고픔이다. 그러나 각각의 경우에 파괴는 우선 사람 외부의 대상을 향한다.

째 대립은 **파괴충동**과 **불안**으로 여전히 사람의 구조표면에 매우 많이 놓여 있는데, 아들러의 개인심리학[110] 전체가 넘어가지 못한 것이다. 이전의 노력과 세계의 모순으로부터 정신장치에서 끊임없이 새로이 대립하는 노력형성 과정이 진행된다. 한편으로 파괴경향은 사람의 리비도의도에 의해 강화되고 모든 리비도부정은 파괴의도를 불러일으켜 파괴의도와 리비도의도를 그 자체로 결합하는데, 이것은 쉽게 가학성향이 될 수 있다. 반면 파괴성은 통상적인 파괴방식으로 불안을 유발하는 긴장을 피하거나 해결하려는 의도와 불안준비에 의해 강화된다. 그러나 새롭게 등장하는 이러한 각각의 의도는 외부세계의 처벌태도에 도전하기 때문에, 이것이 리비도방출의 최초의 불안을 유발하는 방해로 시작되는 깨지지 않는 순환을 만들어낸다는 것을 이해할 수 있다. 처벌하는 외부세계를 통해 공격충동을 억제하는 것은 불안을 증가시키고, 이전보다 훨씬 더 리비도방출을 방해할 뿐만 아니라 세계에 대한 파괴충동을 부분적으로 자아에 대항케 하여 새로운 대립을 만들어내며, 이런 식으로 **파괴충동**은 **자기절멸충동**을, **가학성향**은 **피학성향**을 상대역으로 추가한다.

이러한 맥락에서 죄책감은 같은 대상에 대한 사랑과 증오의 갈등결과로 나중에 나타나고 역동적으로는 억제된 공격의 강도에 해당하며 이는 억제된 불안의 강도와 동의어이다.

신경증, 특히 피학성향에 관한 임상연구에서 정신과정에 관한 전반적인 이론적 그림을 도출하면 다음 두 가지가 드러난다. ① 어린이에 대한 직접 관찰에서도 알 수 있듯이, 피학성향은 매우 늦은 발달의 산물이다. 생후 삼사 년 이전에는 거의 나타나지 않으므로 생물학적 원 충동의 표현이 될 수 없다. ② 죽음충동을 추론할 수 있다고 믿는 정신장치의 모든 현상은 세계에서 **자기애**(근육이 아닌)도피의 징후와 결과라고 밝힐 수 있다. 자

---

110) Adler(1870~1937)는 개인은 나누어질 수 없는 전체로서 사회 안에서 자신이 설정한 목표를 달성하기 위해 끊임없이 노력한다고 하는 기본적 전제를 지니고 개인심리학을 개발하였다. 그는 인간 행동의 원인보다 행동의 목적을 강조했으며, 인간은 열등감을 극복하여 자기완성을 이뤄야 함을 강조하였다. [옮긴이 주]

기손상은 자기자신을 향한 파괴성의 표현이다. 만성 신경증과정의 결과로 인한 신체부패는 결국 생리적 근거를 가진 해결되지 않은 내부긴장의 만성 작용인 성경제 만성 교란의 결과이며, 따라서 객관적으로 정당화되어도 주관적으로는 의도하지 않은 만성 정신고통의 결과이기도 하다. 죽음, 휴식, 비존재에 대한 의식적인 갈망('열반원칙')은 성적인 상태 특히 성기 불만족 및 절망 상태에서만 발생하므로 최종체념의 표현이며 불쾌해질 **뿐** 인 이 현실에서 무로 도망가는 것이다. 리비도우위 덕분에, 이것은 다시 자궁에서 쉬고 어머니의 보살핌과 보호를 받는 것과 같은 **또 다른** 종류의 **리비도** 목표설정으로서만 재현된다. 외부세계와 대립하는 리비도의 모든 방향 즉 자신의 자아로의 후퇴에 해당하는 모든 자기애 퇴행현상은 죽음 충동이 존재한다는 증거로 제시되었지만, 사회질서나 세계의 다른 영향을 통해 리비도욕구 만족과 배고픔 만족을 현실에서 부정하는 것에 대한 반응에 지나지 않는다. 이 반응이 실제 원인이 없음에도 불구하고 현재 충분히 발달한 경우, 우리는 분석에서 세계로부터 자신의 자아로의 도피를 요구하고 나중에 그 사람이 자신에게 존재하는 세계의 쾌락가능성을 사용할 수 없게 만드는 정신구조를 만든 것은 바로 **유아초기**의 리비도부정임을 증명할 수 있는 적절한 도구를 지니고 있다. 바로 죽음충동의 증거로 사용하기 좋아하는 우울증은, 성기기능의 완전한 억제로 고착된 실패한 구강성에 대한 압도적인 상부구조를 나타내는 자살경향이며, 나아가 이 초기 단계에 해당하는 특히 강력하게 발달한 파괴충동에 더하여 엄청난 리비도 울혈로 인해 막혀 되돌아가면 자기파괴 외에는 다른 탈출구를 **찾을 수 없** 다는 것을 명확하게 보여준다. 따라서 생물학적으로 그렇게 하도록 강요받았기 때문이나 '원하기' 때문이 아니라, 현실이 견딜 수 없고 자기파괴를 통해서만 해결할 수 있는 내부긴장을 일으켰기 때문에 자신을 파괴한다.

외부세계가 100퍼센트 불쾌한 외부현실이 된 것처럼, 자신의 충동장치도 100퍼센트 불쾌한 내부현실이 되었다. 그러나 삶의 궁극적인 충동력은 쾌락획득과 동의어인 긴장완화 가능성에 대한 전망을 지닌 긴장이기 때문에, 외부적으로 **그리고** 내부적으로 이러한 가능성을 박탈당한 생명체는 삶을 중단하고 싶을 것이다. 자기절멸은 긴장완화의 유일하고 마지막 가능성이 되므로, 우리는 죽으려는 의지에서도 쾌락불쾌 원칙은 여전히 표현된다고 말할 수 있다.

모든 다른 견해는 심오한 임상결과를 무시하고 사회질서 비판으로 이어지는 현실세계의 구조에 관한 문제를 다루지 않으며, 분석으로 이 세계의 처벌불안을 극복하고 생물학적, 생리적, 성경제적으로 자유로운 성숙한 성만족과 가능한 승화의 길에서 내부긴장을 풀 수 있도록 함으로써 환자를 도울 수 있는 최선의 가능성을 포기한다.

피학성향의 구성요건으로 볼 때 일차적 처벌욕구라는 가정은 무효화된다. 일차적 처벌욕구가 피학성향에 적용되지 않는다면 다른 질병형식에서 찾기 어려울 것이다. 고통은 실제적이고 객관적으로 주어지며 주관적인 의지[원하는 것]가 아니다. 자해는 성기거세 위험으로 인한 보호기제이고 정말로 두려워하는 사람들로부터 보호하기 위해 더 가벼운 처벌을 기대하는 것이며, 구타환상은 죄책감 없는 긴장완화의 마지막 가능성이다. 가부장제 사회가 성행위에 대해 가하는 실제 처벌에 대한 불안과 성충동 요구 사이의 갈등에서 신경증이 발생한다는 원래의 신경증정식은 당연히 맞다. 그러나 이것에서 또한 신경증이론의 결론에 대한 근본적으로 다른 관점이 나온다. 고통은 사회에서 비롯되며, 그렇다면 우리는 왜 사회가 고통을 야기하는지, 누가 그것에 이해관계를 지니고 있는지 묻는 것이 정당화된다. 정신갈등의 절반인 부정이 우리 사회질서의 존재조건에 뿌리를 두고 있다는 것은 부정이 외부세계에서 비롯된다는 프로이트의 원래 정식에서 일관되게 이어진다. 그러나 이 정식이 죽음충동가설에 의해 얼마나 흐려졌는지는 예를 들어 베네딕이 제기한 질문에서 알 수 있다. "이원론적 충동이론을 옛 충동이론의 의미에서만 적용한다면 공백이 생긴다. 그렇다면 왜 인간에게 성충동에 반대되는 역할을 하는 제도가 발전했는지에 대한 의문이 여전히 남아 있다."(l. c.) 죽음충동가설은 성충동에 반대되는 역할을 하는 인간의 '내부제도'가 도덕적 억제로서 사회의 금지를 대표한다는 사실을 잊게 만든다. 따라서 우리는 죽음충동이 이전 이론을 일관되게 계속 추구하면서 현대사회의 구조에서 파생된 생물학적 사실을 설명해야 한다고 주장할 때, 열린 문을 부수지는 않는다. 인간고통을 유발하는 '감당할 수 없는 파괴충동'은 생물학적으로 결정되는 것이 아니라 사회학적으로 결정된다는 것, 권위주의 교육을 통한 성기성 억압이 억제된 성에너지를 파괴성으로 변환하여 공격성을 감당할 수 없는 요구로 만든다는 것이 증명할 것으로 남아 있다. 그리고 우리 문화생활에서 자기파괴처럼 보이는 사실은 '자기절멸충동'의 표현이 아니라 성억압에 관심이 있는 사경제 사회층의 매우 실제적인 파괴의도의 표현이다.

용어설명

가학성향과 피학성향

가학성향 Sadismus 고통을 가하면서 쾌락을 느끼는 즉 가학쾌락을 즐기는 성향을 말하며, 마르키 드 사드의 『소돔 120일』이 가학성향을 표출한 대표적인 저작이다. 반대 성향을 **피학성향**이라고 한다.

피학성향 Masochismus 타인으로부터 물리적이거나 정신적인 고통을 받고 성만족을 느끼는 상태를 말한다. 일반적으로 성행위가 자학적일 경우나 상대로부터 강요를 받아 그에 복종하는 경우에서 느끼는 고통이나 수치심에서 성흥분을 느낀다. 독일의 정신의학자인 크라프트-에빙(Kraft-Ebbing)이 『모피를 입은 비너스』의 작가 마조흐(Masoch)의 이름에서 피학성향이라는 용어를 만들었다. 그리고 가학성향과 피학성향을 묶어서 **가학피학성향** Sado-Masochismus이라고 하였다.

피학성향 분석 프로이트는 1919년에 쓴 '한 아이가 맞고 있어요'에서 여아의 본능도 본래는 남아와 마찬가지로 가학적인데, 아버지에 대한 근친성관계 사랑에 대한 죄책감으로 인해 피학적이 되고 그래서 여성 피학성향이 생긴다고 설명하여 피학성향을 이차적인 현상으로 보았다. 1924년에 쓴 '피학성향의 경제적 문제'에서는 피학성향을 고통에서 쾌락을 느끼는 것, 무력한 존재로 취급당하기를 원하는 것, 무의식에 있는 죄책감 때문에 벌 받을 필요를 느끼는 것으로 분류하였고, 고통에서 쾌락을 느끼는 피학성향이 모든 피학성향의 기초가 된다고 하였다. 이후 프로이트는 죽음충동을 끌어들이면서 피학성향을 고통의지(**처벌욕구**, 무의식적 죄책감)와 같은 일차적 충동으로 인해 생겨나는 것으로 보았다.

라이히는 '**피학성격**' 장에서 이에 대해 강력하게 비판하였다. 라이히는 **고통의지**, 죽음충동에 근거하여 피학성향을 설명하려는 프로이트에게 형이상학을 도입한다고 비난한다.

도덕적 피학성향 자기비하 경향을 지닌 피학성향.

관능적 피학성향 성감 측면에서 피학을 선호하는 성향.

갑옷과 무장

갑옷Panzer, **무장** Panzerung 갑옷이란 한 개인이 불안, 격노, 성흥분 상태와 같은 생장적인 감각과 감정의 돌연한 발발을 막기 위한 방어수단으로 발전시키는 것을 말하며, **갑옷**을 입은 것을 **무장**이라고 하였다. 라이히는 성격분석에서 **성격무장**을 해소해가려고 하였으며, 그 이후 오르곤치료법으로 넘어가면서는 성격이나 정신질환상의 무장이 근육에 정박해 있다는 생각에서 **근육무장** 개념을 제시한다. 이제 근육을 풀어줌으로써 근육무장을 해소하려고 한다. 성격무장과 근육무장은 기능적으로 같다.

강박

강박 Zwang 강제로 구속한다, 억압한다는 뜻으로, 어떤 생각이나 감정에 사로잡혀 어떤 행동을 정형한 대로 해야 한다는 정신적 압박감을 나타낸다. 강박의 흔한 형식으로 **반복강박**은 자신의 사건이나 환경을 여러 번 반복하고자 하는 정신현상이다. 사건을 강박적으로 수행하거나 해당 사건이 다시 발생할 가능성이 있는 상황에 자신을 처하게 만드는 특성을 지닌다.

강박성격 Zwangscharakter 강박성격은 질서·규칙·조직·효율성·정확성·완벽함·세밀함에 집착하거나 정신에 대한 통제·대인관계에 대한 통제·환경에 대한 통제에 지나치게 관심을 가져서, 융통성과 효율성이 떨어지고 대인관계도 악화하며 새로운 것을 경험하려 하지 않고 전체적인 것을 파악하는 능력이 없는 성격특성이다. 일중독이나 인정 없고 인색한 모습을 보이기도 한다. 안정을 취하기 어렵고, 무언가를 하면 시간이 별로 없다는 느낌을 항상 받으며, 목표달성을 위해 더 많은 노력을 해야 한다고 자주 느낀다. 노동계획을 분 단위까지 쪼개어서 세우는 것은 예측 불가능한 사건들이 발생하는 것을 싫어하기 때문이다.

관능성 Erogeneität 육체적 쾌감, 특히 성적인 감각을 자극하는 성질. 형용사로 쓸 때에는 erogene, erotisch 두 가지로 쓰는데 구분하지 않고

'관능적'이라고 번역하였다. 그리고 sinnlich는 '감각적'이라고 번역하였다. 감각성 Sinnlichkeit.

구조 Struktur 라이히는 인간의 구조를 세 가지 층으로 이루어져 있다고 보았다. 표층은 자기통제, 강압적인 위선적 정중함, 가식적인 사회성이라는 인공적인 마스크를 지니고 있다. 두 번째 층은 프로이트가 말하는 무의식 층으로 가학성향, 탐욕, 음탕함, 시기, 온갖 종류의 도착 등 반사회적인 내용을 지니고 있다. 심층에는 자연스러운 사회성 및 성, 자연발생적인 노동의 즐거움, 사랑능력이 실존한다. 충동론에서 보았을 때 심층은 일차적 충동이고 두 번째 층은 이차적 충동에 해당한다. 라이히는 이 세 가지 층으로 이루어진 인간구조에 입각하여 파악하는 방식을 **구조적 관점**이라고 하였다.

프로이트는 인간의 정신구조를 의식-전의식-무의식이라는 틀과 이드-자아-초자아라는 틀로 파악하였다. 라이히는 의식-무의식 틀을 충동론으로 발달시켜 정신구조를 파악하려 했고, 이드-자아-초자아 틀도 『성격분석』(1권)에서는 **지형적 관점**이라고 하면서 사용한다. 물론 라이히는 리비도경제에 주목하는 **경제적 관점**과 저항분석을 강조하는 **역동적 관점**을 충동론에 근거한 **구조적 관점**과 병행 사용한다.

근친성관계 incest 흔히 **근친상간**이라고 하여 친족간에 행해지는 성관계를 말한다. 그리고 **근친상간 금기**incest taboo라는 문화의 원천 규칙처럼 논의되는 개념도 있다. 여기서는 금기대상이 아니라 욕망형식의 하나로 제시되기 때문에 **근친성관계**라고 하였다.

긍정 positiv과 **부정 negativ** 여기서 긍정과 부정은 형용사로서 사용된 것을 말한다. 보통 긍정적, 부정적이라고 표현하는데 '적'을 물리치기 위해서 긍정, 부정이라고 하였다. 사회가 자아에게 가하는 금지를 **부정 Versagung**이라 하는데(용어설명 '부정과 거부' 참조) 읽을 때 구분해서 파악해야 한다. 다른 명사 앞에 긍정, 부정이라고 하면 형용사로서 긍정, 부정을 말한다. 예, **긍정전이**와 **부정전이**.

남근

남근 Phallus 남자의 생식기 가운데 바깥으로 드러나 있는 부분을 말한다. 특히 발기한 자지[음경] 또는 발기한 모양을 한 물건을 의미한다. 발기한 자지를 나타내는 상징들은 종종 남성 성기와 남성 오르가즘과 관련된 다산과 문화적 의미를 나타낸다. 페미니즘에서는 남근을 지배적인 남성성을 상징하는 것으로 보며 특히 남근중심주의를 비판한다. 관련 개념으로 **성기** Genital, **페니스** Penis, **자지** Glied라는 개념을 쓰고 있다(해당 용어 참조).

남근선망 Penisneid 프로이트가 제시한 성발달단계의 성기기 중에 여아에게 나타나는 현상으로 남아의 거세불안에 대응되는 개념이다. **거세불안**에는 위협이 내포되어 있으므로 남아에게 근친성관계 소망을 포기하도록 하는 데 반해, **남근선망**에는 보복위협이 존재하지 않는다. 정신분석에서는 여성의 남성에 대한 동경, 열등감, 반감 등은 자신에게 남근이 없다는 인식에서 비롯된다고 본다. 남근이 없이 태어난 여아는 열등감을 느끼며 남근을 소망한다고 보는 것이다.

라이히는 성격유형으로 **남근자기애 성격** Phallisch-narzißtische Charakter을 제시하였다. 라이히의 설명에 따르면, 남근자기애 성격은 외모에 자신감이 있고 때로는 거만하고 탄력 있고 강하며 종종 당당하다. 신체유형으로 보면 주로 운동선수에 속하고 차갑게 내성적이거나 비웃고 공격적이며 때로는 눈에 띄는 우월한 행동을 보인다. 그리고 대상과의 관계에서 다소 가려진 가학특성이 풍부하게 산재해 있는 사랑을 보인다.

노동민주주의 Arbeitsdemokratie 노동민주주의는 이념적 체계가 아니며 정당, 정치인 또는 이념공동체의 선전에 의해 인간사회에 강요되는 정치체계도 아니다. 오히려 이것은 자연스럽고 유기적으로 발생하고 성장하고 발전해 온 합리적인 대인관계에 의해 지배되는 삶의 모든 기능의 합계이다. 노동민주주의의 새로운 점은 규제의 미래 가능성은 이데올로기가 아니라 처음부터 그 존재와 과정이 미리 결정된 자연스러운 과정으로부터 나온다는 것이다(자기조절). 노동민주주의 '정치'는 모든 정치와 선동을 거부하는 것이 특징이다. 노동민주주의는 사회적 책임을 일하는 사람들에게 부과하는 것이 아니라 그들에게서 도출한다. 노동민주주의는 정치적 지도자, 대표자 선출로 표현되고 유권자의 더 이상의 책임을 수반하지 않는 형식적 민주주의를 국제적 규모의 실질적, 사실적, 실천적 민주주의로 발전시키려고 한다. 라이히가 기존 정치를 비판하면서 새롭게 제시하는 정치는 바로 노동민주주의를 의미한다.

노력 Strebung 라이히는 충동이나 자극, 의지 등과 구분하여 무엇인가를 달성하려고 애쓰는 것을 노력이라고 하였다.

도덕적 광기 moral insanity 초자아 기능에 심각한 결함이 생겨서 나타나는 광기를 말한다. 도덕적 광기에는 적절한 약도 없고 정신치료도 별다른 효과가 없다. 만약 도덕적 **광기**에 사로잡힌 인물이 나라를 이끄는 지도자가 된다면, 국가의 운명이 나락으로 떨어질 위험이 있을 뿐 아니라 인류 전체를 재앙으로 몰고 갈 수도 있다. 20세기 초의 **파시즘**이 대표적인 예라 할 수 있다. 도덕적 광기의 소유자는 정신병 환자와는 달리 겉으로는 매우 멀쩡해 보이며 오히려 남달리 뛰어난 카리스마를 발휘하기도 해서, 사람들의 마음을 사로잡고 절대 권력의 자리에 오르거나 강력한 리더십으로 자신의 추종세력을 광적인 집단으로 유도함으로써 이성을 마비시키는 탁월한 재능도 지니고 있다.

두려움(공포), 공포증
두려움(공포) Furcht 두렵고 무서움. 라이히는 **두려움(공포)**과 불안 Angst를 구분하여 사용하고 있는데 영어권에서 그리고 『성격분석』 영어

번역본에서는 불안과 공포를 다 공포(fear)라고 하였다. 여기서는 둘을 구분하여 번역하였다.

공포증 Phobie은 어떤 대상에 대하여 병적으로 두려움이나 무서움을 느끼는 증세를 말한다.

리비도 Libido 프로이트에 의해 인간의 충동에너지이며 일차적으로 성적인 특징을 지니는 개념으로 사용되었다. 우리말로 흔히 **성욕**이라고 한다. 이에 비해 라이히는 리비도라고 하는 **성충동에너지**는 생체전기에너지와 같다고 주장한다. 따라서 라이히는 실험을 통해서 리비도이론의 생물학적 기초를 마련하고자 하였다. 리비도라는 성에너지는 일정 강도 이상에서 성흥분으로 나타나는 유기체에너지인데, 이 리비도를 잘 관리하여 리비도균형을 추구하는 것을 **리비도경제 Libdoökonomie**라고 한다. 그리고 유사한 개념으로 Libidohaushalt라는 개념은 리비도균형 정도로 번역할 수도 있는데, 이 책에서는 리비도경제라고 하였다. 라이히는 리비도의 움직임에 따라 인간의 성격을 파악하려는 것을 **경제적 관점**이라고 하였다. 그리고 일정한 대상을 향한 리비도를 **대상리비도 Objektlibido**라고 한다.

반응형성 Reactionformation 성격형성에 속하는 일정한 특성이자 실체로 라이히는 **승화**와 반대되는 것으로 제시하고 있다. 예를 들어 혐오감과 수치심과 같은 단순한 반응형성은 모든 사람의 성격형성에 속한다. 반응형성의 확산은 지속해서 증가하는 **리비도울혈**에 해당한다. 반응형성이 리비도울혈에 대처하기에 더는 충분하지 않을 때 신경증불안이 나타나거나 묶이지 않은 불안을 처리하는 신경증증상이 발생한다.

막힌 리비도를 소비하고 신경증 불안을 성격특성에 묶어두는 역할을 하는 모든 기제의 합계를 라이히는 **성격 반응기반**이라고 부른다. 이것이 너무 광범위한 성제한으로 인해 경제적 기능을 수행하지 못하면 신경증 반응기반이 되며, 결국 분석치료에서 **신경증 반응기반**을 제거하는 것이 중요하다.

방어 Abwehr 위협이 되는 적의 접근이나 공격을 막거나 피하는 것을 말한다. 프로이트는 모든 행동이 충동에 의해 동기화되는 것처럼 역시 **불안**을 피하려고 한다는 점에서 방어적이라고 보았다. 인간은 기본적으로 불안을 원치 않으며 그것에서 벗어나기를 원한다. 따라서 자아는 갈등에서 비롯된 불안으로부터 자신을 보호하기 위해 다양한 **방어기제**를 무의식적으로 사용한다. 라이히는 방어기제 중 중요한 하나가 바로 **저항** Widerstand이라고 생각하였다.

보상 Kompensation 행위를 촉진하거나 학습분위기를 조성하기 위하여 주는 물질이나 칭찬을 말한다. 이러한 보상에는 칭찬이나 긍정적 심리를 강화하는 물질 등의 긍정적 보상과 처벌이나 기존의 긍정적 자산에 대한 박탈 등의 부정적 보상이 있다. 부정적 보상을 라이히는 **보상상실** Dekompensation이라고 하였다.

부정과 거부

부정 Versagung 외부세계, 사회의 금지를 말한다. 자아의 내부작용에 앞서 사회에서 그리고 외부세계에서 이드충동을 부정하는 것이다.

거부 Ablehnung 프로이트의 용어로, 충동이 일었을 때 만족시킬 수 있는 방법을 찾지 못해 주체(자아)가 그 **충동**을 **거부**하는 것이다. 이로 인해 주체는 **좌절**을 겪게 된다. 라이히가 보기에 **거부**는 자아가 외부세계의 부정에 마주하여 또는 그 부정을 예상하여 스스로 충동을 부정하는 것을 말한다. 프로이트는 리비도에너지를 금지하는 사회에서 개인이 정신병에 걸리지 않고 탈출하는 방법으로서 **거부와 승화**를 제시하였다. 라이히는 거부는 신경증을 일으킨다고 보고 충동실현으로서 **오르가즘방출**을 강조하였다.

부정적 치료반응 negativen therapeutischen Reaktion 치유가 되

어가는 과정에서 일시적으로 악화하는 현상을 말한다. 일부 환자가 분석적 해석작업에 대해 치유의 진전과 함께 반응하지 않고 오히려 신경증반응을 더 강하게 발달시킨다는 것을 의미한다. 프로이트는 이것이 **무의식적 죄책감** 또는 **처벌욕구**에서 비롯된다고 가정하여 환자가 치유작업에 저항하고 신경증, 즉 고통을 지속하도록 강요한다고 보았고 결국 **죽음충동**을 도입하게 되었다.

라이히는 부정적 치료반응은 잠재적인 부정전이를 다루는 기법이 개발되지 않아서 생긴 결과라고 생각하였고, 나중에는 생리학적 쾌락불안이자 유기체적 **쾌락불능**이라고 보았다.

불안 Angst 신체적 **성흥분**은 지각과 방출에 이르는 통로가 **차단**되면 **불안**으로 전환된다는 것이 프로이트의 주장이었다. 라이히는 성기에서는 쾌감으로 나타나는 성흥분이 심장계 등을 장악하면 불안 형태로 나타난다고 설명한다. 방출되지 않은 성흥분이 혈관생장계에 과부하를 가하게 되어 **불안**이 발생한다는 것이다. 성흥분으로 쾌락이 일어나는 것에 대해 미리 염려하는 것을 **쾌락불안**이라고 한다.

거세불안 Kastrationsangst 원래 성기손상이나 포경수술에 대한 직접적 또는 암묵적 위협으로 인한 극단적인 형태의 불안이다. 일반적으로 치료가 골반부분에 도달하면 나타난다.

블록 Bloc, 차단 Sperre 마음속 깊은 곳에서 신경과 정신을 차단하고 폐쇄하는 부분을 **블록**이라고 한다. 나중에는 자유로운 혈장흐름이 없어서 나타나는 것으로 보았다. 블록이 더 경화되어서 막아버리는 것을 **차단**이라고 한다. 라이히는 성격연구를 하면서 **정서블록, 정서차단**이란 개념을 사용하다가, 점차 생장치료, 신체 및 근육 치료로 넘어가면서는 **호흡블록, 근육블록, 감정블록, 감정차단** 개념을 자주 사용하였다. 이 블록들을 해소하는 것이 정신신체치료에서 중요한 관건이 된다.

성격

성격 Charakter 라이히는 기법문제에 대해서 연구를 계속하면서 환자들에게 접근하기 어려운 점에 주목하였다. 그가 보기에 환자들이 어떤 공격에 대항하여 '무장된' 듯이 보였다. 모든 사람이 저항하였다. 점차 그는 회복의 장애물이 환자의 전체적 존재에, 통일되고 자동적인 저항을 형성하는 성격에 있다고 생각하였다. 성격무장은 불쾌감을 막았지만 쾌락을 경험하고 합리적으로 기능하는 능력을 억제했다. 성격무장의 발달에 상응하여 각각의 경우에 특정한 구조를 나타내는 성격(무장)의 층이 있다.

성격갑옷 Charakterpanzer 특정한 트라우마 감정과 기억이 되살아나는 것을 방지하는 역할을 하는 반응양식의 합계이다. 라이히는 성격갑옷과 근육갑옷의 기능적 동일성을 강조하기 위해 기계적 사고에서 차용한 갑옷이라는 단어를 사용하며, 갑옷을 입은 모습을 나타내기 위해 무장이라는 개념을 써서 성격무장Charakterpanzerung이라고 하였다.

성격구조 charakterliche Struktur 라이히는 성격구조에는 최근에 억제되었던 것이 표면층에 가장 가까이 있고, 그다음에는 프로이트가 말한 반사회적인 충동이 있고, 심층에는 자연스러운 충동이 있다고 정리하였다. 프로이트는 표면층과 억제된 반사회적 충동이라는 두 가지 층을 설정하고 반사회적 충동을 본능적인 것처럼 상정하였다. 라이히는 이에 대해 심층에 있는 자연스러운 충동이 억압되어서 반사회적 충동으로 나타난다고 생각하였다. 그리고 과거의 트라우마(상흔)가 무의식적 기억 속에서 옥죄고 있다는 프로이트의 분석과는 달리, 라이히는 과거의 경험이 현재의 성격태도 안에 살아 있다고 주장하였다. 라이히는 성격에 거의 관심을 보이지 않는 다른 분석가들에게 증후들이 지닌 성격토대를 제거하는 것만이 진정으로 치료를 가져올 수 있다고 확신시키려고 하였다.

성격무장 charakterliche Panzerung 사람들은 외부세계의 공격으로부터 그리고 자신의 욕구나 충동으로부터 스스로를 보호하기 위하여 일종의 갑옷을 입고 있다(무장한다)고 한다. 특정한 유형의 습관과 행동을 통해서 자신이 원하는 것을 드러내지 않고 원하지 않는 척하는 이러한 성격상의 특징을 묘사하기 위해서 라이히는 **성격무장**이란 개념을 사용하였다. 성격무장은 치료에서 **성격저항**으로 나타난다.

성격분석 Charakteranalyse 정신분석이 치료과정에서 관례적으로 사용하던 '성격과 성격저항'에 대한 분석을 **저항**에 초점을 맞춰 변형시킨 것이다. 라이히는 전체적인 성격상의 장애가 없는 신경증은 없다는 생각에서 출발하여 성격 자체가 하나의 병이라고 생각하였다. 따라서 분석하는 동안 환자들이 어떻게 걷고 서 있고 앉아 있는가 또는 어떻게 움직이고 있는가를 관찰하고, 그들이 말하는 내용 이상으로 목소리와 어조에도 관심을 기울였다. 이런 행위들의 특징을 통해 환자의 성격을 확인하고 분류하여 그에 따른 치료를 시도할 수 있는 것이다. 또한 이 과정에서 분석가는 환자에게 **성격특성**을 보여주려고 노력한다. 환자가 그 성격특성을 제거해야 하는 병으로 느낄 때까지 거듭해서 그것을 주지시킨다. 또한 분석가는 분석하면서 끼어들거나 가로막고 심지어 감정적으로 개입하는 등 적극적인 역할을 취한다. 따라서 격렬한 감정폭발을 일으킬 수도 있다. 결국 성격분석은 근육무장의 발견을 통해 속박된 **생장에너지**를 해방시키고 그럼으로써 환자에게 생장운동성을 회복시켜 결국은 **오르가즘능력**을 확립할 수 있도록 하는 것이다.

이처럼 성격분석은 정신분석기법을 더욱 발전시킨 것으로, 증상과 무의식 내용의 폭로가 아니라 치료에서 나타난 저항을 분석의 중심에 두었다. 이후 유기체 오르곤에너지(생체에너지)의 발견과 대기오르곤에너지를 오르곤축적기에 집적할 수 있다는 것이 발견됨으로써, 성격분석기법은 **생장치료법**을 거쳐 생체신체 **오르곤치료법**으로 발전하게 되었다.

성경제(학) Sexualökonomie 성경제는 생체전기적 에너지가 조절되는 방식, 혹은 한 개인의 **성에너지를 조절**하는 방식 – 얼마나 많은 에너지를 가두고 있는가 그리고 얼마나 많은 에너지를 오르가즘으로 방출하는가 – 을 의미한다. 이 조절방식에 영향을 끼치는 요인으로는 사회적 요인, 심리적 요인, 생물학적 요인 등이 있다. 성경제학은 오르가즘능력을 확립하는 방향에서 이러한 요인들을 다루어 나간다. 라이히는 **경제**라는 말을 온 갖 기능에 대한 운영 및 통제라는 의미에서 사용했다. 따라서 **성경제학**은 유기체 안의 생물학적 에너지에 대한 경제, 즉 유기체가 그 성에너지를 통제하고 균형짓는 능력을 다루는 지식이다. 성경제학은 정신분석에서 비롯된 인간 유기체와 사회의 리비도에너지 조절에 관한 연구라고 할 수 있다.

정신분석 치료법의 본질과 그 목적은 무의식에 대한 인식을 방해하는 감정요소를 극복함으로써 무의식을 의식하도록 만드는 데 있다. 반면 **성격분석**과 **생장치료법**을 사용하는 성경제학의 연구목적은 오르가즘의 잠재적인 힘을 해방하여 **생체신체 균형**을 회복함으로써 무의식적인 요소를 의식하게 할 뿐만 아니라 생장력을 해방하는 데 있다. 즉 오르가즘능력을 회복시켜줌으로써 억압된 리비도를 해방하고자 한다.

방법에서도 정신분석은 무의식적인 감정내용 및 경험에 변화를 주는 방법을 사용하지만, 성경제학은 감정내용이 취하는 형식에 변화를 가하는 방식을 사용한다. 차이점은 기법에서 두드러진다. 정신분석의 치료기법은 본질적으로 말하고 대화하는 것으로 이루어진 '자유연상법'이다. 그에 반해 생장치료법(나중에 오르곤치료법)의 주요 방법은 우리가 부지불식간에 취하게 되는 **생장태도**를 고치는 것이다. 오르곤치료법에서는 말을 사용하지 않는다. 의식적인 구두표현을 제거함으로써 유기체 과정에 뿌리를 내리고 있는 생장감정들을 의식되기 이전에 의식의 전면에 부각시키는 것이 원칙적인 방법 가운데 하나이다. 정신분석학은 신체적인 면의 진단과 치료를 거부한다. 그에 반해 오르곤치료법은 **감정** 뿐만 아니라 오히려 그보다 더 **신체**를 중요하게 생각한다. 더 나아가 각 환자에 따른 생장적 자세-특히 근육운동-를 자유롭게 계발하려고 한다.

라이히는 이 감정적-성적 에너지(오르곤)를 객관적으로 증명하는 데 노력하였고, 이를 자연의 능동적 힘이라 보고 성경제 개념을 확장하여 **오르고노미**Orgonomie라고 하였다.

성기, 성기성, 전-성기, 전-성기성, 자지

성기 Genital 주로 사람의 외부 생식기 중에서 남자의 음경과 고환, 여자의 음문과 음핵을 통틀어 이르는 말이다. 보통 성별이 있는 생물의 생식을 담당하는 기관이라고 하여 **생식기** 개념을 쓴다. 생식기 개념은 동물과 식물에 모두 쓰일 수 있다. 이 책에서는 인간생산을 담당하는 생식보다는 인간쾌락을 담당하는 리비도에너지에 맞추어 생식기 개념 대신 **성기** 개념을 사용하였다. 그러다 보니 우리가 일상적으로 성기라고 말하기도 하는 음경, 페니스와 구분하는데 어려움이 생겼다.

자지 Glied 라이히는 남성성기를 말할 때 **남근** Pallus, **페니스** Penis와 **자지** Glied라는 용어를 사용하였다. **남근**은 남자의 생식기 가운데 바깥으로 드러난 부분을 말하며, 귀두, 요도구, 고환 등으로 이루어지고 배뇨시에는 소변을, 생식과정 동안에는 정액을 배출하는 역할을 한다. 라이히는 남성성기의 돌출부분을 말할 때 **페니스**라는 용어를 몇 번 사용하였고 **자지**라는 용어를 많이 사용하였다. 『성격분석』 영어본에서는 페니스와 자지를 구분하지 않고 페니스라고 하였다. 자지는 발기하고 섹스에서 삽입하는 돌출부분을 말하며 **음경**이라고도 한다. 오르가즘이론에서 성능력, 결국 오르가즘능력에 대해 논의하는 과정에서 자지에 대해 자주 언급하고 있다. 한국사회에서 자지라는 용어는 비속어로 여겨지고 있어서 망설여지지만, 페니스는 영어이고 음경은 한자어라 자지라는 한국어를 사용한다. (라이히는 여성의 성기와 관련해서는 **여성성기** feminin Genital와 **클리토리스** Clitoris[**음핵**]라는 용어를 사용하였다.)

성기성 Genitalität 성기의 감도 및 능력, 성기에 관한 관심의 집중을 이르는 말이다. 인간은 발달단계에서 구순기, 항문기, 성기기를 거치며 전-성기 관심에서 성기 관심으로 이행한다고 보았다. 쾌락만족 방식도 이러한 이행을 거쳐 성기쾌락 만족에 이르게 되는데, 성기쾌락 이전의 쾌락형식에 관심을 가진 것을 **전-성기** Pre-Genital 쾌락흥분이라고 보았다. 전-성기 관심은 쾌락의 최종만족에 이르지 못하며 고착되면 결국 성기만족을 방해한다고 보았다. 신경증환자나 정신병환자들은 전-성기 쾌락형식에 집중하는 경향이 있다고 보았다. 반면 성기 오르가즘만족을 경험하는 성격을 **신경증성격**과 구분하여 **성기성격**이라고 하였다.

성기성과 관련해 보면, 라이히는 **전-성기성 Pre-Genitalität**에서 **성기성**으로 나아가는 것, 그래서 **성기우위 genital Primat**를 확보하는 것(오르가즘능력의 확립)을 치료목표로서 생각하였으며, 오르가즘이론에 입각한 성기성에 관한 논리와 입장을 **성기성 이론**이라고 하였다.

성기성격 genitaler Charakter 충만되고 자유로운 **오르가즘**에 이르는 **능력**을 지닌 성격을 말한다. 성경제적 자기조절에 따른 성격으로 성능력에 기초한 자연스러운 자의식을 발전시킨다. 성울혈을 겪지 않아 자연스러운 **자기조절**이 가능하며 강압이 아닌 자연스러운 도덕성을 바탕으로 기능하는 성격구조이다. 이 성격을 지닌 사람은 유연하고 상황에 합리적으로 적응할 수 있다.

성정치 Sexualpolitik 성정치라는 용어는 사회 영역에서 성경제이론을 대중적으로 적용하는 것을 말한다. **성억압**을 자행하는 강제적 가족과 도덕에 대해 비판하면서 대중의 **성빈곤**을 척결하고 어린이의 성, 청소년의 성, 여성의 성을 긍정하며 성금지를 없애나가려는 **성해방정치**이다. (참조. 빌헬름 라이히, 윤수종 옮김, 『**성정치**』, 중원문화, 2013.)

신경증

신경증 Neurose 신경증은 **정신병**을 나누는 분류 중 하나로, 흔히 **노이로제**라고 한다. 현실 판단과 정상적인 사회생활을 유지하는 데에는 큰 문제가 없지만, 중추신경계나 신경전달물질 등의 장애로 여러 가지 주관적인 불편함을 느끼거나 감정조절, 충동조절이 힘들고 쉽게 불안해지는 정신병군을 지칭한다. 만성 고통을 수반하되 망상이나 환청이 있는 것은 아니다. 신경증은 현실감각을 잃어버리지는 않아 병으로 인식되지 않기도 한다. 그러나 프로이트 이후 신경증은 **정신건강**의 주요 **장애**로 생각되었고 정신분석에서 주요 치료대상으로 떠올랐다.

무의식의 의식화를 통해 신경증원인을 찾아내려는 정신분석에 대비하여, 라이히는 자지가 딱딱해져도 감정적 흐름감각이나 열감이 없는 발기상태(**차가운 발기**)에 대해 확인하면서 완전한 성경험을 가진 신경증은 없다고 이해하게 되었다. 그에 기초하여 **신경증의 신체 핵심**에 관심을 집중하였고 **오르가즘불능**이 주요한 것으로 보았다. 이에 라이히는 신경증을 비롯한 정신병 치료에서 오르가즘능력의 확립을 치료목표로 설정하게 되었다.

원신경증 Urneurose 어린 시절에 외부세계의 부정에 맞서 충동을 실현하려는 과정에서 생긴 신경증.

전이신경증 Übertragungneurose 분석가와 환자 사이에 어린 시절의 신경증이 **전이**되어 나타나는 것. 분석과정에서 환자가 분석가[치료자]에게 강한 감정관계를 느끼며 어린 시절의 경험을 재생시키려고 하는 행동을 보이는 신경증이며, 환자가 어린 시절에 경험한 가족 안에서의 경험이나 감정과 관련된 상징적인 것이 많다.

정신신경증 Psychoneurose 무의식적인 유아성관념에 의해 생겨난 신경증으로, 프로이트는 정신분석으로 치료해야 한다고 주장하였다. 즉 정신신경증은 정신적 원인을 갖는 질병으로 정신분석으로 그 의미를 해석해야 한다고 생각하였다. 프로이트는 정신신경증과 현실신경증을 예리하게 구분하였지만, 라이히는 모든 정신신경증은 현실신경증 핵심을 둘러싸고 모여 있다고 생각했다. 라이히는 정신신경증과 현실신경증의 연관에 주목하고 특히 **현실신경증**에서 울혈연구에 집중하였다.

현실신경증 Aktualneurose 현재의 성생활의 장애로 인해 생긴 신경증으로 프로이트는 이것을 억눌린 성의 직접 표현이라고 보았다. 프로이트는 **현실신경증**에는 **불안신경증**과 **신경쇠약증** 두 가지가 있으며, 성절제나 성교중단을 없앰으로써 불안신경증을 치료하고 과도한 자위행위를 제거함으로써 신경쇠약증을 치료할 수 있다고 보았다. 라이히는 현실신경증을 **울혈신경증**이라 불렀다.

신경증성격 neurotischer Charakter 만성 **성울혈**에 의해 생기는 성

격으로 만성갑옷으로 인해 생체에너지 핵심과의 접촉을 잃어버리고 **오르가즘불능**을 지닌 성격이다. 자기조절이 불가능하기 때문에 강압적인 **도덕규제**의 원리에 따라 행동한다. 모든 행동을 제한하고 통제하며 외적인 환경과 상관없이 자동으로 기능하는 갑옷(무장)을 발달시키기 때문에, 스스로 태도를 바꾸고 싶을 때조차도 자신의 태도를 바꿀 수 없다. 신경증성격은 과도하게 축적된 에너지를 방출하는 증상을 나타내지만, 이것은 항상 부분적으로만 발생하며 불만족스럽다.

승화 Sublimierung 프로이트의 용어로, 성 목적을 지닌 충동을 성 목적과는 다른, 원래의 목표에서 벗어나 **사회적으로 가치 있는 활동**(예술적 창작, 지적 활동 등)에 투여하는 것을 말한다. 따라서 **승화**에서 만족한 욕구는 원래의 대상과 목표를 포기한 것이어야 한다. 여기서 승화와 **충동만족**이 완전히 대립한다는 오해가 생겨났다. 라이히는 승화는 오르가즘 리비도만족과 함께 리비도울혈을 완화하는 적절한 수단이며 성기성격의 특정한 성취라고 보았다. 라이히는 불완전하고 주로 순전히 전-성기 리비도만족이 승화를 방해하는 반면 오르가즘 성기만족은 **승화**를 촉진한다고 보았다. 승화와 반대되는 것으로 충동포기와 좌절을 흔히 이야기하는데 라이히는 승화와 반대되는 것을 **반응형성**이라고 한다.

연상과 해리

연상 Assoziation 어떤 대상에 대한 유사성과 인접성을 근거로 한 사물의 심상을 다른 사물에 투영해 새로운 심상을 불러일으키는 것이다. 이것은 만일 어떤 원칙에 의해 연결이 된다면 하나의 생각이 의식 안에 있는 다른 생각을 따라간다는 것이다. 이 연상원칙은 크게 3가지인 데, 바로 유사성, 접근성, 대조성이다. 연상의 반대를 해리라고 한다.

해리 Dissociation 무의식적 방어기제의 하나이며 정신과정이나 행동과정을 개인의 정신활동에서 분리시키는 것을 말한다. 감각, 지각, 기억, 사고, 의도라는 경험 요소가 '나의 것'으로 통합되어 있는 것이 흐트러지는 것이자 그 **통합성의 상실**을 말한다.

　자유연상 freie Assoziation 정신분석의 기본적인 치료기법이다. 환자에게 무의식 속에 있는 기억들을 떠올리게 하는 것을 말한다. 라이히는 **자유연상**을 할 수 있는 환자는 상당한 지적인 능력을 지녀야 한다는 것을 발견하였다. 또한 의사는 환자가 자유연상을 할 수 없으면 마냥 기다려야 하는 황당한 상황에 처한다고 주장하였다. 라이히는 오히려 자유연상을 할 수 없게 만드는 **저항**에 주목하고 소통내용 보다는 태도와 행동 등에 초점을 맞추어 나가면서 저항분석과 성격분석을 발전시킨다.

　열반 Nirvana 번뇌의 불을 꺼서 깨우침의 지혜를 완성하고 완전한 정신의 평안함에 놓인 상태를 뜻하는데, 불교에서 수행과 최고의 이상향(완성된 깨달음의 세계)을 뜻하며 일반적으로도 이러한 의미로 쓰이고 있다. 라이히는 자신의 생체신체학과는 달리 이러한 상태를 지향하려는 것을 **열반의지**라 하고, 열반을 향하는 정신과 신체활동을 **열반원칙**에 입각한 것으로 본다.

오르가즘

　오르가즘 Orgasmus 성포옹에서 지속적인 성자극에 대한 성반응 주기 중 고조기의 마지막 **절정**으로, 강렬한 감정적 **쾌감**으로 정의할 수 있다. 오르가즘은 **무의지적 반응**으로 성기와 항문을 둘러싼 골반 하부근육의 수축, 종종 신체 여러 부위의 근육경련과 도취감, 몸의 움직임이나 발성 등 무의식적인 기타 행위를 동반한다. 라이히는 신경증 환자들을 치료하면서 오르가즘장애가 있다는 것을 발견하고 정신치료에서 **오르가즘능력**을 확립하는 것을 목표로 삼게 되었다.

　라이히는 자신의 치료경험과 연구를 바탕으로 **오르가즘**을 정신건강의 결정적인 기준으로 사용해야 한다고 제안했다. 라이히에 따르면 신경증장애는 항상 다소 뚜렷한 **오르가즘불능**에 기반을 두고 있으며, 완전한 오르가즘을 경험하지 못하면 리비도가 막혀 다양한 장애를 일으킬 수 있다고 보았다. 라이히는 정신분석의 치료목표를 오르가즘능력을 확립하는 것으로 보았으며, 이 목표를 달성하기 위해 저항분석기법, 성격분석기법, 생장치료법, 나아가 오르곤치료법 등 분석기법을 더욱 발전시켰다.

오르가즘의 기능 Funktion des Orgasmus 라이히 자신은 **오르가즘의 기능**을 그의 평생 작업의 핵심으로 간주했다. 그는 오르가즘의 기능을 **인간유기체의 에너지조절**로 해석했으며, 그 장애는 정신 불균형과 신체 불균형으로 심지어 만성 중증 질병으로 이어질 수 있다고 보았다.

오르가즘능력 orgastische Potenz 어떤 장애도 없이 **생체에너지 흐름에 자신을 내맡길 줄 아는 능력**이다. 즉 자연스러운 성행위에서 성흥분의 절정을 경험하고 그것에 빠져들 수 있는 능력을 말하며, 이는 곧 즐거움을 동반하는 **무의지적인 육체의 결합**을 통해 모든 억눌렸던 **성흥분**을 완전히 **방출**할 수 있다는 것을 말한다. 발기 및 사정 능력은 오르가즘능력의 전제조건일 뿐이다. 오르가즘능력은 순전히 에너지경제학 용어이지 규범적 용어가 아니며, 오르가즘과정에는 여성과 남성 사이에 차이가 없다.

오르가즘반사 Orgasmusreflex 오르가즘에 이르는 과정에서 나타나는 신체의 자연스런 반응을 말한다. 성기성적 경험의 오르가즘단계에서 유기체의 양쪽 끝(입과 성기)은 무의식적으로 긴장 없이 서로를 향해 움직인다. 골반이 위로 구부러지고 머리가 뒤로 젖혀진다. 오르가즘반사의 자연스러운 움직임표현, 즉 완전한 **헌신**이 오르가즘을 부정하는 사회에서 억제되는 경향이 있다.

오르가즘불능 orgastische Impotenz 오르가즘능력의 부재. 유기체의 무의지적인 경련에 완전히 몰입하지 못할 뿐만 아니라 성기포옹의 절정에서 성흥분을 완전히 방출하지 못하는 것을 말한다. 이것은 오늘날의 인간에게 있어 가장 중요한 특성이며, 유기체 속의 생체(오르곤)에너지를 막음(울혈)으로써 모든 종류의 생체병리적 증후와 사회적 비합리주의에 에너지를 제공한다. 따라서 정신분석학자들이 생각하듯이 오르가즘불능은 **신경증의** 결과가 아니라 그 **원인**이다. 즉 만족스러운 오르가즘을 얻지 못하기 때문에 신경증이 발생한다.

오르가즘불안 Orgasmusangst 금지는 흥분울혈을 증가시키고, 이 증가된 흥분울혈은 울혈을 감소시키는 유기체의 능력을 약화시킨다. 이를 통해 유기체는 흥분에 대한 불안, **성불안**을 지닌다. 성불안은 충동만족의 좌절에서 생겨나며 막힌 성흥분에 대한 불안으로 인해 내부에 정박한다. 여기서 **오르가즘불안**은 오르가즘 직전에 나타나며 성기체계의 과도한 흥분에 대한 소외된 자아의 **쾌락경험불안**이다. 이것은 일반적인 인간구조의 중심부분인 전반적인 쾌락불안의 토대를 이룬다.

오르가즘정식 Orgasmusformel 오르가즘에 이르는 과정을 연구하면서 라이히는 오르가즘을 **생체전기적 기능**으로 이해하게 되었다. 그리고 오르가즘의 생체기능에 관한 정식을 만들었는데, **기계적 긴장→생체전기적 충전→생체전기적 방전→기계적 이완**으로 요약된다. 처음 두 계기는 팽창을, 뒤의 두 계기는 수축을 나타낸다. 라이히는 이러한 오르가즘 정식을 점점 더 다양한 생물의 활동을 이해하는데 적용해 나갈 수 있다고 생각하였다. 나중에 그는 과학적으로 문제의 근원에 도달하기 위해 생체전기 실험을 수행했다. **긴장-충전-방전-이완** 정식은 가장 단순한 것부터 가장 복잡한 것까지 모든 생명기능의 기초이기 때문에 이 정식은 생명(삶)정식이기도 하다. 물론 이 정식은 유기생명체에서만 발견된다.

오이디푸스 콤플렉스 Ödipuscomplex 아들이 무의식적으로 동성의 아버지를 멀리하고 이성의 어머니를 좋아하는 잠재의식.

울혈 Stauung 피와 혈장의 흐름(생장흐름)이 어떤 특정 부위에서 막혀서 움직이지 않고 굳어버린 것을 말한다. 울혈로 인한 신경증은 울혈신경증(프로이트는 현실신경증이라 함)이라고 한다. 울혈 중에서 기본적인 것이 **성울혈**인데, 성방출의 억제로 인한 성에너지의 고갈을 의미한다. 방출되지 않은 성흥분인 성울혈은 성에너지의 정체로 인해 **울혈불안** Stauungsangst을 가져온다. 이러한 울혈과 울혈불안은 인간의 사회적 비합리주의 뿐만 아니라 모든 신체적, 정신적 생체병리에 에너지를 공급한다. 그리고 성에너지 울혈에서 직접 비롯되는 모든 신체적, 정신적 장애를 가져오는 신경증을 **울혈신경증**이라고 한다.

원색장면 Urszene 부모의 성행위에 관한 아동기의 회상이나 환상. 무의식적 욕망과 관련된 정신분석학의 개념이다.

의식, 전의식, 무의식

의식 Bewußtsein 넓은 뜻으로는 대상에 관한 '경험'과 같다. 경험내용과 경험작용의 주체 쌍방을 나타낸다. 고도로 조직된 물질(대뇌피질)의 작용으로, 언어에서의 외부세계의 반영이다. 일반적으로 대상에 관한 자기지각이며, 정신작용을 '나'의 작용이라고 자각하는 의식을 자의식이라고 한다.

무의식 Unbewußtsein 자신과 주위 환경에 자각이 없는 상태 즉, 자신이 의식하지 못하는 두뇌의 활동이며, 사고과정, 기억, 동기 따위 없이 자동으로 발생하거나 작동할 수 있는 정신작용이다. 프로이트는 무의식 개념을 오이디푸스 콤플렉스 이론을 전제로 하여 사용한다. 프로이트는 **무의식 작용**은 꿈이나 농담 따위를 통해 직접적으로 나타난다고 보았고, 무의식은 '마음속의 **의식이 아닌 영역**'이라고 하였다. 그리고 무의식적 활동이란 의식적 자각에 전적으로 따르지 않는 정신활동을 가리키는 말로 사용한다. 결국 프로이트는 의식의 배후에 다양한 반사회적인 충동을 지니는 넓은 바다와 같은 무의식 개념을 전개하였으며, 무의식이 억압되어 신경증이 발생한다고 보았다.

전의식 Vorbewußte 프로이트는 통상적으로는 의식되지 않지만 노력하면 의식화할 수 있는 기억 등이 저장되고 있다고 생각할 수 있는, 의식과 무의식 사이에 있는 층을 전의식이라고 하였다.

이드, 자아, 초자아

이드 Id(Es) 본능적인 생체에너지로 리비도원천이자 쾌락을 추구하는

쾌감원리이다. 이드는 **의식-전의식-무의식** 틀에서는 무의식에 해당하며 충동에너지로 차 있다고 본다. 이드는 자아, 초자아와 함께 인간의 정신 구조의 요소이자 영역이며, 도덕, 선악, 논리적 사고가 존재하지 않는 인간의 최초의 충동과 본성을 지닌 영역으로 시간관념이 없고 무의식적이며 정신의 제일 아래 영역이다. 특히 인간이 태어날 때 모두 이드로 이루어져 있다가 성장하면서 이드의 일부가 초자아에 해당하는 세계(사회)와 접촉, 교류, 진화하면서 자아가 만들어진다. 라이히는 이드와 초자아(사회, 외부 세계)의 대립구도 속에서 자아가 형성된다고 보고, 이드충동과 사회의 부정이라는 기본구도를 강조한다.

자아 Ego 프로이트는 1923년 이전까지는 의식과 무의식의 구별을 통해 정신구조를 파악하고 자아를 의식에 속하는 것으로 보았다. 그 이후에는 정신구조이론을 전개하면서 자아는 이드로부터의 요구와 초자아로부터의 요구를 받아들여 외부로부터의 자극을 **조정**하는 기능을 가진다고 보았다. 이처럼 자아는 무의식적 방어를 수행해 이드로부터의 욕구를 방어·승화하거나 초자아(사회)의 금지나 이상과 갈등하거나 조정하는 존재이다.

초자아 Superego 초자아는 규칙·도덕·윤리·양심·금지·이상 등을 자아와 이드에게 전하는 기능을 가진다. 엄밀하게는 의식과 무의식의 양쪽 모두에 나타나고 의식될 때도 의식되지 않을 때도 있다. 단지 기본적으로는 별로 의식되지 않은 것이므로, 일반적으로는 무의식적이라고 자주 설명된다.

라이히는 초자아를 자아 방어기제(갑옷과 무장)를 일으키는 원인으로 보며, 정신구조를 **이드-자아-초자아** 틀로 파악하는 것을 **지형적 관점**이라고 하였다.

오르고노미로 넘어가면서 라이히의 이드에 대한 관점이 달라진다. 라이히에 따르면 이드라고 부르는 것은 실제로 생체체계 안의 **신체오르곤 기능**이다. 형이상학적인 방식으로 이드라는 용어는 그 기능이 개인을 넘어 결정되는 생체체계 안에 무언가가 있음을 의미한다. 그러나 이드라고 불리는 것은 물리적 현실, 즉 **우주오르곤에너지**이다. 가시적이고 측정할 수 있고 적용할 수 있는 우주적 본성의 에너지를 **오르곤**이라고 하였다. 이 드는 그러한 에너지의 존재에 대한 인간의 직관의 표현일 뿐이다. 이제 라이히는 **이드-자아-초자아** 틀에서 벗어나 **생체에너지 핵심**(혈장체계), **주변**(피부표면), 신체표면 너머의 **오르곤에너지** 장의 기능영역에 따른 전체 유기체기능의 **생체신체 배열**이라는 틀에서 분석해 나간다.

인성 Persönlichkeit 사람의 성품, 다른 사람과 구별되는 사고와 태도 및 행동의 특성.

자기애[나르시시즘] Narziβmus 자기를 사랑함 또는 자신의 행복 또는 이익을 위함이라는 의미로 기본적인 인간의 욕구를 개념화하는 용어로 사용된다. 자신의 외모, 능력과 같은 어떠한 이유를 들어 지나치게 자기 자신이 뛰어나다고 믿거나 아니면 사랑하는 자기중심적 성격이나 행동을 말한다. 리비도가 자기자신을 향하여 발산되는 사랑으로, 자신의 신체에 대하여 성흥분을 느끼거나 자신을 완벽한 사람으로 여기면서 환상 속에서 만족을 얻는다. 물에 비친 자신의 모습에 반해서 물에 빠져 죽었다는 그리스 신화에 나오는 나르키소스의 이름을 따서 만들어진 용어이다.

자기조절 Selbsteuerung 일차적 욕구를 자연스럽게 충족시키는 능력. 완전한 자기조절은 오르가즘능력이 있을 때만 가능하다. 자기조절은 조절된 에너지대사에 해당하며 에너지 정체와 이차적 충동의 활성화를 방지한다. 어쨌든 생물학적 핵심과의 접촉이 이루어진다. 자기조절에 근거한 **자연스러운 성도덕** 아래에서는 **지속적인 성관계**를 이루어 나갈 수 있다.

라이히는 자기조절과 대비하여 **강제적 성도덕**에 의한 조절을 **도덕적 규제 moralisch Regulation**라고 하였다. 도덕적 규제에 입각한 **강압적인 성도덕**에서는 사회의 성부정 가치에 따라 성이 억압된다. 여기서는 청소년의 성욕구 부정, 혼전금욕, 성 죄책감을 강조하고, 일차적 충동과 이차적 충동을 구별하지 못하며, 결혼의무로서의 성, 강제적 일부일처제 등을 강조한다. 갑옷과 무장의 결과로 자연스럽게 조절할 수 없고 자연적스러운 충동을 만족시킬 수 없어 **이차적 충동**이 발달하게 되고 이는 다시 억압되어야 한다.

저항 Widerstand 환자가 무의식 내용을 드러내지 않으려고 하는 것을 말한다. 프로이트식 분석에서는 저항 자체에는 별로 주목하지 않고 그 이면에 있는 무의식을 분석하려고 하였다. 그에 반해 라이히는 저항 자체에 주목하고 환자의 저항을 다루거나 공격함으로써 저항 이면에 지니고 있는 것이 드러나도록 하였다. 라이히는 **저항분석**을 통해 정신구조를 파악해 나가려는 관점을 **역동적 관점**이라고 하였다.

전이 Übertragung 과거의 상황에서 느꼈던 특정한 감정 혹은 날 때부터 무의식에 새겨진 정서를 현재의 다른 대상(환자의 경우 분석가)에서 다시 체험하는 것이다. 예를 들어, 부모에게 지니고 있던 감정을 분석가에게 무의식적으로 투사하는 것이다. 이러한 전이는 보통 유년기의 일차적 관계에서 오는 감정과 관련되어 있다. 정신분석에서는 환자가 의사에게 전이상황을 만들어내곤 한다. 진료 중 환자가 분석가를 부모처럼 느끼는 것이 전이의 예다. 전이의 내용이 좋아하는 쪽으로 이루어지는 **긍정전이**가 있는가 하면, 증오하는 쪽으로 이루어지는 **부정전이**가 있다. 또한 전이와 반대로 분석가가 환자에게 감정을 느끼는 것을 **역전이**라고 한다.
　라이히는 **전이상황**을 피할 것이 아니라 적극적으로 개입해 들어가서 그것의 내용을 파악하고 환자의 원래 기억들을 드러내도록 촉진하였다. 라이히는 이러한 전이상황을 처리하여 유아적인 것으로 소급해 감으로써 환자의 억압을 해소할 수 있다고 보았으며, 역전이 문제를 제기함으로써 분석가 쪽에 문제가 없는지, 분석을 위해서는 분석가가 어떤 자세를 취해야 하는지에 관해 논의하고 있다.

정서 Affect 정동이라고도 하는데 느낌, 감정, 기분에 대한 잠재된 경험을 말한다. 라이히는 성과 불안을 원 정서라고 하며 분노나 증오를 이에 추가한다. 이러한 정서가 드러나는 것을 **감정**이라고 하였다. 라이히는 **정서는 지성**과 대립되는 것으로 보았다. 라이히는 정서가 드러나는 지점이 막혀있는 것을 **정서블록**이라 하였고, 정서블록의 작용을 **정서차단**이라고 하였다. 정서를 제대로 느끼지 못하는 것을 **정서불구**라 하였고, 정서차단이 완전히 이루어져 아무 정서도 느끼지 못하는 것을 **정서마비**라고 하였다. 라이히는 기억작업에서 기억이 정서를 동반하는지가 중요하다고 보았고, 정서를 동반한 기억을 **정서적 기억 affectiv Erinnerung**이라고 하였다. 정서가 없이 기억하는 것은 그 기억을 통한 무의식의 의식화에도 불구하고 실제 변화를 가져오기 힘들다고 보았다.

집중 Beseztung 정신에너지와 느낌을 한 사람, 한 가지 생각, 하나의 대상 또는 자기 자신에게 집중시키는 것을 말하며 영어로는 cathexis라고 한다. 그러한 집중에 반대로 작용하는 것을 **대항집중 Gegenbeseztung**이라고 한다.

충동 Trieb 프로이트는 충동은 **흥분**의 양, 즉 **리비도**의 양에 의해 결정된다고 하였다. 라이히는 **쾌락**이 충동의 본질이라고 생각하였고, 그 쾌락은 운동적 쾌락이라고 규정한다. 프로이트는 충동을 이드의 속성으로 보았고 무의식적 내용을 지닌 반사회적인 것으로 보았다. 따라서 충동을 부정하는 문화론으로 기울어져, 문명을 발전시키기 위해서는 충동을 억압해야 한다고 주장하였다.

라이히는 프로이트의 이러한 충동론을 수정하여, **자연스러운 충동(일차적 충동)**과 그것이 억압되어 표출된 흔히 반사회적인 **이차적 충동**을 구분한다. 사랑하며 즐겁게 지내려는 자연스러운 충동이 가로막혀서 파괴적이고 반사회적인 충동이 나타난다. 또한 자연스러운 충동과 반사회적인 충동에서 더 나아가 그러한 충동을 억제하려는 표면층이 있다는 생각을 발전시킨다. 이러한 **충동의 중첩**으로 이루어져 있는 인간의 정신구조를 강조하고, 성격분석에서는 이러한 충동론에 입각한 파악을 **구조적 관점**이라고 제시한다. 그리고 이드의 격렬한 움직임에 이끌린 성격을 **충동성격**이라 하여 분석하였다.

이차적 충동 sekundäre Trieb 자신을 표현하기 위해 방어막을 뚫고 나가려고 할 때 자연스러운 충동이 변형되어 나타나는 폭력적이고 파괴적이며 비뚤어진 충동이다. 프로이트는 충동을 라이히가 말하는 이차적 충동으로 규정하고 따라서 **충동억압**이라는 생각을 하게 되었다. 라이히는 일차적 충동과 이차적 충동을 구분하여 자연스러운 일차적 충동을 설정함으로써, 충동억압이 아니라 이차적 충동을 어떻게 조절하여 **일차적 충동의 발현**으로 이끌 것인지에 대해 생각하게 되었다.

죽음충동 Todestrieb 프로이트는 **삶충동**에 대립되는 방향으로 작용하는 죽음충동을 끌어들여 삶충동과 죽음충동의 변증법적 과정으로 정신과정을 설명했는데, 이는 **처벌불안**을 **처벌욕구**로 해석해 나가도록 했다. 즉 프로이트는 처음에는 신경증이 성충동과 처벌불안(공포) 사이의 갈등결과라고 주장했지만, 나중에는 성충동과 처벌욕구 사이의 갈등이 그 원인이라고 하며 **죽음충동** 개념을 가정하였다. 죽음충동 개념은 삶충동과 대립하며, 이제 인간존재의 삶은 삶충동과 죽음충동의 변증법적 놀이로 설명된다. 라이히는 프로이트가 말한 생물학적 **고통의지**에 입각한 죽음충동이라는 개념을 **피학성향** 분석에서 반박한다.

치료와 치유

치료 Behandlung 의사나 전문가가 환자의 병이나 상처를 잘 다스려 낫게 하는 것을 말한다. 환자를 **대상**으로 삼는 행위이다.

치유 Heilung 치료를 받고 병이 낫는 과정을 말한다. 보이지 않는 정보와 에너지를 조절하여 몸과 에너지와 마음(정신)이 바른 관계를 회복하는 모든 과정이라고 할 수 있다. 치유에서는 환자의 **주체적 태도**와 움직임이 강조된다.

쾌락

쾌락 Lust 감성의 만족이나 욕망의 충족에서 오는 유쾌한 감정. 정신분석은 인간이 충동에 입각하여 **쾌락**을 추구하며 **불쾌**를 피하려 한다(**쾌락불쾌 원칙**)고 전제하였다.

쾌락불안 Lustangst 삶과 성을 부정하도록 자란 사람에게서 나타나는 생리학적으로 만성 근육경련에 결박된 불안현상이다. 금욕적 성도덕의 영향으로 성흥분을 느끼는 것을 금지당하게 되면 성흥분이 일어 쾌락에 이르려는 상황에서 **흥분**을 스스로 **억제**하려고 한다. 그러다가 점차 **흥분이 일어나는 것 자체에 대한 불안**이 싹튼다. 이 신경증적 **쾌락불안**은 독립적이고 자유로운 생활방식에 대한 불안의 본질이다. 이러한 쾌락불안은 문명화된 인간의 뚜렷한 특징이며 인간의 성을 부정하는 양육의 결과이다. 쾌락불안의 대표적인 형식이 **오르가즘불안**이다.

쾌락원칙과 현실원칙

쾌락원칙 Lustprinzip 프로이트는 인간 정신과정이 기본적으로 불쾌를 피하고 쾌락을 추구하는 경향에 의해 지배된다고 보고 이것을 쾌락원칙이라 하였다. 더 정확하게는 **쾌락불쾌 원칙**이라고 할 수 있다. 프로이트는 후기에는 쾌락원칙보다는 현실원칙을 강조하게 된다.

현실원칙 Realitätsprinzip 현실생활에 적응하기 위하여 쾌감을 추구하는 **충동**을 **단념**하거나 **우회**하는 자아활동원칙을 말한다. 인간이 충동에 근거하여 쾌락을 추구하는 경향에 주목하면서 쾌락원칙을 제시했던 프로이트는, 나중에 현실원칙을 내세우면서 **이드(충동)**를 **억압**함으로써 문명이 발전한다는 **문명론(문화철학)**으로 나아간다. 라이히는 현재의 문명이 억압적이라고 해서 문명발전 전체를 억압에 입각해 있다고 보는 것은 잘못이라고 프로이트를 반박하면서 현실원칙 개념에 반대한다.

항문 Anal 해부학적으로 직장 바깥의 개구부이며 괄약근으로 제어된다. 표면은 점막으로 감싸여 있고 안팎에 항문괄약근이 있다. 안쪽 항문괄약근은 사람의 의사에 따라 움직이지 않고 언제나 꼭 죄여 있는 상태에 있고, 반면 바깥쪽 항문괄약근은 사람의 의사에 따라 움직여 대변을 배출할 수 있다. 라이히는 성격형성에서 항문고착에 주목하고 성기성과 반대되는 특성을 **항문성**(Analität)이라고 하였다. 항문성은 **수동적이고 고집스러운 또는 동성애적인 성격형성을 가져오는 관능적 기반**이 된다고 보았다.

헌신(굴복) Hingabe 오르가즘반사에 무의지적으로 빠져들어 완전히 자신을 맡기는 것을 말한다. 보통 환자는 헌신할 수 없다. 임의의 기법 조치가 무의지적인 헌신태도를 가져올 수 없기 때문에 분석가는 환자에게 헌신을 실천하라고 하지 않고, 헌실할 수 있는 조건을 막고 있는 무장을 해소하려고 한다.

히스테리

히스테리 Hysterie 신경증의 한 형태로, 기질적인 것이 아니라 기능적인 심인성 질병의 광범위한 통칭이다. 정신적 원인에 의하여 일시적으로 일어나는, 제어할 수 없는 비정상적인 흥분상태를 말하며, 외부의 사정이나 자극에 대한 반응으로 정신적 또는 신체적 반응이 일어나는 것이다.

히스테리성격 hysterische Charakter 이 성격을 지닌 사람의 두드러진 행동 특징은 눈에 거슬리는 성태도이다. 걸음걸이, 외모, 말투에서 위장되거나 위장되지 않은 속임수는 특히 여성 히스테리성격 유형을 드러낸다. 남성의 경우 부드러움과 과도한 공손함 외에 여성스러운 표정과 여성스러운 태도도 두드러진다. 이러한 특성은 성행동이 추구하는 목표가 가까워질 때 가장 강하게 나타나는 다소 뚜렷한 불안과 관련이 있다. 그럴 때 히스테리성격은 한결같이 뒤로 물러나거나 수동적이고 불안한 태도를 보인다.

오르가즘과
정신건강

오르가즘과 정신건강

– 빌헬름 라이히의 논의를 중심으로

윤수종

1. 머리말

서구의 사회사상 흐름에서 주요한 축을 이루는 것이 맑스주의와 프로이트주의이고 이 양자를 어떻게 결합할 것인가가 20세기의 중요한 주제가 되어 왔다. 이 양자는 현실제도 속에서는 국가와 가족이라는 두 받침대를 가지고 이 사회를 지탱해 왔다. 계급해방을 위해 계급지배장치인 국가를 사멸시키려던 맑스주의가 국가를 강화해 왔고, 욕망해방을 통해 인간해방을 지향했던 프로이트주의는 가족삼각형으로 사람들의 욕망을 옥죄어 왔다.

이러한 흐름에 대해서 반기를 들고 나선 사람 가운데 빌헬름 라이히 (Wilhelm Reich, 1987~1957)가 있었다. 그는 일찍이 맑스(주의)와 프로이트(주의)를 결합하려고 시도한 사람이다. 물론 현존 사회를 강화하려는 목적에서가 아니라 해체하고 재구성하려는 목적에서였다. 그렇기 때문에 라이히는 단순한 결합을 넘어선다. 라이히는 기계론적인 맑스주의와 문화론적인 프로이트주의를 공격하고 계급해방과 욕망해방을 향해 전진한다. 특히 라이히는 계급해방담론에 의해 억압된 욕망해방담론을 개방한다.

그의 욕망해방담론에서 핵심을 이루는 것이 오르가즘이론이다. 물론 오르가즘이론은 나중에 우주에너지를 포괄하는 오르곤이론(오르고노미)으로 발전한다.

2. 빌헬름 라이히의 삶과 사상

빌헬름 라이히는 오스트리아 제국에 속한 갈리시아의 도브르치니카에서 1897년에 태어났다.[1] 아버지는 유태인이며 농부로서 땅을 많이 빌려 크게 농사를 지었다. 독일문화의 변경지대로 이디시어[유대인이 사용하는 독일어를 바탕으로 하고 히브리어를 덧붙인 언어]를 사용하던 시골에서 아버지는 라이히에게 독일어를 사용하도록 했고 고용 농민들에 대해서 엄하게 대하였다. 라이히에게 그들의 자녀들과 놀지 못하도록 했을 정도였다. 라이히는 아버지의 엄격함을 싫어했지만 고용농민들의 복종 태도에도 깊은 인상을 받았다. 어머니를 좋아했지만 어머니와 가정교사 사이의 사랑을 아버지에게 얘기하여 어머니를 자살하게 만든 소년 라이히. 그러나 그는 죄의식에 사로잡히기 보다는 인간의 애정관계를 더욱 깊이 파고들고 인간관계를 파헤쳐 보려고 하였다.

라이히의 삶과 사상의 변화[2]를 대체로 세 단계로 요약할 수 있다. 첫 단계는 1918년 빈 대학에 입학하여 프로이트의 직접 사사를 받으면서 이른바 '정신분석 2세대'를 형성하여 독창적 정신분석 기법을 실험하던 시기다. 둘째는 1928년부터 1933년까지 맑스주의 정치의 일환으로 성-정치(Sex-Pol) 운동을 정력적으로 전개하던 시기로 그의 생애에서 가장 역동적인 시기이다. 마지막으로 외국으로 전전하면서 망명 생활을 하다가 1939년 미국에 정착하여 '오르곤에너지'를 발견하고 그에 관한 과학적 실

---

[1]   Wilhelm Reich, *Passion of Youth*, Paragon House, 1988. 이 책은 라이히 자신의 전기로 1922년까지의 개인사를 기록하고 있다.

[2]   마이런 새라프, 『세상을 향한 분노: 빌헬름 라이히』 이미선 옮김, 양문, 2005.

험에 집중하던 시기다.

이 글에서는 첫 단계에서 제기하기 시작한 오르가즘이론과 성격분석에 초점을 맞추어 기술하고 성정치 운동 시기의 주장을 정리해 보고자 한다. 그리고 프로이트와의 차이점을 밝히면서 라이히의 독창적인 측면들을 부각시켜 보겠다.

3. 충동이론

프로이트와 라이히는 욕망의 문제를 기본적으로 성충동에서 찾았다. 충동이란 문제는 신체에 결합되어 있는 것으로서 이후 들뢰즈와 가타리의 욕망 문제의 설정과는 아주 다르다.[3] 우선 성충동을 강조하는 프로이트와 라이히의 충동이론을 간단하게 정리해 보자.

1) 프로이트의 충동이론

프로이트는 성을 임상적으로 이해하는 길을 열어주었고, 성숙한 성이 유년기의 성 발달 단계부터 출발하며, 성과 번식이 동일하지 않음을 보여주었다. 그리고 성적인 것과 성기적인 것은 같지 않으며 성적인 것을 더욱 넓은 의미로 이해하였다.

프로이트는 처음에는 신경증을 본능적인 성 충동과 그것을 억압하고 금지하는 부정적 사회 사이의 갈등의 결과로 이해하였다. 환자에게서 관찰되는 증상은 무의식적 정신 수준에서 왜곡된 형태로 관철되는 이러한 충동의 표현으로 여겨졌다. 충동에는 프로이트가 '리비도'라 일컫는 에너지

---

3) 들뢰즈와 가타리의 욕망문제에 대한 논의를 위해서는 들뢰즈·가타리, 『천 개의 고원』 김재인 옮김, 새물결, 2001과 가타리, 『분자혁명』 윤수종 옮김, 푸른숲, 1998; 가타리, 『가타리가 실천하는 욕망과 혁명』 윤수종 옮김, 문화과학사, 2004를 보라.

기능이 내재해 있었다. 프로이트는 이것이 화학적 성질의 것이라고 추측하였지만 그 실체는 당시 증명되지 않고 있었다. 신경증에 대한 이러한 정식화에 근거해, 프로이트는 신경증을 '치료'하는 치료법을 개발했다. 정신분석학은 – 환자는 어떤 것이나 말할 수 있지만 행동은 하지 않는 – '자유연상' 기법을 사용해, 환자에게 억압된 감정과 사건을 기억하게 하고, 그것들을 개인의 통제에 유용하고 사회적으로 수용되는 행동으로 승화시키거나 거부할 수 있도록 무의식적 충동을 의식화시키려고 하였다.

어쨌든 프로이트의 충동이론에서 가장 기초가 되는 부분은 리비도 이론, 즉 성충동의 역동성에 관한 이론이다. 프로이트는 충동은 일정한 발전단계들을 거친다고 보았으며, 자기보존충동(식욕)과 성충동(성욕), 그리고 다른 충동들이 있는데 인성형성에 가장 중요한 충동으로서 성충동을 꼽았다.

프로이트는 나중에 성충동에 파괴충동을 대치시키고 죽음충동을 끌고 들어온다. 그리하여 쾌락원칙을 점차 버리고 현실원칙(보수적 태도와 일치)을 끌고 들어온다. 이제 충동(나중에는 이드)을 억제하는 것이 문명을 발달시킨다(문명발달은 충동억압에서 이루어진다)는 주장으로까지 나아간다(문화주의).

여기에 무의식 이론이 덧붙여진다. 프로이트는 무의식의 문턱으로 들어가는 영역으로서 전의식을 설정하여 '의식–전의식–무의식'의 구도를 설정한다. 무의식은 의식화될 수 없는 금지된(억압된) 원망 및 관념(대체로 반사회적인 욕구, 충동들)을 저장해 놓은 넓은 바다와 같은 영역으로 묘사된다. 이처럼 무의식이론은 억압가설과 함께 간다. 그런데 프로이트는 나중에 이드–자아–초자아 도식도 끌어들인다. 억압은 자아와 이드의 노력 사이에서 일어나는 하나의 과정으로 되고, 충동과 사회의 대립 위에서 억압의 반대쌍은 (충동의) 승화로 나아간다. 충동억압의 원동력은 자아의 처벌공포로서 초자아의 작동이라고 제시된다. 프로이트는 『쾌락원칙을 넘어서』(1920)에서 '현실원칙'을 내세우고 죽음충동가설을 제시하면서 무의식적 죄책감에 대해 말하기 시작한다.

라이히는 프로이트가 제시한 '무의식', '전의식', '의식'의 상호관계에 대한 도식(리비도해방)과 '이드', '자아', '초자아'로 구성되는 정신구조에 대한 도식(초자아에 의한 이드의 제압=문명)을 지형적 관점이라고 하여 활용하면서도, 저항을 강조하는 역동적 관점, 리비도에너지경제에 집중하는 경제적 관점, 충동의 층화(심층-중간층-표층)에 입각한 구조적 관점을 강조하면서 여러 관점에서 정신분석을 해 나갈 것을 제안하였다.

2) 라이히의 충동이론

라이히는 성충동이 지닌 활동성을 기능적으로 설명하는 단초를 제공하는 것으로서, 충동 속에서 '쾌락의 운동적 측면'을 보게 되었다. 충동은 그 자체가 운동적 쾌락이며 성충동은 이미 경험한 쾌락에 대한 운동적 기억이라는 것을 임상관찰 속에서 파악하고, 충동의 본질은 쾌락이라고 보았다.

쾌락은 또한 흥분의 양과 쾌락의 질 사이의 기능적 통일로 나아간다고 보았다. 다시 말해서 충동의 작동은 쾌락을 추구하고 불쾌를 피하는 쾌락불쾌 원칙에 입각하여 이루어진다고 보았다. 그리고 충동은 생체전기에너지로서 성에너지와 같으며, 성에너지는 신체 전체에서 작용하지 생식기의 간선에서만 작용하는 것은 아니라고 보았다. 또한 정신장치는 심리학적 성질의 것이 아니라 생물학적인 성질의 것임을 강조하였다.

라이히는 프로이트의 리비도이론에 큰 관심을 가지고 계승하려 했다. 그런데 정신분석 치료기법에서 점차 다른 길로 가게 된다. 정신분석학은 자유연상기법을 사용하여 충동을 거부하거나 사회적으로 수용되는 행동으로 승화시키려고 하였다. 그러나 거부나 승화의 요구는 생물학적 본능(충동)은 '나쁘다'는 그리고 사회는 불변한다는 도덕적 판단에 기반하고 있었다. 이를 반박하기 위해, 라이히는 신경증의 경제적 양 요인, 즉 에너지 문제를 연구하게 되었다. 정신분석학에서 환자의 기억과 해석에 초점을 맞춘 반면, 라이히는 신경증의 신체 핵심을 찾고자 했다.

그러한 의도에서 점차 라이히는 성기 기능과 오르가즘에 관심을 두게 되었다. 그리고 성능력의 의미를 쟁점화하면서 신경증의 신체 핵심은 오르가즘에서만 적절하게 방출될 수 있을 뿐인 억압된 성에너지라고 주장했다. 이때부터 라이히는 '성경제학'이라는 용어를 사용하기 시작하였고, 경제적 에너지 요인을 더하여 프로이트의 치료 개념을 확장시켰다.

라이히는 치료기법에 대한 관심에서 성격분석을 발전시켜 간다. 성격분석에서 무장층화(충동을 숨기기 위해 겉으로 다르게 표현되는 무장된 성격) 개념을 밝혀내면서 프로이트가 충동을 이중구조(억압받은 반사회적 충동과 표면적 충동)로 본 것에 대해서, 삼중구조로 되어 있는 충동이론을 제시하게 된다. 프로이트는 무의식을 주로 반사회적 충동으로 구성된 것으로 보았다. 그리고 그 반사회적 충동이 인간의 내면에 있는 것으로 상정하였다. 이에 대해서 라이히는 반사회적 충동은 인간의 생물학적인 자연스러운 충동이 사회에서 억압되어서 왜곡되어 나타난 것이라고 주장하였다(자연스러운 일차적 충동–반사회적인 이차적 충동–표면적 충동). 이제 더 이상 반사회적 충동을 억압하는 문명론을 제시할 필요가 없어지게 되었다. 사회에 의한 금지를 풀어주어 자연스러운 충동이 펼쳐져 나가게 하는 것이 문제가 된다(성혁명).

라이히는 충동과 사회(세계) 사이의 대립에 주목하게 된다. 세계는 가족을 통해 개인의 정신구조 안에 변화를 가져오며 처벌불안이 도덕적 금기가 된다. 충동과 외부세계 사이의 갈등은 충동자아(이드)와 초자아 사이의 갈등이 된다. 여기서 쾌락을 향한 합리적 노력에 기여하는 모든 유아적–충동적 행위는 억압의 운명을 겪을 때 비합리적인 행위로 된다.

4. 오르가즘이론

라이히는 오르가즘을 통해 성충동을 충족시켜 나가는 삶을 강조한다. 이러한 측면을 부정하는 것은 곧 삶을 부정하는 것이라고 본다. 라이히는 성을 긍정하는 성경제적 삶에 대해 다음과 같이 정리해 준다.

1) 성경제적 삶에 대한 이론적 요약

① 정신건강은 오르가즘능력, 즉 자연스러운 성행위에서 성흥분의 절정을 경험하고 그것에 빠져들 수 있는 정도에 달려있다.

② 사랑능력에 대한 비신경증적인 성격태도가 정신건강의 토대를 이룬다. 삶의 힘은 강제적 의무나 강제적 도덕 없이도 자연스럽게 조절된다. 반사회적 행동들은 자연스러운 삶을 억압함으로써 생겨나는 이차적 충동에서 연유하며, 이 충동들은 자연스러운 성과 모순된다.

③ 정신질환은 자연스러운 사랑능력이 방해받아 생긴 결과이다. 수천 년 동안 사회의 성적 무질서는 인간을 현존하는 존재조건에 정신적으로 종속시키고 삶의 외적인 기계화를 내면화시키는 기능을 했다.

④ 압도적인 다수의 사람들이 고통받고 있는 오르가즘불능에서는 생물학적 울혈이 발생하는데 이것이 비합리적 행동의 원천이 된다. 삶과 성을 부정하도록 길들여진 사람은 만성 근육경련에 생리학적으로 결박되어 있는 쾌락불안을 지니게 된다.

결론적으로, 정신장애를 치료하는 데는 우선 자연스러운 사랑능력을 정립하는 것이 필요한데, 이것은 정신적 조건(→성격분석, 생장치료)뿐만 아니라 사회적 조건(→성정치)에도 달려 있다.

2) 오르가즘능력

라이히에 따르면 오르가즘능력이란 어떤 억제도 없이 생물학적인 에너지 흐름에 몰입할 수 있는 능력, 즉 본능적인 쾌락적 신체경련을 통해 막혀 있던 성흥분을 완전히 방출할 수 있는 능력이다. 오르가즘능력은 인간이 모든 생물과 똑같이 가지고 있는 원초적이고 근본적인 생물학적 기능이다. 모든 자연감각들은 이러한 기능으로부터 혹은 이러한 기능에 대한 동경으로부터 나온다. 양성 모두에게서 오르가즘은 성기흥분의 정점이 서로 일치할 때 더욱 강렬하다. 사랑관계가 내외적으로 방해받지 않는 경우에는 의식적인 환상활동은 완전히 중단된다. 자아는 자신이 완전히 집중하고 있는 쾌락감각을 흡수하게 된다.

오르가즘에 이르는 과정을 연구하면서 라이히는 오르가즘을 생체전기적 기능으로 이해하기 시작한다. 그리고 오르가즘의 생체 기능에 관한 정식을 만들었는데, '기계적 긴장→생체전기적 충전→생체전기적 방전→기계적 이완'으로 요약된다. 라이히는 이러한 오르가즘 정식을 점점 더 다양한 생물의 활동을 이해하는 데 적용해 나갈 수 있다고 생각하였다.

3) 오르가즘불능과 성울혈

라이히는 모든 종류의 정신질환에서 그 심각성의 정도는 성기장애의 심각성과 직접 관련이 있다는 것을 발견하였고, 치료의 전망과 성과는 성기적으로 만족할 수 있는 충분한 능력을 확립할 수 있는가에 달려있다고 보았다. 수년에 걸친 광범위하고 치밀한 작업 결과, 여성은 100% 질 오르가즘 장애를 갖고 있었고 남성의 경우 60~70%가 성기장애가 있고 성행위 시 발기불능이나 조루로 인한 고통을 겪고 있었다. 라이히는 신경증 에너지의 원천, 즉 신경증의 신체 핵심을 찾고 있었고, 이 핵심은 꽉 막힌 성 에너지일 수밖에 없다고 판단하였다.

여기서 오르가즘불능 연구는 성경제학의 주된 임상 영역으로 떠올랐다. 성경제학에서 오르가즘불능의 역할은 정신분석학에서 오이디푸스 콤플렉스의 역할과 유사하다고 라이히는 말하였다.

라이히는 프로이트에게서 이러한 방향으로 나아갈 수 있는 단초를 찾았다. 라이히가 울혈신경증이라고 부른 것으로 프로이트는 현실신경증이라고 했다. 프로이트는 현재의 성생활 장애로 인해 생긴 질병을 현실신경증이라고 불렀다. 프로이트는 불안신경증은 '정신적 원인'을 갖지 않는 질병으로 억눌린 성의 직접 표현이며, 정신신경증이나 히스테리와 강박신경증에서와 같은 어떤 정신적 내용도 드러나지 않는, 증상에서 항상 구체적으로 이해할 수 있는 성적인 내용을 보여준다고 주장하였다.

프로이트는 불안신경증은 성절제 혹은 성교중단을 제거함으로써, 신경쇠약증은 과도한 자위행위를 제거함으로써 치료하였으나 정신신경증의 치료는 정신분석적으로 이루어져야 한다고 했다. 그러면서 현실신경증과 정신신경증의 관련을 인정하고, 모든 정신신경증은 '현실신경증적 핵'을 둘러싸고 모여 있다고 생각했다.

라이히는 정신신경증과 현실신경증의 연관에 주목하고 특히 현실신경증에서 울혈신경증으로 나아갔다. 울혈이란 피와 혈장의 흐름(생장적 흐름)이 어떤 특정 부위에서 막혀서 움직이지 않고 굳어버린 것을 말한다. 임상관찰을 통해서 라이히는 성기장애는 여타의 장애들 가운데 하나의 증상이 아니라 신경증의 대표적 증상이라는 결론을 내린다. 정신질환은 프로이트적인 넓은 의미에서의 단순한 성 장애의 결과가 아니라, 오히려 훨씬 더 분명하게 성기기능 장애의 결과이며 엄밀한 의미에서 오르가즘불능의 결과라고 주장한다.[4]

라이히는 울혈신경증은 충족되지 못한 성흥분으로 인해 잘못 유도되어 발생한 신체적 장애라고 결론을 내렸다. 하지만 정신적 금지(정신신경증)가 없다면 성흥분이 잘못 유도되는 일도 없을 것이라고 본다. 즉 현실신경증과 정신신경증은 중첩되어 있다고 보았다. 그러나 성울혈은 신경증의 에너지 원천이다. 흥분울혈은 항상 현재적인 질병요소로 작동하는데 신경증의 내용을 더해 주는 것이 아니라 신경증에 에너지를 공급한다. 신경증에 에너지를 공급하는 성울혈을 뚫어주는 것은 바로 오르가즘능력을 회복하는 것이다.

라이히는 성기기능이란 개념을 오르가즘능력 개념으로 풍부화하고 에너지의 측면에서 정의함으로써 정신분석의 성이론과 리비도이론을 풍부화하였다.

---

4)   라이히, 윤수종 옮김, 『오르가즘의 기능』 그린비, 2005, 142쪽.

5. 성격분석

라이히는 정신건강을 유지하기 위해서는 그리고 정신병환자가 정신건강을 회복하기 위해서는 이러한 오르가즘능력을 갖추어 나가야 한다고 생각하였다. 그런데 이러한 오르가즘능력을 방해하는 인간 내부의 문제들을 해소해 가기 위해서 라이히가 실천한 것이 바로 성격분석이다.

가부장제-권위주의 문화를 재생산하는 오늘날 인간의 성격구조의 특징은 자신의 내적 본성에 대항하여 그리고 외적인 사회적 불행에 대항하여 성격적으로 무장한다는 것이다. 이는 인간 스스로 살아있는 것에 대해 자신을 적대적으로 소외시킨 결과이며, 생물학적 기원을 갖는 것이 아니라 사회경제적 기원(권위주의적 가족)을 갖는다. 결국, 고래(古來)로부터 갈망해온 문화와 자연, 노동과 사랑, 도덕과 성의 통일과 무모순(일치)은 인간이 자연스러운 오르가즘 성만족에 대한 생물학적 요구를 허용하지 않는 한 꿈으로 남을 것이라고 보았다.

오르가즘이론과 성격분석의 결합으로 나타난 성격분석적 생장치료법의 근본 원리는 성격과 근육의 경화(무장)을 해소하여 생체정신적 운동성을 재정립하는 것이다. 라이히는 '성격전체의 장애 없이는 신경증 증상이 없다'는 정신분석 신경증이론에 따라 치료기법을 발전시켰지만, 프로이트의 자유연상법에서 멀어지고 결국 정신분석학과는 달라지는 성격분석으로, 더욱이 근육무장을 풀어주는 신체치료로 넘어가게 된다. 물론 성격분석과 결합한 신체치료로 말이다.

라이히는 성과 불안의 생체전기적 본성(오르가즘정식)을 발견함으로써 성격분석의 실험적 근거를 획득하게 되었다. 성격분석의 출발점은 저항분석에 있다. 환자가 스스로 억제하여 무의식 내용을 드러내지 않으려는 저항을 하게 되는데 그것을 없애야 치료를 할 수 있다는 것이다.

1) 저항분석

처음에는 성기장애 해소가 치유작용을 한다는 것을 알 수 있었으나, 그것을 어떻게 조절하고 통제하는지는 알 수 없었다. 여기에는 환자들의 저항과 분석가들의 인식 태도의 문제가 있었다.

(1) 당시의 정신분석가들은 환자들의 저항을 인식하지 못했으며, 막연히 피해갈 수 있을 것이라고 생각하였다. 동시에 긍정전이만 이해할 뿐 부정전이를 이해하지 못하였다. 즉 분석가들은 성적 재료와 다루기 힘든 인간 본성 때문에 개인적으로나 인간적으로 쉽게 불안감을 느꼈다. 환자의 무의식적인 적대적인 태도들이 있었고 이것이 전체 신경증의 기둥을 이루고 있었다. 무의식 재료의 연관성에 대한 모든 해석은 이러한 은밀한 적대감을 비켜갔다. 이러한 은밀한 저항을 밝히고 제거하지 않으면 무의식 재료들을 제대로 해석해 낼 수 없었다. 나름대로 '기다리기'와 같은 치료사의 태도는 저항을 이해하고 분석 수단으로 그것을 제거하려는 노력의 결실이지만 너무 허무한 것이었다. 그리고 여전히 환자들의 저항이 생리학적으로 정박되어 있음을 생각하지 못하였다.

(2) 제거해야 할 일련의 잘못된 기술적 치료방식들이 있었는데 하나는, 분석가들이 환자들이 만들어낸 재료를 비체계적으로 다루는 것이었다. 즉 진정한 이해를 방해하는 저항들에 대한 고려 없이 '나온 대로' 해석하였다. 환자들은 정신분석가가 이론적인 측면에 기대하는 바를 알아차리고 그에 적합한 연상을 만들어 냈다. 그래서 모든 치료는 혼돈스러웠으며, 재료는 아무런 질서가 없었고, 치료는 조직적이지 않았으며, 치료과정의 진전은 없었다. 이러한 상황에 대처하기 위해서, 우선 저항에 관한 정돈되고 체계적인 작업의 중요성을 인식하고, 신경증 치료시 저항들을 조심스럽게 분류하고 환자의 의식적인 지각에 가장 가까운 것에서부터 제거하기 시작하였다. 라이히는 또한 해석의 정당성을 환자들에게 '확신'시키려 하지 말아야 한다고 주장하였다.

(3) 실제 진료가 이론과 일치하지 않는 상황에 빠지게 되었는데, 예기치

못한 곳에서 진정으로 성적이고 공격적인 충동들을 거짓되고, 경직되고, 기만적인 태도로 거부하는 현대인의 성격특성과 마주치게 되었다. 환자의 이러한 성격위장에 성격분석기법을 적용하는 것은 환자의 공격성과 성을 실질적으로 해방시키는 것과 관련된 문제였으며, 공격성과 성을 참고 다루어왔던 치료사들의 인성구조와 관련된 문제였다. 분석상황은 관습에서 벗어나 성에 대해 상당히 자유로운 입장에 설 것을 요구했으나, 사람들은 '항문 고착'이나 '구강 욕망'에 대해 이야기하고 신체측면은 다루지 않은 채로 남겨두었다.

(4) '오르가즘 성기만족 기능'의 기법 규정은 ① 모든 환자들의 성기는 제대로 기능하지 못하며, ② 환자들은 성기적으로 다시 건강해져야 한다는 것이다. 따라서 오르가즘능력을 방해하는 모든 병리적 태도들을 찾아 없애야 한다. 성기적 방해물들은 정신적인 것에 연결된 것 못지않게 사회적인 것(성격적으로 무장되어 나타남)에도 단단히 연결되어 있었다. 라이히는 무엇보다도 생리적인 것과 깊은 연관을 가지고 있다고 생각하였다. 우선 전-성기 고착, 일탈적 성만족양식들, 만족스러운 성생활을 방해하는 사회적인 어려움들을 연구하는 데 비중을 두면서 성기 방해물들을 탐색해 갔다.

(5) 1920년 프로이트의 『쾌락원칙을 넘어서』가 출판되고, 1923년 『자아와 이드』가 출판되었다. 앞 책에서는 애초부터 가설적으로 죽음충동을 성충동과 동등하게 취급했고, 더 깊은 충동의 힘을 죽음충동에 부여한다. 분석가들은 성 대신에 '에로스'에 대해 말하며 초자아를 실재하는 사실로 다루고, 이드는 사악한 것으로 다룸으로써 자아를 초자아와 이들 사이를 '중재'하는 것으로 보았다. 이제 성은 실체가 없는 것이 되어버렸고, '리비도' 개념은 모든 성적인 내용을 잃어버리고, 신경증이론은 '자아심리학'의 언어로 번역되었다(더욱이 처벌불안에서 처벌요구라는 개념으로 바꾸어 갔다).

(6) 환자의 '부정적인 치료반응'은 환자의 오르가즘능력을 정립할 수 없는 분석가의 기술적이고 이론적인 무능력임이 밝혀졌다. 라이히는 '오르

가즘능력'을 도입하면서, ① 신경증은 성 일반의 표명일 뿐만 아니라 성기성 장애의 대표적 표현이며, ② 분석치유 이후의 신경증 재발은 성행위에서 오르가즘 만족이 확보되는 한 피할 수 있다고 주장한다.

이상과 같은 저항분석 관점에서 현존하는 성기흥분을 억제와 억압에서 해방시키려고 할 때 성에너지는 증상들에 묶여있었다. 성행위나 자위에 전-성기 흥분들이 혼합될 때마다 오르가즘능력은 약해지며, 성행위 중의 모든 생각은 흥분에 몰두하는 것을 방해할 뿐이었다. 오직 성기기관만이 오르가즘을 일으키고 생물학적 에너지를 충분히 방출시킬 수 있었으며, 전-성기성(애무와 같은 성기결합 이전의 행위들)은 생장적 긴장만을 증가시켰다.

2) 신경증 불안의 성경제학

불안 문제와 관련하여, 프로이트의 가설은 신체적 성흥분은 지각과 방출에 이르는 통로가 차단되면 불안으로 전환된다는 것이었다. 어떻게 '전환'되는가에 대해서는 전혀 언급하지 않았다. 라이히가 보기에, 성흥분의 '전환'이란 존재하지 않았다. 쾌감으로서 성기에 나타나는 것과 같은 흥분이 심장 계통에서 느껴지면 불안으로 나타난다. 즉 쾌락의 반대로 나타난다. 혈관생장적 흥분계는 성흥분으로 나타나고 흥분이 차단되면 불안으로 나타난다. 성과 불안은 생장적 흥분감각의 정 반대되는 두 가지 방향이다. 다른 것이 아니라 동일한 것의 다른 작용방식이라는 것이다.

라이히는 방출되지 않은 성흥분에 의해 혈관생장계에 걸린 과부하가 불안과 신경증의 핵심메커니즘이라고 보고, 흥분울혈의 결과물로서 불안(울혈신경증)과 성억압의 원인이 된 불안(정신신경증)을 구별해야 한다고 하였다. 프로이트는 불안은 성억압의 결과가 아니라 성억압의 본래적인 원인이라고 이해하였다. 라이히는 신경증에서의 불안이 성억압의 원인이라는 견해에는 동의하나 동시에 불안은 성울혈이라는 견해를 고수하면서, 점점 더 불안의 생리적 기능에 접근해 나갔다.

임상적으로는 울혈불안을 성기흥분으로 재전환시키는 훈련을 해 나갔다. 라이히는 신경증 불안은 울혈해소에 의해 사라진다고 보았지만, 분석에서 그러한 해소에 저항하는 것이 있었다. 라이히는 이를 성격이라고 하였다. 저항하는 것은 성격 전체였다. 성격무장은 분명 모든 에너지를 속박하는 기제였다.

3) 성격무장과 방어기제의 역동적 층화

'성격무장'이론은 환자들의 저항을 공들여 조탁해낸 탐색작업의 결과였다. 임상경험을 통해 치유의 어려움이 환자의 '총체적인 존재' 혹은 '성격'에서 형성되며 '성격무장'은 치료시에 '성격저항'으로 표현된다는 것을 알게 되었다.

이제 정신분석 치료법의 과제는 저항을 밝혀내고 제거하는 것인데, 그 배후에 있는 무의식의 자기방어, 충동욕망과 자아방어기능이 현실적으로 서로 얽힌 채 전체 정신구조를 엮고 있다, 즉 정신장치는 여러 층으로 된 갑옷을 입고 있다고 생각하였다.

이러한 '무장층화' 개념에 비추어 보면, 과거의 전체 경험세계는 성격태도 형태로 현재 속에 살아 있다. 한 사람의 본성은 모든 과거 경험의 기능적인 합계이다. 특정한 나이에 전개되었던 갈등은 언제나 그 존재 속에 흔적을 남긴다. 이 흔적은 성격경화로서 나타난다. 이것은 자율적으로 기능하며 제거하기 어렵다. 굳어진(경화된) 갈등층이 특별히 많고 자동적으로 기능하여 쉽게 관통할 수 없는 밀집된 통일체를 형성하는 경우, 이를 살아 있는 유기체를 둘러싸고 있는 '갑옷'처럼 느낀다. 갑옷을 입는 것(무장)은 불쾌를 막는 기능을 하지만 이를 통해 유기체는 쾌락능력을 상실해 간다. 또한 갑옷을 결합하고 있는 에너지는 대개 구속되어 있던 파괴성이었다.

라이히에 따르면 신경증은 원칙적으로 신경증의 에너지 원천, 즉 성울혈을 제거함으로써 치유할 수 있는데, 성에너지는 많은 곳에서 다양한 방식으로 속박되고 은폐되고 위장되어 있다고 보았다. 그 에너지가 구속되거나 막히면 파괴적 공격성으로 나타난다고 보았다.

4) 파괴, 공격, 그리고 가학성향

결국 '죽음충동'으로 해석될 수 있는 모든 정신표현은 신경증의 산물로 판명되며, 죽음불안, 죽을 것 같은 불안은 무의식적 오르가즘불안과 동일하고 이른바 죽음충동은 해체와 무에 대한 열망, 오르가즘적 긴장해소에 대한 무의식적 열망이라고 보았다. 생명체는 위험의 원천을 없애고 싶어 할 때 파괴충동을 발전시킨다, 즉 오히려 파괴는 불안을 피하고 자아 전체를 보존하려는 '삶충동'의 관심이라고 보았다. 나는 살고 싶고 어떤 불안도 가지고 싶지 않기 때문에 위험한 상황에서는 파괴한다는 것이다.

라이히가 보기에 성경제학은 파괴성의 본원적인 생물학적 성격을 부정한다. 공격은 삶의 표현으로서 쾌락적인 것이 되며, 여기에서 가학성향이 생긴다. 증오는 사랑이라는 원래 목표를 잃음으로써 발달한다. 가학성향은 일차적인 충동과 이차적인 파괴충동의 혼합물로서 이차적으로 생긴 충동이다.

독립적으로 나타나는 모든 종류의 파괴행동은 생명에 중요한 욕구만족, 특히 성욕구의 만족이 좌절된 데 대한 유기체의 반응이다. 따라서 우리시대의 가학적 파괴쾌락 문제는 자연스러운 성생활에 대한 전반적인 금지에서 생겨난다고 보았다.

그리고 라이히는 피학성격 분석을 통해 가학성향의 짝인 피학성향은 충동의 방출 기제가 막혀 나타난 대체기제로 보았다. 피학성향을 근거로 죽음충동가설을 제시하는 프로이트의 주장을 날카롭게 비판하였다.

5) 성기성격과 신경증성격(성경제적 자기조절과 도덕적 규제)

'나는 환자와의 의사소통뿐만 아니라 그가 제공하는 모든 것 특히 그가 의사소통하는 방식 혹은 침묵하는 방식을 나의 공격지점으로 삼았다.' 이것이 라이히의 성격분석 방법의 핵심이다. 언어에만 초점을 맞추는 것이 아니라, 온갖 몸짓, 눈짓, 표정(예를 들어 실룩거림), 자세 등등에 주목하며, 숨기는 듯한 것을 오히려 공격한다. 등 뒤에서 침상에 누워 이야기하도록 하는 것이 아니라 서로 쳐다보면서 또한 만지거나 다른 행동을 하면서 총체적 소통을 하는 것이다.

라이히는 성격분석기법을 통해 여러 환자를 분석하면서 귀족성격, 히스테리성격, 강박성격, 남근자기애 성격, 피학성격 등 다양한 개념들을 동원하여 성격형성에 대해서 논의하고 있다. 여기서는 오르가즘과 정신건강이란 측면에서 그가 대표적으로 이야기하고 있는 성기성격과 신경증성격에 대해서 살펴보겠다.

먼저 그 성격들을 설명하기 위해 도덕적 규제와 성경제적 자기조절을 비교하여 설명해 보자.

도덕은 의무로서 기능하며, 도덕적인 규제는 첨예하고 화해할 수 없는 정신 모순을 즉 도덕 대 자연이라는 모순을 만들어 낸다. 그에 반해 성경제적 자기조절은 쾌락법칙을 따르고 자연스런 충동과 양립할 수 있을 뿐만 아니라 나아가 자연스러운 충동과 기능적으로 일치한다.

건강하고 자기조절적인 [성경제적] 구조를 가진 사람들은 세상의 비합리적인 부분에 따르지 않고 자신의 자연적 권리의 달성을 주장한다. 성경제적 구조를 가진 사람들은 신경증적 도덕주의자들에게는 병리적이고 반사회적인 것처럼 보이지만, 실제로는 반사회적인 행동을 할 수 없다. 성경제적 구조는 성능력에 기초한 자연스런 자의식을 발전시킨다. 도덕적 구조는 성기적으로는 보통 약하며 그래서 끊임없이 보상받는 것을, 즉 경직되고 허위적인 자신감을 발전시키는 것을 필요로 한다. 도덕적 구조를 가진 사람들은 다른 사람의 성행복에 대해서 참지 못한다. 왜냐하면 그것은 자신을 충동질하지만 스스로는 그것을 즐길 수 없기 때문이다. 도덕적 구조에서 성교는 본질적으로 성능력을 증명하는 것이다. 그러나 성경제적 구조에서 성은 쾌락경험 외에 아무것도 아니며 노동은 즐거운 삶의 활동이자 성과이다. 그러나 도덕적 구조에서 노동은 귀찮은 의무이거나 기껏

해야 실존의 보장[생계수단]일 뿐이다.

성격무장의 종류 또한 다르다. 도덕적 구조는 모든 행동을 제한하고 통제하며 외적인 환경과 상관없이 자동적으로 기능하는 갑옷(무장)을 발전시켜야 한다. 도덕적인 정신구조를 지닌 사람은 스스로 태도를 바꾸고 싶을 때조차도 자신의 태도를 바꿀 수 없다. 강박적으로 도덕주의적인 관료는 부부의 침대에서도 그대로이다. 성경제적 정신 구조를 지닌 사람은 금지된 것을 전혀 가지고 있지 않기 때문에 자신의 무장을 마음대로 조절할 수 있다.

라이히는 전자의 성격형식을 '신경증'성격, 후자의 성격형식을 '성기'성격이라고 불렀다.

그런데 이러한 성격들은 사회 속에서 형성된다. 즉 사회구조와 성격구조는 통일되어 있다. 사회는 인간을 형성하고, 성격은 다시 사회이데올로기를 대량으로 재생산하고, 이렇게 하여 성격은 삶을 부정하면서 자기 자신의 억압을 재생산한다. 이런 측면에서 볼 때 정신치료에서의 사회적 문제설정은 크게 신경증 예방, 성개혁 문제(성혁명), 전반적인 문화의 문제를 제기하게 되고 성정치로 나아간다.

6. 오르가즘반사와 성격분석적 생장치료법 – 오르가즘이론과 성격분석의 결합

라이히는 성격분석을 발전시켰지만 후반에 갈수록 생장치료법, 즉 신체치료를 강조해 나간다. 그러나 이 두 가지는 함께 가야 하는 것으로 이야기한다.

1) 근육태도와 신체표현

성격분석 작업은 일관되고 체계적인 방식으로 서로 깊이 관련되어 있는 성격태도들을 분리시키고, 그것들 하나하나가 현재의미와 효과에 상응해서 그리고 순서에 따라 방어기능으로 작용한다는 점을 밝혀 나간다. 그리하여 만성 성격태도들을 해체함으로써 생장 신경계에 반응을 일으키는 것을 목표로 한다.

더 나아가 생장치료법에서는 근육경련을 해소하는 것이 생장적 에너지를 풀어줄 뿐 아니라 충동억압이 발생했던 유년기 상황을 기억 속에서 재생산한다. 근육무장은 유년기의 경험이 손상됨으로써 지속되고 있는 형태이며, 신경증은 생장적 균형과 자연스런 운동성의 만성 장애의 표현이라고 본다.

근육태도는 생장치료법에서 중요한데 신체태도에서 직접 충동정서로 돌파해 갈 수 있는 가능성을 제공하기 때문이다. 이것은 '신체표현'이라고 부르는 것과 일치한다. 따라서 근육조직의 경련은 억압과정의 신체 측면이자 그런 억압과정을 지속적으로 보존하는 토대이다. 그런데 근육조직의 경련을 일으키는 것은 개별 근육이 아니라 생장적인 기능통일체에 속하는 근육조직이다. 이제 근육조직의 경련을 일으키는 근육무장을 풀어가는 것이 치료의 핵심이 된다.

그리고 신경증환자 가운데 복부긴장을 보이지 않는 사람은 없다. 얕은 숨쉬기로 표현되는 호흡중지는 복부불안을 방지하고 복부의 쾌락감각을 억압하는 목적을 지닌다. 이러한 것들을 치료하려는 생장치료법은 정서를 통제하는 보편적인 요가문화의 기법과 싸워야 한다. 왜냐하면 요가에서 강조하는 호흡금지는 정서억압과 정서압박을 위한 생리적 기제로서 신경증 일반의 근본 메커니즘이기 때문이다. 생물학적 관점에서 볼 때 신경증 환자들에게서 호흡중지는 유기체에서의 에너지 생산을 축소하고 따라서 유기체의 기능을 축소한다.

2) 오르가즘반사, 자연스런 호흡의 정립, '죽은 골반'의 해소

근육태도에 대한 생장치료법은 아주 특정한 방식으로 성격태도에 관한

작업과 연결되어 있다. 생장치료법은 성격분석작업을 배제하는 것이 아니라 보완한다. 성격무장과 근육무장은 기능상 동일하다. 성격무장의 해소를 통해 근육무장을 해소할 수 있는 것과 마찬가지로 근육무장의 해소를 통해 성격무장의 해소가 가능하다. 따라서 생장치료법(나중에 오르곤치료법)을 생체신체 기능작용 영역에서의 '성격분석'이라고 할 수 있다.

그러나 근육무장에 관한 작업이 치료의 막바지에는 중요하게 된다. 근육무장을 해소하는 작업은 오르가즘반사를 다시 기능하게 하는 것이다. 오르가즘반사란 오르가즘에 이르는 과정에서 나타나는 신체의 자연스런 반응을 말한다. 대개 이러한 반응이 억압되어 무장한 채 있으므로 이러한 반응을 하도록 근육조직을 풀어주는 것이다. 오르가즘반사를 해방하는 근본원칙은 1) 오르가즘반사의 통일성을 방해하는 금지와 분열의 장소를 찾아내는 것, 2) 막힌 생장충동 전체를 해방할 수 있는 무의지적인 기제와 충동운동의 강화이다. 오르가즘반사를 일으키는 가장 중요한 수단은 숨쉬기 기법이다. 또 상복부에 부드러운 압박을 가하는 방법도 있다. (깊은 날숨은 자연발생적으로 성몰입 태도를 불러낸다)

오르가즘반사는 한 번에 완전히 나타나지 않고, 총체적 기능의 부분들이 조립되면서 나타난다. 그런데 모든 성기 쾌락감각은 골반 근육조직의 만성 경련을 통해 억제될 수 있다. 이를 해결하기 위해서는 환자들로 하여금 골반태도를 느끼게 하는 것이 필수적이다. 신체 전체의 조각난 유기적 리듬을 다시 통일하는 과정에서 성기능과 생장 운동성을 방해했던 모든 근육행동과 금지가 드러난다.

오르가즘반사와 관련하여, 특히 골반의 방어운동과 골반의 자연스러운 생장운동 사이의 차이를 파악하는 것이 중요하다. 파동이 골반까지 이어지면 전체 반사의 성격이 변화한다. 불편한 것에서 쾌락으로. '뻣뻣하고 죽고 위축된 골반'은 인간의 가장 흔한 생장장애 중 하나이다. 골반의 둔화는 복부의 둔화와 똑같은 기능을 지닌다. 즉 정서자극, 특히 쾌락감정과 불안감정을 피하는 기능을 한다. '울혈'은 생장적 팽창의 금지, 즉 중심적인 생장기관들의 활동성과 운동성이 막히는 것이다. 때문에 흥분 방출이 막혀 생물학적 에너지가 묶인다. 따라서 오르가즘반사는 신체 전체의 통일적인 경련으로 나타난다.

생장치료법에서 강조하는 신체치료는 정신치료와 함께 가야 한다. 라이히는 모든 정신적 충동은 일정한 신체적 흥분과 기능적으로 일치한다고 본다. 따라서 정신과 신체는 분리되지 않으며, 이런 이유로 치유는 단순히 하나의 생각을 의식하도록 만드는 것으로만 이루어지는 것이 아니라 흥분 방출에서의 전환을 통해서 이루어진다. 다시 말해서 생체에너지적으로 정신과 신체는 서로를 조건짓는 동시에 통일적인 체계로 기능한다.

생장 유기체가 통일적이고 총체적으로 긴장—충전—방전—이완 기능에 따를 수 있는 능력을 지니는 것이 정신적이고 생장적인 건강의 근본적 특징이라는 점은 분명하다. 물론 이 유기체는 이러한 건강을 위협하는 사회 속에 있다. 여기서 라이히는 사회를 바꾸려고 나선다.

7. 성정치

환자가 성기만족을 경험하면 왜 신경증증상이 사라지는가? 성적인 욕구—긴장이 다시 증진되면 신경증증상은 왜 다시 나타나는가? 성기오르가즘은 생식(출산)과 상관없이 생물학적 기능을 갖는가? 이러한 질문을 던지면서 라이히는 신경증증상을 유지시키는 에너지 원천을 찾으려고 노력하였다. 라이히는 그 신체적 에너지의 흐름을 막는 기제들을 확인하였다. 그리고 그것들을 해소하기 위해서 오르가즘능력의 확립을 강조하게 되었다. 하지만 모든 신체기능처럼 성기기능은 사회적 제한들의 방해에 부딪치고 있었다.

여기서 라이히는 사회에 광범위하게 퍼져 있는 오르가즘불능(대중의 성빈곤)을 해소하려고 나선다. 라이히의 성상담소 및 성정치 활동[5]에 대해

---

5)   윤수종, '라이히의 삶과 사상', 『자유의 공간을 찾아서』 문화과학사, 2002.

서는 생략하고, 성정치와 관련해 출간한 텍스트들을 간단히 소개하면서 라이히의 성정치의 방향을 들여다보겠다.

1) 성억압의 기원

라이히는 성억압이 인류발전의 필수 요소라는 후기 프로이트의 생각을 거부한다. 라이히에 따르면, 성억압은 권위주의적 가부장 문화와 경제적 노예제의 근거를 마련하는 기능을 하며, 권위주의적 가부장제의 시기는 자연스러운 성 에너지를 억압함으로써 이차적이고 도착적이며 왜곡된 병든 성을 생산해왔다. 모권사회의 몰락과 가부장적 권력의 진전은 경제적 이해를 지키려는 움직임을 낳았고 이것은 성을 억제하는 문화를 만들어 냈다. 라이히는, 말리노프스키의 트로브리안드섬 주민들의 연구에 기초하여 성억압은 사회경제적 기원을 갖는 것이지 생물학적 기원을 갖는 것이 아니며(즉, 확정된 것이 아니라 변할 수 있으며), 자연스러운 애정생활을 할 수 있는지의 여부가 주민 정신위생의 중심적인 문제이므로 성교육도 자연스럽고 건강한 성생활을 교육하는 것이 되어야 한다[6]고 주장한다.

2) 성혁명

라이히는 성혁명을 요구한다. 물론 사회혁명과 성혁명의 상호의존성을 강조한다. 억압적 도덕의 폐지가 동반되지 않으면 정치혁명 자체는 실패하게 되며, 자유를 정의하는 것은 성적 건강함을 정의하는 것과 같다고 하였다. 1920년대 말 러시아혁명, 사회주의적 집합체들에서 어린이에 대한 성부정 교육을 보고는 혁명의 실패를 직감한다. 문화혁명(성혁명)의 목표는 인간이 자신의 삶을 스스로 조절할 수 있는 그러한 성격구조를 창출해내는 데 있다고 보았다.

---

6)   라이히, '강제적 성도덕의 출현', 윤수종 옮김, 『성정치』, 중원문화, 2012.

라이히는 어린이와 청소년의 모든 성 권리를 보장하는 성혁명을 요구하며, 알몸교육-육체를 숨기지 마라, 자연스런 성 노출-을 강조한다. 여성의 성권리에 대한 열렬한 옹호, 현존 강제적 결혼에 대한 비판, 젊은이의 성적 비참함에 대한 강조. 특히 신과 같이(즉 무성으로) 자라도록 강제되는 어린이에 주목한다. 자연스러운 충동에 대한 잔인한 억압으로 신경증적이고 자기비하 하는 어른이 된다고 보고, 부모의 성 독재에서 어린이를 보호하고 자위를 할 수 있는 권리와 같은 또래의 다른 어린이들과 성놀이를 할 수 있는 권리를 보장할 것을 요구한다.

문제는 사춘기의 딜레마다. 프로이트가 어린이에 초점을 맞추는 것에 대해서 라이히는 사춘기를 강조한다. 라이히는 성 금기가 청소년비행, 도착, 정치적 무감각을 만들어 낸다고 본다. 금욕은 성충동을 억압하여 쾌락 불안까지 가져온다. 만성 금지의 결과 성흥분 그 자체의 성질이 변해 버린다. 금지된 쾌감은 불쾌로 또는 고통을 동반하는 성기흥분으로 바뀐다. 이처럼 쾌감이 있는 흥분이 불쾌의 근원이 되며 이 때문에 청소년은 자신의 성과 투쟁해야 되고 그것을 억압하도록 된다고 한다.

라이히에 따르면, 금욕은 위험하고 건강에 해롭다. 억압된 성에너지는 다른 방식으로 표출된다. 신경장애가 빨리 나타나는 경우도 있고 젊은이는 백일몽에 몰두하게 되는 경우도 있다. 이렇게 되면 젊은이는 의욕을 상실하게 되고, 신경장애에까지 이르게 된다. 자위는 차선책일 뿐이다.

그래서 성혁명은 사춘기의 성접촉을 허용하고 실제로 권장할 것을 포함한다. 그리고 성욕구를 충족시킬 수 있도록 필요한 주거공간과 피임기구들을 제공해야 한다.

라이히는 소수적 성에 대해서도 전진적인 사고를 지녔다. 동성애는 어린이 및 사춘기의 이성애에 대한 억압으로 발생한 것으로 성혁명과정에서 사라질 것이라고 판단하고 관용적인 태도를 요구한다.

성혁명은 '강제적 결혼'에서 벗어나 '지속적인 성관계'로 나아가야 한다고 강조한다. 경제적 이해가 개입되어 있는 강제적 결혼에서 벗어나, 성욕에 근거하며 오르가즘 만족을 가져오는 지속적인 성관계 형식으로 나아가야 하며, 지속적인 성관계의 사회적 필요조건은 여성의 경제적 독립, 사회에 의한 아이의 양육과 교육, 경제적인 이해의 방해가 없을 것 등이다. 그에 반해 '일시적인 관계'는 지속적인 성관계처럼 관능의 순응이 일어날 여지가 없으며, 또 그 결과 완전한 성만족이 얻어질 수 없다고 본다.

라이히가 말하는 지속적인 성관계를 가능하게 하는 능력으로 몇 가지를 나열하면, ① 완전한 오르가즘능력, 즉 배려깊은 성과 관능의 성이 분리되어 있지 않아야 함, ② 근친성관계 고착과 성에 대한 유아 성불안이 극복되어 있어야 함, ③ 동성애건 비성기적인 것이건, 승화되어 있지 않은 어떠한 성노력도 억압되어 있지 않아야 하고 성과 살아가는 기쁨이 완전히 긍정되어 있을 것, ④ 권위주의 성도덕의 근본 요소를 극복해 내고 상대(파트너)와의 정신적 교제 능력을 지닐 것 등이다.

라이히는 성혁명은 지속적인 성관계를 만들어 가는 것이 목표이며 성적인 자기조절로서 가능하다고 본다. 현실에서는 소련혁명 이후 다양한 코뮨들에서 성혁명의 실천과 그 퇴조를 간파한다. 성혁명은 좁은 의미의 성자유를 넘어서서 집단 속에서 개인을 해방하는 문제와 연결된다. 성 문제를 개별화하지 않고 집단적인 문제로서 다루어 나가야 할 것을 제기한다. 즉 개인을 포괄하는 집단을 만들어 내는 문제와 연결시킨다.

성혁명은 특히 청소년에게서 중요한 의미를 지닌다.[7] 청소년들 사이에서는 경제적인 이유도 있지만 무엇보다도 임신하지 않고 성교할 수 있을지가 중심문제다. 모성애와 아이욕망이란 담론은 성문제를 피해 가는 방식이다. 여성들의 독립과 자녀(어린이)들의 성권리를 확보하는 방향으로 사회 재조직화가 필요하다. 애정사를 희생해야 할 개인사로 보아서는 안 되며, 성 문제를 개인의 문제로 보는 것이 아니라 집단과 조직이 풀어가야 할 문제로 보고자 하였다.

---

7)　　라이히, '청년의 성문제를 정치화하기', 『성정치』 중원문화, 2012.

3) 성정치

그동안 맑스주의에서 계급의식 문제는 이데올로기론으로 정리되어 왔다. 맑스가 정립한 진리와 허위의식이라는 문제설정은 알튀세르에게서는 과학과 이데올로기의 문제로 재정리되었다.

어쨌든 집합적 계급의식을 담지한 당을 상정하는 맑스주의적 계급의식 문제설정은, 결국 계급의식을 노동자계급의 객관적 상태에 대한 인식에서 출발하여 정치경제적 상황에 대한 맑스주의적 인식이라고 생각하게 되었다. 그런데 일반 대중이 이러한 인식에 이르기 위해서는 결국 지도자의 어록을 외우는 방법으로 나가게 되었다. 맑스주의 이론에 의해서 주입되는 계급의식으로서 말이다.

라이히는 '계급의식이란 무엇인가?'[8]라는 텍스트에서 계급의식 문제를 두 가지 계급의식—혁명지도부의 계급의식(자본주의 경제체계의 모순들에 대한 지식…… 등등, 개인적인 것이 아니다)과 인민대중의 계급의식(개인적 일상생활의 사소한 문제들에 관심)으로 나누어서 접근한다. 라이히의 의도는 가장 광범위한 대중의 욕망 및 일상생활과 접촉점을 찾아야 한다는 것으로 드러난다. 새로운 사회의 궁극목표는 대중 개개인의 즉각적인 목표들을 충족시킴으로써, 대중의 욕구를 훨씬 더 크게 충족시킴으로서 달성될 수 있다. 금욕적 혁명관은 패배를 부를 뿐이다. 레닌이 국가와 혁명의 문제를 제기했다면 라이히는 욕망과 혁명의 문제를 제기한다.

그러면서 올바른 정신과학의 근본문제란 '왜 배고픈 인간이 훔치는가?'가 아니라 '왜 배고픈 사람이 훔치지 않는가?'라고 강조한다. 라이히는 정치적으로는 '왜 대중에게 자유를 주었는데 대중은 기꺼이 지배자에게 복종하는가?'라는 문제를 제기한다.

이러한 문제제기와 관련해 볼 때, 도덕은 노동하는 인간의 억압에 기여한다. 라이히는 오히려 반대로 혁명에 기여하는 것은 윤리적이고 혁명을

---

[8]   라이히, '계급의식이란 무엇인가?', 『성정치』 중원문화, 2012.

방해하는 것은 비윤리적이라고 단언한다(레닌의 폭력관과 같다).

부르주아 질서에 모순되는 것, 전복의 싹을 포함하고 있는 것은 계급의식의 요소로서 간주할 수 있고, 반대로 작용하는 것은 계급의식의 방해물이라는 관점에서 계급의식 문제를 다룬다. 그러나 라이히는 전통적인 좌파의 이념으로서 계급의식(지도부의 계급의식)이 아니라 다양한 주체들의 '현실적인 계급의식 요소들'을 다루어 나가면서 정치지형을 변형한다.

각 주체들과 관련하여 계급의식 요소들을 다루는 설명은 다음과 같다.

① 청소년의 경우, 부모에 반항하고 부모의 집에 묶이는 것에서 벗어나 자신만의 공간을 요구한다. 청년들은 청년집합체에서 살고 싶어 하며 무도장의 매력을 추구한다. 물론 또 다른 권위주의 틀 속으로 들어가지 않게 해야 한다. 이렇게 하도록 하기 위해서는 청년의 성생활을 보장해야 한다.

② 여성의 경우, 생산과정에 통합되어야 하고 남성에 대한 의존에서 벗어나고 자기 자신의 몸에 대한 권리를 지녀야 한다. 그러기 위해서는 경제적 독립이 필요하며, 남성으로부터의 독립과 성적 독립에 대한 바람은 계급의식의 주요한 요소가 된다. 현실의 배고픔과 자녀를 먹여 살리는 데 대한 불안은 오히려 정치 일반에 대한 공포로, 우둔함과 성매매로 이끈다. 여성의 자연스러운 건강한 허영을 만족시키는 방법을 찾아야 한다. 가족의 미래와 아이의 양육과 남성, 여성, 어린이의 공동 삶을 지속시키는 새로운 형태를 제기해야 한다. 그래서 강제적 가족의 폐지는 경제적 이해관계로부터 성적 이해관계를 해방하는 것을 의미할 뿐이다.

③ 성인 남성노동자의 경우, 임금과 가족에 대한 책임을 강조하다보니, 성적 소유권과 아내 및 자녀에 대한 지배권, 소규모 사유재산의 숭배, 남성전용클럽과 술주정 등이 계급의식에 방해요소들이다. 성정치학은 생활의 구체적인 측면들에 파고들어야 한다.

④ 어린이의 경우, 정치적 문제에 적극적으로 반응하게 하는 방법은 성문제를 토론하는 것이다. 성에 관해 일찍 아는 것이 필요하며, 아이를 가재도구로 다루는 것에 대항하는 투쟁이 필요하다. 이른 용변훈련의 해로움을 제기하며, 어린이의 자위를 막아서는 안 된다. 어린이를 복종하도록

키울 것인가 활기 있고 독립적으로 키울 것인가는 계급문제이지 개인문제가 아니다.

이렇게 각 주체들의 계급의식 문제를 제기하면서, 라이히가 끌어내는 것은 정치에 대한 비판이다. 먼저 애무정치, 고위정치, 막후정치, 맥주홀 정치… 라는 말을 써 가면서 부르주아정치를 비판하고 혁명정치와의 차이를 드러내려고 한다. 대중 사이에서 무슨 일이 일어나고 있는가를 질문해야 하며, 모든 요리사가 국가를 관리할 수 있어야 한다고 한다. 대중시위 때에 대중과는 소통이 전혀 없이 당지도부가 비밀협상을 하는 짓들, 내부 민주주의의 실종이라고 한탄한다. 성정치는 항상 대중에게 사태전개에 대해 이야기해야 한다. 라이히는 대중의 민주주의(그의 표현으로는 노동민주주의)를 구성해 나가려고 하였다. 물론 좌파정치가 부르주아정치를 닮아가는 것을 비판하면서.

라이히는 지도부를 부정하지는 않았다. 그러나 계급의식은 대중의 생활로부터 발전한다고 보았다. 지도부, 당, 대중의 관계가 달라져야 한다고 강변한다. 지도부와 대중 사이의 끊임없는 접촉이 필요하다고 하면서, 혁명적 감정, 계급느낌, 쾌락과 욕망, '붉은 카바레' 등을 논의하고 대중과 감정적으로 결속해야 한다는 점을 강조한다.

그리고 당연히 주민의 욕구로부터 정책이 발전되어 나와야 한다고 주장한다. 지도부는 대중노동이 필요하다고 인정하지만 그러한 필요한 일의 구체적 내용들을 거부한다. 정치는 상이한 사회층과 연령집단의 다양한 욕구와 이해의 실천이며, 대중의 욕구충족에 기여하기 위해서 나서는 것이다. 대중은 정치적으로 능동적이게 되면 스스로 혁명정치의 근본적인 질문들을 해 나간다고 본다. 결국 위로부터의 명령에 의한 정치가 아니라 아래로부터 자생적으로 실천해 가는 정치의 방향을 제기하게 된다.

이처럼 라이히의 성정치는 대중과 접촉하고 일상의 문제를 해결해 나가려는 정치의 방향을 제기한다.

8. 맺음말

라이히가 제기하는 오르가즘이론은 성을 긍정하고 삶을 긍정하는 신체 유물론이다. 정신과 신체의 이원론을 보기좋게 넘어서는 라이히의 정신과 신체의 동일성에 대한 주장은 그동안 소홀히 해 왔던 주체문제를 본격적으로 제기한다.

스피노자가 철학자들에게 '신체란 무엇인가?'라고 묻고 코나투스에 입각해 정서를 제기했다면, 라이히는 신체가 지닌 충동과 충동을 부정하는 사회의 대립 속에서 이루어지는 주체성 형성과정을 탐구한다. 오르가즘능력에 초점을 맞추어 정서가 감정으로 드러나는 것으로 파악하면서 자율적인 주체형성을 시도한다.

성격분석

❶ 성격분석기법과 성격형성

초판1쇄 찍은 날 | 2024년 2월 20일
초판1쇄 펴낸 날 | 2024년 2월 23일

지은이 | 빌헬름 라이히
옮긴이 | 윤수종
펴낸곳 | 문학들
등록 | 2005년 8월 24일 제 2005 1-2호
주소 | 61489 광주광역시 동구 천변우로 487(학동) 2층
전화 | 062-651-6968
팩스 | 062-651-9690
전자우편 | munhakdle@hanmail.net
블로그 | blog.naver.com/munhakdlesimmian
값 25,000원

ISBN 979-11-91277-87-6 94180
       979-11-91277-86-9 (세트)

· 잘못된 책은 바꿔드립니다.
· 이 책 내용의 전부 또는 일부를 재사용하려면
  반드시 저작권자와 문학들의 동의를 받아야 합니다.